されど罪人は竜と踊るⅡ
灰よ、竜に告げよ

蜘蛛の断頭台

塔の内部を見上げると、そこには、鎧姿の〈禍つ式〉ヤナン・ガランが
浮かんでいた。六本の腕に異界の武器を掲げ、赤い複眼を光らせる。

腕を組んで叱りつけるジウの目の前で、俺と相棒は、不本意ながら、
お互いの左手の人差し指を、ちょこんと突きあわせた。
緩やかな昼と寂しい夜

されど罪人は竜と踊るII

灰よ、竜に告げよ

浅井ラボ

角川文庫 12956

口絵・本文イラスト　宮城

口絵・本文デザイン　中デザイン事務所

されど罪人は竜と踊る Ⅱ

灰よ、竜に告げよ

目次

MAP

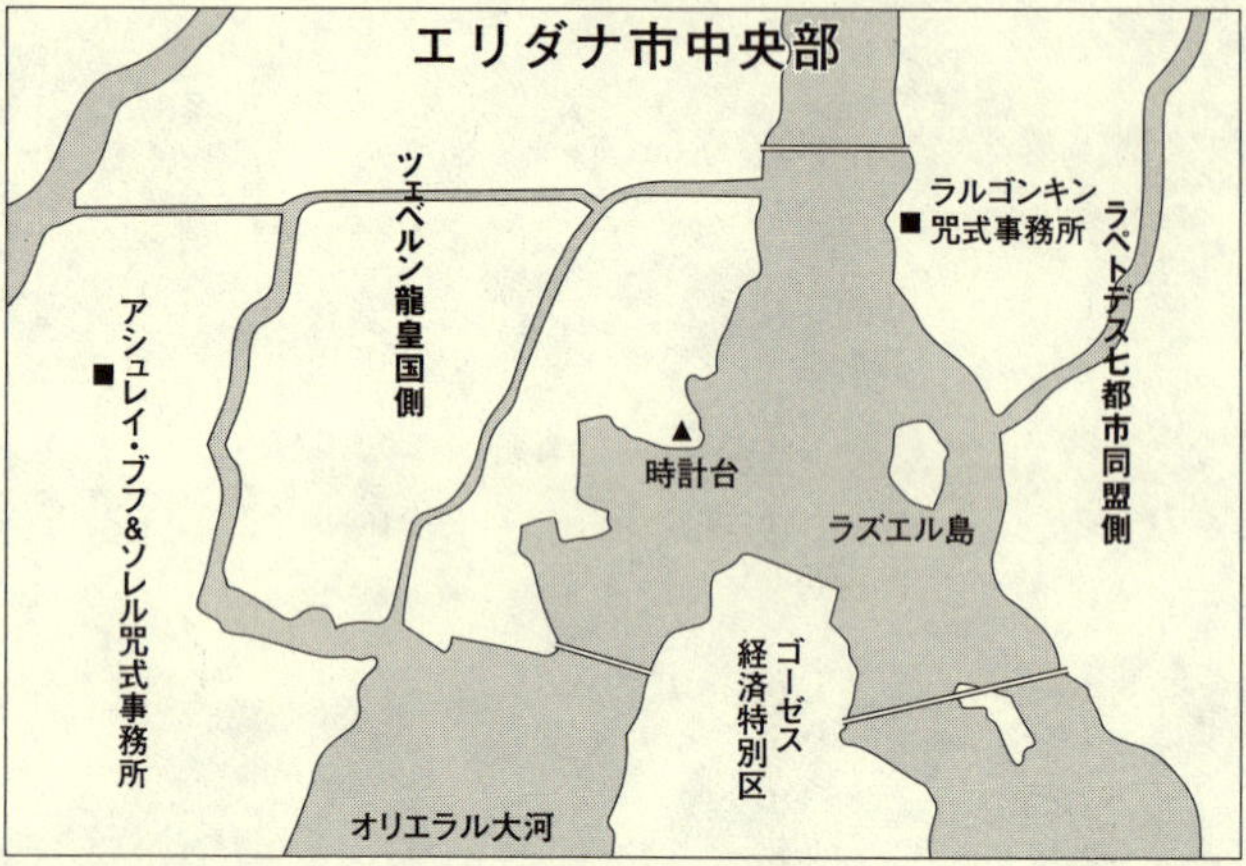

CAST

ガユス……………………もと貴族の攻性呪式士──「俺」
ギギナ……………………ドラッケン族の攻性呪式士。「俺」の相棒
ジヴーニャ………………ガユスの恋人
ラルゴンキン……………ラルゴンキン呪式事務所所長
ヤークトー………………ラルゴンキン呪式事務所副所長
イーギー
ジャベイラ }……………ラルゴンキン呪式事務所の呪式士
レメディウス……………ラズエル社の呪式博士
カルプルニア……………ラズエル社の会頭
ナリシア…………………〈曙光の戦線〉の少女
ズオ・ルー………………〈曙光の鉄槌〉党首代理
ドーチェッタ……………ウルムン共和国の独裁者
ベイリック………………郡警察の警部補
エグルド…………………誘拐事件の交渉役の呪式士
ヤナン・ガラン
アムプーラ }………〈大禍つ式〉
ゼノビア…………………ツェベルン龍皇国皇族。〈竜の顎〉司令官
モルディーン……………ツェベルン龍皇国皇族。枢機卿会議議長

0 竜の盤面

真実の言葉は、その始原から穢《けが》れている
空の果てで雲が燃え尽《つ》きて
世界も人も形を失うだろう
彼女の悲鳴に耳を塞《ふさ》ぎながら
私は一個の地獄《じごく》となって
黄昏《たそがれ》色の光景の中を歩む
退屈《たいくつ》な戦場で、私達は息を潜《ひそ》めるだけ
ジグムント・ヴァーレンハイト「絶対帝国《ていこく》の孤島《ことう》」皇暦《こうれき》四八九年

「司教をｇ４へ。真に創造的な天才が、チェルスと音楽と数学に、しかも幼年期や少年期にしか現れない理由が君に分かるかね？」

八×八の六十四の黒と白に塗《ぬ》り分けられた陣地《じんち》。

枢機卿《すうきけい》の僧衣《そうい》をまとった青年が、問いかけながら象牙《ぞうげ》の司教の駒《こま》を盤上《ばんじょう》へと下ろす。

盤面《ばんめん》を挟《はさ》んだ椅子《いす》に座る少年。その緑の瞳《ひとみ》に思考の閃光《せんこう》が疾《はし》り、黒珊瑚《さんご》の塔《とう》を拾い上げる。

「塔をd4へ。その三つが、精神的成熟と関係のない脳の領域を使うからでしょう」

盤上に少年の言葉と一手が放たれると、若き枢機卿がその顔に賛嘆《さんたん》に近い表情を浮《う》かべる。

ツェベルン龍皇国《りゅうおうこく》の皇都リューネルグにある皇宮ギネクンコンの奥の一室、少年と青年が盤面を囲んでいた。

「惜《お》しいな、だが遠くはない」

盤面を見ながら青年が述懐《じゅっかい》する。その背後に四人の護衛が控《ひか》え、盤面の動きを見守っていた。

「塔をdの1へ。ついでに質問なのだが、君はこのチェルス将棋《しょうぎ》のどこが好きなのかね？」

青年の手が防御《ディフェンス》へと動き、脳の神経細胞《さいぼう》での信号の伝達、思考すら見透《みす》かすようなその眼差《まなざ》しが少年に投げかけられる。

少年は目を逸《そ》らさずに自らの内面の論理を検索《けんさく》し構成し、口へと上らせた。

「僕が好きなのは透徹《とうてつ》した合理性と論理性です。ここには単純化された法則性、縮小された世界があると考えます。gの8へ移動した兵士が竜《りゅう》になります」

盤面の端《はし》に、少年の小さな手が高価な黒珊瑚の兵士の駒を下ろす。

「どうやら、私の負けのようだね」

枢機卿《すうきけい》の僧衣《そうい》をまとった黒髪《くろかみ》の青年が微笑《ほほえ》み、自らの象牙の王を盤上に倒《たお》して投了《とうりょう》を認める。

「猊下《げいか》の〈双騎士の守り〉の六手目で兵士をdの3へと移動させる定石は当然として、そこからのブルクス・バルの変化は見事です。〈女王による兵士の拒絶〉も悩《なや》みました。ですが、僕の〈女王捨て〉には抗《こう》しえなかったようですね」

　少年が盤面の駒を指し示しながら、感想を述べていき、僧服の青年が感心したように聞き入っていた。

　青年の背後の護衛たちも、少年の思考に賛嘆の視線を注いでいる。

「さすがにレメディウス・レヴィ・ラズエル。弱冠《じゃっかん》九歳で皇国大会、十一歳でチェルス将棋《しょうぎ》の二十二歳以下の大陸大会を制した天才王者だ。私ではチェルス競技者にはなれないね」

「残念ですがそのようです」レメディウス少年は素直に述べた。「大会規定では秒間一兆手までですが、数法咒式士《じゅしきし》のように演算能力を高める意識拡大を行って手筋とその奥の関数を読み、記録されるあらゆるチェルスの手筋を引き出さないと……」

　少年らしい喜びを緑の双眸《そうぼう》に浮《う》かべて語り、レメディウスは自らの幼さを恥《は》じるように押し隠《かく》した。

「失礼しました。モルディーン猊下こそ素晴《すば》らしい指し手でした」

　少年の真《ま》っ直《す》ぐな眼差しを、モルディーンの柔《やわ》らかな笑《え》みが受け止める。

「私に勝ったことで遠慮《えんりょ》しなくていいよ。盤面の上では、皇族も子爵《ししゃく》も関係ない」

　その黒い瞳《ひとみ》に真剣《しんけん》なものが含有《がんゆう》される。

「私は本当の天才を見たかったんだ。この龍の皇国の将来を支えるであろう、数法咒式士の力を。ただそれだけだ」

　現行の最年少の枢機卿であるモルディーンの言葉に、少年も微笑みかえす。

「今度は僕の疑問に答えてください。僕が今まで指したどんな相手、前の大陸王者と指した時よりも猊下の手筋は読みにくいものでした」

盤面の先の対局者へ、レメディウスは疑念の混じった緑の眼を向ける。

「猊下は本当に演算能力を高める意識の拡大や、チェルス将棋の専門的訓練を受けたことがないのですか？」

静かにうなずくモルディーンに対し、レメディウス少年の幼い顔に、さらに深い疑念の色が浮かぶ。

「不思議なことではないよ。私はいくつかの決まり手を覚えて、君の手の意図は何なのか、私にどう指させたいのかの心理を徹底《てってい》的に読み、白でも黒でもない灰色の盤面、引き分けを目指していたのだよ。それだけでは、さすがに専門の競技者たるレメディウス君には勝てなかったようだけどね」

「最初から引き分け狙《ねら》いですか。確かにチェルスの大会では重要な戦略ですが、ここでやられるとは思いませんでした」

レメディウスは、この青年皇族の思考に共鳴を覚えた。

数学に基づかない合理的な論理思考も存在することを、少年は初めて知ったのかもしれない。

「猊下の思考は、僕の王を詰めようとしていました。でも、それは取った敵の駒を自軍の駒として使える東方将棋の思考です。

チェルスという競技は王を詰めるのではありません」

レメディウスは、その手に握《にぎ》っていた黒珊瑚の兵士を盤面の反対側、敵の陣地の最深奥に下ろす。

盤面の組成変化が発動し、無愛想な黒い兵士の駒が、吼《ほ》え猛《たけ》る黒竜の姿へと変化する。

「兵士がここに届くと、〈竜〉の駒に変化する規則があります。どの駒の能力も上回る最強の〈竜〉の駒をいかに作るか、それがこの競技の勝負の分岐点《ぶんき》の一つなのです」

眼前の竜の駒を見つめるモルディーンの表情に、勁《つよ》いものが混じる。

「そしてもう一つ。最初の四手だけでも七万手、異なって指せる盤面になると、二十五に一〇の一一五乗を掛《か》けた数ほどあると言われます。それをどれだけ覚えていられるか、あらかじめ決まっているいくつかの終局図に持っていくか。

極論すればチェルスとは、計算力と記憶《きおく》力の勝負であり、その二つにおいて僕に敵《かな》うものは少ないでしょう」

「君は今までの全ての盤面を、一手も漏《も》らさずに記憶しているということかね？」

「ええ、もちろんです。その時の高揚感《こうようかん》、周囲のざわめき、空気の匂《にお》い、肌《はだ》を撫《な》でる風の温度、そのすべてを鮮明《せんめい》に覚えています」

「それは悲劇だな」

「え？」

少年が顔を上げると、モルディーンの黒曜石の双眸《そうぼう》に哀《かな》しみが宿り、そして消え去った。

「君は危うい。まだ自らがあまりにも幼いということを知らなさすぎる」

「どういうことです？」

レメディウスの声は詰問《きつもん》になっており、その小さな手の中で、竜となった兵士の駒が握りしめられていた。

「レメディウス君、私の許《もと》で世界を見てみないか？」

モルディーン枢機卿の目が、レメディウスを覗《のぞ》きこむ。

「それは、僕に十二翼将《よくしょう》になれと……？」

レメディウスの緑の目は、モルディーンの背後に立つ四人の人物を捉《とら》えた。

皺《しわ》に埋《う》もれた東方系の顔の老人、至高の刃《やいば》ことサナダ・オクナガ。

年齢不詳《ねんれいふしょう》の容貌《ようぼう》に水面《みなも》のような笑みを湛《たた》えた、大陸第二位の咒式士《じゅしきし》たる大賢者《だいけんじゃ》ヨーカーン。

髭面《ひげづら》の壮年《そうねん》の将軍、闘争《とうそう》と暗殺の専門家、「皆殺《みなごろ》しのラキ家」のラキ侯爵《こうしゃく》イェルドレド。

白い髪と髭を長く伸ばした、生ける伝説こと、聖者クロプフェル。

大陸でも最高の咒式士たち、その列に自分が並ぶところを想像してしまい、レメディウスの少年の心が震《ふる》える。

「今すぐにとは言わない。だが、十年、十五年のうちに君は彼らに並び、そして越《こ》えていく逸《いっ》材《ざい》だ。私は君のその天才的な計算能力が欲しい。数と法を支配する咒式士の力と、隠されたその激情を」

モルディーンの深い淵《ふち》のような双眸が、レメディウスの視界全体に広がる。

「君と私なら、世界を、人を見ることができる。汚辱《おじょく》と栄光の時空の果て、特異点の向こうを」

レメディウスは幻《まぼろし》の光景に魅了《みりよう》された。

見てみたい。彼の示す世界の先というものを。

ここではないどこか、いや、ここをそこにしてしまう壮大な盤面を。

「モルディーン猊下《げいか》、お戯《たわむ》れはそこまでになさっていただきたい」

薄絹《うすぎぬ》の紗幕《しやまく》が交差する入口に、妙齢《みようれい》の貴婦人が立っていた。

「これはこれはラズエル婦人」

モルディーンの言葉に慇懃《いんぎん》無礼な礼を返し、カルプルニアは室内を横切り、レメディウス少年の椅子《いす》の背後に立つ。

「この子はまだモルディーン猊下の助けになるようなものではございません。御容赦《ごようしや》のほどを」

少年と同じ貴婦人の深い翡翠《ひすい》色の瞳《ひとみ》が、凍《こお》れる炎《ほのお》の意志をこめてモルディーンに向けられる。

「分かっていますよ。ラズエル社の技術を生み出す頭脳を、攫《さら》っていこうというわけではありません。ただ、ラズエル子爵《ししやく》に世界を見せてあげたいのです」

枢機卿《すうきけい》の言葉は、カルプルニアには届かなかった。

「残念ながら、レメディウスはすでにラズエル家の当主です。亡《な》き姉の子として私が後見人にはなっていますが、この双肩《そうけん》にはラズエル社の全社員の運命が懸《か》かっています」

少年の両肩《りようかた》にその叔母《おば》の白い手が載せられる。

「それでは猊下、今宵《こよい》はラズエル子爵の御相手《おあいて》をいただき光栄でした。それでは御壮健《ごそうけん》をお祈《いの》りいたします」

優雅《ゆうが》に微笑《ほほえ》んで、カルプルニアはレメディウスを立たせた。何かを言いたそうな少年とともにさらに一礼し、典雅《てんが》な歩みで去っていく。

扉《とびら》が無音で開き、幼き子爵と後見人が退出しようとした時、少年が肩に載せられた叔母の手を振《ふ》り捨て、椅子に泰然《たいぜん》と座るモルディーン枢機卿へと向き直った。

「モルディーン猊下、僕はラズエルを捨てることはできません！」

少年の叫《さけ》びに、若き枢機卿は哀《かな》しげな眼差《まなざ》しを返す。

「それにあなたの問いの答えも分かりません。でも、いつか、そう十年か十五年の後、また僕とチェルス将棋《しょうぎ》をしてください！　そこで僕なりの答えを見せたいのです！」

モルディーンは何か太陽のように眩《まぶ》しいものを見たように目を細め、そしてひどく優《やさ》しい声を返した。

「その時、君は兵士から竜《りゅう》、そして兵士ともなっているだろう。君の成長と思考を私は楽しみにしている」

少年の顔が希望と誇《ほこ》りに燦然《さんぜん》と輝《かがや》き、踵を返して走り去っていった。

憤懣《ふんまん》とした叔母の横を駆《か》けぬけて、ただ弾丸《だんがん》のように。

再び無音で閉じた扉を、モルディーンは眺《なが》めていた。

「よろしいので猊下？」

壮年の武人が口を開いた。

「残念だけど仕方ない。彼には彼の道がある。それに彼自身が納得《なつとく》するのならば仕方ないだろう」

モルディーンは背後の腹心の翼将へと返した。

「あの子は、イェルドレド君の双子《ふたご》の息子《むすこ》たちと同い年、サナダ翁の子の下くらいか」

「恐縮《きようしゆく》です」

ラキ侯爵と老武士が頭を下げ、傍《かたわ》らに並ぶ大賢者と聖者が静かに微笑む。

彼らも次代の咒式士《じゆしきし》たちと、レメディウスの姿を重ねあわせていたのだ。

枢機卿は両手を顎《あご》の下に組んで盤上へと双眸を落としていた。

そしていつの間にか、自身が信じてもいないものに祈っていた。

「どうか因果律よ、あの少年を守りたまえ。その前途《ぜんと》に、人の身に耐《た》えられないほどの影《かげ》を落としたもうな。

あの子はあまりに真《ま》っ直《す》ぐで、あまりに強大な咒力《じゆりよく》、そして本当に正しい心を持っている。

私と同じ道を進んでは欲しくないのだ」

1　歯車の軋《きし》み

悪魔《あくま》も地獄《じごく》も見たこともないから、想像上のものだと賢《さか》しげに主張する人間は、想像力が全く存在しない人間だ。

悪魔の詳細《しょうさい》な原型は君の隣《となり》に存在しているし、鏡の中にも毎朝、簡単に発見できる。

街に出れば、地獄の元となった光景がいくらでも見つかるだろう。

ザッハド・ダノン・イエッガ「月のない夜の啓示《けいじ》」　皇暦《こうれき》四九一年

牢獄《ろうごく》の窓からは、抜《ぬ》けるように高い蒼穹《そうきゅう》が覗《のぞ》き、乾《かわ》いた風と細かい砂塵《さじん》が吹《ふ》きこむ。

男が双眸《そうぼう》を下ろすと、石壁《いしかべ》に三方を囲まれ、廊下《ろうか》に面した壁の代わりに一面の鉄格子《てつごうし》が嵌《は》まっていたのが見えた。

そこは牢獄だった。

男が檻《おり》に閉じこめられて、どれくらいの時が経《た》ったのだろうか。

窓から差しこむ朝陽《あさひ》と夜の闇の訪れを数えていたのだが、途中《とちゅう》からやめてしまっていた。それからすでに幾度《いくど》もの朝と夜が過ぎさっていった。

男が粗末《そまつ》な寝台《しんだい》の硬《かた》さに身を捩《よじ》ると、廊下の石床に反響《はんきょう》する物音が近づいてきた。

その音は、男からは見えない位置に座る廊下の見張りの前で立ち止まった。見張りと何ごとかを話している小声が聞こえ、そして再び動きはじめ、鉄格子の端《はし》にその小さな姿を現した。

足音の元は、褐色《かっしょく》の肌《はだ》に亜麻色《あまいろ》の髪《かみ》を揺《ゆ》らし、深い緑の瞳《ひとみ》をした少女だった。

少女は食事を載《の》せた金属の膳《ぜん》を冷たい石床に下ろし、粗末な自分の服を探《さぐ》り、苦労して鍵《かぎ》を取りだす。

錆《さ》びた鍵で鉄格子の小扉を開けて、膳を無言で牢内へと差しいれる。

少女は廊下の奥に去り、男は床の食事へと近づき、膳を取り上げる。男は牢獄の壁に備えつけられた机に戻《もど》り、曲がった匙《さじ》で塩味がついただけの汁《しる》をすくい、黒パンを切り分け肉叉《フォーク》で刺《さ》して口へと運ぶ。

少女は膝《ひざ》の上に立てた両手に可愛《かわい》らしい顎を載せて、食事の様子を眺めていた。

「何？　この国ではこんな食べ方はおかしいのかい？」

一日ぶりに見た人間に、男はなぜか話しかけてみた。その言葉が自分にかけられたものだということに、少女の顔に信じられないといった表情が広がる。

「あなた外国人なのに、ウルムン語が喋《しゃべ》れるの？」

まったく音を立てずに汁を飲みながら、男が返答する。

「まあね。これでも僕は咒式《じゅしき》技術者として、この国に来ていたからね。勉強したんだ」

「ふうん」

少女と青年は鉄格子を挟《はさ》んで沈黙《ちんもく》する。

物音一つ立てない静かすぎる食事が終わり、男は食器と膳を綺麗《きれい》に揃《そろ》えて小扉《しょうとびら》の前に置く。

「何だかすごくていねいな食べかたね」

少女が言葉を漏《も》らした。青年はそれ以上に返答する気はなかったが、寂《さび》しさからか言葉を返してしまった。

「そういう風に躾《しつけ》をされたんだよ。それが龍皇国貴族たるラズエル子爵家の嫡子《ちゃくし》の礼儀《れいぎ》だとね」

青年の言葉に、格子の向こうの少女の顔が少しだけ歪《ゆが》む。

「変なの」

「僕もそう思う」

いまどき貴族なんて意味がない。百年前、七都市同盟との戦争に破れて導入された相続税でほとんどが破産した。

虚名《きょめい》をありがたがる田舎者《いなかもの》に、爵位《しゃくい》を売り払《はら》う者までいるのが現実だと、青年は知っていた。

さらに青年に言わせれば、ラズエル家も軍事情報産業に転身して繁栄《はんえい》しただけ。

貴族という人民の生き血を吸って生きる蛭《ひる》が、流血を舐《な》める怪物《かいぶつ》に変わっただけだ。

青年は少しだけ寂しげに窓を見上げ、少女はそれを眺《なが》めていた。

「一つ尋《たず》ねるけど、毎日僕に食事を届けてくれる君の名前は？」

「なぜ聞きたいの？　それも躾？」

「いいや、お礼を言うために」

少女は、これ以上はないくらい怪訝《けげん》そうな顔をした。

「あなたを閉じこめたのはあたしの仲間よ？　僕個人の流儀《りゅうぎ》だけど」

「それでもだ。これは躾ではなく、僕個人の流儀《りゅうぎ》だけど」

少女は少しだけ可笑《おか》しそうに笑い、真面目《まじめ》な顔を造りなおそうとするが失敗する。

「本当は話しちゃいけないんだけど、まあいいわ。あたしはナリシア、称号《しょうごう》も家名も無い、ただのナリシアよ」

青年は寝台から立ち上がり、少女に向かって威儀《いぎ》を正して名乗る。

「僕はレメディウス。レメディウス・レヴィ・ラズエル。どうぞお見知りおきを」

その場違《ばちが》いなまでに丁寧な名乗りを、少女は小さく笑ってしまう。青年も自分の行動にさらに小さく笑ってしまう。


「ガユス・レヴィナ・ソレル。あなたを咒式《じゅしき》類等取締法第一章第二十三から二十八条、六十七条違反《いはん》、および不法魔杖剣《まじょうけん》所持で逮捕《たいほ》します」

濃紺《のうこん》の婦警の制服を着こんだ女がそう告発するのを、俺は知覚眼鏡《クルークブリレ》越しに見ることになった。

アシュレイ・ブフ&ソレル咒式事務所の応接室で、長椅子《ながいす》に座る俺の前にその女は立っていた。

長めの白金の髪を金色の紋章《もんしょう》が輝《かがや》く帽子《ぼうし》の中に押しこみ、その下の翠《みどり》の瞳が俺を見すえていた。

たが、その怒《いか》りの表情すら女の美貌《びぼう》を際立《きわだ》たせるものだった。

短めの裾《すそ》と体の線を強調するような制服姿は、場合が場合でないなら、妙《みよう》に煽情《せんじよう》的な姿だった。

俺はうなだれたように椅子から立ち上がる、と身を翻《ひるがえ》し逃走《とうそう》しようとした。

だが婦警はそれを予測していたらしく、逃《に》げおくれた右手を摑《つか》む。さらに、長く綺麗な足を回転させて、応接机に立てかけておいた魔杖剣を、俺の手の先から蹴《け》りとばした。

その脚線美《きやくせんび》に目を奪《うば》われていた一瞬《いつしゆん》、女は摑んだ俺の右手を逆手に取り、背後に回るようにして床《ゆか》に組みふせた。

婦警姿の女が腰《こし》から取り出した古めかしい合金製手錠《てじよう》が、室内灯に鈍《にぶ》い光を反射させたのが見えた。

「午後五時四十五分、咒式士《じゆしきし》ガユス・レヴィナ・ソレル、あなたを逮捕します」

婦警が俺の手を上げさせ、手錠を嵌《は》めようとした時、俺は前転して腕《うで》関節の技《わざ》を外し、体勢を崩《くず》した女の左手を逆に俺が引きつけ、誘導《ゆうどう》する。

左手に持つ金属の輪が、彼女自身の右手首で閉じられる音が応接室に響《ひび》く。俺は跳《は》ね上がりながら手錠の逆端を引きよせ、棚《たな》の支柱に手錠をかける。

制服の女は自分が逆に囚《とら》われてしまった格好になり、焦燥《しようそう》の表情を浮《う》かべて叫《さけ》ぶ。

「なっ、こんなことをしてどうする気？　ただでは……」

「俺の心配をありがとう。でも、自分の身の危険を考えるべきだね婦警さん」

俺は女の細い顎《あご》に手をかけ、真紅の唇《くちびる》を奪う。振《ふ》りはらおうとする左手を摑み、今度は逆に俺が女の背後に回る。そのまま右手を制服の下へと滑《すべ》り入れる。

意外に大きな胸が掌《てのひら》の中で弾《はず》む。

「や、やめ」

もちろん俺がやめるはずもなく、今度は女のシャツの釦《ぼたん》を外し、ブラの留め金を外し、雪原のような二つの丘陵《きゆうりよう》を外気に晒《さら》す。その乳房《ちぶさ》を五指で摑む。

次第に抵抗《ていこう》が弱くなる女をこちらに振り向かせ、再び唇を奪おうとした時、女のその緋色《ひいろ》の口唇《こうしん》が冷静な言葉を放った。

「これって楽しいのガユス？」

「たぶん」

固まってしまった俺に、恋人《こいびと》のジヴーニャの疑うような視線が突《つ》きささる。

会社が早くに終わったジヴから連絡《れんらく》が入ったのだが、だったら今現在、事務所には俺だけだから寄っていけば？　と誘《さそ》ったのだ。

口づけしたりふざけているうちに、依頼者《いらいしや》だった制服業者が報酬《ほうしゆう》代わりに置いていった婦警の制服がジヴの目に入った。

新品だし似合いそうだからあげるよと勧《すす》めたら、最初は嫌《いや》がりながらも、その昔、婦警に憧《あこが》れていたというジヴはその場で着てくれた。

凜《りん》とした美貌のジヴが着ると、これが妙に似合うこと。

そして逮捕ごっこをしようということになって、細部まで設定を決めて遊んでいるうちに俺が変に興奮してしまって、その手の映画みたいな展開になっているというわけだ。

「まさかこういう展開がしたくて、わざと制服を置いていたんじゃないでしょうね？」

「まさか」

俺は明後日《あさって》の方向、希望の方角へと視線を逸《そ》らせた。

「ジヴ、愛しあう二人といえど、性生活には変化が必要なんだよ」

「変化というより、変態っぽい気がするけど？」

横目で確かめると、ジヴの視線は零下《れいか》に近くなっている。意外とジヴは保守的だ。

俺は会話の間も乳房とその先端《せんたん》を弄《もてあそ》んでいた右手を急速降下させる。気づいたジヴが身を捩《よじ》るのも構わずに、指先は帯《ベルト》を通り、ジヴの下着《ショーツ》の中へと滑りこみ、柔《やわ》らかな茂《しげ》みに触《ふ》れる。

「と言うわりには、なんか準備万端なような」

「ば、馬鹿《ばか》ガユスっ！」

耳まで赤く染めたジヴの雷《かみなり》のような肘打《ひじう》ちが放たれるが、俺が指先を動かした瞬間《しゅんかん》、体が前へと戻《もど》されてしまって不発。

俺は一刻も手を休めずに可愛《かわい》がってやり、何かを堪《こら》える恋人の耳元へ後ろから囁《ささや》く。

「ジヴ、いい？」

顔を覗《のぞ》きこむとジヴが熱い吐息を押し殺すように視線を逸らす。了承《りょうしょう》の合図に俺は内心狂気《きょうき》乱舞《らんぶ》し、下から手でジヴの下着をずらしていく。

男の子に産んでくれてありがとうお母さん、と感謝したくなる瞬間だ。

不愉快《ふゆかい》な電子音が鳴りひびき、俺とジヴの体が同時にびくりと痙攣《けいれん》する。

机の上の携帯児信機《けいたいじゆしんき》が、不吉《ふきつ》な唸《うな》り声を上げつづけていた。

無視して行為を続けようとするが、鳴りやまない無粋《ぶすい》な呼びだし音に、ジヴは乗り気ではなくなったらしく、俺の手を摑みとめる。

何となくだが、前もこんなことがあったような。

「出たら？」

「やだ」

ジヴは俺から離《はな》れ、腕の一振《ひとふ》りで玩具《おもちゃ》の手錠を外し、膝《ひざ》まで下がった下着を上まで戻しはじめた。

さよなら俺の青春。俺は床を蹴りたてて応接机に近づき、正義の怒りを込めて携帯を取り、耳に当てる。

「てめえギギナっ、少しは時期を考えろ！　俺は今、天使を逃《のが》したんだぞっ！」

「それでは問題は解決したな。いいから来い」

相棒からの通信を切って、俺が長外套《コート》を引っつかみ外へと出ようとしたら、ジヴが俺の手を摑む。

振り返りながら「何？」と尋《たず》ねると、ジヴは目を合わせようともせずうつむいたまま、小さな声を出す。

「お願いだから、手を拭《ふ》いていって」

「何で？」

無言のジヴの靴《くつ》の高い踵《かかと》が、俺の足の甲《こう》に突き刺《さ》さった。

俺は今日も憂鬱《ゆううつ》だった。

相棒のギギナが契約《けいやく》先の娼館《しょうかん》で暴れる咒式士《じゅしきし》たちを瞬時に制圧した後、壊《こわ》れた設備の補償《ほしょう》を誰《だれ》がするかで俺が交渉《こうしょう》しに呼ばれたのが先程である。

さらには、春先にあった事件で大きな収入があり、一時期好転した我が社の経営だったのだが、税金から控除《こうじょ》される経費もすでに昨日の時点で超過《ちょうか》していた。

早く大きな仕事が入らないと、最低限必要な咒式弾《じゅしきだん》の購入《こうにゅう》すらできない赤字決算になってしまう経営状態であり、気が滅入《めい》る。

それだけが憂鬱の原因ではないのだが。

信号までも俺の眼前で意地悪に赤色を灯《とも》しやがり、ついでに来月車検の愛車のヴァン、バルコムＭＫⅥ七五年型の減速板《ブレーキ》を踏《ふ》み停車する。やはり衝撃吸収機構《サスペンション》の調子が悪く、軋《きし》んだ音を立てる。

拘束《こうそく》が十分でなかったらしく、後部荷台の各種咒式具が耳障《みみざわ》りな音を立てる。やや遅《おく》れて、零《こぼ》れた咒弾薬莢《じゅだんやっきょう》が床《ゆか》に落ちたらしい澄《す》んだ金属音が、どうでもいい音階を奏《かな》でる。

同時に足元に立てかけた魔杖剣《まじょうけん》ヨルガが倒《たお》れ、鞘《さや》から少しだけ刀身が覗く。

鋼色《はがね》に輝《かがや》く、刃渡《はわた》り八〇二ミリメルトルのジリビウム咒化《じゅか》反応合金製の直剣、抜身《ぬきみ》乾燥《かんそう》重量は二五三五グラムル。

拵《こしら》えが大分くたびれてきたその刃を、踵で柄《つか》を押して鞘に戻す。

何となく俺自身に似ている。

無機質の物体にまで感傷的になる自分に嫌気《いやけ》がさしてしまう。

ようやく前方の右折車が発進したので、黒革貼《ば》りの操縦環《ハンドル》を廻《まわ》して右折。直進して来る単車と衝突《しょうとつ》しそうになり急停止。懇切丁寧《こんせつていねい》かつ親切な注意をしてやる。

「アスファルトの妖精に呪《のろ》われて死ね、うすらマヌケ」

咒式士《じゅしきし》にあるまじき非科学的な言葉を吐《は》いてしまったが、向こうも器用に左手の中指を立てて走りさった。

思わず化学咒式《かがくじゅしき》第一階位〈燐舞《ウコバ》〉を組み、燐《りん》の炎《ほのお》で焼いてやろうとした時。

「前へ進めガユス」

助手席で瞑目《めいもく》していたギギナが俺に鋼製の声を投げつけてくる。

そのギギナが一九四センチメルトルという長身を屈《かが》めて座っているので、どうにも車内が狭《せま》く見える。

おまけに凶悪《きょうあく》極まる形状の魔杖剣〈屠竜刀《とりゅうとう》ネレトー〉を折りたたみ、胸に抱《かか》えているので、そのお邪魔効果は倍増である。

数法咒式を学んだ精神科医あたりなら、「幼児がお気に入りの毛布を手放さないのにも似たである。


幼児性の現れ」だと分析《ぶんせき》するのだろうが、もちろん俺は言わない。

俺の相棒はギギナ・ジャーディ・ドルク・メレイオス・アシュレイ・ブフ。北方の戦闘狩猟民族《せんとうしゆりよう》ドラッケン族の獰猛《どうもう》な血を引き、俺と同様に十三階梯《かいてい》に達する咒式士《じゆしきし》で
そんなギギナに注意するのは気合の入った被虐趣味《ひぎやくしゆみ》の自殺志願者か、二五〇キロメルトル以上離れているか、ヤツが単身赴任《ふにん》で実家に残してきた婚約者《こんやく》だけだろう。

後衛役の非力な化学咒式士たる俺は、賢明《けんめい》にもいつも余計なことを言わない。

「何を苛々《いらいら》している」

常々、俺のことなど便利な咒式《じゆしき》展開器具としか思っていない節のあるギギナだが、たまに気温か湿度《しつど》か、地磁気の影響《えいきよう》なのかは不明だが、向こうから言葉を続けることもある。

別に嬉《うれ》しくはない。

「俺は常に冷静だよ。おまえこそ不機嫌《ふきげん》に見えるぜ」

「何が、だ？」

ギギナの怪訝《けげん》そうな返答に俺は右折しながら片頬《ほお》を歪《ゆが》めて答えてやる。

「いや、最近、俺がおまえと同じ十三階梯になったことが面白《おもしろ》くないんじゃないの？」

ギギナの麗々《れいれい》しい眉《まゆ》が正確に三ミリメルトル跳《は》ね上がり、その上下を跨《また》いだ蒼《あお》い竜《りゆう》と焔《ほのお》の刺青《いれずみ》が身を捩《よじ》る。

俺を民間の独立咒式士に誘《さそ》ったのはギギナで、咒式の学究の徒で、戦闘の素人《しろうと》だった俺を攻《こう》

性咒式士《せいじゅしきし》へと鍛《きた》え上げたのも奴である。
絶対に認めたくはないのだが、言わば師匠《ししょう》みたいなものでもある。そして俺は最近昇格《しょうかく》して
そのギギナに並んだのである。
当然、無駄《むだ》に高い矜持《きょうじ》を持つドラッケン族の血を引くギギナにとって、愉快《ゆかい》なはずはないの
である。
俺の不愉快な感情をギギナに分けて差しあげ、両方とも不機嫌を囲うことになった。
しかしドラッケンは声を荒《あ》らげて怒《おこ》るわけにもいかない。怒れば認めることになる。
「今だけだ」
鈍《にぶ》い金属音が上がった。
ギギナの抜刀《ばっとう》した剛《ごう》化チタン製の鉈《なた》が俺のかがめた頭上を疾《はし》っていき、車の内部補強骨格に
刃を立てそして瞬時《しゅんじ》に戻《もど》っていく。
別に二人とも何も言わない。いつものことである。ギギナが本気なら、この距離《きょり》での抜刀が
俺に躱《かわ》せる力学的理由がない。
「うるさい」と言うのが面倒《めんどう》なので、刀で警告したのだ。それが戦闘狩猟民族ドラッケンの流《りゅう》
儀《ぎ》だそうだ。
早く滅《ほろ》べ、そんな腐《くさ》れ民族、と俺は常に思うが、ドラッケン族社会はそれでも奇跡《きせき》的に機能
しているらしい。迷惑な奇跡だ。
「すぐに抜く」

ギギナは再び瞑目に戻った。右目の上下の蒼い焔だか竜だかの繊細《せんさい》なドラッケン刺青が何となく目に入った。長年組んでいると、この歩く爆薬《ばくやく》のどこまでが安全圏《けん》でどこからが発火点かが分かる。

人類がこのまま努力していけば、いつか蛙《かえる》や芋虫《いもむし》とも会話可能になる、と俺が証明しているのだろう。

誰《だれ》かこの超人《ちょうじん》的な忍耐《にんたい》力と努力を褒《ほ》めてくれよ。

車はネレス通りを横切り、ほとんど車のいない道路を速度を上げて疾駆《しっく》していく。

急加速に車輪の合成ゴムが焦《こ》げる。

汚泥《おでい》が煮立《にた》つような笑声が隣《となり》で響《ひび》いた。

「そうか、貴様の不機嫌の主原因はあのジヴーニャか」

「何のことだ？」

ギギナの秀麗《しゅうれい》な顔を見ずに惚《とぼ》けるが、現代人以前かつ類人猿未満のギギナは妙《みょう》に勘《かん》のいい時がある。

ネレス通りといえば、俺の恋人《こいびと》のジヴーニャが住んでいる高層住宅があり、連想してジヴの陽光色の髪《かみ》と春の湖沼《こしょう》の瞳《ひとみ》が脳裏《のうり》を掠《かす》め、それが行動に出てしまったのかもしれない。

それを戦闘嗜好症《しこうしょう》のギギナごときに勘づかれたのは非常な痛恨事《つうこんじ》である。

「ああそうだよ、不機嫌の元はジヴだよ」

先をうながすようにドラッケン族が黙《だま》ってやがるので、俺は半ば自棄《やけ》ぎみに話を続ける。

「ジヴと愛しあう時に限ってギギナに邪魔《じゃま》されるから不機嫌なんだよ。今日はようやく機嫌が良かったのに、それをおまえが！」

「貴様の発情期の周期を私に把握《はあく》しておけと？　万年発情期の貴様のどこにそんな隙《すき》があるのだ？」

さらに乱暴に加速板を踏《ふ》む。慣性の法則で運転席の背の革に背中が少しめり込む。

ギギナといえば、隣でその整った顔に爬虫類《はちゅうるい》の表情で嗤《わら》っていやがる。

「だから嫌だったんだよ」頭に来たので地雷《じらい》を踏むことにした。「だが、自分の許嫁《いいなずけ》に特に帰郷しなくて良し、とか言われるヤツよりはマシだなぁ」

ギギナの凍《こお》った怒気《どき》が右隣から放射されるのを右頬に感じる。

ドラッケン族と母親を馬鹿《ばか》にするのと、酒が呑《の》めないのと、婚約者の話はヤツの逆鱗《げきりん》に触れる自殺的話題である。

「ガユスよ。今、なぜだか私とドラッケンの伝承の死者の狩《か》り手が親密となって、貴様の寿命《じゅみょう》が突然《とつぜん》今切れたのが分かったのだが、葬式《そうしき》は十字教会式か？　イージェス教式か？　それとも生ゴミ焼却式か？」

「酒呑んで奥さんとドラッケンの血族とやらに聞けば？」

こっちも刺々《とげとげ》しい気分になっているので喧嘩《けんか》を受けてたつ。

原因の一端《いったん》はギギナのバカにもある。共同経営者の癖《くせ》に細かい仕事は俺に一任して、自分は修行とかほざいてどこかへ居なくなるし、経費超過《ちょうか》もヤツの高価な呪式具《じゅしきぐ》の衝動《しょうどう》買いの所為《せい》である。

今気づいた。ギギナが諸悪の原因だ。不況も、治安の悪化も、猫が猫なのもギギナの責任だ。

車内の雰囲気《ふんいき》は最悪になっていた。

ヴァンの無線の呼びだし音が鳴った。

冷戦を一旦《いったん》休止し、出力に変える。

「どこに居腐るっ、この無能咒式士《じゅしきし》の各種詰合《つめあわ》せどもっ！　携帯《けいたい》を切ってるなっっ！」

このどら声は役所の生活対策課のサザーラン課長である。

俺は急いで十イェン銅貨を通話器に当てて擦《こす》り「あーあー、誰ですか？　電波が混線していてよく聞き取れません、どーぞー」と丁寧《ていねい》な作法で無線を切ることにする。

「聞こえないフリをするなっ違法《いほう》生物っ！　スムルフ通り四丁目の消防署で違法な召喚咒式《しょうかんじゅしき》発動が関知され、〈異貌のものども〉の発現が確認《かくにん》。市警察が突入《とつにゅう》するも制圧できず、警察本部の特化隊が来るまで間にあわないっ、一番近い攻性咒式士《こうせいじゅしきし》、つまりおまえらが協力しろったらしろ！」

ギギナはまったく何も聞こえていないという表情で、風景を眺《なが》めていた。

俺も参加したかった。サザーラン課長の特技は、理不尽《りふじん》な怒《いか》りを何時間でも継続《けいぞく》できることであるからだ。

午前中に小言を言いはじめ、昼食後にさらに叱責《しっせき》を続け、午後五時に役所が閉まって自身帰宅し、俺たちが事務所に帰還《きかん》しても電話をかけてきて翌朝まで罵倒《ばとう》するという前人未到《ぜんじんみとう》の離《はな》れ業《わざ》をやられたことがある。

実は、ギンネル社の世界記録管理室に、これを記録申請《しんせい》したことがあるのだが、実はすでにラペトデス七都市同盟で、四十六時間三十二分十二秒怒鳴《どな》りつづけたという僧侶《そうりょ》の記録があるので、惜《お》しくもそれは二位ですね、と言われ、俺は少し泣いた。

本人はまったく知らない世界第二位の叱責者は、さらに三分間も罵詈《ばり》雑言《ぞうごん》を怒鳴りつづけた。

俺の細胞《さいぼう》内のゴルジ体の不格好さと、その隣のミトコンドリアとの近所づきあいの悪さと、祖先のアメーバの国際的な人身売買疑惑《ぎわく》を糾弾《きゅうだん》されたあたりで、精神耐性《たいせい》の限界に達した俺は無線に出ることにした。

ここら辺が俺とギギナの人としての徳の差であろう。幸せの差にはならないあたりが、俺が神を信じない理由の一つだ。

「えー、ソレルです。犯罪事件に首を突《つ》っこむと、また市警察に嫌《きら》われますよ」

「やっぱり聞いてやがったな、豚《ぶた》の尻《しり》に似た顔の咒式士《じゅしきし》ども！　咒式《じゅしき》犯罪は生活安全部の仕事でもあるっ、行けったら行けっ、ついでに死んで私を喜ばせろっっ！」

壮絶《そうぜつ》な破裂《はれつ》音とともに通信は切れた。

俺とギギナの長い長い嘆息《たんそく》の二重奏の後、俺は操縦環《ハンドル》を回して、車体を百八十度転回。現場へと急行した。

赤光に染められたスムルフ通りの現場は、怒号《どごう》と交錯《こうさく》する情報とで騒然《そうぜん》としていた。

現場の前には到着《とうちゃく》していた警察車輛《しゃりょう》が並び、封鎖《ふうさ》帯の外では安全圏《けん》で事態を愉《たの》しもうとする野次馬たちが無責任な視線を向けていた。

一方では、報道機関の派遣《はけん》員が現場に近づこうとするのを、警官たちが怒号を上げて安全区域まで押しもどそうとし、一悶着《ひともんちゃく》が起こっている。

俺とギギナは人波を掻《か》きわけ、現場の指揮本部らしき場所へ近づく。

無線相手に怒鳴っていた、責任者らしい一人の四角い顔の刑事《けいじ》が俺たちの顔に気づく。襟章《えりしょう》は銀の星紋《せいもん》一つに一本帯、つまりは警部補だ。

「くそっ、もうおまえら腐《くさ》れ攻性咒式士《こうせいじゅしきし》が嗅《か》ぎつけてきたか」

ベイリック警部補は深刻な事態への苦々しさと、愚痴《ぐち》を聞いてくれそうな人物の登場への喜びを等配合したような複雑な表情を浮《う》かべた。

たいていの警察関係者は、俺たちのような攻性咒式士を潜在《せんざい》的な犯罪者予備軍だと思っている。実際、本来は咒式《じゅしき》の展開発動にはいちいち許可が必要なのだが、その度《たび》に報告している咒《じゅ》式士《しきし》はほぼ皆無《かいむ》なので、半ばは正しいのである。

一方で、このベイリックという男は、必要悪はやはり必要だと知っている現実派で、俺たちとの仲はさほど悪くはない方だ。

俺たちも時にはベイリックの捜査《そうさ》を補助したり、見返りに情報を得たりしている。もちろんばっちり違法だが、実際にベイリックが三十三歳で警部補という異例の出世をしたのはそういう理由もある。

「文句なら役所の年中無休、終日営業の威張《いば》り屋サザーランに言えよ。で、中はどんな様子だ?」

俺とベイリック警部補の視線の先、一階には赤い消火車や梯子車《はしごしゃ》が巨大《きょだい》な獣《けもの》のように身を潜《ひそ》め、その上に四階建ての無味乾燥《むみかんそう》な消防署の建物がそびえていた。

ベイリックによると、何とか逃《に》げ出した消防士が、ジノレイ消防署内で異貌のものどもが出現し、中では宿直の消防士九人が取り残されているとだけ叫《さけ》んで意識を失ったそうだ。

どっちにしろ、〈異貌のものども〉相手に一般《いっぱん》警察の出番はない。

民間の方が何倍、何十倍もの収入があるため、有能な咒式士《じゅしきし》は、軍人にはなっても警察や役人にはならないことが多いのだ。

有能な公務員咒式士というのは、供給される熱量以上より多くの熱量を出す第一種永久機関、決して止まらない第二種永久機関と同じく物理的に存在しえない。

「ジノレイ消防署か」

ギギナが建物を見上げたままつぶやき、俺は気のない言葉を向ける。

「何だ、消防署に興奮する変態趣味《しゅみ》でもあるのか?」

「ここにはプレメレナがいる。赤い巻毛で、泣き虫の女だ」

行く先々にギギナの女か元女がいるような気がする。避妊の生体咒式《じゅしき》がなかったら、ギギナの私生児で一個大隊が編成できる。その光景を想像して暗い気分になりベイリックに視線を戻《もど》すと、険悪な顔がお迎《むか》えしてくれた。

「おまえらの手は借りないよ。この程度の相手は警察が解決する」

強がるベイリックの意見に、俺の傍《かたわ》らのギギナが優雅《ゆうが》な欠伸《あくび》をして続けた。

「別に私とガユスが積極的にやりたいわけではない。役所と険悪になりたくないし、報酬《ほうしゅう》が支《し》払《はら》われるから義務で言ったまでだ。ラルゴンキン事務所のヤッか、特化制圧部隊を呼べ」

ベイリックは苦渋《くじゅう》に満《み》ちた表情を浮かべた。

「知らないだろうが、ラルゴンキン事務所は十五分前にルアン歯科で起きた同様の事件で、東に出はらっている。さらにうちの咒式《じゅしき》特化制圧部隊は今朝起きた隣郡の咒式爆破《ばくは》犯《はん》を包囲中だ。分隊の派遣要請《はけんようせい》をしたが、到着《とうちゃく》にあと半時間はかかる」

ギギナはともかく、常識溢《あふ》れる俺は経営好転のための目先の金が欲しいので、何とか事件に介入《かいにゅう》すべく揺《ゆ》さぶりをかけてみる。

「では軍を呼べ。文句言われることなしに戦術級咒式を派手に撃《う》ちまくれるから、喜んで来てくれるさ」

ベイリックの暗い表情に嫌悪《けんお》までが加味される。

歴史書を見るまでもなく誰でも知っているのだが、ツェベルン龍皇国では七十二年前の二月二十五日に軍部の青年将校が決起し、制止しようとした警察と戦闘《せんとう》になり死者が出た。その「禁橋の変」以降、両者の仲は非常に険悪なのが由緒《ゆいしょ》正しき伝統である。

つまり可哀相《かわいそう》なベイリック警部補は、警察という組織の面子《メンツ》を裏切って軍部に頼《たよ》るか、もしくは縄張《なわば》りの侵犯《しんぱん》をしてくる役所の使いに頼るかを両天秤《りょうてんびん》にかけることになっているのである。

さらに俺の望む通りに決断しやすいように、天秤にもう一つの方向の受け皿と重しを作る。

「迷っているヒマはあまりないぜ、熟考している間に中の〈異貌のものども〉が出てきて、周囲の人間に死人が出たら、その慎重《しんちょう》かつ冷静な判断を警視総監《そうかん》が表彰《ひょうしょう》してくれるだろうよ。その後おまえはなぜか閑職《かんしょく》に回《まわ》され、同僚《どうりょう》や友人や行きつけの酒場の親父になぜか疎《うと》まれ、奥さんになぜか嫌《きら》われ、二人の子供になぜか父さんなんて見たくもないと言われる。今でも撤退《てったい》中の髪《かみ》の毛もなぜか後頭部まで退却《たいきゃく》し、自分の人生のどこが間違《まちが》いだったかを煩《はん》悶《もん》する、愉快《ゆかい》すぎる老後を送るだろうさ。いや、おめでとう。羨《うらや》ましいよ」

俺の嫌味《いやみ》な祝辞と拍手《はくしゅ》に対し、ベイリックの四角い顔に少量の人命保護の正義感と、自己保身の成分が表出し、そして呻《うめ》いた。

「クソっ、だからおまえら咒式士《じゅしきし》は嫌いなんだよ。無駄《むだ》に頭が切れる上に性格が最低最悪だ」

「それは褒《ほ》め言葉にしかならないよ。市長と世論あたりが後で取りなしてくれるだろうさ」

そういえば咒式士学会機関誌『咒式《じゅしき》の友』での性格の悪い咒式士投票で、九月号に引き続き十一月号でも俺のような化学咒式士がぶっちぎりで一位だったそうな。

よく理解できない話だ。

俺のような化学咒式士とは、様々な薬毒物爆薬《ばくやく》等の化学物質を合成展開する後衛役の典型で、戦況《せんきょう》を分析《ぶんせき》し、相手の心理を読むという戦闘・戦術に優《すぐ》れる。

絵本に出てくる悪い魔法使《まほうつか》いあたりが、咒式士をよく知らない人の抱《いだ》く印象であろう。

性格のいい化学咒式士とは、いわく無能の別名であると俺は主張したい。心中でだけだが。

無駄思考で時間をつぶしていると、いまだ決断を逡巡《しゅんじゅん》している、ベイリックの掌中《しょうちゅう》の無線端《たん》末《まつ》が悲鳴を伝えだした。

「だ、だ、だ駄目《だめ》です警部補、我々の呪式《じゅしき》と装備では、ヤツは、まが……」

それに続いて、轟音《ごうおん》と凄絶《せいぜつ》な悲鳴と絶叫《ぜっきょう》が、無線端末と建物から長く長く響《ひび》いた。

端末からは、砂嵐《すなあらし》の音が聞こえるだけだった。

正確に五秒後、ベイリック警部補は俺たちを惨劇《さんげき》の中へと通すことに同意した。

ジノレイ消防署の中は照明電源が落とされ、仄《ほの》かに暗かった。

警察の先遣隊《せんけんたい》に破砕《はさい》された玄関扉《げんかんとびら》と窓から差しこむ、落日と警察の投光機の光だけが、室内の輪郭《りんかく》を照らしている。

玄関のタイルを、靴《くつ》裏で静かに踏《ふ》みしめて歩む。

俺は魔杖剣《まじょうけん》〈断罪者ヨルガ〉の柄《つか》の呪式弾倉《じゅしきだんそう》の発射端子に視線を走らせ、十三発全弾装塡《そうてん》されており、撃鉄《げきてつ》も起こされているのを確かめる。

やや前方のギギナは、刀身だけで九三五ミリメルトル、片手持ち状態ですら全長一八五〇ミリメルトルにもなる長大な屠竜刀《とりゅうとう》ネレトーを提《さ》げていた。

俺とギギナの双眸《そうぼう》が室内を見渡《みわた》し、互《たが》いの視線の死角を補っていた。

室内を発光呪式で照らす愚《ぐ》は犯《おか》せない。呪弾《じゅだん》が弾《はじ》け呪式が発動する。

ギギナが俺に作動させた生体強化系呪式第一階位〈猫瞳《バステ》〉で、網膜《もうまく》の下の明るさを関知する桿状体細胞を増加させ、猫類にあるタペータムという反射板で通過した光を再び網膜へと反射。光を二度利用することによって、人間の視認限界光量の六分の一の暗所でも視界を確保する。

猫嫌いのギギナの方は同様の効果を持つ生体強化系咒式第一階位〈梟瞳《ミネル》〉を展開している。輪郭がはっきりしてきた視界の中に人影《ひとかげ》が浮《う》かび、思わず魔杖剣を向ける。

俺の足の乱れを、即座《そくざ》に感知したギギナが瞬時《しゅんじ》に振《ふ》り返る。

「何でもない」

それは壁《かべ》の鏡に映った自分の姿だった。伸《の》びてきた赤錆《あかさび》色の髪、碧《あお》の瞳《ひとみ》とその下に続く細い鼻梁《びりょう》。鼻先に引っかかる知覚眼鏡《クルークブリレ》といつも皮肉げに歪《ゆが》んでいる口許《くちもと》。

顔色は相変わらずの気苦労のために良くなった試しはない。

マヌケな行動を糊塗《こと》しようと、俺は急ぎ足でギギナの横を抜《ぬ》け、前へと進む。

俺は後ろ手の左拳《こぶし》を開いて閉じ、前方を指さし、奥の廊下《ろうか》へと進むようギギナに指示する。

特殊《とくしゅ》部隊の制圧作戦ならば、大声を出しあって犯人を威嚇《いかく》しながら侵攻《しんこう》するのだが、人間以外の相手にそれが有効とは思えないため、猫のように静かに進む奇襲《きしゅう》作戦の方を採用している。

咒式剣士《じゅしきけんし》として近接戦闘能力に優れるギギナが先行し、廊下の壁のやや左側に寄りつつ狭《せま》い廊下を進んでゆく。

取りよせた建築図面では、左奥に扉《とびら》があり、消防士の訓練場や詰《つ》め所《しょ》はその奥にある。

ギギナは廊下の曲がり角の壁に寄りかかりながら、刀の先を鏡として使い、左に曲がる廊下

の先を確認《かくにん》。俺に向かって後ろ手で指を振り、続けと指示を出し、無造作に歩む。

後を追いかけ角を曲がると、突《つ》きあたりの樹脂《じゅし》タイルの床面《ゆか》には、紅の彩《いろど》りと、鉄と塩の酸鼻な臭気《しゅうき》が加えられていた。

一人は廊下の壁に足を投げ出して寄りかかり、その奥にうつ伏《ぶ》せに倒《たお》れている、もう一人の警察先遣隊の死体があった。

ギギナが周囲を警戒《けいかい》し、手前の死体の検分を俺が急いで行う。

平均体重の人間の血液総量は約六リルトルと言われ、二リルトル以上の出血で失血死にいたるという。検分するまでもく、それ以上の血潮が流れだしている。

死体が着こんでいた防弾《ぼうだん》短衣は、鉄の五分の一の重量で三倍の強度を持ち、火薬式銃弾《じゅうだん》のほとんどを無効化する強靭《きょうじん》な防御《ぼうぎょ》力を誇《ほこ》るアラミド繊維《せんい》の強化型で、四百度までの耐火《たいか》性をも備える郡警察標準装備。

「うえ、酷《ひど》いなこれ」

だが、いったいどのような衝撃《しょうげき》が加わったのか、それらが引き裂《さ》かれ、桃色の小腸や赤紫色の肝臓《かんぞう》をさらけ出し、残酷《ざんこく》な湯気を立てていた。

そして奥の床に倒れている死体には、損傷がまったくなかった。

ただ、目や鼻や口から涙《なみだ》と体液を零して、喉《のど》を掻《か》きむしるような姿で絶命していた。

死因は毒か薬物か。どちらにしろ咒式《じゅしき》による殺害である。

「安月給でこんな死にざまの警官は割りにあわないな。まあ、元気に死んでも、遺族年金もクソも出ない俺たちよりはマシだろうが」

俺の言葉に、ギギナの目が咎《とが》めるようなものになっていた。

「隠密突入《おんみつとつにゅう》していたはずだが、貴様のお喋《しゃべ》り癖《ぐせ》は不治の病《やまい》だな」

「はい、ギギナも喋ったので同罪」

ギギナが不愉快な顔をした。言い捨てた俺の方は傍《かたわ》らに落ちていた、エリダナ郡警制式魔杖《まじょう》剣《けん》〈制圧者ウェルス三八式〉を観察する。

発射端子は、警察士の敢闘《かんとう》を示し全六発を撃《う》ちつくし、空を指していた。

咒弾《じゅだん》の発射された方向を探すと、右方の金属製の扉が中から大きく歪んで開いており、そこから覗《のぞ》く室内の壁の咒弾命中痕《こん》が、重なる蜘蛛《くも》の巣模様を作っていた。

ギギナと俺は視線で互いの意思を交換《こうかん》し、足を進め、まったく同時に突入する。室内の敵の待ち伏《ぶ》せを警戒して、魔杖剣を素早《すばや》く四方に向ける。

部屋は消防士の訓練場で、小型な体育館ほどの高さがあった。コンクリ柱の間の闇《やみ》には、紐《ひも》で負荷を引っ張る装置や重量上げ用の寝台《しんだい》が、巨人の凶器《きょうき》のように並んでおり、中二階の四方には、走れるような回廊《かいろう》が備えつけられていたのが確認できた。

ギギナが屠竜刀《とりゅうとう》ネレトーの刀身をさらに奥に向けた時、俺は気づいた。消防士が昇《のぼ》り降りをして鍛《きた》えるために使う、天井《てんじょう》から下がっている綱《つな》が揺《ゆ》れていたのだ。

即座に飛びこみ前転する俺の背後で、室内を揺るがす派手な落下音が続いた。

すぐに振り返ると、上空から落下し、強化コンクリの床に隕石《いんせき》が衝突《しょうとつ》したような痕《あと》を造った、そいつの巨大《きょだい》な躰《からだ》を見上げることになった。

それは人間の内臓を裏返したような表面をした、象ほどもの巨軀《きょく》を誇る球体だった。その表面で呻《うめ》き声が上がる。

肉色の球体の前面には巨大な顔が位置し、それ以外を無数の人間の顔面が埋《う》めつくしている。その間からありえない方向に関節が捩《ね》じ曲がった、手首や足首が突き出ていたのだ。

手や足が橙色《だいだいいろ》の制服が包まれていることから、逃《に》げ後《おく》れた消防士たちが取りこまれていることに気づき、生理的嫌悪《けんお》感で吐《は》き気《け》がする以上に、背筋に戦慄《せんりつ》が走った。

いくら〈異貌のものども〉といえど、ここまで生物学を完全無視した異常な姿をしたものはいない。

消防署に出現したのは、〈禍《まが》つ式〉だった。

古来、悪魔《あくま》や魔神と呼ばれてきた彼らは、現在総じて禍つ式と呼称《こしょう》されているが、その咒力《じゅりょく》は強大無比。そしてその性《さが》は伝承が示す通り、限りなく異質で邪悪《じゃあく》。

この世界の咒式士《じゅしきし》たちの格言で「竜《りゅう》と古き巨人と禍つ式と戦うくらいなら、実家に帰れ」と本気で言われる相手である。

俺たちが後退すると同時に、巨大な顔面の両目と口唇《こうしん》が開かれ、その内部から目を閉じた人面が現れた。三つの人面は、すでに正気をなくした弛緩《しかん》した笑《え》みを浮《う》かべていた。

そして球体を埋めつくす他の人面たちが一斉《いっせい》に目を開けた。無機質な白目のない青い瞳《ひとみ》の群れ。

るるほげらほげるるるううっっ！

奇跡《きせき》的に破壊《はかい》を免《まぬか》れていた棚《たな》や窓の硝子《ガラス》が、何十もの人面の哄笑《こうしょう》や咆哮《ほうこう》で亀裂《きれつ》を生じ砕《くだ》け割れた。

それは悪夢の開幕だった。

嘔吐《おうと》感を抑《おさ》えた俺は魔杖剣《まじょうけん》ヨルガの引き金を引き、化学練成系咒式《かがくれんせいけいじゅしき》第三階位〈爆炸吼《アイニ》〉を前方に放つ。

トルエンにニトロ基が三つ結合したトリニトロトルエン、略称《りゃくしょう》TNT爆薬《ばくやく》の爆裂が発生。秒速約一〇九〇メルトルの殺意の火炎《かえん》と衝撃波《しょうげきは》が室内の器具を破砕《はさい》し、球体の禍つ式に殺到《さっとう》する。

排出《はいしゅつ》された空薬莢《からやっきょう》が床《ゆか》に落ちて澄《す》んだ音を立てるのと同時に、爆煙《ばくえん》の粉塵《ふんじん》を何かが切り裂いて疾《はし》ってくる。

女の腕《うで》ほどの太さの長大な七条の肉の鞭《むち》を、ギギナの屠竜刀《とりゅうとう》ネレトーが火花を発し受け止める。

衝撃でギギナの靴裏が床に亀裂を生むが、そのまま刃《やいば》を切りかえし、肉の鞭をガナサイト重《じゅう》咒《じゅ》合金の刀身が剪断《せんだん》し、汚液《おえき》が迸《ほとばし》った。

脊椎《せきつい》動物などの鉄と蛋白質《たんぱくしつ》からなるヘモグロビンではなく、銅を含む色素蛋白質の青黒い血液が、腐《くさ》った臓物のような臭気《しゅうき》を撒《ま》き散らしていた。

切断された肉の鞭は、七つの人面の口腔《こうこう》の舌として収納され、その何倍もの怒号《どごう》をあげながら、爆煙を抜《ぬ》けた肉塊《にっかい》の本体が迫《せま》ってくる。

禍《まが》つ式は〈爆炸吼《アイニ》〉の直撃を受けても、ほとんど無傷だった。

（呪式干渉結界《じゆしきかんしよう》か！）

竜や禍つ式が持つこの結界は、呪式の発動原理自体に干渉して、遠隔攻性呪式《えんかくこうせいじゆしき》の効果を阻《そ》害《がい》・減殺する。つまりは俺のような後衛役の呪式士《じゆしきし》の天敵。

俺たちは視線を外さず後退するが、瞋恚《しんい》の青い炎《ほのお》をおびただしい数の眼球に宿らせ、器具を破砕しながら、異形の球体が突進《とつしん》してくる。

颶風《ぐふう》をまとった左右からの舌の鞭を、ギギナが後転して躱《かわ》すが、触手《しよくしゆ》はコンクリ柱を紙のように貫通《かんつう》、そのまま伸《の》びて獲物《えもの》を追跡《ついせき》する。

舌の鞭の穂先《ほさき》を、ギギナの刃が閃《ひらめ》いて斬《き》り落とし、上方から急降下で襲《おそ》いくる舌を左手の裏《うら》拳《けん》で叩《たた》き折り、鈍い音をあげる。

コンクリ柱を貫通するような一撃を素手で撥《は》ね返すギギナを、人間の仲間に入れたくない。

だが、それはヤツの囮攻撃《おとりこうげき》で、同時に球体前面の巨大顔面、その中の人面の三つの口腔から、呪式による黄緑がかった煙《けむり》が吐き出された。

化学練成系呪式第一階位〈塩莫《シエル》〉で合成される塩素ガスである。

塩素ガスを構成する塩素は反応性に富み、強力な窒息《ちつそく》性ガスでもある。人体への影響《えいきよう》は臭《にお》いと刺激《しげき》、目の損傷を生じさせ、そして致死《ちし》的に呼吸器を冒《おか》す。

一リットルの空気に〇・二五ミリグラム加えられると三十分間で犬を絶命させ、最も高濃《こうのう》度《ど》の時には気管支痙攣《けいれん》と反射性の呼吸低下が起こり、生物を数秒で絶命させる。

「ギギナ、上っ！」

死の霧《きり》に囲まれながら俺は叫び、自分の上方へと〈爆炸吼《アイニ》〉を放って天井を撃《う》ちぬく。耳を聾《ろう》する爆音《ばくおん》と降りそそぐ瓦礫《がれき》の中を疾風《しっぷう》のごとくギギナが走り、その逞《たくま》しい左腕《ひだりうで》で俺の胴《どう》を抱《かか》え、そのまま上方飛翔《ひしょう》する。

三階の天井の剝《む》き出しの鉄骨に摑《つか》まり、勢いを殺さず回転して登攀《とはん》、俺が咒式《じゅしき》で開けた穴の端《はし》へ着地し、二人して転がって急停止する。

ギギナも俺もガスによって目から涙《なみだ》を流しているが、相手の咒式を瞬時《しゅんじ》に判断し呼吸を停止していたため負傷は軽微。

球体の吐《は》いた塩素ガスは比重が空気の二・五倍ほどあるので、上方へは到達《とうたつ》しないと判断してとった行動である。

背後の穴の方向を振《ふ》り返ると、さらに轟音《ごうおん》。

白煙《はくえん》の中にいくつもの青い光点。禍つ式は俺たちを追って、舌を三階の床に突《つ》き立てて、その丸い巨軀《きょく》を押し上げてきたのだ。

超《ちょう》重量に三階の廊下《ろうか》の床を軋《きし》ませながら、前面の顔の群れから生理的嫌悪感をもよおす音が響《ひび》く。次の瞬間、その人面が青黒い肉と腱《けん》の尾《お》を引いて射出された。

俺とギギナは身体《からだ》を翻《ひるがえ》し、全速力で廊下を疾走《しっそう》。前方の行き止まりの壁《かべ》の窓を目がけ、そのまま突進。

硝子と格子《こうし》の破片をまき散らしながら、ビルの外の空中へと飛び出る。俺たちの下の空間を肉色の首を伸ばした人面が疾っていく。

ギギナの屠竜刀《とりゅうとう》が、大きく円弧《えんこ》を描《えが》いて異形の触手を薙《な》ぎ払《はら》い、落下態勢に入る。

俺は運動場になっている中庭のコンクリ床に着地。衝撃《しょうげき》を殺すために足裏から、膝《ひざ》、肘《ひじ》、肩《かた》、背中と転がり、口の中に土が入る。

その横にはドラッケン族が無音で着地していた。何をしても美技になるギギナに腹を立てながら、俺は口中の土を唾《つば》とともに吐き捨てた。

「食物連鎖《れんさ》の順番を、一つ抜かすなガユス。植物が土を喰《く》って大きくなるのを待てないのか？」

「次の世紀の食糧問題が解決したぞ。パンがなければ土を食べればいいんだ」

俺たちが軽口を応酬《おうしゅう》し、平常心をいくらか取り戻《もど》したのと同時に、重低音が響き、窓ごと壁を破壊《はかい》した巨大《きょだい》な質量が眼前に着地する。

四方に伸ばした人面を脚《あし》代わりにして禍《まが》つ式が着地し、コンクリに激突《げきとつ》した人面からは呻《うめ》き声と青い血飛沫《ちしぶき》があがっていた。

四方をビルに囲まれた、ヴォックル競技場の半分程の広さの中庭。その逃《に》げ場《ば》のない闘技場《とうぎじょう》の中で、俺とギギナと多面球体が対峙《たいじ》していた。

遠く人々の悲鳴や怒号が聞こえるが、警察の投光機の光も届かず、俺たちの戦闘《せんとう》の音だけが聞こえて不安なのだろう。

眼前の禍つ式は、俺たちが先の警察隊のようにはいかない相手だと気づいたのか、全身のおびただしい顔面から青い舌を踊らせ威嚇《いかく》しながら、緩慢《かんまん》に左方向へと動く。

移動の度《たび》に地面に擦《こす》られる人面からは絶叫があがり、潰《つぶ》れた眼球や鼻、千切れた唇《くちびる》や皮膚《ひふ》が、青黒い血とともに軌跡《きせき》を描いていく。

「こいつを見ていると、なぜかは分からないがギギナの寝顔《ねがお》を思い出すな」

「こんなものを見て思い出すな。そういえば貴様、女に寝顔が可愛《かわい》いと言われる方だろ？」

軽口を叩きながら俺たちも緩《ゆる》やかに左方向へと動き、螺旋《らせん》を描く。

「ギギナがなぜ知っている？」

「どんな人類も、起きている貴様に耐《た》えることは不可能だ」

ギギナの言葉に鼻先で笑ってやる。最近はドラッケンも言うようになってきた。

そして円から直線へと軌道を変え、一刀を抱えた矢のごとく俺は突進《とっしん》する。

球体の裏から放たれた人面の群れが左右へと伸《の》び軌道変化、斜《なな》めの落雷《らくらい》のごとく降ってくる。

俺は寸前で身体を半回転させ、コンクリ床《ゆか》に歯を突き立てる人面の大槌《おおつち》を躱《かわ》す。さらに回転し、伸びきった首の内側に勢いの乗った魔杖剣《まじょうけん》ヨルガの刃《やいば》を叩きこむ。

首の腱と筋肉が剪断《せんだん》されていく、怖気《おぞけ》の走る手応《てごた》えを感じる。

異界の者の苦痛の叫《さけ》びを登場音楽とし、伸びた首の群れに飛翔していたギギナが着地。屠竜刀《とりゅうとう》ネレトーの長柄《ながえ》を延ばし、全長一八五〇ミリメルトルから、両手持ちの二四五〇ミリメルトルの禍々《まがまが》しい本来の姿を現す。そして間を置くことなく軸足《じくあし》を踏《ふ》みこみ、瀑布《ばくふ》のごとき一刀を疾《はし》らせる。

ガナサイト重咒合金《じゅうじゅごうきん》の刀身が、球体状の肉塊《にっかい》の左上から叩きこまれ、悲鳴をあげる消防士たちの顔面を、青黔《あおぐろ》い血飛沫《ちしぶき》を噴出《ふんしゅつ》させながら斜めに切断、球体の下部にまで刃が到達した。

「たたす、助けて、けてて」「死に、死にた、たくなない」「俺、俺たちははこいつにに、取りこまれただけだけ」

激痛で正気を取り戻した人面たちの悲痛な懇願《こんがん》に、堪《たま》らず俺は視線を逸《そ》らした。

「助けて、ギギナ」

絶叫《ぜっきょう》に女の声が混じり、ギギナの動きが一瞬停止する。

ギギナの言っていた消防士の女、赤の巻毛のプルメレナらしき顔が浮《う》かび上がり、涙《なみだ》を零《こぼ》して哀願《あいがん》する。

「諦《あきら》めろ。貴様たちが助かることはない」

氷の声で言い放ったギギナが、屠竜刀《とりゅうとう》ネレトーの引き金を引く。

生体強化系咒式第五階位《せいたいきょうかけいじゅしき》〈鋼剛鬼力膂法《バー・エルク》〉により、遅筋にグリコーゲンを、速筋にグルコースとクレアチン燐酸《りんさん》、双方《そうほう》にアデノシン三燐酸と酸素を合成し送りこみ、乳酸を分解、ピルビン酸へと置換《ちかん》。脳内四十六野と抑制《よくせい》ニューロンによる筋肉無意識制動を解除し、人間の限界以上の剛力《ごうりき》を発動。

肉球にめり込んだ刃が反転、引き上げられた屠竜刀《とりゅうとう》が絶叫するプルメレナの顔を、いくつもの顔面を縦断していくっ！

異界の球体は、青い血液と脳漿《のうしょう》を撒《ま》きちらし、この世ならぬ苦鳴を上げて二つの半球に両断された。

瀕死《ひんし》の悪魔《あくま》は残る人面を射出して、ギギナを顎《あご》に捕《と》らえようとするが、青い血の飛沫を背景に飛びのく姿も美しく、ドラッケン族の戦士は空に舞《ま》う。

二つに分かたれた肉塊が咒式干渉《じゅしきかんしょう》結界を解除し、再生咒式を紡《つむ》ごうとするのと同時に、俺が組みあげていた、化学鋼成系咒式《かがくこうせいけいじゅしき》第二階位〈矛槍射《ベリン》〉が発動。

咒式で産みだされた十数条の鋼《はがね》の槍《やり》が高速射出。対戦車砲弾《ほうだん》なみの威力を秘めた鋭利《えいり》な金属が、人面の眼窩《がんか》や口腔《こうこう》ごと半球の内骨格を貫通《かんつう》し、コンクリの地面へと串刺《くしざ》しにするっ！

発光する組成式が砕《くだ》け、伸びていた首が痙攣《けいれん》し、すぐに人面たちの青い目の光も消失し、完全沈黙《ちんもく》した。

「ガユスにしては、私の足を引っ張らない程度にはなったな」

いつの間にか傍《かたわ》らに立つギギナがほざくので、しかたなく答えてやる。

「とどめは主人公が刺《さ》すというが、脇役《わきやく》は大変だね」

どうやら現場到着《とうちゃく》の前のいがみあいが再燃しそうだ。

というか主原因はいつも向こうにあると思った時、右足首に衝撃《しょうげき》が加わった。感じた時にはその力に引きずられ倒《たお》れていた。

足首には青い肉塊が蛇《へび》となって一回転半巻きついており、その逆端が、串刺しから逃《のが》れた唯《ゆい》一《いつ》の人面の昏《くら》い口腔へと続いているのが見えた。

まだ生きていやがるっ！

反射的に咒式を編もうとした瞬間《しゅんかん》、蛇が万力のように締《し》まり、俺の右足首の骨が砕ける乾《かわ》いた音と痛覚が瞬時《しゅんじ》に脳髄《のうずい》に達し、苦痛に仰《の》け反《ぞ》ることしかできなかった。

ギギナが事態に反応し抜刀《ばっとう》するのが見えたが、足首を締めた舌先が、さらに伸びて俺の頭部を貫通する方が一瞬速い。

いかん、死ぬ。それよりギギナの目前で死ぬのは嫌《いや》だな、と思った。

舌の穂先《ほさき》が跳《は》ねる。

だがその先端《せんたん》が消失、青い筋肉と血管の断面が見えた。

数秒遅《おく》れて、中庭の壁《かべ》に切断された舌の先が叩《たた》きつけられて青い血の花弁を散らし、そして濡《ぬ》れた音を立てて地面に落下した。

俺の救い主は、巨大《きょだい》な短剣《たんけん》の形を取り、俺の右足首の横のコンクリに突《つ》き刺さっていた。

俺が射出点を探し見上げた時、館《やかた》の屋上から影《かげ》が飛び下りた。

禍《まが》つ式の両断された左右の半球の縁《ふち》に、左右の足を載せた闖入者《ちんにゅうしゃ》は、巨大な槍斧《そうふ》をギギナの作った切断面にブチ込む！

そいつは刺さった魔杖槍斧《まじょうそうふ》の引き金を引き、咒式《じゅしき》を発動。化学鋼成系咒式《かがくこうせいけいじゅしき》第三階位〈赫鋌哭叫《ハウレス》〉を発動させる。

アルミニウムと鉄酸化物をブチ込み、マグネシウムの炸薬《さくやく》の燃焼で金属還元熱反応《テルミット》を励起《れいき》。

酸化鉄がアルミニウムで還元されて鉄を生じる際の、目も眩《くら》む凄《すさ》まじい光と火花が炸裂《さくれつ》し、金属をも溶接《ようせつ》する三千度の高熱が発生。禍つ式の左右の半球内を、灼熱《しゃくねつ》の舌で舐《な》めつくす。

金属が燃える刺激臭《しげきしゅう》と凄まじい悪臭が周囲に漂《ただよ》い、その断面は炭化しだしていた。

いた。

生き残った顔面の鼻孔《びこう》と口腔から炎《ほのお》と蒸気を噴出させ、青い眼球が別々の方向へと激しく蠢《うごめ》いた。

そして瞳孔《どうこう》から急速に意思の光が消え、ついには絶命した。

残酷《ざんこく》なまでに確実な処刑《しょけい》を行ったそいつは長大な槍斧を引きぬき、半回転させ血液を拭《ぬぐ》い小《こ》脇《わき》に戻《もど》す。

「禍つ式を相手にする時は、脳や心臓のすべてを破壊《はかい》しない限り生命活動を停止しないと、ジオルグに習わなかったのか？」

そいつは小山のように巨大な肉体を持っていた。厚い胸板と筋肉の束のような腕《うで》を積層鎧《せきそうよろい》で覆《おお》っており、同じく鼻も口も大きな男だった。

しかし、巨漢《きょかん》特有の鈍重《どんじゅう》な表情は感じられず、その栗色の瞳は深い知性を宿していた。

「ラルゴンキンか、もう一方の事件に出ていると聞いたが？」

俺は皮肉ぎみに吐《は》き捨てる。

「あちらは一分で殲滅《せんめつ》してな。おまえらが泣きそうだと聞いてこちらへ急行したのさ」

ラルゴンキンが片目を閉じて笑う。

ラルゴンキン・バスカーク。エリダナ市を含《ふく》むエリウス自治郡でも最大の咒式士《じゅしきし》会社、ラルゴンキン咒式《じゅしき》事務所の所長にして、エリダナ最強咒式士の称号《しょうごう》をギギナやパンハイマと分けあう重機槍士《じゅうきそうし》だ。

俺が礼だか何だかを口から出そうとすると、ラルゴンキンは中庭を横切り、俺の足元に突きたつ短剣に接近してきた。

警戒《けいかい》を解かないギギナが、ラルゴンキンの厚い胸板にネレトーの刃《やいば》を向け、巨漢の歩みを停止させる。

「友人の命を救った者に対して、それがドラッケン族の礼儀《れいぎ》かい？」

山のような声に、ギギナが無言でその刃を引く。

突然の雷鳴に気づき、巨漢のラルゴンキンが振《ふ》りむく。すると背後の背中の寸前で停止していた、異界の者の長大な舌の槍《やり》があった。

その女の手首の太さほどの舌に、紫電《しでん》をまとった鞭《むち》が幾重《いくえ》にも巻きつき、鞭の反対側は俺の魔杖剣《まじようけん》につながっていた。

俺の電磁《でんじ》電撃系《でんげきけい》咒式《じゆしき》第二階位〈雷霆鞭《フユル・フー》〉により、背中からの瀕死《ひんし》の一撃《いちげき》を受けずに済んだ男は、しかし、いささかも表情を変えなかった。

「おまえらに花を持たせたのさ」

短剣を引き抜《ぬ》きながらのラルゴンキンの言葉は、苦し紛《まぎ》れには聞こえなかった。

ラルゴンキンが脇《わき》に抱《かか》えていた魔杖槍斧は、俺の咒式《じゆしき》と同時に後ろに投擲《とうてき》されていたのだ。

その分厚い刃が、焼け焦《こ》げた死骸《しがい》から分離《ぶんり》していた小さな人面を、襲《おそ》いかかる舌の根元ごと両断していたのだ。

「……イは、ハじ」

その人面が、左右に別れながら声にならない言葉を紡《つむ》ぐ。

両断された頭部は、そのまま左右に別れ崩《くず》れおちた。

俺にはその禍《まが》つ式の口が「夜会は始まっている」と形作っていたように見えた。

「ギギナ、夜会って何だ?」

俺の疑問にギギナは答えず、禍つ式の死骸へと向かうラルゴンキンを睨《にら》みつけていた。

視線を戻すと、禍つ式の半球と分離した人面の死骸が崩れ、灰のように分解していく。

禍つ式の本体は異界の情報体とされ、この世界の物質を取りこむことによって物質化するため、このような現象が起こるらしい。

そんなくだらないことを思い出している間にも、禍つ式の死骸の灰塵《かいじん》化は進み、砂山のようになっていた。

「禍つ式が街中に出現するなんて珍《めずら》しいことがあるとは思わないか?」

灰の山に突き刺《さ》さった魔杖槍斧を引き抜きながら、ラルゴンキンは言った。

「さあな。ないこともない。おまえのような人間離《ばな》れした化け物もいることだしな」

吐きすてるギギナの横に並ぶと、一九四センチの長身のギギナより、まだ頭一つほどラルゴンキンの方が高く、二一五センチもあるそうだ。

肩の三角筋《さんかくきん》、腕《うで》の上腕二頭筋《じょうわんにとうきん》、胸板《むないた》の大胸筋《だいきょうきん》、太股《ふともも》の大腿四頭筋《だいたいしとうきん》、そのすべてが巨大であった。

ギギナに倍する厚さと太さの体軀《たいく》を誇《ほこ》るラルゴンキンは、まさに歩く重戦車に見えた。

ドラッケン族と並ぶ戦闘《せんとう》民族、ランドック人の究極の前衛戦士の身体《からだ》だ。

ギギナとそのラルゴンキンの視線が絡《から》みあう。

「だが本当に奇妙《きみょう》だ。今月に入って禍つ式の出現が四件も続いている」

そして、何かに思いを巡《めぐ》らすように続けた。

「これが、何かの前触《まえぶ》れでなければいいがな」

ラルゴンキンは巨大《きょだい》な魔杖槍斧《まじょうそうふ》を下げ、小山のような影《かげ》を揺《ゆ》らしながら去っていった。

俺とギギナは、ただ見送るだけだった。

遠くからベイリック警部補の号令と、長靴《ちょうか》の音が聞こえた。ようやく警察と制圧部隊が突入《とつにゅう》してきたようだ。

落日はすでに地平線の彼方《かなた》に沈《しず》みかけ、空は赤黒くなっていた。

もちろんこれからを暗示する血の色などではなく、入射角の変化により太陽光が空気に触《ふ》れる時間が長くなり、赤色光が散乱しやすくなっているというだけの物理現象なのは知っていた。

肌寒《はだざむ》い夜風《ふ》が吹きはじめ、禍《まが》つ式だった灰を吹きちらした。

2　契約の一日

人はどうでもいい対象については無関心である。賛美も誹謗《ひぼう》も、服従も
反抗《はんこう》も対象に関心があって初めて発生する。
無関心こそが、人を破壊《はかい》する最高の手段だ。
アスプ・カル・ダロウズ「怪物《かいぶつ》の肖像画《しょうぞうが》」　皇暦四九三年

虜囚《りょしゅう》のはずのレメディウスの生活は変化していた。ナリシアが食事を運び、それをレメディウスが食べる間だけ話をするという奇妙な習慣が続いていた。

ナリシアに請《こ》われるままにツェベルン龍皇国の生活、遠いラペトデス七都市同盟や東方諸国家について語ってやると、少女は喜んだ。

レメディウス自身はあまり縁《えん》がなかったが、貴婦人の最新の衣装《いしょう》や、豪華《ごうか》な舞踏会《ぶとうかい》の様子の説明に、ナリシアは緑の目を輝《かがや》かせて聞きいっていた。

砂漠《さばく》の国の牢獄《ろうごく》でこんなことをしている自分に、レメディウスは不思議な感慨《かんがい》を抱《いだ》いていた。

ラズエル社の嫡子兼《ちゃくしけん》数法咒式《じゅしき》博士として咒式技術部門を統括《とうかつ》している時は、部下を叱咤《しった》し、

眉間に皺を寄せて咒式数式を解いては、やり直しと、毎日が砂のように過ぎさっていくだけだった。

だが今は、ナリシアという少女と話すだけの緩《ゆる》やかな生活が続いているだけだった。

「ツェベルン龍皇国っていい国だね」

鉄格子《てつごうし》の向こうで膝《ひざ》を抱《かか》えるナリシアの声に、レメディウスの思考は現実に引きもどされる。

「そうかなぁ？　僕には辛《つら》い思い出しかないよ」

レメディウスは牢獄の上方に備えつけられた窓を見上げる。

結局、あの国では自分は便利な技術者としか思われていなかった。いくらでも交換《こうかん》が利《き》く部品の一つ。

唯一の血縁たる叔母《おば》のカルプルニアにしても、それ以上の感情を抱いているとはレメディウスにはどうしても思えなかった。

ナリシアは虜囚と同じように高い窓を見上げ、遠い国に想《おも》いを馳《は》せるように言葉を続ける。

「だって、ウルムンと違《ちが》って、誰《だれ》も意味なく殺されたり死んだりしないんでしょ？　偉《えら》い人の悪口を言っても、税金を払《はら》えなくても殺されない。それに誰も飢《う》えで死んだり、女の人が売られたりしなくてもいいんでしょ？　まるでお話の中の理想郷みたい」

ナリシアの目に寂《さび》しい影が射《さ》すのを認め、レメディウスは自分の思いを恥《は》じた。

たとえどんな地獄《じごく》だろうと、ここウルムン共和国よりはマシである。

ウルムンの独裁者ドーチェッタは、理想の国家を目指していた。完全な人民と完全な社会による完全な国家を。

ドーチェッタのためのだけの理想についてこれない人民は、不適応者として排除《はいじょ》されていったという。

目の前のナリシアも、その仲間でレメディウスを誘拐《ゆうかい》した〈曙光の戦線〉も、そんな人々の集まりなのだろう。

「いつか、あたしもツェベルン龍皇国に行きたい。それでレメディウスと川辺を歩いてみたいな」

ナリシアの寂しげな笑顔《えがお》に、レメディウスは静かにうなずいた。

その願いが叶《かな》えられることなど、絶対にないことを知りながらも、うなずくことしかできなかった。

五月十九日の、エリシュオン紙にはこう出ていた。

「市警察、違法召喚呪式《いほうしょうかんじゅしき》による召喚生物を殲滅《せんめつ》し、呪式士《じゅしきし》殺害事件を解決。ベイリック警部補の警察隊突入、及《およ》び市役所生活対策課の協力への決断に、警察署長賞が授《じゅ》与《よ》された。尚《なお》、殉職《じゅんしょく》警官二名の葬儀《そうぎ》は十九日に行われる予定」

まあ、こんなもんだ。

実際はその前に俺たちが突入しており、さらには俺たちとラルゴンキンが召喚された禍《まが》つ式を抹殺《まっさつ》したのだが、当然そんな事情は書かれない。

ただ、エリシュオン紙の記事の隅《すみ》には、事件時の警察にそんな重咒式《じゅしき》戦力があったか疑問であり、追及していくという分析《ぶんせき》記事があり、鋭《するど》い視点を見せている。

とにかく俺としては、こういう事件に関わった時は、警察と市当局の面子《メンツ》を潰《つぶ》さないに限る。警察、市、軍、司法に渦巻《うずま》く、ツェベルン龍皇国派とラペトデス七都市同盟派の勢力争いに巻き込まれないようにしないと、こちらの命が危ない。

我ながら上手《うま》く立ちまわったので、後は市当局からの規定の入金を待つだけである。

そうこうしている内に、今どき旧式な携帯咒信機《けいたいじゅしんき》が着信を告げる。画面を見ると、銀行の口座へと入金があった。

沈黙《ちんもく》。

番号を押して呼びだす。相手が出た瞬間《しゅんかん》に押し殺した怒《いか》りが吹《ふ》き出す。

「あのー、誠にすいませんがサザーラン課長。この振《ふ》り込み金額は規定報酬《ほうしゅう》に四十二・八％ほど足りていませんが、何かの間違いなのではないでしょうか？」

「んなわけないだろうが、それでいいんだよソレル君」

市局の責任者が叫《さけ》ぶ。

「あの禍《まが》つ式の駆除《くじょ》は君たちが勝手に善意でやったことだ。つまり我々が報酬を支払《しはら》う理由にはならない。むしろ温情である」

「それはおかしいんじゃないですか？　俺たちは課長からの依頼《いらい》で……」

「ほう、それではその契約書《けいやくしょ》は？」

俺は沈黙する。次から次へと嫌《いや》がらせをよく考えるものだ。わけの分からない説教がまたまた始まりそうだったので、そこで切った。

ようやく落ちついて新聞の一面を見ると、春先から続いていたザッハドを真似《まね》た連続殺人事件は、カフェイル州から隣《となり》のグニルダ州でも発生し、州間警察の捜査《そうさ》本部が設置されることになった。

次の芸能・競技面では、ヴォックル競技の強豪《きょうごう》チーム、ゲオルグスの司令塔《しれいとう》アッパイオがナイツへ、ファランクスの年間最優秀《さいゆうしゅう》選手賞受賞のイハーラがシグルスへと電撃移籍《でんげきいせき》するという驚愕《きょうがく》の会見記事が出ていた。

どうせなら俺の愛するオラクルズへと移籍して欲しかった。

三月の十三連敗という怒濤《どとう》の敗北は、どこかのタルフォルズと違ってチーム構成は悪くないのだが、アッパイオのような司令塔に恵《めぐ》まれていないため、戦術が徹底《てってい》されていないからなのだ。

我がオラクルズは、今期の補強に早くも乗り遅《おく》れているようだ。すでに来期に期待するしかないのかもしれない。

役目を終えた新聞を机に放りなげようとすると、奥から騒音が響いてくる。

私室への扉を抜けると、眼前では俺など存在しないかのように、相棒のギギナが床に座りこんでいた。

ドラッケン族特有の清流のような白銀の髪《かみ》に鉄定規を差し、深窓《しんそう》の美姫《びき》も遠く及ばぬ繊細《せんさい》な鼻梁《びりょう》と、鮮血《せんけつ》色の口唇《こうしん》にくわえている金釘《かなくぎ》。片手に下げた金槌《かなづち》ですら、天上の戦士の雄々《おお》しい美を引きたてる飾《かざ》りにしかならない。

ようするに大工作業中だ。

「ギギナ、昨日から何作っているわけ？」

俺が心底興味なく聞いてみると、ギギナは木製の長方体に釘を打ちこみながら返してくる。

「棚《たな》。私の息子とも言う」

「無機質を血縁に加えるなよ。遺産問題がこじれる」

よく考えると、この俺がなぜこの男と組んでいるのか、本当に思い出せない。

何かあったような気もするのだが。

思い出そうとしていると、ギギナが鋼色《はがねいろ》の双眸《そうぼう》を上げた。

「今日は作業に専念したいのだが、予定は？」

「午後には、警察へ昨日の事件の報告書の提出。それにもうすぐ依頼者が来るって伝言があった。名前は名乗らなかったが、ある企業《きぎょう》のお偉《えら》いさんらしい感じだ」

「詳細《しょうさい》を聞いておけ」

言い捨てたギギナは再び棚に目を落として金槌を振るう。

「報告書も事務も俺が全部やっているだろうが。文句があるならおまえがやれ」

「ドラッケン族に無理を言うな。私は戦闘《せんとう》担当、貴様はその他《ほか》の担当。私は斬《き》るのが担当、貴様は痛みを引き受ける担当。私は勝利が担当、貴様は画面の端《はし》で、驚《おどろ》いて泡吹《あわふ》いて解説する担当」

　俺は報告書を丸めてギギナに投げつける。その怒りの投擲《とうてき》を、ギギナが目を閉じたまま首を曲げて避《よ》ける。

　その背後で何かが倒れる音。それは丁度、投げた紙の束が立てかけてあった木材にぶつかり、ギギナが作っている棚へと倒れこみ、分解していくような音だった。

　ようなではなく現実もそうだったが。

　道徳の教科書の表紙のように無表情なギギナの顔が、後ろを見て、そして前へと帰ってくると、赫怒《かくど》の焔《ほのお》を背景効果にまとった荒《あら》ぶる破壊神の顔になっていた。

「壊したな」

　平坦《へいたん》なギギナの声が、心臓に痛い。

「いや、見方によっては、増やしてあげたと言うべきではないだろうか？」

　座った状態から、腰《こし》の筋力だけでギギナが跳躍《ちょうやく》。

　次の瞬間には、俺の眼前でギギナの屠竜刀《とりゅうとう》ネレトーと魔杖剣《まじょうけん》ヨルガが、火花を散乱させる鍔《つば》迫《ぜ》りあいをしていた。

「貴様も増やしてやろう。百か二百か？　どのくらいが好みだ？」

「うわ、ちょい待ちギギナ冷静になれ！　無理ならよく考えろ、あの棚の木材なんて百イェン均一で買ったようなものだろうが！」

　ギギナの瞳孔《どうこう》が何かを思い出すように右上に向かい、俺へと帰還《きかん》した。

「やはり、貴様の命より高いではないか」

「おまえの頭の中の不等式はおかしいって！」

凄《すさ》まじいギギナの剛力《ごうりき》を載《の》せた屠竜刀が俺の魔杖剣を押しこんでくる。

「じゃあ真実を告げよう、実は俺はガユスの双子《ふたご》の兄のガユシだ」

ギギナの目に逡巡《しゅんじゅん》する光が浮《う》かび、刃にかかる圧力が一瞬だけ減じ、さらなる剛力がかかる。

「たとえそうでも、壊した人物は今ここにいる貴様だろうが」

「おまえ今、一瞬《いっしゅん》だけ考えただろう？　わーいバーカ」

俺のおちょくり癖《ぐせ》は死に際《ぎわ》でも止まらない。

「安心《ざんしん》して死ね。これも異文化交流だ」

「斬新な異文化交流だなって、どうしておまえはいつもいつも一世一代のバカなんだ！」

刃が俺の首筋へと接近してきて、頸動脈《けいどうみゃく》に冷たい金属が触《ふ》れる。

うわぁ、この人、本気で俺を殺す気？

「やめて！」

室内の空気を震《ふる》わす悲鳴に、俺とギギナが振《ふ》り返ると、裏口の前にジヴが立っていた。その緑の瞳《ひとみ》は恐怖《きょうふ》に見開かれ、握《にぎ》りしめた手が震えていた。

裏口の量子錠《じょう》の合鍵《あいかぎ》をジヴに渡《わた》していたのだが、なんという間の悪い瞬間に！

ジヴは矢のように駆《か》けだし、俺とギギナの刃の間に割ってはいった。そして、俺の前で両手を広げてギギナへと立ちはだかる。

「貴様も斬り殺されたいのか？」

そう吐《は》き捨てるギギナの瞳の中に映ったジヴは、幼子を守る母のような必死の表情を浮かべていた。

そのまま、耳が痛くなるよう静謐《せいひつ》が続いた。

「あの、ジヴ……」

華奢《きゃしゃ》なジヴに庇《かば》われている自分が恥《は》ずかしくなって、彼女に話しかける。

ジヴは俺の言葉も聞こえないように、ギギナと対峙《たいじ》していた。

「ジヴーニャにクエロ、貴様はいつでも女の背に隠れているな」

ギギナが皮肉げな笑《え》みを残して、応接室へと去っていった。

それでもジヴは、ドラッケン族が消えていった扉《とびら》をしばらく睨《にら》みつけていたが、大きな息を吐いて、その場に膝から崩《くず》れ落ちる。俺がすぐにその細い体を支え起こす。

「怖《こわ》かった」

「無茶するなよ。別にギギナだって、本気で俺を殺そうとしているわけじゃないんだから」

「でも」彼女は長い睫毛を伏せてうつむいた。「普通《ふつう》はびっくりするわよ、アレ？」

ジヴの責めるような緑の瞳に、俺の視線も泳ぐ。

何となく気づかないようにしていたのだが、俺の感性はギギナに浸食《しんしょく》されて、ちょっと別次元の方向へと向かっているようだ。

「母親に、つきあう友達はよく選べって言われたことないの？」

「俺の友達の方が、そう言われることが多かったからね」

救いようがないといった、呆《あき》れた表情がジヴの顔に浮かび、何かに気づいた目になる。

「それより、近よるのさえ嫌《いや》がってる事務所にジヴが来るなんて珍《めずら》しいな」

俺は気分を変える言葉をかけて、ジヴを立ち上がらせる。

「会社に出る前に、ちょっといつものガユスの困り顔が見たかったのよ」

「本当？」

「嘘《うそ》」

俺の腕《うで》の中で、大輪の薔薇《ばら》のようにジヴが微笑《ほほえ》んだ。「そうか、嘘か」と言いながら、俺は彼女の花弁の唇《くちびる》を奪《うば》った。

彼女の自宅から、勤務先のツァマト第二ビルまでの道に、この事務所は位置していない。可愛い言動にジヴが愛しくなった時、呼《よ》び鈴《りん》を模した電子音が鳴る。すでに依頼人《いらいにん》との約束の時間のようだ。

「じゃあ、私は行くわね」

ジヴが俺の手から逃《のが》れ、悪戯《いたずら》めいた笑みとともに裏口へと去っていく。

重い溜《た》め息《いき》を落としつつ、応接室へと向かうと、向こうから俺を呼びにきたギギナの顔を見上げることになる。

「女は帰ったのか」

「ギギナ、ジヴに手を出すなよ」

俺の本気の威嚇《いかく》に、ギギナが整った鼻先で笑う。

「誇《ほこ》りあるドラッケン族は異貌《いぼう》のものどもを狩《か》っても、わざわざ女の猟《りょう》などしない」

そして真顔になって続けた。

「向こうが私の食卓《しょくたく》に進んで上ってくれれば、美味しくいただくがな」

俺はギギナを視線で殺せるくらい睨みつけて、客を迎《むか》えに向かった。凝《こ》っている首筋を触《さわ》ると、ちょっと血が滲《にじ》んでいた。


その老婦人はカルプルニア・レヴィナケス・ラズエルと名乗った。ついでのようにその隣《となり》の男をグニルダ州の咒式士《じゅしきし》、エグルドとだけ紹介《しょうかい》した。

俺とギギナの座る応接椅子《いす》の向かいにその老婦人と男が座っていた。

男は黒い背広の上に、飴色《あめいろ》の髪《かみ》と瞳の特徴《とくちょう》のない顔が乗り、一見咒式士には見えない。しかし、エグルドの腰《こし》の魔杖剣《まじょうけん》は、その歴戦の人生を物語るように使いこまれていた。

一方で老婦人は悠然《ゆうぜん》とした態度で、俺の淹《い》れた珈琲《コーヒー》を無表情に飲んでいた。

高価そうだがそれを感じさせない品の良い服で身を包み、深い皺《しわ》が刻まれた顔は、若い時はさぞ男どもを翻弄《ほんろう》しただろう美貌《びぼう》の跡《あと》を留《とど》めていた。

どう見てもこの場の主は、老婦人カルプルニアだった。刀自《とじ》の尊称が必要な人物だろう。

「名前から分かる通り、私はラズエル咒式《じゅしき》研究社の代表としてここに参りました」

「ラズエル社？」

ギギナが知らないことこそ驚《おどろ》きだ。

ラズエル咒式研究社とは、龍皇国でも有数の咒式企業、ラズエル総合咒式社の母体だ。従業員九千人、資本金三十五億イェンの巨大《きょだい》企業体で、先年度の売上は数百億イェンにもなり、数法系咒式《すうほうけいじゅしき》による咒式制御系《じゅしきせいぎょけい》や情報計測器などが主力製品である。

物事を屠竜刀《とりゅうとう》で斬《き》って解決してきたギギナの人生には、あまり関係がないのかもしれないが常識の範囲《はんい》内だ。

「おまえ新聞読まないのか？　ラズエル社を知らなくても、その嫡子《ちゃくし》レメディウス咒式《じゅしき》博士が〈曙光の鉄槌〉に誘拐《ゆうかい》されたまま行方《ゆくえ》不明だろうが」

「ああ、あれか」

ギギナの言葉に貴婦人カルプルニアが苦い顔をし、話を続ける。

「実は、依頼とは我が甥《おい》、そのレメディウス博士の誘拐についてなのです」

俺とギギナは顔を見あわせる。

「知っての通り、一年半前に我が甥のレメディウス博士の誘拐事件が起こりました。警察が身《み》代金受渡《しろきんうけわた》しの時にレメディウスの確保と〈曙光の鉄槌〉。いや、その頃《ころ》は〈曙光の戦線〉と名乗っていた組織の検挙を計画したが、失敗しました」

エグルドが言葉の後を継《つ》ぐ。

「しかしラズエル総合咒式社は頼《たよ》りない警察を無視し、水面下で私を傭《やと》って曙光の鉄槌と交《こう》渉《しょう》を続け、ついに二日後の五月二十一日、レメディウスと身代金二十億イェンとの交換《こうかん》をするあまりに大きな金額に俺の頭脳が計算を始める。それだけあれば、ジヴと南の島で一生豪勢《ごうせい》に暮らせるだろう。

俺の妄想《もうそう》をギギナの声が引きもどす。

「それで、その話に私とガユスがどう関わってくるのだ？」

エグルドが口を開く。

「実は、カルプルニア刀自は、私だけでは交渉が不安だと仰《おつしや》られてね。君たちアシュレイ・ブフ氏とソレル氏、つまり地元エリダナの最強の咒式士《じゆしきし》も同席させたいというらしい」

苦々しげなエグルドは、懐《ふところ》から煙草《たばこ》の箱を取り出し、箱の尻《しり》を破って一本の煙草を指に挟《はさ》む。

「私の目の届く範囲で煙草を喫《す》うのを許した覚えはありません」

カルプルニアは何の表情も浮《う》かべずに声を放った。エグルドの顔に、さらに苦々しい表情が閃《ひらめ》くが、おどけた動作で肩《かた》をすくめて煙草を箱に戻《もど》す。

「二日後とはあまりに急すぎませんか？」

俺の問いにカルプルニアの顔が曇《くも》る。だが、急な仕事は要注意だ。

「ドラッケンの諺《ことわざ》にはこうある。準備ができないということは、失敗を準備しているのと一緒《いつしよ》だ」

俺は思わずギギナの顔を覗《のぞ》きこんだ。恐《おそ》ろしくまともなことをこいつが言ったことに、逆に心配になる。

「我が社の保安部門には、十一階梯《かいてい》までの咒式士《じゅしきし》しかいません。ラルゴンキン社は警察寄り、パンハイマ社はツァマト寄りで信用できません、となるとあなた方しかいない」

そこでカルプルニアが、隣のエグルドへと横目を向ける。

その顔が言いたいことは分かる。エグルドの主導で話が進むのが気に入らないのだろう。

「大きなお話なので、少し我々だけで相談してもよろしいですか？」

俺の言葉にうなずく老婦人。俺はギギナを引っ張りながら、奥の私室兼《けん》事務所兼倉庫に入り、扉《とびら》を閉める。

棚《たな》に寄りかかったギギナが口を開く。

「こういう政治が絡《から》んだ話は、それこそラルゴンキンやパンハイマの仕事のはずだ。我々に回すのはおかしくないか？」

俺はしばらく考えて返答する。

「ヤツらは市委託《いたく》の咒式士事務所で警察に近いから、こういう違法交渉《いほうこうしょう》には向かない。それに最近の禍《まが》つ式事件の専任咒式士として指名されていて動けない。つまり俺たちのような個人事務所が適任だ」

ギギナはなお不満げな顔をしている。しかたなく俺は説得を続ける。

「いいかギギナ、事務所の財政は相変わらず逼迫《ひっぱく》している。別に誰《だれ》の責任とは言わないが」

「何となく言ってる気がするが？」

「幻聴《げんちょう》だ。謎の理由で記憶《きおく》を失え。そしてラズェル総合咒式社《じゅしき》からの依頼《いらい》なんておいしい仕事を断るのは得策じゃない」

「おいしい依頼こそ裏がありそうだが？　以前にあった、酔狂《すいきょう》な枢機卿長《すうきけいちょう》の事件の時のことを忘れたのか？」

俺はしばらく黙《だま》りこむ。

「確かにあれは今年最大の失策だった。だが、今回は破壊《はかい》活動組織が相手とはいえ、ただの交渉だ。危険だが裏はないだろう？」

ギギナに、というより自分を納得させるような言葉だった。とにかくギギナに不承不承うなずかせ、俺たちは応接室へ戻る。

「それで、この依頼は受けていただけますのでしょうか？」

椅子《いす》に座った老婦人が俺たちを見上げ、俺は商人の笑顔で肯定《こうてい》した。

エリダナ市東警察署。俺とギギナの前に立つ巨大《きょだい》な石造りの建造物には、御大層《ごたいそう》な文字でそう書かれている。

エリダナの西岸にあるのに東署となっているのは、ツェベルン龍皇国系地区の東端《とうたん》にあるからであるが、それがそのまま警察が龍皇国中心であることの現れであろう。

ついでに言えば、後からできたエリダナ東岸のラペトデス七都市同盟側の警察署は、中央署となっていて同盟風の皮肉な反論が効いている。

人々が行き交《か》っている入口を潜《くぐ》り、内部へと入っていくと、途端《とたん》に騒然《そうぜん》とした空気に変わる。

連行された犯罪者が文句をわめき、警官の警棒が振《ふ》り下ろされては悲鳴をあげる。傍《かたわ》らを通りすぎる警官の先導つきの無許可娼婦《しょうふ》たちが俺に煽情《せんじょう》的な視線を送るが、傍らのギギナの美貌《びぼう》に気づくと、麻痺《まひ》したように足を止めてしまう。

警察咒式《じゅしき》特化制圧部隊が帰還《きかん》し、重咒式武装が耳障《みみざわ》りな音を立て、驚《おどろ》いた犯罪者や一般人《いっぱん》が道を開ける。

俺はそんな様子をよそに、受付に座る不機嫌《ふきげん》そうな婦警へと近づき、ベイリック警部補の居場所を尋《たず》ねる。

内線で調べる制服姿の婦警を見ていても、別に俺は何とも思わない。ジヴという至高の素材と、俺の浪漫《ろまん》が合体した芸術には遠く及《およ》ばないからだ。

不機嫌な態度のまま、婦警はベイリックは四階の会議室で待っていると言った。俺は礼を言うこともなく、ギギナとともに階段を上がる。

今どき自動昇降機《しょうこうき》がないのは、ここか、絞首刑《こうしゅけい》の階段か、俺たちの事務所くらいのものである。そのすべてが似たようなものだろう。

そう思いながら四階に到着《とうちゃく》。右折して会議室の扉を叩《たた》く。ベイリックの返答より前に開けて入室する。

会議室というには気恥《きは》ずかしい広さの室内には、長方形の顔のベイリック警部補と、巨体《きょたい》を背広で包んだラルゴンキンがいやがった。

ベイリックが巨漢《きょかん》が存在しないように話しかけてくる。

「そういやガユス、イアンゴのヤツが今年もヴォックルで賭《か》けるかと言っていたぞ」

俺は口の端《はし》を歪《ゆが》めて笑い、ジノレイ消防署事件での面倒臭《めんどうくさ》い報告書の束を投げつけてやる。

「もちろん賭けるさ。イアンゴがタルフォルズが勝つと賭けるかぎり、俺とおまえが損するはずはない」

「その通りだ。俺もイアンゴから巻きあげる賭け金で、毎年妻と愛人への贈《おく》り物《もの》ができるんだからな」

ベイリックも俺と同じような笑《え》みを浮《う》かべて、書類を器用に受け止める。

「何が理由で、報告書が曲がりまくっているんだ？」

「さあな。で、ラルゴンキンがどうしてここにいる？」

俺は入口に立ったまま尋ねる。

「怒《おこ》るなって、取りあえずそこに座れ」とベイリックが軽く言いやがった。

合板の円卓《えんたく》の反対側の椅子に俺が座り、ギギナは窓際《まどぎわ》の壁《かべ》に寄りかかり、思い出したように口を開く。

「そういえば、貴様との勝負がついていなかったな」

ドラッケン族の鋼色の瞳《ひとみ》に獰猛《どうもう》な光が宿り、険悪な沈黙《ちんもく》が部屋に満ちる。

ギギナとラルゴンキンの仲の悪さも相当なものだ。

二年ほど前に二人の咒式士《じゅしきし》は仕事で衝突《しょうとつ》したことがあるのだが、剣舞士《けんまいし》のギギナと重機槍士《じゅうきそうし》のラルゴンキンの小型の戦車砲《せんしゃほう》なみの拳《こぶし》での殴《なぐ》りあいは、周囲の光景を破壊するほど壮絶《そうぜつ》なものだった。

経験と膂力《りょりょく》と防御力《ぼうぎょ》のラルゴンキン、破壊力と速度と獰猛さのギギナの激突《げきとつ》は、結局、引き分け。

ラルゴンキンが部下の肩《かた》を借りて退却《たいきゃく》し、ギギナは俺や仲間が総掛《そうが》かりで引きずって逃走《とうそう》したので、判定では僅差《きんさ》でギギナの負けかもしれない。

「二日連続で貴様の顔を見て、不愉快だ。今ここで、長年の決着をつけるのもいいだろう」

ギギナの声に本物の殺意が含《ふく》まれはじめ、室内温度が急激に下がる。

警察署で暴れるバカはいない。ただし、一秒後のことも考えないおバカさんとギギナを除いて、だ。その最悪の条件は目の前で完璧《かんぺき》に満たされている。

俺は事態を収拾させる言葉を探し、ベイリックにいたっては椅子から腰《こし》を浮かしていた。

その空気の中、平然とした顔でラルゴンキンが無精髭《ぶしょうひげ》を撫《な》でていた。

「そう緊張《きんちょう》されると、照れるな」

「あ、喋った。俺はてっきりラルゴンキン型の糞《くそ》かと思っていたよ。だって二つともそっくりだしな」

ラルゴンキンの軽口に俺が答える。

「相変わらず素晴《すば》らしく口が悪いな。そしてギギナも私のような年寄りと本気でやろうとするな。もう歳《とし》なんだから、労《いたわ》ってくれ」

ラルゴンキンの大きく太い笑みに、鼻を鳴らしたギギナが顔を逸《そ》らす。さすがに大人げない自分に気づかされたのだ。

「そういえば、ガユスも十三階梯《かいてい》になったそうじゃないか。おめでとうと言っておくかな」

正面に座るラルゴンキンが、太い唇《くちびる》で快活に笑う。本当に嬉《うれ》しそうなので、俺もいつもの皮肉を返す気が失《う》せた。

それで少し空気が和《やわ》らぎ、ベイリックが止めていた息を吐く。

歳の功《こう》とか言うやつだろうか、ラルゴンキンはこういう調整が巧《うま》い。さすがに三十人近い咒式士《じゅしきし》を束ねる男だった。

「ベイリック、書類を届けさせてまで、一人山脈のラルゴンキンと会わせた理由は何だ？」

視線を横に振ると、ベイリックは四角い顔で黙《だま》っている。

「これでも、おっさんの恥《は》じらいだか何だかを微笑《ほほえ》ましいと思える特殊趣味《とくしゅしゅみ》はないんだが？」

「ベイリックが言いづらいなら、私から言うが？」

俺とラルゴンキンが交互《こうご》にうながす。ギギナも何か言いたそうにしたが、無言を保った。競う必要もないだろうが。

「まずはこの図を見てくれ」

ようやく決心したのか、ベイリックが座ったまま指を振り、背後の壁から起動音とともに画面が浮かび上がる。

そこには中央に大河を配置し、川や水路が複雑に入り組んだ港街、エリダナ中心部の地図が映しだされた。

続いてその四箇所《かしょ》に、事件の状況《じようきよう》や被《ひ》害者《がいしゃ》の概要《がいよう》が立体表示されていく。

「知っての通り、エリダナでは禍《まが》つ式の連続発生による殺人事件が、昨日のものも併《あわ》せて四件も起こっている」

「それで？」

「こういう異貌《いぼう》のものどもの事件には、警察の咒式《じゆしき》特化制圧部隊で対処するのだが、どうにも力と手が足りない。そこで、そこのラルゴンキン咒式事務所に協力を仰《あお》げという市長命令が下ってな」

ベイリックの苦々しそうな言葉を、ラルゴンキンが継《つ》いだ。

「うむ、我が事務所だけでも十分に対処できるのだが、そうは言っても、やはり我が社は同盟側が本拠地《ほんきよち》でな。西岸の龍皇国地区のおまえたちの力も借りて共同戦線を張りたいと提案したいんだが？」

意外な申し出に、俺とギギナは顔を見あわせる。

「それは構わないがね」

そして続ける。

「俺たちの事務所は個人事務所だ。ラルゴンキン事務所と釣《つ》りあいを取るなら、緋《ひ》のパンハイマ社の方にすると思うが？」

ラルゴンキンの顔に、少し不愉快《ふゆかい》な翳《かげ》が掠《かす》める。

ラルゴンキンとパンハイマは互《たが》いに商売仇《がたき》だし、個人的にも仲が悪い。

エリダナ最悪の性格の、あのパンハイマの腐《くさ》れ女と仲のいい人間の方が問題だが。

だからこそ、仕事の成功率を上げるためにしかたなく組む相手に、御《ぎょ》しやすい俺たちを選んだのだろうが、今の俺の発言でラルゴンキンが一方的に強く出れない。

「ついでに言うと、大きな企業《きぎょう》との契約《けいやく》もあって忙《いそが》しいんだよね」

ラルゴンキンより、ベイリック警部補の目が失笑してやがる。

しまった、蛇足《だそく》だった。本当に契約があるのだが、普段《ふだん》が普段だけに信憑性《しんぴょうせい》がないのだ。

契約書を見せたいが、ラズエルに絶対秘密厳守と言われているのが辛《つら》い。

ラルゴンキンは太い腕《うで》を組んだまま思考していたが、やがて結論を出した。

「そちらの条件を何でも呑もう」

今度は俺が一撃を食らったような気分になった。禍つ式相手の戦闘《せんとう》に巻きこまれるのを避《さ》けようとしていたのだが、意外にもラルゴンキンが折れやがった。

傍《かたわ》らのギギナが、複雑な表情を浮《う》かべていた。

厄介《やっかい》な相手を倒《たお》すほどドラッケン族としての名誉《めいよ》が上がり、自らの戦闘欲が満たされるのだが、一方でラルゴンキンと組むのは気に入らない。どっちの表情を浮かべるべきか、結論が出ないのだろう。優しい俺としては自殺という第三の選択肢を薦めたいところだ。

俺の方でも何とか拒否《きょひ》する理屈《りくつ》を考えようとすると、ベイリックが手を打った。

「それでは決まりだな。ラルゴンキン事務所が禍つ式掃討《そうとう》を担当し、アシュレイ・ブフ&ソレル事務所が補佐《ほさ》する。これでやっと厄介ごとが一つ減った」

ラルゴンキンが机越《ご》しに握手《あくしゅ》のために大きな手を出してきたが、俺は無視する。巨漢《きょかん》は不敵な笑みを浮かべて手を伸ばし、俺の手を取り、勝手に握手した。物凄《ものすご》い力で痛かった。何か汚された気分。

ラルゴンキンはそのまま巨体を揺《ゆ》らして会議室から出ていき、書類を抱《かか》えたベイリック警部補が続いた。

俺たちもさっさと出ていくことにする。ラルゴンキンと一緒《いっしょ》に下りるのは気分が悪いので、刑事課《けいじか》へと向かうベイリックとともに廊下《ろうか》を歩くことになる。

「不貞腐《ふてくさ》れるなガユス。大きな仕事を受けても悪いこともあるまい」

「ラルゴンキンと一緒なのが嫌なんだよ。人間の俺に熊だか象だかとどう仲良くしろと?」

「そうかい。しかし警察にしてみれば本当に肩《かた》の荷が下りたよ」

凝ったらしく肩を回すベイリック。その顔には疲労《ひろう》の影《かげ》が射《さ》していた。

「エリダナには、ウルムンの破壊《はかい》活動組織が潜入《せんにゅう》したり、指名手配の武器商人パルムウェイが再び戻《もど》っている情報まで入ってきていてな。やりきれんよ」

ベイリックは笑ってそう言い、角を曲がる。俺たちが反対の階段へと向かおうとすると、ベイリックが足を止めて零《こぼ》した。

「本当にエリダナはどうなっているんだかな」

俺はしばらく考えて、返答してやった。

「闇金融の利息なみに、十日で三割ずつクソったれた街になってるだけだ」

ベイリックは愉快そうに笑って去り、傍らのギギナは退屈《たいくつ》そうに欠伸《あくび》をしていただけだった。


優《やさ》しい月光を拒否するように、エリダナの街の灯が煌々《こうこう》と灯《とも》る夜。

灯を敷《し》きつめた街を睥睨《へいげい》するかのように、古い石造りの建造物がそびえ立つ。街の刻《とき》を刻むその時計台の文字盤《ばん》は地上の喧騒《けんそう》から遠く、天の星座に比すこともあろう。

夜風が吹《ふ》きぬける文字盤の上の鐘楼《しょうろう》に、二つの影《かげ》があった。

積層鎧《せきそうよろい》を着こみ軍人のような厳《いか》めしい顔をした巨漢が鐘楼内で腕を組んで立ち、豪奢《ごうしゃ》な道化《どうけ》服をまとった貴族的な容貌《ようぼう》の男が鐘楼の端《はし》に座り、足を文字盤の十二時の位置へと垂らしていた。

「夜会は順調に進んでいるようだ」

「汝《なんじ》の尖兵《せんぺい》が呪《まじな》い使いに消されたようだな。ならば、次は私の配下の出番だ」

道化の男が口を開き、視線を合わせもせずに、全身鎧の巨人が返答を返す。

「お手柔《てやわ》らかに頼《たの》むよ」

「そうもいくまい」

二人は揃《そろ》って声にならない笑声を上げ、街を見下ろし、風に髪《かみ》と装束《しょうぞく》を揺らす。

その風に続けるように鎧姿の巨漢が言葉を漏《も》らす。

「この度《たび》の夜会は奇異にして奇怪。だが我らには是非もなし」

「それこそが我らの性分にて」

道化が唇を歪めて答え、足を振《ふ》るその反動で後方回転、鐘楼の上に華麗《かれい》に着地し、道化た口上を述べる。

「さてさて、この陰謀《いんぼう》と謀略《ぼうりゃく》の街に、我ら一座の華麗な興行が始まる。血と殺戮《さつりく》の楽しい一幕が」

戦士が犬歯を剥《む》きだすようにして吠《ほ》える。

「流血のための流血、殺戮のための殺戮、地獄《じごく》のための地獄。存分に暴れよ、我らが許す。ここは我らの盤面《ばんめん》ぞ」

二つの影の宣言は夜風に浚《さら》われ、誰《だれ》にも聞かれることはなかった。

3 虚実に揺れる天秤

すべての人間は部品である。

もし、たった一人の力で救われる世界があるなら、それは世界には、そのたった一人しか必要とされないということだ。

ジグムント・ヴァーレンハイト「炎《ほのお》の礼賛」皇暦《こうれき》四九三年

「ウルムンの外に世界が広がるように、例えば、世界はこの世界だけではない」

牢獄《ろうごく》の鉄格子の内と外で、レメディウスとナリシアが盤面を囲んでいた。

チェルス将棋《しょうぎ》なのだが駒《こま》はナリシアがそこらで拾ってきた粗末な石だった。レメディウスがナリシアと対戦しながら手を教え、言葉を続ける。

「実は、次元の壁《かべ》を越《こ》える伝達手段はあるんだ。例えば超紐《ちょうひも》理論における紐、これは一次元の長さを持つ存在で、粒子《りゅうし》はその振動《しんどう》として現れるものだとするのを、さらに拡張した概念《がいねん》なんだけど」

レメディウスの厳しい手に攻《せ》められたナリシアが、その眉間《みけん》に可愛《かわい》らしい皺《しわ》を寄せて盤面を睨《にら》みつけている。少女の緑の目は真剣《しんけん》そのものだった。

「それにより導かれるP世界とは、P次元として、紐ならPは一、膜《まく》ならPは二というように任意のPが設定できるなら、この宇宙は四次元以上の高次元空間の中にある世界として表せられるものだと推測されている」

ナリシアの顔が明るさを取り戻《もど》し、石の駒を前進させる。

レメディウスの手が閃《ひらめ》き、さらに厳しい手を打ち、少女の眉間に前以上に深い皺が刻まれ、緑の目が細められる。

「ほとんどの物理力は世界の中に閉じこめられ、抜《ぬ》け出ることは不可能だけど、重力だけは別の次元の方向へとある程度だけ影響《えいきょう》を及《およ》ぼす。その方向に別の世界、宇宙があれば強力な重力は伝達されるんだ。

あ、ナリシア、これは考えても無駄《むだ》だよ。あと十三手か十五手のどっちかで絶対に詰《つ》みになるから」

レメディウスの指摘《してき》に、鉄格子《てつごうし》の外のナリシアの頬《ほお》が風船のように膨《ふく》れ、両手を後ろの石床についた。両足を牢内《ろうない》へと投げ出して、盤面の駒を倒《たお》していく。

「レメディウスさぁ、初心者のあたしに対して手加減しようとか考えないわけ?」

「どうして? 手を抜いたら失礼になると思うけど?」

心底から不思議だといった表情のレメディウスに、ナリシアは脱力《だつりょく》したように肩《かた》を落とす。

「で、さっきからレメディウスが言っている呪文《じゅもん》って何なの?」

「呪文じゃないよ、咒式《じゅしき》の基礎《きそ》となる最も初歩の次元理論だよ」

「もっと分かりやすく言って！」

呆《あき》れ顔になっている少女に、レメディウスが苦笑しながら答える。

「つまり、世界はここだけじゃない。多様多重、ええと、重なってしかもたくさんあり、僕たち以外の誰かがいるかもってことだよ」

ナリシアの表情が燦然《さんぜん》と輝《かがや》きはじめ、急に身を起こして鉄格子に幼い顔を押しつけてくる。

「その中には、理想郷みたいなところもあって、神様や天使がいるってこと？　砂礫《されき》の竜《りゅう》を呼び出して、あたしたちを救ってくれるの？」

「そこまでは分からない」レメディウスは苦笑して首を振る。

ナリシアの哀《かな》しげに曇る顔を直視できず、レメディウスは牢獄の石床に散らばった駒を集め、一つ一つ立てていく。

「でも、そんな美しい理論、チェルスのように世界が動いているなら、この世界もいつかは美しい盤面になれるはずなんだ。このウルムンもそうなれる可能性は決して皆無じゃない。そう想像すると何か勇気が出てこないかい？」

ナリシアは首を右に傾《かたむ》けて考える。

「うん、何かそんなこともありそうな気がしてきた」

少女が太陽のような満面の笑《え》みを見せ、レメディウスもつられて微笑《ほほえ》みかえしてしまう。

「では、その論理的で美しい世界を体感すべく、もう一局」

レメディウスが言うと、ナリシアはさすがに困ったような顔をした。

「手加減してよ？　ものすごーくよ？」

「な、なるべく頑張《がんば》って、必死に手を抜くよ」

自信がなさそうな青年の言動に、ナリシアは思わず吹《ふ》き出してしまった。


朝から禍《まが》つ式事件が発生したとの連絡《れんらく》が飛びこんだ。

禍つ式の発生したエリダナ東部の地下鉄構内へとラルゴンキン事務所の分隊が突入《とつにゅう》し、連絡《れんらく》を聞いた俺とギギナが事務所の外へと走る。

だが、車庫からヴァンを出そうとした時、すでに殲滅《せんめつ》したという結果が届いた。

さすがにラルゴンキン事務所の奴《やつ》らはよく仕込まれていやがる。

そのまま俺とギギナはヴァンを走らせ、午後からのレメディウスの人質交換《こうかん》という大仕事に向けて、さらに打ち合わせをしておく。

取引現場の、今は廃線《はいせん》となった操車場の見取り図を車の画面に表示させながら、もしもの時のための追跡《ついせき》・逃走《とうそう》経路と使用呪式《じゅしき》とを言葉で確認《かくにん》していく。

だが、ギギナは窓の外を流れてゆく景色を見ているだけで、聞いていないようだ。

通りすぎた建物が消防署だったことに俺は気づいた。

そして思い出してしまった。先日、禍つ式に取りこまれたプルメレナというギギナの女だった消防士、それを殺したギギナ自身のことを。

「気にするな。あれはどうしようもなかった」

俺は思わず言葉を掛《か》けていた。だが、俺の安っぽい台詞《せりふ》にもギギナは黙《だま》っていた。

「女の命などどうでもいい」

ギギナが風のなかで口を開き、非情な言葉に俺は我知らず反駁《はんばく》していた。

「冷たいな」

「あの女を助けてやりたいと思った私がいたことも確かだ。だが、現実の私はプルメレナに凄惨《せいさん》な死を与《あた》えた」

ギギナの銀の双眸《そうぼう》には感情の揺《ゆ》らめきがあった。

「ドラッケン族の戦士としての私がそうしたのだ。だとしたら、それはどこまでが私自身の意志なのか」

ギギナが自分からその内面を晒《さら》すのは珍《めずら》しいことだった。

それは重い問いだった。そして俺自身にも跳《は》ね返ってくる問いだ。

最近、ジヴと俺との仲が悪いのも、ショボい人生も咒式士《じゅしきし》としての俺の思考の所為《せい》だろう。

それは俺の思考か、咒式士という他《ほか》の誰《だれ》かの作った思考なのか。

だとしたら、俺やギギナの意志とは何なのだろうか。すべての人間の意志とは、どこまでが自分の意志とするべきなのか。

しかし、口をついたのは別の言葉だった。

「社会的な自己と私的な自己との乖離《かいり》、重症《じゅうしょう》な分裂《ぶんれつ》だな」

「私が言いたいのはそうではない。上手《うま》く言葉にできないが、ある選択《せんたく》に対して、それがすでに選択として決定されているように感じているのだ」

そこでギギナは諦《あきら》めたかのように首を振《ふ》り、吐《は》き捨てた。

「愚《おろ》かな言葉遊びだな、忘れろ」

再び窓の外へとギギナはその美しい瞳《ひとみ》を戻《もど》していった。

イエデテ運河を渡《わた》り、予想される何十種もの展開を説明し身代金《みのしろきん》の話になった時、ようやくギギナが疑問を発した。

「ラズエル子爵家の嫡子《ちゃくし》とはいえ、レメディウス一人に二十億イェンの身代金とは豪勢《ごうせい》だな」

「本気で言ってるのか？」

橋を渡りおわり、大通りの車の流れに乗りながら俺が答えた。

妙《みょう》な雰囲気《ふんいき》になったのを取り戻すべく、事務的に話す。

「レメディウスは博士号をいくつも持つ天才的な咒式師《じゅしき》だ。咒式具や兵器の技術特許をいくつ持っていると思うんだ？　俺とおまえの魔杖剣《まじょうけん》にもレメディウスの特許が入っているが？」

「知っている。結構嫌いではない製品を作っている企業だ」

風に銀糸の髪《かみ》をさらわせていたギギナが、自分が鞘《さや》ごと抱《かか》える屠竜刀《とりゅうとう》ネレトーの長大な刃《やいば》を見下ろす。

魔杖剣は、作用量子定数《プランク》を変異させて物理現象を励起《れいき》するものだが、その変移を誘導《ゆうどう》させる機関、いわゆる法珠《ほうじゅ》や機関部について、レメディウスは当代の権威《けんい》の一人だ。

世界中にある魔杖剣の一振《ひとふ》り一振りから特許が取れるから、その一つだけでも、大富豪《だいふごう》が誕生するだろう。

何かの手続き上の間違《まちが》いで俺に転がりこんだらいいなぁ、と典型的なダメ人間の思考が浮《う》かぶ。

思考が妄想となって寂しくなる前に、気を取りなおして続ける。

「レメディウスはラズエル総合咒式社の飛躍《ひやく》の原因となった飛びきりの頭脳だ。ラズエルの将来を支える頭脳を取りもどせるなら、二十億イェンなど安いものだろう」

そこでギギナが笑った。

「ガユスが何千人買えるかな」

計算すると、ちょっと哀《かな》しい結果が出そうだ。何万人じゃなくて何千人というところが本当臭い。

「ギギナほどお買い得じゃないだろ」

俺の強がりにも、相棒は皮肉げな笑みを浮かべただけだった。

エリダナ市とエリウスとの境の山間区。その寂《さび》れた町の外れに操車場があった。

どこまでも続く灰色の塀《へい》に沿って進み、先客が開けた鉄扉《てっぴ》を抜《ぬ》けて、広大な敷地《しきち》の内へと車を乗り入れる。

新しい市線ができたため、路線ごと廃棄《はいき》された操車場は静かだった。

コンクリの敷地を掘《ほ》り下げられた場所は、列車でも修理するためのものだろうが、汚水《おすい》が溜《た》まっている様子は安っぽい墓穴にも見えた。

居並ぶ操車場の建物の奥には、見捨てられた列車たちの巨軀《きょく》が影《かげ》に沈《しず》んでおり、再び線路の上を駆《か》け回るという叶《かな》わぬ夢でも見ているのだろうか。

妙に感傷を呼ぶ光景を見ながら、図面と違う所がないか敷地を一巡《いちじゅん》しつつ、交渉《こうしょう》場所へと向かう。

巨大《きょだい》な中央操車場に到着《とうちゃく》しヴァンを下りると、開け放しの入口の前に先客たちの大きな高級車が到着していた。

頑丈《がんじょう》そうな車の前に、ラズエル財団当主カルプルニアとその護衛の咒式士《じゅしきし》が五人。そして傭《やと》われ交渉役のエグルドが立っていた。

カルプルニア自身が出てきているのは曙光《しょこう》の鉄槌《てっつい》側の指示なのだが、何かありそうで面倒《めんどう》なことだ。

打ち合わせはすでに何度もしているので、目礼だけで済まし、話を進める。

「交渉相手は？」

「まだです。ですが、エグルドさんが私を守ってくれるでしょう」

カルプルニアのどこか皮肉を含んだ声に、エグルドの方は肩《かた》を大仰《おおぎょう》にすくめる。調子のいい態度だが、この男が相当な腕《うで》の咒式士なのは間違いない。

財団の方でもやってるだろうが、遠いグニルダ州の咒式士というエグルドを一応こちらでも身元を調べた。十一階梯《かいてい》の化学鋼成咒式士で、各種咒式《じゅしき》協会と国家検定が保証するほど身元がはっきりしている。

まあ、そうでもなければ、破壊《はかい》活動組織と財団の間の交渉役に選ばれもしないだろうが。

「いや、あらかじめ居たようね」

カルプルニア婦人が皺《しわ》深い顔に不敵な笑みを浮かべて、操車場内部へ視線を向ける。

影に塗《ぬ》りこめられた操車場内の奥の扉《とびら》が静かに開かれ、同じように浅黒い肌《はだ》の男二人が現れる。

うながすように顎《あご》で示す異国の男たちに、俺とギギナが視線を合わす。

カルプルニアに注意を戻すと、老婦人が威厳《いげん》を以《もっ》てうなずく。

俺とギギナ、エグルドと護衛に囲まれながら老婦人が進み、異国の戦士の脇《わき》を通って鉄扉をくぐる。

操車場の奥は列車の修理工場だったらしく、塗装《とそう》が剥《は》げ、錆《さ》びが浮き出た列車の群れが整然と並んでいた。

列車の鼻面が並ぶその前に、ツェベルン系ではない風貌《ふうぼう》の男たちが待っていた。

横流しされた品であろう、二世代前の軍事用魔杖剣を腰《こし》に下げ、浅黒い肌の彫《ほ》りの深い顔に揃《そろ》って厳しい表情を浮かべていた。

こいつらこそがウルムンの最悪の独裁者、あのドーチェッタを打倒《だとう》しようとする組織、〈曙光の鉄槌〉の面々というわけだ。

事前に調べた情報では、〈曙光の戦線〉と〈解放への鉄槌〉という組織があったのだが、レメディウス博士を誘拐《ゆうかい》したくらいの時期に統合され、より先鋭《せんえい》的な武闘派《ぶとうは》組織〈曙光の鉄槌〉へと変化したという。

凶悪《きょうあく》な独裁者ドーチェッタに敢然《かんぜん》と闘《たたか》いを挑《いど》み、それに武器を売っていたラズエルを憎《にく》んでいるヤツらだ。交渉は慎重《しんちょう》の上に慎重を重ねる必要がある。

(列車の前に砂色の髪《かみ》の老いた男を中心に五人、その列車の上に二人、左右の列車の上に二人ずつ四人、構内の二階を囲む回廊《かいろう》に四人」俺たちの背後に案内してきた二人と計十七人。隙《すき》のない配置をしてやがる)

歩きながら、隣《となり》のギギナに小声で戦力分析《ぶんせき》を告げると、相棒は折り畳《たた》まれた腰の屠竜刀《とりゅうとう》の柄《つか》を軽く握《にぎ》っていた。

(何してんだ、処女を寝台《しんだい》に誘《さそ》うように、慎重にいくと言っただろ?)

(分からないのかガユス? あの中央の男は危険すぎる)

俺が目線を前方に戻《もど》すと、中央の砂色の髪の男が口を開いた。

「そこで止まれ」

組織の長《おさ》らしき砂色の髪の男が、綺麗《きれい》な発音のツェベルン語で錆びた声を上げ、俺たちは立ち止まる。

ギギナの指摘通りこいつは危険だ。

傷が縦横に走る皺深い顔からは老いよりも強靭さが感じられ、その遮光眼鏡《しゃこうめがね》で隠《かく》された容貌《ようぼう》

には、静かな威圧感《いあつ》が備わっていた。

万年の星霜《せいそう》を耐《た》えた砂漠《さばく》の巨岩《きょがん》、万の死を見てきた将軍の、長命竜《アルター》をも彷彿《ほうふつ》とさせるような顔だ。

政権交代があったのか、情報にあった党首ゼムンとはまったく別の、恐《おそ》ろしく威厳のある指導者だった。

後でこの点をつついて情報屋のヴィネルから金を戻させよう。

「約定通り、カルプルニア刀自《とじ》自身が来ているか」

党首の男が顔の傷痕《きずあと》を歪《ゆが》めて笑い、カルプルニアが苦い顔をする。

「あなたは誰《だれ》です？　党首が来るはずでしたが？」

「私は曙光の鉄槌の党首代理、仲間うちでは〈砂礫の人喰い竜〉ズオ・ルーと呼ばれる」

砂色の髪の男は物騒《ぶっそう》な名乗りをあげた。前方の戦士たちを向いたまま、俺は小声でギギナに尋《たず》ねる。

「ヤツはどれくらいやる？　十二か十三階梯か？」

「いつかの翼将《よくしょう》なみ、もしくはそれ以上だな。正直、実力が測れぬ」

思わず俺がギギナの方を向くと、相棒の体が戦闘《せんとう》体勢に入れるように緊張《きんちょう》していた。

そんな化け物級の咒式士《じゅしきし》が相手にいるとなると、作戦が大きく変わる。

俺が必死に計算をやり直しているのも知らず、砂漠をそのまま髪にしたようなズオ・ルーが言葉を続ける。

「身代金《みのしろきん》はどこにある？」

「すぐに手の内を晒《さら》すほど、私はまだ耄碌《もうろく》していません。人質の確認《かくにん》が先です」

カルプルニアが凛《りん》とした声で返す。

最も危険な破壊活動組織〈曙光の鉄槌〉の党首代理の遮光眼鏡の奥の目と、ラズエル総合咒式社の総帥《そうすい》たる老女傑《じょけつ》の目が、静かに激しく衝突《しょうとつ》する。

「立場を忘れるなカルプルニア。人質を握る我々が優位。手札はそちらが先に見せるべきだろう」

砂漠の夜のように冷徹《れいてつ》な老将軍の言葉に、老貴婦人が不敵な笑みを返す。

「そうでしょうね。しかし、このお決まりのやりとりをしておかないといけないような気がしましてね」

カルプルニアの視線にうながされ、老貴婦人の両脇《りょうわき》の護衛二人が、それぞれに金を詰《つ》めた黒革の荷箱を掲《かか》げ中身を晒す。

その黄金と白銀の輝《かがや》きに、俺の両目が釘付《くぎづ》けになる。

二十億イェン。思わずこの場の全員を殺して持ち逃《に》げしたくなる引力を感じる。

そんな俺の思惑《おもわく》をよそに箱が閉じられ、カルプルニアが峻厳《しゅんげん》な表情を浮《う》かべる。

「次はそちらの手札を見せる番です。甥《おい》のレメディウスはどこにいます？　安否を確認させなさい」

老貴婦人の静かな詰問《きつもん》に、ズオ・ルーは何かを迷い、遮光眼鏡を外した。

現れた深い緑の瞳《ひとみ》でカルプルニアを眺《なが》め、やがてその厳しい視線で、傍《かたわ》らの戦士にウルムン語で指示を出す。

廃棄《はいき》された列車の横の扉《とびら》から、目隠《めかく》しした上に口に布を巻かれ、両腕《りょううで》を拘束《こうそく》された人質が現れる。

背後の男に押されながら、高い列車の出口に設けられた簡易階段を降り、曙光の鉄槌の面々の前に人質が引きだされる。

「目隠しを取って本人かどうか確認させせなさい。いちいちこちらに指示を出させて、私の冷静さを失わそうとしても無駄《むだ》ですよ」

カルプルニアの言葉に、曙光の鉄槌の男たちが動き、人質の目隠しを取る。

レメディウス博士は資料の立体写真より大分痩《や》せてしまっていて、二十代半ばのはずが四十代にも見えるほど憔悴《しょうすい》していた。知性に満ちていたその翠《みどり》の瞳も弱々しかった。

人質が何かを言いたそうに身を捩《よじ》るが、曙光の鉄槌の戦士たちがそれをさせない。

「互《たが》いの手札は出そろう。それでは交換《こうかん》といこう」

ズオ・ルーが宣告するが、俺は何か引っかかる。どこか根本的な違和感があるような気がする、そんな俺の疑問を断ち切るエグルドの声があがる。

「まだだ。顔や体形だけでは整形した偽者《にせもの》かもしれません」

俺の言おうとしたことを、それまで脇《わき》に控《ひか》えていたエグルドが言ってくれた。カルプルニアが甥と同じ緑の目を向けると、さらにエグルドが続ける。

「呪式《じゅしき》波長識別機で証明しろ」

エグルド自身が俺たちの事務所で言ったように、交渉《こうしょう》事の専門家のようだ。

呪式技術の発達したこの世界では、整形でいくらでも外見を変えられるし、高位の生体変化《せいたいへんか》系呪式士《けいじゅしきし》が相手にいれば、網膜《もうまく》も指紋《しもん》も完全に複製してしまう。

掌紋《しょうもん》識別による掌《てのひら》の微《び》細《さい》な振動《しんどう》や脈拍《みゃくはく》すら完全に再現してしまうため、知りあいや機械の目ですら騙《だま》してのけることが可能だ。

遺伝子判別も、一番多い型なら百三十分の一程度で誤認してしまうこともあり、あまり当てにはできない。

俺も過去にそれをやられたことがあるため、その可能性を考えていたのだ。

だが、個人の呪式波長の模倣は不可能に近く、確実に本人確認ができるのだ。

「よかろう」

ズオ・ルーが片手に下げた遮光眼鏡《しゃこうめがね》の識別機能を起動させる。

「待て、個人識別機はこちらのものを使え」

エグルドが腰《こし》から引きぬいた端末《たんまつ》を相手とカルプルニアに見せる。

どんな経歴の呪式士だかよく分からないが、エグルドは恐ろしく用心深く、こんな場面に慣れている。

両者がうなずいてから、エグルドは個人識別機を砂色の髪《かみ》の老将へとゆっくりと投げる。

左手で受けとったズオ・ルーは、手の中の機械に視線を落とし、何かを確認していた。そして酷薄な笑みを浮かべながら、識別機をレメディウスの首筋へと当て、血液と表皮細胞《さいぼう》を採取し、同時に呪式《じゅしき》波長の識別が始まる。

全員の視線が集中する中、音声と緑の光が発生し、本人だと確認される。

老将がうなずき、カルプルニアの護衛が身代金を持って歩きだし、人質が押し出される。

頭脳と身代金が交錯《こうさく》したその時、突然《とつぜん》、眼前のレメディウス博士がくぐもった苦鳴とともに体を折り曲げた。

レメディウス博士が口を塞《ふさ》ぐ布から赤黒い血泡《ちあわ》を吐《は》いたのが見え、曙光の鉄槌の一人が護衛の胸へと魔杖剣《まじょうけん》を突《つ》き立て、倒れゆく手から身代金を奪《うば》った。

それと同時に、操車場のあちこちから轟音《ごうおん》が発生した。

操車場の二階と一階で警戒《けいかい》していた曙光の鉄槌の戦士の背後の壁《かべ》が吹《ふ》きとび、肉と骨ごと破《は》砕《さい》する。

さらに建物内へと、化学練成系の催涙《さいるい》ガスや鎮圧《ちんあつ》ガス呪式の白煙《はくえん》が撃《う》ちこまれる。

俺が反応するより早く、ギギナがカルプルニアを引きよせ、後退して飛翔《ひしょう》。

列車上の曙光の鉄槌の構成員が魔杖剣を引きぬき応戦しようとするが、周囲から放たれた電《でん》磁雷撃系呪式《じらいげきけいじゅしき》第二階位〈雷霆鞭《フュル・フー》〉の紫電《しでん》の蛇《へび》が、男の頭部に四方から巻きつき、一瞬《いっしゅん》にして炭化させる。

その絶叫《ぜっきょう》とともに、破砕されたそこかしこの壁の穴から、逆光を背にした暗灰色の野戦服の集団が突入《とつにゅう》を始め、呪式を放射しはじめた。

化学練成系呪式第三階位《かがくれんせいけいじゅしき》〈爆炸吼《アイニ》〉のトリニトロトルエンの爆風《ばくふう》が、木製の作業机とその傍らウルムンの戦士の右半身を、木と肉片の破片へと粉砕《ふんさい》する。

電磁光学系呪式第四階位《でんじこうがくけいじゅしき》〈光条灼弩顕《レラージェ》〉の高熱量レーザー線が白煙を切り裂《さ》き、出口を求めようと走った男の心臓を貫通《かんつう》し、背後の列車の側面に突きたち蒸気をあげる。

電磁電波系呪式第四階位《でんじでんぱけいじゅしき》〈赫濤灼沸怒《フルフーレ》〉のマイクロ波帯電波が、応射しようとした二人の男の全身の水分を沸騰《ふっとう》させ、破裂《はれつ》した皮膚《ひふ》から赤黒い内臓や眼球を飛びださせた。

暗灰色の野戦服の集団はその他《ほか》、もう数えられないほどの攻性呪式《こうせいじゅしき》を発動し、曙光《しょこう》の鉄槌《てっつい》側も応射を始める。

破壊《はかい》と殺戮《さつりく》の嵐《あらし》が操車場内を吹き荒《あ》れ、列車の合金製の車体を破壊し、作業機械を粉砕し、人体を血霧《ちぎり》へと変えていく。

まるで地獄《じごく》の門が開いたような戦争が眼前で始まっていた。

ギギナと俺で、カルプルニアを守りつつ後退し退路を探す。

傍らのラズエルの護衛呪式士《じゅしきし》が、白煙を突きやぶって飛翔してきた金属槍の群れに眼窩《がんか》と胸を貫《つらぬ》かれて倒《たお》れる。

呪式《じゅしき》の後に突進《とっしん》してくる野戦服姿の侵入者《しんにゅう》の魔杖剣が突き出され、化学鋼成系呪式第二階位《かがくこうせいけいじゅしき》〈矛槍射《ベリン》〉で生み出された数条の鉄の槍が放射される。

ギギナが長大な屠竜刀《とりゅうとう》の横薙《よこな》ぎの一閃《いっせん》で弾《はじ》き、突進してくる侵入者の魔杖剣を叩《たた》き折る。

返す刃《やいば》で次の呪式を展開していた侵入者の左側頭部から右頸部《けいぶ》までを切断し、血と脳漿《のうしょう》をブチ撒《ま》けさせた。

さらに突撃《とつげき》してくる野戦服が呪式を発動させようとするより早く、俺の化学練成系呪式《かがくれんせいけいじゅしき》第一階位〈光閃《コヴァ》〉が発動。マグネシウムや燐《りん》が燃焼した光が、そいつの暗視眼鏡で増幅《ぞうふく》され、網膜を灼《や》いた。

侵入者は自分に迫《せま》る巨刃《きょじん》を見ることなく、続くギギナの一刀で上半身と下半身に等分に両断された。

二人分の肉片がコンクリ床《ゆか》に落ちる音も打ち消す、轟音と悲鳴が操車場に溢《あふ》れかえっていた。

視線を戻《もど》すと、白煙と爆煙《ばくえん》が吹き荒れる列車の上に人影《ひとかげ》があった。

あの曙光の鉄槌の党首代理、〈砂礫の人喰い竜〉ズオ・ルーが、レメディウスの死体を抱《かか》え悠然《ゆうぜん》と立っていたのだ。

その深い翠《みどり》の双眸《そうぼう》が、自らの腕《うで》の中の哀《あわ》れなレメディウスの死骸《しがい》に注がれていた。

俺には、その瞳《ひとみ》がなぜか死者を悼《いた》むような、哀《かな》しげな色を湛《たた》えていたように見えた。

恰好《かっこう》の目標に襲撃者《しゅうげきしゃ》たちの呪式が襲《おそ》いかかるが、途中《とちゅう》の空間で組成式が遮《さえぎ》られ、分解、消失していく。

呪式干渉《かんしょう》結界を人間がまとう。やはりとんでもない高位の、しかも数法呪式士《じゅしきし》っ！

その翠の瑠璃《るり》の視線を辿《たど》ると、俺の傍《かたわ》らのカルプルニアに向けられていた。

再びズオ・ルーへと注意を戻すと、老将は侵入者たちに向けて鈍色《にびいろ》の魔杖剣を掲《かか》げ、呪式《じゅしき》を紡《つむ》いでいるところだった。

ズオ・ルーの咒式《じゅしき》の咒印《じゅいん》組成式を見た瞬間、俺の背に戦慄《せんりつ》が疾《はし》る。

同じ洞察《どうさつ》にいたったギギナがカルプルニアを抱えて後方へと疾走《しっそう》しはじめ、俺も咒式を紡ぎながらも、全力で入ってきた出入口へと走る。

疾走する俺の前方の白煙の中から、横薙ぎの一撃《いちげき》が迫る。受ける時間がないと判断するより早く、俺は上半身を後ろに倒し、刃の下のコンクリ床へと滑《すべ》りこんで躱《かわ》す。

魔杖剣を振《ふ》りぬき、状態の流れた野戦服姿の顔面に、ギギナの長大な屠竜刀が正確に突き刺《さ》さり、手首の一回転で無惨《むざん》な肉片に変える。

俺は滑った勢いのまま上体を起こして疾走。ギギナを先頭とした一団に並んで鉄扉《てっぴ》を走りぬける。

陽光が降りそそぐ操車場の開口部が見えるが、背後から巨大な咒力《じゅりょく》波長を感じる。脱出《だっしゅつ》が間にあわないっ！

「ギギナっ、来いっ！」

化学鋼成系咒式《かがくこうせいけいじゅしき》第四階位〈遮熱断障檻《フォエニク》〉を展開。ニッケル基超合金《ちょうごうきん》やチタン・アルミニウム化合物に、ホウ素やハフニウムを加えた檻でギギナとカルプルニアを包むが、他の護衛にまで手が回らない！

一瞬後に後方から膨大《ぼうだい》な咒式の発光する数式が放射され、檻の外の護衛たちに襲いかかるのが見えた。

操車場の外へと走るその足が止まり、激痛に身を折り曲げ、その場に崩《くず》れ落ちた。

護衛たちは苦痛に痙攣《けいれん》し、血反吐《ちへど》を嘔吐《おうと》し、やがて動作の一切を停止した。恐怖《きょうふ》に塗《ぬ》りつぶされた顔が、コンクリ床で俺たちへと振り返った。

体内のアミノ酸のロイシンやアラニン等は、右手と左手のように形状が似ていても、重ならない異性体、L体とD体とがある。

この地上の生物はL体しか保有しておらず、D体のほとんどは消化も利用も不可能な完全な異物である。

全身のほとんどのアミノ酸を、咒式干渉《かんしょう》でそのD体に強制変換《へんかん》されたのでは、絶命するしかない。

数法量子系咒式《すうほうりょうしけいじゅしき》第六階位〈軀酸組式逆変法《スイー・トリー》〉によって、対象に直接引き起こされるその現象は、生体咒式《じゅしき》でも回復しようがない、絶対的致死《ちし》性のものである。

強靭《きょうじん》な生命力と咒式力《じゅしきりょく》で、干渉自体に抵抗《ていこう》できればまったくの無害ではあるが、自分の命でそれを試そうとは思わない。

ギギナなら平気だろうが、高齢《こうれい》のカルプルニアは確実に護衛と同じ道を辿るだろう。

金属の壁《かべ》で防ぎきれるものではないのだが、発生する咒式の作用量子定数への干渉を、その防壁《ぼうへき》としたのだ。

咒式効果が消失していくのを待って、俺は咒式檻《じゅしきおり》を解除。その周囲には護衛三人が、無言の死骸と変えられ転がっていた。

振り向くと、鉄扉の向こうの咒式の嵐《あらし》が嘘《うそ》のように静謐《せいひつ》に静まりかえっていた。

ここと同じように、すべての人間が死滅《しめつ》している地獄《じごく》の光景が広がっているのだろう。ズオ・ルーの砂礫の人喰い竜という大仰《おおぎょう》な異名は伊達《だて》ではない。まさに人間を喰《く》い殺すような、陰惨《いんさん》な虐殺《ぎゃくさつ》だった。

「レメディウスは？」

カルプルニアが状況《じょうきょう》を思い出して叫《さけ》ぶ。だが、俺は無言で首を左右に振るしかなかった。

「いかん、どちらかが余計な土産《みやげ》を置いていったらしいぞ」

ギギナの言葉と同時に爆発《ばくはつ》音が上がる。すぐに連鎖《れんさ》を始め、こちらに迫ってくると思った時には、ギギナに俺は襟《えり》を掴《つか》まれ、カルプルニアは抱えられ、運ばれていた。

出口へ抜《ぬ》け、陽光が降りそそぐ戸外へとギギナに抱えられて脱出する。そして後方の開け放たれた鉄扉に爆炎《ばくえん》の発生が見えた瞬間《しゅんかん》、重力が消えた。

生体咒式《じゅしき》士ギギナの飛翔《ひしょう》により、俺たちは空中へと飛んでいたのだ。

そして眼下に広がる操車場の全景。重低音が響《ひび》き、一拍《いっぱく》おいて金属板の屋根のあちこちが吹《ふ》きとび、紅蓮《ぐれん》の炎《ほのお》が空へと噴きだす。

俺の足元に炎の舌が迫るが、ギギナの展開した生体変化《せいたいへんか》系咒式《けいじゅしき》第二階位〈空輪龜《ゲメイラ》〉の咒式による圧縮空気の噴射《ふんしゃ》で加速し、間一髪《かんいっぱつ》で逃《のが》れる。

火焰《かえん》は残念そうに舞《ま》い踊《おど》り、失速していった。

敷地《しきち》にそびえる鉄塔《てっとう》の頂上に、俺たちを抱えたギギナの左足が着地、衝撃《しょうげき》で鉄塔の骨格が湾曲《わんきょく》、右足で蹴りつけてギギナが再飛翔。

鉄塔が折れ、緩慢《かんまん》に傾斜《けいしゃ》していくのを眺《なが》めながら、空中を滑空《かっくう》していく。

遠く離《はな》れた建物の鉄板の屋根に、足首までめり込ませながらギギナが着地。投げだされた俺は慣性を殺せずに転がり、屋上の給水塔《とう》に激突《げきとつ》。

「危険運転は、航空法違《い》反《はん》だぞ。次は法廷で会おう」

脳震盪《のうしんとう》を起こしそうになりながらも文句を言うのは忘れない。

「無賃搭乗《とうじょう》には保証はつかん」

カルプルニアを抱《かか》えたギギナに冷たく切りすてられた。

耳を聾《ろう》する轟音《ごうおん》が響く方向に視線を戻《もど》すと、遠い操車場がついに大爆発に呑《の》まれる所だった。

逆さの瀑布《ばくふ》のごとき吹き上がる爆煙《ばくえん》と炎。巨大《きょだい》な力で引きちぎられた鉄骨や建材が撒《ま》き散らされ、衝撃波《しょうげきは》が突風《とっぷう》となって俺たちに吹きつける。

ギギナが広げた長外套《コート》が破片の小雨からカルプルニアを守り、俺は落ちてきた知覚眼鏡《クルークブリレ》を鼻上へと直した。

さっきまで俺たちがいた操車場は、炎に呑みこまれながら崩壊《ほうかい》していった。

精神的・肉体的に衝撃を受けたカルプルニアを、ラズエル社へと引き渡《わた》した時、エグルドがいつの間にか姿を消していたことをやっと思い出した。

そしてエグルドが渡した個人識別機の使用で、レメディウスが絶命したように見えたことも。

一体何が起こっているのか、俺には分からなかった。

4　監視の島

見上げる青空より
血色の薔薇《ばら》の花びらが舞《ま》い落ちて
その甘い香《かお》りで僕は窒息《ちっそく》する
僕の死骸《しがい》の上を猫の脚《あし》が踏《ふ》んでいく
とてもいい日だ

オプデルク・バスム・ニュード「薔薇の葬送《そうそう》」　皇暦四四三年

「正直に言うとレメディウス博士、君の扱《あつか》いには苦慮《くりょ》しているんだよ」

曙光《しょこう》の戦線の党首、ゼムンはそう語った。

ウルムン南部、曙光の戦線の本拠地《ほんきょち》の中庭でレメディウスは尋問《じんもん》されていた。

本拠地とは言っても、中庭の片隅《かたすみ》では野菜畑が貧相な葉を繁《しげ》らせ、鶏《にわとり》が地面に撒かれた餌《えさ》をつついている。背後の砂岩の建物も今にも崩れそうな粗末なものだった。

辛《かろ》うじて緊迫感《きんぱくかん》を保っているのは、レメディウスを囲む曙光の戦線の党員たちの憎悪《ぞうお》の視線と、突《つ》きつけられた旧式の魔杖剣《まじょうけん》の鈍色《にびいろ》に輝《かがや》く刀身《とうしん》。その傍《かたわ》らには自らの服の裾《すそ》を握《にぎ》りしめているナリシアの、泣きそうになっている少女の顔があった。

「何言っているんだゼムン、こいつが、ラズエル社がドーチェッタに呪式《じゅしき》武器を売っていやがるんだ！」

「こいつの考えた武器で、ウルムンが苦しんでいるんだ。ズオ・ルーに誓《ちか》って、絶対に殺すべきだ！」

痩身《そうしん》と巨漢《きょかん》の二人の若い党員が、レメディウスを囲んで吠《ほ》えていた。

「馬鹿《ばか》者《もの》ども、私に断りもなく誘拐《ゆうかい》事件などを起こして、ツェベルン龍皇国まで敵に回す気か！」

ゼムンの押し殺した叫びで、党員たちの顔に苦渋《くじゅう》が満ちる。

「それでも、こいつは許せない！」

「そうだこいつだけは！」

「ナジク、ナバロ、二人ともやめろっ！」

ナジクと呼ばれた青年が、虜囚《りょしゅう》の側頭部へと魔杖剣を突きつけ、一方の巨漢のナバロが魔杖《まじょう》槍《そう》を掲《かか》げる。二人ともに引き金に指をかけ、今にも呪式を発動しようとする。

「お兄ちゃんたちやめて！」

ナリシアがナジクとナバロの手と腕《うで》に必死ですがりつくが、兄たちの腕は微動《びどう》だにしない。

「下がっていろナリシア、こいつの、ラズエルの所為《せい》で、父さんと母さん、兄弟たちはドーチェッタに……！」

自らの言葉でその光景を思い出したのか、ナジクの顔に悲痛なものが浮《う》かび、ナバロの顔が憤怒《ふんぬ》に歪《ゆが》む。どうしていいか分からなくなったナリシアは大粒《おおつぶ》の涙《なみだ》を零《こぼ》すばかりだった。

「あのう、よろしいでしょうか？」

レメディウスの場違《ばちが》いなまでに茫洋《ぼうよう》とした声が中庭に響《ひび》く。

「誠に失礼ですが、その引き金を引くと暴発して、あなたまで死にますが？」

「何だと、こいつっ！」

ナジクの顔に激昂《げっこう》の嵐が吹《ふ》き荒《あ》れ、震《ふる》える指が引き金にかかる。

「いけないっ！」叫《さけ》んだレメディウスが魔杖剣の回転弾倉《だんそう》を摑《つか》み、ナジクの足を払《はら》って一瞬《いっしゅん》で組み伏せる。

絡《から》めた手でナジクの魔杖剣をもぎ取り、巨漢のナバロが突き出した魔杖槍の穂先《ほさき》を受け流して脇《わき》に抱え、転がす。

そしてナジクの魔杖剣を中庭の壁《かべ》の向こうへと投げ捨てる。

同時に炸裂《さくれつ》音。砂岩の壁に亀裂《きれつ》が入り、遅《おく》れた粉塵《ふんじん》が、曙光の戦線の面々の上に降りそそぐ。

呆気《あっけ》にとられていた党員が魔杖剣を向けるが、当のレメディウスが厳しい声で叱責《しっせき》する。

「右のあなたと奥のあなた！　その魔杖剣と法珠《ほうじゅ》の形式が合っていなくて、いつか同じように暴発しますよ！」

呆然《ぼうぜん》とする戦士たちに、レメディウスの叱責が続く。

「木の横のあなたは呪式《じゅしき》の呪印《じゅいん》組成式が不正確。ナバロとかいうあなた、ああもう、法珠自体に亀裂が入っている！　よくこんな整備も調律もまったくなっていない魔杖槍を使っていて死人が出なかったものですね」

「いや、年に何人かは死んでいるが……」

責められたナバロが、大きな体躯《たいく》を縮め、素直に答えてしまっていた。

「直すから貸しなさい」

レメディウスが憤然《ふんぜん》と近づき、ナバロが魔杖槍を突きつける。

「取りはしませんよ。そのままでいいから、じっとしていてください」

レメディウスが膝《ひざ》をつき、自分の喉元《のどもと》へと突きつけられた魔杖槍の法珠に指先を振《ふ》るい、起動式を空中展開させる。

「演算式がワードレト？　三世代も前の骨董《こっとう》品だ。やはり、作用量子定数《プランク》の設定も甘い。具現化式を僕のレメディウス型に変えて、変換《へんかん》、起動。よし、撃《う》ってみて」

ナバロが躊躇《ちゅうちょ》していると、「早く」とレメディウスに急《せ》かされる。

化学練成系呪式《かがくれんせいけいじゅしき》第三階位〈爆炸吼《アイニ》〉が男に紡《つむ》がれ、中庭の上空で炸裂する。

轟音《ごうおん》がその場の全員の鼓膜《こまく》を揺《ゆ》るがす。

「凄《すご》い、〈爆炸吼〉ってあんなに威力《いりょく》があったんだ」

「しかも、あんなに早く呪式《じゅしき》発動できるなんて」

降りそぐ爆煙《ばくえん》の中で、戦士たちが感嘆《かんたん》の声をあげる。

「やはり旧式だな。最新式より威力で三九・五八五五％、展開速度で二四・六七四五％も落ちる」

レメディウスだけが不満そうに、咒式《じゅしき》の名残《なごり》を見上げていた。

「ど、どうやって魔杖剣《まじょうけん》の起動式や個人識別装置を……？」

「僕を誰だと思っていたんだい？」

ナバロの呆然とした声に、レメディウスが傲然《ごうぜん》と胸を張る。その圧倒的な自信に満ちた瞳の力に、巨漢のナバロの方が一歩下がってしまう。

「あの……」ナバロの傍らの男がおずおずと口を開き、「俺の魔杖剣、最近、咒式の不発が多いんだが」と、魔杖剣を差し出す。

咒式博士の行動に全員の視線が集まっていた。

差し出された魔杖剣を、レメディウスが検分、手に取って弾倉を分解、鮮《あざ》やかな手つきで組み直し、すぐに返却《へんきゃく》する。

「接触端子《せっしょくたんし》の汚《よご》れ。たまには掃除《そうじ》し、一年ごとに交換《こうかん》する。砂漠《さばく》のウルムンでは三ヵ月が目安。これ常識だよ？」

レメディウスがこともなげに言う。そこで全員の目にすがりつくようなものが浮かぶ。

「俺の魔杖剣を見てくれ、咒式が右に二度ずれるんだ」

「俺のは第三階位が異常に遅《おそ》いんだよ」

口々に叫んで、砂漠の戦士たちがレメディウスに押しよせる。

「道具がないと無理だって！」

屈強《くつきよう》の男たちの壁の向こうから、レメディウスの悲鳴が響くと、一人が道具を取りに走る。

その間にも、レメディウスは修理をこなしていき、整備改良が完了する度《たび》に歴戦の戦士たちの目に、魔法《まほう》を見る子供のような感嘆の光が輝《かがや》く。

呆然とした表情で倒《たお》れたままのナジクとナバロの横に、ナリシアが並ぶ。

「どう、お兄ちゃんたち？　レメディウスは凄いでしょ？」

眼前の光景を眺《なが》める党首ゼムンは、呆《あき》れたような溜め息を吐《つ》いた。


昨日の事件が何だかよく分からないままに、カルプルニアに呼び出された。

オリエラル大河下流の同盟側寄りの小島に、ラズエル総合咒式《じゆしき》社の頭脳、ラズエル咒式研究社はあった。

機密保持を理由に橋すら架《か》かっていないため、ラズエル社の運営する連絡船《れんらく》に乗って向かっているわけだ。

委任統治という名目で国家の統制や各種条約が極端《きよくたん》に緩《ゆる》いエリダナ市は、大企業《だいきぎよう》の咒式技術の実験場になっていて、ツァマト咒式化学社やオルドレイク技術連合も、似たような施設《しせつ》をエリダナの沖《おき》や山奥に作っている。

企業のやつらが内部で何をしているのか分かりはしない。

「ギギナ、もうすぐラズエル島につくから耐《た》えろよ」

船の艫《とも》に座っている相棒へと俺が振り返ると、ギギナの美貌《びぼう》が曇《くも》っていた。

大型単車なみの体重で比重が水より重いギギナが川に落ちれば、川底を歩いて帰るしかない。酸素発生咒式《じゅしき》がそんなに続くならば、だが。

何かの拍子《ひょうし》で落ちたらいいのにな。

「貴様、何か余計なことを考えているだろう？」

「いや別に」

年々こいつの勘《かん》はよくなる。野生化とも言うが。

沖から見ると、島の緑を威圧《いあつ》するような研究所や工場施設の冷たく白い立方体型のビルが、陽光に照《て》り輝いていた。

壁面《へきめん》が妙《みょう》に白いのは酸化チタンを原料にした光触媒塗料《しょくばいとりょう》が、汚れや油分、雑菌《ざっきん》や窒素《ちっそ》酸化物を分解しているのだろう。

入《い》り江《え》に作られた唯一《ゆいいつ》の港へ入港し、その白い建物の群れの間を係員に案内されて進む。

そして島の中ほどの中央研究所の文字が掲《かか》げられたビルへと入る。入口で警備員に厳重な身元確認《かくにん》をされてからようやく通され、社内病院へと向かう。

長い廊下《ろうか》をギギナと歩きながら、エリダナ中央病院でなくてよかったと思う。

あそこの入口前では、どうしてもヘロデルを思い出してしまう。

春先の枢機卿長の件で爆死した、たぶん、俺の数少ない友人だった男のことを。そして、その裏切りと哀しみを。

案内された室内には、重厚な机と本棚《ほんだな》、電脳端末《たんまつ》が並んでいた。一応寝台《しんだい》と医療《いりょう》装置はあったが、病室というよりは執務《しつむ》室《しつ》のようで、応接机や部屋のあちこちに資料と本が積み上げられていた。

病室のカルプルニアに精神的肉体的に参っている様子はなく、応接椅子に座って俺たちを迎《むか》え、俺と相棒がその向かいの椅子《いす》に座るなり、いきなり言葉を切りだした。

「昨日の取り引きは失敗でした。それも最悪の」

さっそく来た。

「護衛たちは死に、身代金《みのしろきん》の二十億イェンは奪《うば》われ、そしてレメディウスも失われました。この責任を誰《だれ》に求めたらいいのでしょうか？」

俺は静かに瞑目《めいもく》し、十分に間を取ってから口を開く。

「確かに私と相棒にも落ち度があったでしょう」

カルプルニアが攻撃《こうげき》を再開する前に、言を続けて封《ふう》じる。

「しかし、人質交換を成功させることはエグルドの役目です。我々の役目は、相手の武力行使を防ぐ拮抗《きっこう》状態を作り、交渉《こうしょう》を対等の立場で行えるようにするための咒式士《じゅしきし》であり、護衛です。その任は、現在あなたが我々を詰問《きつもん》していることで果たせていますが？」

身分の高い人物の精神的特徴《とくちょう》は、責任を他人へと求める所だ。決然と拒否《きょひ》しないと、恐《おそ》ろしいことになる。

「損害賠償訴訟《ばいしようそしよう》という手段もありますが？」

カルプルニアの冷ややかな笑《え》みに、俺は同じ種類の笑みを返す。

「残念、警察を無視した人質交渉は不法行為《こうい》になるでしょう。それで訴状を提出することはできません。見え見えの脅《おど》しはやめましょう」

一呼吸置いて続ける。

「むしろ、あの武装集団の襲撃《しゆうげき》はあなたの指示なのかと思いましたよ。曙光《しよこう》の鉄槌《てつつい》に身代金を渡《わた》しても、素直《すなお》にレメディウス博士を返してもらえるとは思わなかったあなた自身のね」

「考えすぎです。レメディウスを取り返すのに危険は犯《おか》せません」

ラズエル会頭の目に、怒りにも似た光が疾《はし》る。

「でしょうね。あの集団は、曙光の鉄槌とラズエル社のあなたを区別せずに狙《ねら》ってきた。いや、その場の全員を殲滅《せんめつ》させようとしているようでした」

俺の推測を聞き、カルプルニアは深い翡翠《ひすい》色の視線を伏《ふ》せ、思考に浸《ひた》る。

「結局、あれは何だったのか不明です。誰が何の目的で、人質交換《こうかん》を邪魔《じやま》する必要があるのか……」

俺にも彼女にも分からないようだった。

「昨日の夜の警察の現場検証でも、何も出なかった。あの爆発《ばくはつ》は明らかに死体と証拠《しようこ》を隠滅《いんめつ》するものです。何か第三者、エグルドもその策動の手先だったと考えるのが当然でしょう」

俺の指摘《してき》にも老婦貴人は無言だった。そして沈黙《ちんもく》が部屋に降り積もる。

俺は彼女が指先で弄《もてあそ》んでいたものに気づく。それは傍らに重ねられた本に載《の》った、盤上の兵士の駒《こま》だった。

俺の視線で、自分の無意識の動作に初めて気づいたのか、カルプルニアは寂《さび》しそうに微笑《ほほえ》んだ。

「これはね、あの子の得意だったチェルス将棋の駒。古い駒を使っているけど、大陸大会で優勝した時の盤面《ばんめん》を再現したものよ」

司教の位置に牙や象、塔の位置には大鳥と、見慣れない駒が並んでいるが、それでもチェルス将棋らしい。

皺《しわ》が刻まれたカルプルニアの指先で、黒珊瑚の駒が陽光に鈍《にぶ》い輝きを見せ、盤面の端《はし》に下ろされる。

兵士は竜《りゅう》の駒に変化し、俺を見上げていた。

何も言えず、俺はその竜の憤怒《ふんぬ》の目を見つめ返してやるだけだった。

「あの子は素晴らしい指し手でした。続けていれば、二十五の一〇の一一五乗倍というチェルスのすべての盤面を覚えたかもしれないと噂《うわさ》されたくらいの」

俺は戦慄《せんりつ》していた。老貴婦人が澱《よど》みなく言ったその数は、宇宙の原子の数より多いのだ。

レメディウスがそれくらいの異名を取る少年だったとしたら、確かに記憶と計算の天才だ。

老貴婦人は窓の外の敷地《しきち》へと目線を落とした。

「思えばあの子には酷《ひど》いことをしてきたわ。ラズエル総合咒式社九千人の従業員《じゅしき》のためにと、あんなに好きだったチェルス将棋を諦《あきら》めさせた。人生を捩《ね》じ曲げ、咒式製品研究に専念するよう強要したに等しい。

そして、あの正義感の強い子が、自分の考案した兵器がウルムンの独裁者の支配を助けていたと知って、どんなに苦しんだでしょう」

ラズエル社の会頭の顔と一人の女性の顔を等配合したようなカルプルニアがそこにいた。

「兵器研究なんかさせるから、曙光の鉄槌の恨《うら》みを買ってしまい、結果、レメディウスを失ってしまったわ」

霞《かすみ》がかった翠《みどり》の瞳《ひとみ》が、室内の俺たちへと帰還《きかん》した。

「若いあなたたちに、老人の繰り言《くりごと》なんかを聞かせてしまってごめんなさいね」

「いいえ、貴重なお話でした」

俺はそう言うしかなかった。

さらなる沈黙。しばらく自分の思考に浸っていた老貴婦人の指先の竜の駒が、彼女の内心の決断を表すかのように、盤面の中央に静かに下ろされた。

「私は納得《なっとく》がいきません。このままでは曙光の鉄槌は、またラズエルを狙ってくるでしょう。いいや、ラズエル子爵《ししゃく》家が舐《な》められたままでは示しがつきません。そこであなたたちに、もう一度依頼《いらい》をしたいのです」

その視線は大企業《だいきぎょう》の主の冷徹《れいてつ》なものだった。

「曙光の鉄槌を追跡《ついせき》し、二十億イェンを取り戻すのです。そして、レメディウスを取り返してください」

恐らくレメディウスは死体になっているだろう。だが、俺もギギナもそれを指摘することはしなかった。

「そしてエグルドと、その裏で策動しているものを追ってください。それが私にできるレメディウスへのせめてもの償いです」

正式な依頼書が交《か》わされ、俺とギギナは厄介《やっかい》な事態に巻きこまれることに同意した。まあ、いつものことだが。

室内を出る時、俺は一つ尋《たず》ねてみた。

「しかし、曙光の鉄槌がラズエルを憎《にく》むなら、あなたの身辺警護に回った方がよくありませんか？」

カルプルニアの皺が刻まれた顔に、不敵な笑みが浮《う》かぶ。

「このオリエラル大河の孤島《ことう》、ラズエル本社島には、誰も侵入《しんにゅう》不可能です。たとえ第六階位の咒式攻撃《じゅしきこうげき》だろうと、防御《ぼうぎょ》結界で防げます」

俺はその絶対の自信に気圧《けお》され、次の言葉を言う前に会見の終わりを告げられる。

「それでは、私はこの後、別の咒式士に会う予定がありますのでそろそろ」

ラズエル会頭との会談に疲労《ひろう》した後、俺とギギナは来た道を逆にたどっていき、ラズエル島の厳重な警備がなされた港まで戻っていた。

連絡船《れんらく》に乗りこむ前に、入港詰《つ》め所《しょ》のやたらに無愛想《ぶあいそ》な係員と手続きをしていた。隣《となり》の保管棚《だな》に手を伸ばして、何百振《ふ》りもの魔杖剣《まじょうけん》の中から、預けてあった俺のヨルガを探すが、すぐに見つかる。

波に洗われる港の端に立ったギギナが俺の目に止まる。

「おい、そこの勘違《かんちが》い自己陶酔《とうすい》者。早く船に……」

「動くなガユス。そのままの体勢でいろ」

知覚眼鏡からの骨伝導で、俺の鼓膜に直接伝わるギギナよりの体内通信。俺は保管棚から自分の魔杖剣を探している演技を続ける。

「演技はまあまあだな。間抜《まぬ》け顔は完璧《かんぺき》すぎるので、少し控《ひか》えめにしろ」

「知性不足顔のドラッケンは本でも喰《く》ってろ。で何なんだ?」

欠伸《あくび》をするふりをしながら、俺とギギナの高速言語が飛び交う。

「私の三時十六分の方向、仰角《ぎょうかく》約六度、約五二〇メルトル先の岸の上、そのビルの窓から、誰《だれ》かの視線を感じる。咒式《じゅしき》で見ろ」

俺は生体強化系咒式《せいたいきょうかけいじゅしき》第一階位〈鷹瞳《ルコン》〉を静音で発動。網膜《もうまく》内の視紅に十一cisレチナール、視黄と視白に全トランスレチナールを合成し、ビタミンA交換や視覚機能を最活性化。知覚眼鏡の倍率を変える。

そして、顔を前方に向けたまま、横目で河の向こう岸のビルの群れを見る。

「どこだ?」

「丸いビルの六つ隣。遅《おそ》い、もう逃《に》げた」

倍率をさらに上げると、微妙《びみよう》だが、何者かがついさっきまでいた痕跡《こんせき》がある。ビルの窓がそこだけ数ミリ開いていたのだ。

呪式《じゆしき》も使わず、しかも右の横目で見ただけのギギナが、どうやってこの痕跡に気づけたのか分からない。

多分、年々敵ばかりが増大している所為《せい》だろうが。

「すでに逃げたか。一体何者なんだ？　俺の熱狂的《ねつきよう》な追っかけか？」

俺は通常言語に戻してギギナに問いかけながら、俺の愛剣、〈断罪者ヨルガ〉を自分の腰《こし》の革帯《かわおび》へと装着する。その重さがいつもの感じを俺に取り戻す。

「哀れな冗句《ジヨーク》はさておき、何か嫌《いや》な感じだ」

「昨日の関係者と見るべきか？」

「だろうな」

俺とギギナは、しばらく言葉を喪失《そうしつ》していた。

そしてギギナが口を開いた。

「言いそびれていたのだが。ガユス、なぜカルプルニアの話につきあったのだ？」

「さあね。あの老人が不憫《ふびん》になった、というだけじゃないことは確かだ」

紫《むらさき》がかった相棒の銀の双眸《そうぼう》を、俺は正面から受け、さらにギギナの屠竜刀《とりゆうとう》ネレトーを探すべく視線を棚《たな》に戻す。

「俺もそうだが、おまえもこのままっていうのは気持ち悪いだろう？」

ギギナが不承不承にうなずく。

呪式士《じゅしき》ってのは例外なく好奇心《こうき》が強く、論理的に納得したがりだ。

その二つが揃《そろ》っているのは、子供か変質者だ。さらにその両者が呪式士でもある。

「納得するまでは俺はやる」

「風向きが悪くなったら？」

「その時は逃《に》げる」

ギギナが呆《あき》れたような目を向けてくる。

「では、議論を続けよう。まず、人質の確認《かくにん》に、エグルドが渡《わた》した個人識別機を使った時、レメディウスが絶命したように見えたことをなぜ黙《だま》っていた？」

戦闘《せんとう》用革靴《かわぐつ》の爪先《つまさき》で、港の防水コンクリをつつきながら俺は答える。

「その程度はカルプルニア婆《ばあ》さんも気づいているさ。情報屋ヴィネルにサザーランなみに文句をつけてエグルドのことは少し調べなおさせた」

俺は知覚眼鏡の画面に情報を提示する。

「エグルド・ラス・グリシド。どこからどこまでも実在する呪式士だが、現地の人間に事務所に行かせたら、すでに空だったそうだ。先週までは営業していたそうだが、実際に客が入ったのを見かけた人間はなく、その記録もない。典型的な偽装《ぎそう》事務所だ」

ギギナが黙りこむ間に、屠竜刀ネレトーの刀身が入った鞘《さや》を発見、持ち上げようとした俺の腰が砕《くだ》ける。

十人分の腕力《わんりょく》を持つ俺が何とか持ち上げ肩《かた》に担ぐが、こんなものを小枝のように振り回して当たり前という前衛の咒式士《じゅしきし》は、人類じゃないと思う。

「最悪ついでに言っておこう。ガユス、昨日の襲撃者《しゅうげきしゃ》が使っていた魔杖剣に気づいたか？」

「いや、そんなものを見るヒマがなかった。何か身元を辿《たど》れるような特殊《とくしゅ》なやつか？」

俺はなるべく必死の動作に見えないように、遠心力を利用して相棒へと屠竜刀を投げてやる。

唸《うな》りをあげて飛ぶ刀身を、ギギナが右手のみで無造作に摑《つか》んで背中へと収納、結合円盤《えんばん》が回転して固定する音が続いた。

どんな膂力《りょりょく》をしているのか、もう想像したくもない。そのギギナが無造作な言葉を放った。

「あの魔杖剣は、ツァマト社の〈猟師〉系だった」

俺は嫌な顔をしただろう。龍皇国最大の咒式企業《じゅしききぎょう》、ツァマト咒式化学社の、魔杖剣〈猟師カナッツア〉系は、去年の咒式具展示会で一部公開がされた試作魔杖剣で、連射性能と制圧能力と使いやすさを重視したものだった。

当然、まだ一般《いっぱん》に販売《はんばい》はされておらず、またその予定もない。

龍皇国の警察や軍の咒式部隊に来年以降からの配備に向けて、試験が繰《く》り返されているのが現状だ。

「もしかして、誘拐《ゆうかい》事件の阻止《そし》は、レメディウス咒式博士の復活を恐《おそ》れたツァマト社による企業的妨害《ぼうがい》か？」

俺の発言に、ギギナが前を向いたまま返してきた。

「わざと現実から目を逸《そ》らすな。今になって考えると、襲撃者どもの野戦服も軍事愛好者の仮装ではなく、どこぞの軍や警察のものかもしれない。先程の監視者《かんししゃ》も、そちらの線が強い」

そこを避《さ》けていたのにギギナが言いやがった。国家がかかわることに俺たちみたいな個人事務所がかかわっていいことなど原子一つ分もない。

しかも軍装愛好者のヤッらなら部隊章や階級章を付けるだろうが、それが一切なかったということは本物臭《くさ》い。

そこで、俺の胸中にさらに疑問が浮《う》かび上がる。

「軍や警察が、レメディウスの奪還《だっかん》を阻止する理由って、一体何だ?」

ギギナの返答はなく、俺も沈黙《ちんもく》していた。この複雑な関係式を解く答えを、考えていたのだ。

不確定要素を放置し、確実な要素だけを代入していき、そして、何も思いつかなかった。

あまりに変数が多すぎる。ついでに、五次以上の方程式は解けないということも思い出した。

「この分だと、カルプルニアの依頼《いらい》は断った方がよかったのかもしれぬな」

ギギナの声に、俺の思考が現実に引き戻《もど》される。

「いまさら遅い」

不吉な予感を振《ふ》りきるように、俺は船へと向かいはじめた。

5 夜会への誘《いざな》い

この世で最も恐ろしいことは、意思の疎通《そつう》が不可能だということである。
そこは言葉も意味も失われた、永劫《えいごう》の砂漠《さばく》の世界である。
タデオ・ルフ・ボルボック咒伯爵《じゆはくしやく》
「意味と意思の墓標　序文」皇暦《こうれき》四一六年

「ええと、セグタスの位相安定装置一〇二式と、オルドレイクの模倣品《もほう》の九一年型エルキス機関、シギッ社の咒印制御端子《じゆいんせいぎよたんし》と咒圧変換機《じゆあつへんかん》……」

紙袋《かみぶくろ》の中の買い物を確認《かくにん》しながらレメディウスが歩き、その両横を痩身《そうしん》のナジクと巨漢《きよかん》ナバロの兄弟が同じような紙袋を抱《かか》えて歩く。

その三人の前を、後ろ手に手を組んだナリシアが楽しそうに跳《は》ねて歩く。

一行は酒屋の店先をくぐり、席に腰《こし》を下ろす。レメディウスの横には当然のようにナリシアが座る。苦い顔をしながらもナジクが店主へと注文を告げる。

「ウルムン紅酒を三つだ」

「あたしも」

「成人の儀式は来年。それまでナリシアはだめだ」

配られる酒杯《しゅはい》を街角へと向かって掲《かか》げる一同。一人だけ紅茶の杯《はい》を掲げて膨《ふく》れるナリシアに、レメディウスが微笑《ほほえ》む。

「じゃあ、僕のを少しだけ」

レメディウスが酒杯を傾《かたむ》け、ナリシアの紅茶の杯に鮮紅色《せんこうしょく》の液体を注ぐと、少女の顔が綻《ほころ》ぶ。

「レメディウスはナリシアに甘すぎる」

素焼きの杯でナジクが紅酒をあおり、言いにくそうに続ける。

「まあ、その何だ、おまえが暴発を注意してくれたことに、いちおう礼を言っておこうと思ってな」

「ナジク兄貴と同じく、俺も礼を言いたい。あのままでは俺も死んでいた」

巨漢がむせながらも兄に続いて礼を述べ、レメディウスが薄《うす》く苦笑する。

「ナジクさんにナバロさん、それは三週間も前の話ですよ？」

だが、ナジクとナバロは少し真剣《しんけん》な顔になっていた。

「ウルムンの人間は、義理堅《ぎりがた》いんだ。命の恩人にはいつか命で返す」

「大仰《おおぎょう》だなぁ」

「いや、これはズオ・ルーに誓《ちか》って真剣だ。おまえが困った時には、俺の命を使え」

「俺のもだ。ズオ・ルーに誓って」

ナジクとナバロが酒杯を掲げてあおる。若き砂漠の戦士たちの誓約《せいやく》の言葉に、レメディウスは静かにうなずいた。

「ええと、私も。ズオ・ルーに誓って」

身を乗り出したナリシアが兄たちの真似《まね》をして杯を掲《かか》げ口をつける。

「でも、ズオ・ルーって何だい？　このウルムン共和国に来てから何回か聞くけど、何か架空《かくう》の信仰《しんこう》対象だっけ？」

ナリシアが横を向く。

「そんな言い方は失礼よ。どうせ、先進国のツェベルン人には私たちの信仰心はバカに見えるんでしょうよ」

「ごめん、僕が悪かった」レメディウスが長い髪《かみ》に包まれた頭を下げる。「で、ズオ・ルーって何なんだい？　いや、本当に知りたいんだ」

真横を向いていたナリシアだが、さらに頭を下げつづける青年を許したのか前に向きなおる。

「いいわ、そんなに言うのなら教えてあげる」

ナジクとナバロがうなずき、ナリシアは歌うように語りはじめる。

「大昔、ウルムンは悪い王様に支配されていた。民《たみ》は苦しみ、怨嗟《えんさ》の声は地に満ちた。人々は神に祈《いの》ったが、神からの答えはなかった」

少女の瞳《ひとみ》に哀《かな》しみの火が灯《とも》る。

「夫と子供と両親を悪王に殺された一人の女が、絶望のあまりデリラ山に登って死のうとした。

死と静寂《せいじゃく》の山を七日七晩も歩いた。それでも死ねず、嘆《なげ》きの声は山を渡《わた》り、谷に谺《こだま》した。女が我に返ると、そこには古き砂礫《されき》の竜《りゅう》、ズオ・ルーがいた」

ナリシアはウルムン語の殷々《いんいん》とした詩句を唄《うた》い紡《つむ》ぐ。

「女はズオ・ルーに助けを求めた。『竜よ私たちを助けたまえ、我らは悪王に虐《しい》げられ死を待つのみです』と。

だが、竜は答えた。『我は人喰《く》いの罰《ばつ》でこの山に封《ふう》じられ、長い眠《ねむ》りで力をなくした。力にはなれない』と……」

レメディウスは言葉もなくして聞きいっていた。ナリシアは何かに取りつかれたように語りつづける。

「女は言った。『ならば私を喰らえ、この血と肉を竜の力として、悪王をたおしたまえ』と。

そしてズオ・ルーの口に飛びこみ、人喰い竜は放たれた。

ズオ・ルーは山を越《こ》え、砂漠を越えて飛び、宮殿《きゅうでん》に舞《ま》い降《お》りた。竜は泣き叫《さけ》ぶ悪王を喰い殺し、その手先たちをもすべて喰らった。

そして『血と肉を捧《ささ》げよ、さすれば我は何度でも現れ、ウルムンの敵を喰らうであろう』と哀しい声で吠《ほ》え、空の彼方《かなた》へと消えていった」

ナリシアが語りおわっても、その物語は酒屋とレメディウスの中で反響《はんきょう》していた。

「何か、哀しい話だね」

レメディウスの唇《くちびる》から言葉が零《こぼ》れおち、ナリシアの顔が曇《くも》る。

「だが、そんなお伽話《とぎばなし》のズオ・ルーに頼《たよ》りたいほどこの国は苦しんでいる」

ナバロが吐《は》き捨てるようにつぶやく。その眼差《まなざ》しの先にはウルムンの町角が広がっていた。崩《くず》れそうな砂岩の建物、木材と布で張られた商店。行き交《か》う人々も揃ってどこか疲《つか》れたような表情を顔に張りつけていた。

「だからこそ、俺がズオ・ルーになる。ドーチェッタを喰い殺す竜にな」

ナジクの怖《こわ》い視線に、レメディウスの胸に不吉《ふきつ》なものが疾《はし》る。

レメディウスの顔に気づき、ナジクがつくろうように微笑む。

「気にするな、これは俺の事情だ」

そして雰囲気を変えるように、快活に続ける。

「おまえが来てから、曙光《しょこう》の戦線の武装度が上がって助かる。ついでに、ナリシアもおまえと話すようになって見違えるように元気になった」

ナジクの横顔の笑《え》みに、レメディウスも微笑みを返し、杯に口をつける。

そして、ナリシアが店先で紅茶のおかわりを貰《もら》っているのを眺《なが》めていた。

「聞いての通り、ナバロやナリシアの兄、そして下の弟と妹、両親もがドーチェッタに殺されてからは沈《しず》みがちでな」

ナリシアが店の主人に何か言われたらしく、笑顔を浮《う》かべていたのがレメディウスにも見えた。

「分からないのは、別におまえはツェベルンに帰っても構わないのに、何でこの砂漠《さばく》に留《とど》まっているんだ？　まさか、ラズエル社の咒式兵器《じゆしき》の罪滅《つみほろ》ぼしのつもりか？」

レメディウスは無言で酒杯《しゆはい》をあおり、むせてしまう。

「一気に呑《の》むな、紅酒は異国人には強すぎる。毎回、同じことをするなよ」

呆れ顔のナジクに背を摩《さす》られ、涙目《なみだめ》のレメディウスが零す。

「僕は、僕はそんなつもりじゃない」

レメディウスの双眸《そうぼう》は、眼前の市場を注視していた。

砂漠の町角で、三人の男は言葉を失ってしまった。

その沈黙《ちんもく》を打ち消すように、市場から悲鳴があがった。異国人と戦士たちと少女が路地へと走り出ると、軍靴《ぐんか》の音が市場に響《ひび》いていた。

濃緑色《のうりよくしよく》の制服の二個小隊が市場に侵入《しんにゆう》し、獰猛《どうもう》な銀色に輝《かがや》く魔杖剣《まじようけん》の群れを掲《かか》げる。

展開する軍隊を睥睨《へいげい》し、軍帽《ぐんぼう》を斜《なな》めに被《かぶ》った指揮官が、怯《おび》える人々に向かって声を張りあげる。

「四等階級の市民がここで市場を開くことを、ドーチェッタ閣下《かつか》は許可しておられぬ。よって強制排除《はいじよ》する」

「そんな」と口を開いた行商人の口腔《こうこう》へ、魔杖剣が向けられ、そして火を噴《ふ》いた。

黒と緋色《ひいろ》の爆発《ばくはつ》がその男の頭蓋《ずがい》を消失させた。

首から上を無くした男は、しばらく立ちつくしていたが、首の断面の気道から喘息《ぜんそく》のような最後の呼吸音が漏《も》れ、頸動脈《けいどうみやく》からは鮮血《せんけつ》が噴き上がる。

死体が大地に倒《たお》れ、乾《かわ》いた砂塵《さじん》を巻きあげるのと同時に、一軍が魔杖剣の先に紡《つむ》いでいた咒《じゅ》式《しき》を放つ。

渦巻く焔《ほのお》と雷《いかずち》と爆発と鋼《はがね》。悲鳴と絶叫《ぜっきょう》と怒声《どせい》。

燃え上がる天幕、落下し砕《くだ》ける陶器《とうき》、踏《ふ》みつぶされる果物《くだもの》。市場は阿《あ》鼻叫喚《びきょうかん》の混乱に陥《おちい》っていった。

「逃《に》げろレメディウスっ！」

ナジクの絶叫に、だが、レメディウスは動けなかった。レメディウスの目は、ドーチェッタの尖兵が持つ魔杖剣を知っていた。

ラズエル社製の最新式突撃《とつげき》魔杖剣〈平穏の担い手バロレック〉系九四式。

レメディウスが設計し、その名前に想《おも》いをこめた魔杖剣。

濃緑色の軍人が、その魔杖剣で市民を蹂躙《じゅうりん》し、踏みにじっていく。

彼が何の想いをこめようと、武器は武器でしかない。そして、砂漠の人々の血を吸ってラズエル総合咒式社を潤《うるお》すための商品でしかなかった。

自分の欺瞞《ぎまん》を嘲弄《ちょうろう》する光景に、レメディウスは愕然《がくぜん》と立ちつくしていた。

見知った悲鳴に、レメディウスの意識が現実へと引き戻《もど》される。

泣き叫ぶ幼児を抱《かか》えて逃げるナリシアに、軍人の魔杖剣が向けられる。

走り出そうとするナジクの手から魔杖剣を奪《うば》い、レメディウスは咒式を紡いでいた。

それは無意識の行動。ナリシアを救うための自然の行動。自分の記憶《きおく》の片隅《かたすみ》に攻性咒式《こうせいじゅしき》があったのかどうかも意識しなかった。

ただ、この光景は間違《まちが》っている。だから正さねばならない。

そして呪式《じゅしき》が炸裂《さくれつ》した。

一瞬《いっしゅん》の静寂《せいじゃく》。そして耳が痛くなるほどの静謐《せいひつ》が市場を覆《おお》っていた。

すべての軍人が倒れ、口や鼻や耳から黒血や体液を溢《あふ》れさせて絶命していた。その惨状《さんじょう》の風景を、砂塵を含《ふく》んだ無音の熱風が吹き渡《わた》っていく。

ナリシアとその腕《うで》の中の幼子だけが、視線をあげてレメディウスを見上げていた。

「レメ、ディウス？」

いまだ事態を理解できていないナリシアが訝《いぶか》しげな声を零《こぼ》す。

そして幼子の鳴き声が、青い天へと届けとばかりに湧《わ》きおこる。

自分が巻き起こした殺戮《さつりく》を、レメディウスは泣きだしそうな顔で見下ろしていた。


昼までヴィネルの情報の続報を待っていたが、一向に進展なしとの伝言が入っていただけだった。

午後からは副業の予備校での講師。週末を楽しみにしている学生たちに、山盛りの宿題を出して、少し俺の気が晴れた。

事務所に帰るとギギナが私室の入口に立っていた。得意げな視線をたどると、あの邪魔《じゃま》な棚《たな》が完成していた。

「どうだこのタールルクは」

「素晴らしく邪魔。あと名前つけるな」

「ここなどは人でも入りそうだろ」

棚の下の方は両開きの扉《とびら》になっており、確かに人でも入りそうだ。

知覚眼鏡で容量を計測し、人体の関節稼働《かどう》限界を計算すると、やはり無理だと出る。

「いや、ギギナは無理だろ？」

「一〇〇イェン賭《か》けるか？」

どうやら、ギギナは俺に春先の借りを返したいらしい。俺はちょっと考えて答える。

「乗った」

ギギナは長身を屈《かが》めて棚の中に潜《もぐ》りこみ、さらに腕《うで》や足の関節限界を越《こ》えて曲げて、収納されていく。

「どうだ見事に入っただろうが？」

「いや、扉を閉めないと認めない」

ギギナがうながしたので、俺が扉を閉める。

「入ったぞ、一〇〇イェンをよこせ」

俺は財布から一〇〇イェン硬貨《こうか》を取りだし、扉の上のわずかな隙間《すきま》から中へと入れてやる。

ついでに扉の両方の把手《とって》に魔杖剣を差しこんでやる。

ギギナが出ようとするが、もちろん出られない。

「おいガユス、出るから開けろ」

悪魔《あくま》の微笑《ほほえ》みを浮《う》かべながら、俺はうやうやしくギギナに話しかける。

「お客様、そこからの出場料は、一〇〇イェンが必要でございます」

棚の中から、物凄《ものすご》い怒気《どき》が溢《あふ》れる。

「貴様、そこを動くな。首と胴《どう》の間に便利な隙間を開けてやろう」

「どうぞどうぞ。お客様が苦労して造った棚を壊《こわ》して出るのは自由ですから」

棚の中の凄《すさ》まじい葛藤《かっとう》の気配を楽しみながら、俺は鼻唄《はなうた》を唄いながら待っている。

やがて扉の隙間から一〇〇イェンが帰ってくる。

「返したぞ、出せ」

「いえいえ、ここを開ける料金の一〇〇〇イェンは別でございます」

さっき以上の殺気が吹《ふ》きあがるが、俺は棚の上を指で叩《たた》きながら待つ。

さらなる時間が経過し、扉の隙間から一〇〇〇イェン硬貨が出てくるのを受け取る。

「出せ」

「残念ですがお客さま、私めのやる気を引き出すには一〇〇〇〇イェ」

言おうとした瞬間《しゅんかん》、棚の脇《わき》をブチ抜《ぬ》いてギギナの両手が出現する。

棚の下から破砕《はさい》音をあげて長い足が噴出《ふんしゅつ》し、さらに棚の上を破ってギギナの頭部が現れる。

棚を胴体《どうたい》にした異形の魔《ま》人がそこにいた。

ギギナの顔は直視できないような膨大《ぼうだい》な殺気を放っていた。

「素敵すぎるよギギナ、今のおまえは、俺には、俺には眩《まぶ》しすぎる」

「ガーユースー」

地の底から湧《わ》いてくるような声でギギナが。その手が棚の前面を突《つ》き破り柄《つか》を取り出し、そのまま棚の上から突きこまれて屠竜刀《とりゅうとう》の刃《は》と合体。

「ターレルクの無念、貴様の心臓を捧《ささ》げて晴らす！」

唸《うな》りをあげて迫《せま》る屠竜刀を、俺は両手で挟《はさ》んで受ける。棚怪人《かいじん》のくせに凄い力だ。

背にした机の上の電話から着信が入る。横目で番号を見ると、ラルゴンキンからだった。俺は足を延ばして釦《ぼたん》を押し、画像を切って音声を開放。

「ガユスか、今どこにいる？」

「おまえの娘《むすめ》と奥さんと寝《ね》てた」

俺の答えに、ラルゴンキンが太い声で笑いやがった。

「ギギナもいるのか？」

「今、ガユスという名の害虫を駆除しているところだ」

ラルゴンキンのさらに太い笑いが続く。

「まあくだらない冗談《じょうだん》は放っておこう。ギギナもいるなら、今から一緒《いっしょ》に私の事務所へ来てくれ。本格的に禍《まが》つ式事件の対策会議をしたい」

「行かないとダメか？　何か一秒後の人生計画も曖昧なんだけど？」

ギギナの刃は迫《せま》ってくるし、それにラルゴンキンの事務所に行くのは、何となく嫌《いや》なのだ。

「来ないなら市から報酬《ほうしゅう》は出ない。サザーラン課長から連絡を回して強制させてもいいが？」

俺は足の爪先で通信を叩《たた》きる。前方の刃の先のギギナの顔を眺《なが》めてみたが、同じように嫌な顔をしている。

「あの、一時休戦して行かない？」

キギナがしばらく考えこみ、ようやく刃を退けた。

「仕方あるまい」

刃を収めたギギナを警戒《けいかい》しつつ、俺は床上《ゆかうえ》を見回し、木の破片の中に魔杖剣ヨルガを発見。床から魔杖剣を拾った刹那《せつな》に、右手の薬指に痛みが走った。

春先の事件で受けとった指輪が、ギギナの刃を受けた衝撃《しょうげき》で指の腹側へと移動し、痛みを生んでいたのだ。

「貧民性腰痛《ようつう》か？」

「何でもねえよ」

俺は指輪の位置を直し、忌《い》ま忌ましい赤い宝玉を一瞥《いちべつ》した。そして魔杖剣を腰《こし》に差し、「行くぞギギナ」と言い捨てて、ラルゴンキンの事務所へと向かうことにした。

鈍《にぶ》い音がするので背後を振《ふ》り返ると、ギギナの棚が入口に引っかかっていた。

「出れぬ」

「痩《や》せれば？」

俺の皮肉にギギナは感心したような表情を一瞬《いっしゅん》だけ浮かべ、そして悲痛な顔になっていった。

「もしかしてターレルクを殺さないと出れないのか？」

俺の説得でギギナが棚を壊すことに同意するまで、十三分四十六秒かかった。

オリエラル大河にかかるオリエラル大橋。その橋を渡る俺たちの車の頭上では、市鉄道が線路を渡る音が響《ひび》いていた。橋の中ほどで橋脚《きょうきゃく》の補修をしているのか、薄青《うすあお》色の作業服の異国人たちが働いているのが見えた。

視線が合ったので愛想《あいそ》笑いを向けたら、無視された。世間からは年々人情が消えていく。

車はさらに走り、エリダナ市の七都市同盟側に到着《とうちゃく》、すぐに右折し、イルフナン通りに入る。企業《きぎょう》ビルや官公庁が並ぶ一等地を進み、高級商店街の裏、周囲の建造物にも負けない重厚な花崗岩《かこうがん》壁のビルが見えてきた。

ラルゴンキン・バスカーク咒式《じゆしき》事務所。資本金六億イェンで皇暦《こうれき》四八二年に創業。所長のラルゴンキン自身を含め、二十九人の咒式士《じゆしきし》が在籍《ざいせき》し、事務員や咒式整備士まで含めると、従業員は六十八人にもなる、エリダナ市どころかエリウス郡随一《ずいいち》の巨大《きょだい》咒式事務所。市や大企業からの仕事が多く、企業の咒式警備までやっている。

五階建ての建物には、食堂や簡易宿泊所《しゆくはくじょ》、地下には咒式訓練場やプールまでありやがる。敷地《しきち》には専用駐車場《ちゆうしやじょう》まであって、停まっている従業員の車も、新車か高級車ばかりで腹立たしい。

駐車場整理の警備員が、俺たちが停めた七五年製の、骨董品というより廃車寸前のバルコム

ＭＫⅥのヴァンを見て、小さく笑ったのを忘れない。ああ見えて、実はこのヴァンには凄《すご》い改造がしてあって……。そんなわけはないのだが。貧しさは人をお喋りにすると確信してしまう。

中に入ると、大理石の床《ゆか》に、吹き抜けの天井で、その間を背広姿の企業人や呪式士《じゆしきし》の誰《だれ》もが忙《いそが》しそうに行き交《か》っていた。

正面には受付嬢《じよう》までいやがった。清楚《せいそ》な美人なのが腹が立つが、名前を告げると、親切に「所長は五階でお待ちです」と笑顔のおまけつきで案内してくれた。

どこぞの警察とはえらい違いだと思いながら、奥へと進む。

喚《わめ》き声に振《ふ》り返ると、背後では老いた僧侶《そうりよ》が受付の前で、何事かを訴《うつた》えているようだった。困ったような表情で、受付嬢が応対しているのをみると、呪式に反対する宗派の抗議なのかもしれない。

どこの呪式《じゆしき》事務所でも、勘違《かんちが》いしたバカの応対に苦慮《くりよ》しているんだな、と思いつつ、開け放たれた扉《とびら》を通る。

応接室では、いくつもの仕切りの向こうで、呪式士とどっかの企業の担当が打ち合わせをしていた。邪魔《じやま》にならないように通路を抜け、突《つ》きあたりの自動昇降機《しようこうき》に乗る。その床にまで、高価そうな絨毯《じゆうたん》が敷いてある。

「嫌味《いやみ》な会社」

俺が言っても傍らのギギナの表情は晴れない。

「棚のことを忘れろよ」

「無理だ。あれは私が腹を痛めて産んだ子供のようなものだ」

あんな子供を産むと女でも死ぬと思う。ついでに言うと痛めるのは股《また》だが。

揺《ゆ》れもしない自動昇降機にさらに腹を立てながら五階に到着《とうちゃく》すると、そこは所属呪式士《じゅしきし》たちの詰《つ》め所《しょ》だった。

体育館なみに広い室内には案件資料や呪式具が乱雑に散らかった机が並び、居残り組の呪式士たちが忙しそうに電脳端末《たんまつ》の前に座り、通話機に向かって怒鳴《どな》っていた。

魔杖剣《まじょうけん》を抱《かか》えた甲冑《かっちゅう》姿の呪式士の二人組が、俺とギギナの横を抜けて、入れ違いに自動昇降機へと向かっていった。

突っ立っていると、騒然《そうぜん》とした詰め所の机の奥に、見知った巨漢《きょかん》が所属呪式士たちと立ち話をしているのが見えた。

俺とギギナが雑然とした机の間をすり抜けて近づくと、ラルゴンキンの方が先に気づいた。

「よく来たなガユス、ギギナ」

ラルゴンキンがブ厚い掌《てのひら》を差し出してくるが、男の手を握《にぎ》る趣味《しゅみ》はやっぱりないので無視。

ギギナにいたっては明後日《あさって》の方向を見ている。

途端《とたん》に所長の周囲の呪式士たちの視線が厳しくなり、急速に室内温度が下がる。

自分でもバカな態度だとは思うが、明らかに実績も規模も上の同業者に、笑顔で握手《あくしゅ》できるほど、俺は大人でも寛大でもないようだ。

「あくまで馴《な》れあわないか。そういう気概《きがい》は私は好きだよ」

ラルゴンキンが太い笑みを浮《う》かべ、席に座るようにうながす。

その巨軀《きよく》を巨大な所長の机に沈《しず》めるラルゴンキンに倣《なら》い、俺とギギナはその周囲の椅子《いす》に適当に座り、ラルゴンキン社の咒式士《じゅしきし》たちも机や椅子に腰《こし》を下ろす。

「うむ、悪くない椅子だ。だが、ヒルルカの婿《むこ》にするには若すぎるな」

いい家具に機嫌が治ってきたギギナが小声で俺に言ってきたが、興味はないので聞こえなかったことにする。

「まずは紹介《しょうかい》しておこう。机に座ってる奴《やつ》が第二部隊隊長のイーギー、その横の女性が第三部隊隊長のジャベイラ」

ラルゴンキンの紹介に二人の咒式士がそれぞれに目礼を返す。

俺と同年代くらいで、アルリアン人らしく尖《とが》った耳に橙色《だいだいいろ》の髪《かみ》、表情に険のある青年が、二刀流の華剣士《かけんし》イーギー・ドリイエ。

俺に片目を瞑《つぶ》って見せた、長い亜麻色《あまいろ》の髪に顔が隠《かく》れそうな痩身《そうしん》の女性が、光幻士《こうげんし》ジャベイラ・ゴーフ・ザトクリフ。

ラルゴンキン咒式《じゅしき》事務所の双璧《そうへき》とも言える咒式士で、ともに十二階梯に達する高位咒式士だ。

「私の横にいる老人一歩手前が、副所長のヤークトー。紹介は要《い》らないな」

知覚増幅面《ネーメンマスケ》で鼻梁《びりょう》から上を覆《おお》ったヤークトーが、静かに白髪混《しらがま》じりの頭を下げる。

ラルゴンキンをその堅実《けんじつ》な頭脳と確かな咒式で支えてきた千眼士《せんがんし》で、俺とギギナとは旧知の仲だ。

と言っても、出会ったのは戦場でだが。

「それでこちらの二人が、あの有名なギギナとガユスだ」

イーギーとジャベイラが、ギギナへと視線を向ける。

「へえ、こいつがあの剣舞士《けんまいし》」

「噂《うわさ》には聞くけど、凄い美人ね」

このエリダナで十三階梯《かいてい》に到達《とうたつ》した咒式士《じゅしきし》は、ラルゴンキン以外にそうはいないから、同じ咒式士としては気になるのだろう。

俺も最近十三階梯になったのだが、いまいち知られていない。自分から言うのも、何か自意識過剰《かじょう》みたいで恥《は》ずかしい。

ギギナ当人はどうでもいいみたいで、屠竜刀《とりゅうとう》ネレトーを抱えているだけだった。

「ラルゴンキンの親父、こいつ本当に強いのか?」

イーギーが言った瞬間《しゅんかん》、ギギナの屠竜刀ネレトーがその頸動脈《けいどうみゃく》の横に並んでいた。

「あと三ミリメルトル動かせば、証明できるが?」

背後のイーギーを見もせずに高速抜刀《ばっとう》したギギナの鋼《はがね》の声。

「確かに速いね」

ガナサイト重咒合金《じゅうじゅ》の刃《は》を、イーギーの右の刃《は》が受けていた。そして橙色の髪の若者は笑っている。青く冷たい双眸《そうぼう》で。

「ま、落ちつけよ。酢酸《さくさん》リナリル三六%と、その原料のリナロール三一%の香《かお》りでもどうだね」

イーギーの咒式《じゅしき》合成したラベンダーの芳香《ほうこう》が室内に流れ、縫線核《ほうせんかく》を刺激《しげき》。放出された脳内物質セロトニンが雰囲気《ふんいき》を和《やわ》らげる、はずだったが、余計にギギナを怒《おこ》らせただけだった。

「そういやてめえ、この前の消防署の事件で、禍《まが》つ式に取りこまれた自分の女を斬《き》ったそうじゃないか？　さすがは戦闘《せんとう》民族ドラッケン、頭がおかしいぜ」

「言いたいことはそれだけか下等民族アルリアン。遺言《ゆいごん》と命乞《ご》いにしては寂《さび》しい限りだ」

二人の交差する刃に殺意と力が込められはじめ、金属質の軋《きし》り声をあげている。

咒式士《じゆしきし》にまともな人間性を期待しない方がいいという法則を思い出した。

「やめておきなイーギー」

そう言ったジャベイラの姿が、殺しあい寸前の咒式剣士の間へと瞬間《しゆんかん》移動しており、左右の二人の喉元《のどもと》へと魔杖剣《まじようけん》と短剣《たんけん》を突《つ》きつける。

咄嗟《とつさ》に刃を離《はな》し、離れる二人の咒式剣士。

二人の間のジャベイラの姿が歪《ゆが》んで消失。視線を彷徨《さまよ》わすと、寸分違《たが》わず最初の姿のままで椅子に座っていたジャベイラがいた。

「電磁《でんじ》光学系咒式《こうがくけいじゆしき》第二階位〈光幻體《イリユー》〉よ、御存《ごぞん》じないかしら？」

立体映像を作る光学系咒式の基本だが、機会と場所さえ嵌《は》まれば、今のように熟練の咒式士といえど虚《きよ》を衝《つ》かれる。

「すまないねギギナさん。こいつはあんたの、エリダナ一の咒式剣士の称号《しようごう》が羨《うらや》ましいのさ」

冷たいネレトーの刃の背を、本物のジャベイラが静かに押さえる。

「そのうち称号をいただくさ。むしろ速攻で」

女の背後の机に座るイーギーが吐《は》きすてて刃を戻《もど》し、ギギナも刃を戻す。

「常識的な咒式《じゅしき》剣士って地上にはいないのかしら」

ジャベイラにお互《たが》い苦労するねという共感の視線を向けると、椅子の脚《あし》の車輪を滑《すべ》らせ俺の近くへ接近してきて、小声で囁《ささや》く。

「それより、そちらのガユスさん。いきなり不躾《ぶしつけ》な質問をしてよろしいでしょうか？」

丁寧《ていねい》な物腰《ものごし》に好感が持てる。まともな咒式士《じゅしきし》に初めて出会えた。しかもまあまあ美人。

「何でも聞いてください」

「彼女とかいますか？」

「ええ、まあいますけど？」

「ちっ、首輪付きの外れか、死ねっ、この犬ころ！」

亜麻色の髪《かみ》を掻《か》き上げ舌打ちをし、ジャベイラは滑って戻っていった。

「あの人、一秒前と同じ人？」

「ジャベイラは気分で性格変えるんだよ。そのうち他のヤツにも会えるだろうよ」

イーギーが退屈《たいくつ》そうに答えを投げた。やはり咒式士の法則は正しすぎるようだ。夢も希望もありゃしねえ。

一連の腐《くさ》れ会話に飽《あ》きてきたのか、ギギナが口を開く。

「それで、わざわざ我らを呼びつけるとは、何か進展があったのだろうな？」

ドラッケン族の問いにラルゴンキンが重々しくうなずき、意を汲《く》んだ副所長のヤークトーが、巨漢の背後の壁《かべ》に画像を展開する。

警察署でも見たエリダナの市街地図だ。

「これはエリダナでの禍《まか》つ式連続発生事件の被害《ひがい》を表したものですが、これまでの五件の事件はこの光点」

ヤークトーが指を振《ふ》ると、さらに光点が浮《う》かんでいく。

「しかし、実際にはその前から何件かの発生があり、殺人を繰《く》りかえしては消滅《しょうめつ》したらしき痕《こん》跡《せき》があります」

その光点は十三、合計して十八の光点があった。

「多すぎるな」

つぶやくギギナの瞳《ひとみ》が楽しげな光を宿すところを見ると、どうやら、ヤツの熱狂《ねっきょう》的戦闘愛好癖《へき》をほどよく刺激する事態らしい。

世界と俺の平和のために、ギギナ廃絶《はいぜつ》条約をそろそろ各国が検討する時期ではなかろうか？

「市街地での禍つ式発生はあり得ないことではありません。ですが、エリダナでのここ十五年間の発生の年平均は九・四〇件といったものです。上半期で十八件という現在の状況《じょうきょう》は明らかに異常な数字です。そして……」

「これは何の冗談《じょうだん》だ？」

ヤークトーが続きを言う前に、その光点が示すことに俺は気づいていた。

「光点が、エリダナの龍皇国側と七都市同盟側の端《はし》から中心部に向かって進んでいるのか？」

「その通り」

ラルゴンキンが大きな顎《あご》でうなずく。

「禍つ式がふざけた双六《すごろく》でもしているのかは分からないが、何かの意図があって事件が起こされていることは明らかだ」

巨漢《きょかん》の栗色の瞳が凄《すさ》まじい圧力を宿す。ラルゴンキンと俺が直接やりあったことはないが、今後もしたくないものだ。

「ベイリックには言ってあるのか？」

「すでに伝えてある。だが公表をするべきかどうか、署長と市長の判断待ちだ」

俺は視線を地図に戻す。

「禍つ式の意図か」

地図の光点は時間とともに中心に向かっているが、その道筋は雑多であり、何の法則性があるのか見当もつかない。

「そもそも禍つ式という存在の意思や目的が、我々人類に理解できるとも思えないな」

傍《かたわ》らのギギナが漏《も》らしたように、禍つ式は〈異貌のものども〉の中でも異質である。

「それでは私から」

ヤークトーが立ち上がると、咒式士《じゅしきし》たちが何か苦いものを呑《の》みこんだような顔になる。しかしそれに構わず老千眼士は説明を開始する。

「そもそも異貌のものどもとは何か？

エルキゼク・ギナーブ以降の現代呪式科学《じゅしき》では、呪式を身に備えた生物であると定義しています。竜《りゅう》の各種吐息《と　いき》や人狼《じんろう》の変身も、作用量子定数や波動関数への干渉《かんしょう》による物理現象の変化、つまりは狭義《きょうぎ》の呪式なのです。

だが、彼らはあくまで、この物理世界の住人です。対して、禍《まが》つ式はこの世界の生物ではありません。ジノレイ消防署で出現した禍つ式が消防士を取りこんでいたように、彼らは世界の物質を組み替《か》え、自らの肉体を形作って、初めて出現できるという奇妙《きみょう》な生態を持っているようです。

禍つ式研究の大家、ヴォイド呪式科学博士の最近の研究によると、本来の彼らは位相空間に存在する情報体で存在自体が呪式ではないかと予測されており、その名称《めいしょう》が付けられました。

そう、禍々《まがまが》しい呪式、禍つ式と」

「長っ、略せよヤークト！」

イーギーが叫び、ラルゴンキンとジャベイラも苦笑している。

「貴様と気があいそうな長口舌だな」

ギギナがつぶやくように、どうやら長く感じない俺の方が少数派らしい。

ヤークトーがうなずいて俺へと同意を求める視線を向けてくるが、正義的に無視しておこう。

そして、俺はエリダナの地図から何とか意思や目的を読み取ろうとしたが、何も浮かばない。

「何かの図形を作ろうとしているのか？」

「それは最初に考えたが、何の図形も表してはいない。十八の点をどう結ぶか、星座のようにいくらでも解釈《かいしゃく》がなりたつ」

ラルゴンキンやヤークトーといくつかの推論を検証してみるが、整合性のあるものは出ない。

ジャベイラは「無意味こそが意味では？」と述べるに止《とど》まり、イーギーにいたっては、ギギナの秀麗《しゅうれい》な横顔を睨《にら》みつけているだけだった。

「ちょっと、困ります」

声の方を向くと、自動昇降機《しょうこうき》の前にかなり高齢《こうれい》の黒服の僧侶《そうりょ》が立っており、ラルゴンキン社の社員に止められている場面だった。

「いや、私はラルゴンキン所長に用があるのです」

視線を戻《もど》すと、怪訝《けげん》な顔の巨漢がいた。しかしエリダナの名士たるラルゴンキン所長が無下にするわけにもいかず、社員に僧侶を通すように指示を出す。

混沌《こんとん》とした机の海を越《こ》えて、鞄《かばん》を抱《かか》えた僧侶が俺たちの前にたどり着く。ラルゴンキンに礼を述べながら、自分をサーベイ助祭だと名乗った。

棺桶《かんおけ》に片足ともう一方の足首まで突《つ》っこんでいる高齢でまだ助祭とは、その出世のしなさに何だか親近感が湧《わ》く僧侶だ。

「それで何の御用《ごよう》でしょうか？」

ラルゴンキンの問いに、骸骨《がいこつ》のように痩《や》せて目だけが光る老僧が不思議そうな顔をする。

「用はあなたの方ではないのですか？　教会にこれを贈《おく》られて、持参の上で訪問して欲しいという手紙が添《そ》えてありましたが？」

老僧が古ぼけた黒革の鞄から紙箱を出し、手近な机の上で開封《かいふう》する。

呪式士《じゅしきし》たちの顔に怪訝なものが浮《う》かぶ。

紙箱の中身は、小さな城の模型。

楼閣《ろうかく》や物見櫓《やぐら》、石積みの城壁《じょうへき》まで精巧《せいこう》に作りこまれた模型だった。御丁寧《ごていねい》に城壁の上に鎧姿《よろい》の厳《いか》めしい騎士《きし》と、道化《どうけ》めいた華美《かび》な服の人形まで立っている。

「こんなものを贈った覚えはありませんが？」

ラルゴンキンが訝《いぶか》しげに返答する。

「そう、私からの贈り物です」

紙箱を囲んだ全員の顔に衝撃《しょうげき》が走る。

模型の上に立つ親指大の道化の人形が片手を挙げ、腰《こし》を曲げる礼をしながら喋《しゃべ》ったのだ。

魔杖剣《まじょうけん》を抜《ぬ》くのも忘れて、俺はこの人形を凝視《ぎょうし》していた。

「それでは楽しい劇の始まりだ。第二幕の演目は惨劇《さんげき》となる」

騎士の方の人形の顔に嘲弄《ちょうろう》めいた笑《え》みが浮かんだ刹那《せつな》、呪式士たちが魔杖剣を抜刀《ばっとう》しながら飛びのく。

肌《はだ》で感じられるような強大な呪式《じゅしき》波長が、室内に満ちはじめたのだ。

そして何かが破裂するように、広大な詰《つ》め所《しょ》の天井《てんじょう》や壁《かべ》、床《ゆか》から呪式が噴《ふ》きあがった。

青い燐光《りんこう》で描《えが》かれた莫大《ばくだい》な数式の群れが、鳥の群れのように、魚の群れのように室内を乱舞《らんぶ》しはじめる。

呆然《ぼうぜん》とするサーベイ助祭を除いた、詰め所の咒式士《じゆしきし》十数人が揃《そろ》って抜刀し、空中を舞《ま》い踊《おど》る咒式《じゆしき》の数式を見上げる。

「ヤークトー、式を解析《かいせき》しろ！」

「作用量子定数に強力な干渉を確認っ、巨大《きよだい》な情報量が転移、ここに来ますっ！」

空中を無秩序《ちつじよう》に埋めつくしていた数式が、収束、収斂《しゆうれん》。落雷《らくらい》のように一点へと急降下する。

サーベイ助祭と城の模型の上に。

感電したようにサーベイ助祭が痙攣《けいれん》し、薄《うす》い白髪《はくはつ》が逆立つ。皺《しわ》に埋もれた目や鼻や耳や口腔《こうこう》から青白い光を零《こぼ》し、城の模型が紫電《しでん》に跳《は》ね上がる。

「目標は僧侶および城の模型の徹底破壊《てっていはかい》。総員、十字に咒式斉射《せいしゃ》！」

老僧の命より、自分たちの安全を優先すべきだと瞬時《しゅんじ》に判断したラルゴンキンが、非情な怒《ど》号《ごう》を上げる。

一瞬の遅滞《ちたい》なくラルゴンキン事務所の咒式士たちが目標へと咒式を放射する。

お互《たが》いの攻撃《こうげき》に巻き込まれないように、壁から窓への十字方向に発動される、攻性咒式《こうせいじゆしき》の波《は》濤《とう》。

雷《いかずち》や熱線、爆薬《ばくやく》や強酸の咒式が、室内の強化コンクリ柱を砕《くだ》き、アルミ合金の机を紙細工のように引きちぎっていく。

「退《ど》けっ、ジャベイラ姐《ねえ》さんのお通りだぁっ！」

俺の傍《かたわ》らのジャベイラの叫《さけ》びに、咒式士《じゅしきし》たちが横転して道を開け、女咒式士の魔杖剣の先端《せんたん》から、電磁《でんじ》光学系咒式《こうがくけいじゅしき》第四階位〈光条灼弩顕《レラージエ》〉の閃光《せんこう》が迸《ほとばし》る。

熱線が通過する空間の物体を消失させて、光が飛翔《ひしょう》。目標を包む爆煙《ばくえん》を貫通《かんつう》して窓へと抜け、その衝撃で詰め所の外一面の窓硝子《まどガラス》が砕け散る。

破片や粉塵《ふんじん》が視界を塞《ふさ》ぎ、書類の紙片が雪のようにゆっくりと舞い落ちる。

「咒式《じゅしき》発動止《や》め、全員待機！」

ラルゴンキンの号令で咒式士たちは咒式を一斉停止。全員が油断など一切せず、魔杖剣を構えたまま、目標の地点に視線を集中させていた。

「生きてたら嫌《いや》だにゃー、なんて可愛い路線はどう？」

俺の横でジャベイラが無表情につぶやく。どうやらまた性格を変えたようだ。

俺は電磁《でんじ》電波《でんぱ》系咒式《けいじゅしき》第一階位〈緋視《レズン》〉の赤外線探知で熱源をたどろうとしたが、これだけの咒式発動の後では無益だとすぐに停止、ギギナの傍らで魔杖剣を構えていた。

外から吹きこむ風で、視界を塞ぐ粉塵が急速に晴れていく。

悲鳴。

全員が声の方へ視線と魔杖剣を向けると、一人の咒式士が空中に浮かんでおり、口から血反《ちへ》吐《ど》を零していた。

悲鳴を上げつづけるその胸からは、湾曲《わんきょく》した鈍色《にびいろ》の刃先《はさき》が生《は》え、背中には長い長い柄《え》が続いていた。

磔刑《たっけい》にされた御子像《みこぞう》をあしらった大鎌《おおがま》を握《にぎ》るのは、象牙《ぞうげ》色の骨の五指。

豪奢《ごうしゃ》な金装飾《そうしょく》で縁取《ふちど》られた純白の僧服《そうふく》には杭《くい》や針が突《つ》き立ち、拘束《こうそく》着のようだった。

頭があるべき部分には鳥籠《とりかご》のような金属格子《ごうし》の中世の拷問檻《ごうもんおり》が位置し、その内部には交差した格子に貫《つらぬ》かれた髑髏《どくろ》の顔が納まっていた。そして無明の眼窩《がんか》の奥に、青い燐火《りんか》が燃えている。

どことなくサーベイ助祭の面影《おもかげ》が戯画《ぎが》のように残っており、吐《は》き気《け》がする醜悪《しゅうあく》さだった。

「おオう、死の司祭タる拙僧《せっそう》ニ突然襲《とつぜんおそ》イかかッてくルとは、何ト不信心な奴輩《やっぱら》ヨほ」

死の司祭を名乗る骸骨の口腔から、白い蒸気とともに言葉が零れた。

舌がないためか、墓下から響《ひび》いてくるような不明瞭《ふめいりょう》で昏い声だった。

そして、大鎌の先の咒式士《じゅしきし》の生体情報が数式化され、司祭の口腔へと吸いこまれていく。

出現した不吉《ふきつ》な姿の禍《まが》つ式にも、咒式士たちは恐慌《きょうこう》に陥《おちい》ることなく魔杖剣《まじょうけん》を掲《かか》げ、沈黙《ちんもく》を守って移動、隊伍《たいご》と包囲網《ほういもう》を組んでいた。

その沈黙の中、大鎌に胸腔《きょうこう》を貫かれ、咒力《じゅりょく》と情報を喰《く》われる咒式士の絶叫《ぜっきょう》だけが響いていた。

「総員〈雷霆鞭《フュル・フー》〉展開、斉射！」

ラルゴンキンの鋼《はがね》の指令で、並んだ魔杖剣の先端から百万ボルトルの雷の鞭《むち》が一斉に放たれる。

十二条の紫電の蛇《へび》の群れはしかし、僧服の骸骨《がいこつ》に届く寸前に火花を散らした。

司祭の前に現れた、数十もの金属製の立方体を組み合わせたような、無機質な造形の禍《まが》つ式。その前面に展開していた、青白く光る辺を持つ六角形の連なりの前に。

立方体の鈍色の肌の表面が生物の内臓のようにうねり、呪式《じゅしき》が六角形の上で散乱し、消失した。

一部の高等竜《りゅう》が持ち、禍つ式の特徴《とくちょう》でもある呪式干渉《じゅしきかんしょう》結界が発生していたのだ。

俺の思考と同時に、二体の禍つ式が机の上を走って呪式士《じゅしきし》たちへと向かってくる。

「ソおレっ、天罰覿面《てんばってきめん》っ！」

死の司祭の大鎌が振《ふ》り上げられ、引っかかっていた呪式士がその戒《いまし》めから解放される。死骸が高い天井《てんじょう》に叩《たた》きつけられ黒血の花を散らして惨劇の開幕を合図する。

接近された先頭の呪式士が爆裂《ばくれつ》呪式で牽制《けんせい》しようとするが、滑《すべ》りこんでいた金属質な立方体の結界が発光し、呪式発動を阻害《そがい》。

机上の司祭の大鎌が先頭の呪式士に振り下ろされ、左肩口《ひだりかた》から左肋骨《あばらぼね》の最下部までを両断。呪力《じゅりょく》と生体情報が数式化され、死の司祭の口腔《こうこう》へと吸引されていく。

天井から落下してきた死体と、斜《なな》めに分かたれた死体の上半身とが、濡《ぬ》れた落下音を立てたのは同時だった。

怒号《どごう》があがり、机から机へと飛び渡《わた》る禍つ式へと呪式士たちが呪式を連続発動する。

だが、その攻性呪式は飛翔する司祭を捕《と》らえきれず、命中しても立方体の呪式干渉結界に阻《はば》まれ、蒼《あお》や赫《あか》の火花を虚しく散乱させるだけだった。

呪式士たちが全弾《だん》を撃《う》ち尽《つ》くした瞬間《しゅんかん》、禍々《まがまが》しい大鎌が一閃《いっせん》され、首や腕《うで》が断面から鮮血《せんけつ》を噴《ふ》き上げ、空中に舞《ま》う。

大鎌の大振《おおぶ》りの隙《すき》に、机上の司祭の足元へと赤毛の呪式士《じゅしきし》が突進《とっしん》する。

骸骨の昏《くら》い口腔が開けられ、緋光が灯ったと見えた瞬間、灼熱《しゃくねつ》の火焔《かえん》が放射。

突き上げようとした魔杖剣と、それを握る呪式士が炎《ほのお》に包まれ倒《たお》れ、絶叫を上げて転げまわる。

仲間の呪式士が、炎上《えんじょう》する仲間の襟《えり》を摑《つか》んで後退しようとするが、死の大鎌がその二人ごと斬《き》り下げる。

跳《は》ね上がる血飛沫《ちしぶき》と内臓。絶叫や悲鳴、怒号や呪式《じゅしき》が飛び交《か》う中、間合いを取れというラルゴンキンの指令もほとんど届かない。

倒れた机を乗り越《こ》え、ラルゴンキンが重戦車のように突進。

断罪の大鎌の瀑布《ばくふ》が振ってくるが、ラルゴンキンの魔杖槍斧《まじょうそうふ》の刃《やいば》が受け止め、赤い火花と金属の軋るような悲鳴があがる。

死の司祭の人間を遥《はる》かに超越《ちょうえつ》した剛力《ごうりき》を乗せた刃を、それ以上の剛力で逸《そ》らし、胸元へと槍斧が突進する。

青い血の飛沫をあげて後退する司祭に、俺は〈雷霆鞭《フュル・フー》〉の追撃《ついげき》を放つが、立方体が司祭の前に結界を展開しており、百万ボルトの雷《いかずち》は無害な光へと変換《へんかん》されてしまう。

その隙に、ラルゴンキンが倒れる仲間を引きずって「後退しろ」と繰《く》りかえし絶叫する。

巨漢の声に合わせて化学練成系咒式第三階位《かがくれんせいけいじゆしき》〈爆炸吼《アイニ》〉のトリニトロトルエンを、俺は結界の範囲《はんい》外で発動させる。

爆煙《ばくえん》と破片で視界を塞《ふさ》ぐ壁《かべ》を作ったその隙に、ラルゴンキン事務所の生き残りが咒式《じゆしき》の弾幕《だんまく》を張りながら、負傷者を抱《かか》えて後退。

哄笑《こうしよう》をあげながら机の上を飛び跳ねていく死の司祭が、窓を破って廊下《ろうか》へと飛び出る。

俺とギギナも窓へと飛びこんで、硝子《ガラス》の破片とともに前転して着地。

振り下ろされる大鎌をギギナの屠竜刀《とりゆうとう》が弾《はじ》き、廊下に火花を散らす。

その刃の交錯《こうさく》の向こうに、通りすがった事務員が悲鳴をあげるのが見えた。

司祭とギギナは軋《きし》り声をあげる刃を合わせたまま、平行移動、廊下の逆側の窓を破ってなだれこむ。

窓硝子の散華を追った俺は、突入した窓のすぐ下の机に手をついて前転。

刃先が逆さになった俺の髪《かみ》を刈《か》っていく感触《かんしよく》に背筋が総毛立ちながら、次の机の上に着地。

ギギナと司祭が連なる机上を走っていくのが見えた。

大鎌の横薙《よこな》ぎの円弧《えんこ》を、ギギナが後方宙返りで躱《かわ》し、俺の方へと飛んでくる。

着地した机が粉砕《ふんさい》されて、紙片を撒《ま》き散らしながら、机と机の間の峡谷《きようこく》を二人で転がっていく。

咒弾倉《じゆだんそう》を交換《こうかん》しながら机の陰《かげ》から横目で覗《のぞ》くと、追いついたラルゴンキンの咒式士《じゆしきし》たちと死の司祭が衝突《しようとつ》していた。

大鎌の先に引っかけた死体を振り回して挑発《ちょうはつ》しながら、司祭は嗤《わら》いつづけ、金属製の忠犬のように立方体がその周囲を回転し、呪式士《じゅしきし》たちの呪式《じゅしき》を無効化していやがった。

「サーベイ助祭は今の境遇《きょうぐう》を喜んでいるみたいだな。いつのまにか服が司祭のものに昇進《しょうしん》しているな」

呪弾《じゅだん》を補充《ほじゅう》しながら、ギギナが皮肉を漏《も》らす。

禍《まが》つ式が情報体だという理論は、ヤッらの顕現《けんげん》時に、必ず媒体《ばいたい》となる物体に影響《えいきょう》されることから主張されている。

ギギナの言う通り、サーベイ助祭は現状に不満だったのか司祭服の禍つ式に、城の模型は無機質な禍つ式へと変貌《へんぼう》をとげたことから、証明されるのではないだろうか。

とにかく、禍つ式が、異貌のものどもの中でも最強の部類に属するというのは、俺たちが体感させられた。

「サーベイ司祭が攻撃《こうげき》型、不細工な箱の塊《かたまり》が呪式干渉《じゅしきかんしょう》結界で防御《ぼうぎょ》する、か。一体一体ならどうという敵でもないが、組まれると厄介《やっかい》だな」

「禍つ式もバカではないということさ。今までの長い歴史で呪式士の戦い方を見習ったんだろ」

ギギナと俺は現状確認《かくにん》しながら、遊底を引き、呪弾を薬室へと送り戦闘《せんとう》態勢を整える。

「あの箱の塊の呪式干渉結界が厄介だといっても、竜《りゅう》の結界ほど桁違《けたちが》いに広範囲《こうはんい》で強力なものではない。呪式剣士の直接打撃《だげき》を立方体にぶつければ何とでもなる」

「だが、それをあの司祭が邪魔《じゃま》をするからこそ、攻防《こうぼう》一体で手が出ないんだろうが」

その時、ラルゴンキンとイーギーとジャベイラが扉《とびら》を破って進入してきた。

「禍《まが》つ式め、私の部下を殺すとは、微塵《みじん》にして、犬の餌《えさ》にもせず、コンクリで固めて事務所の前において毎日踏《ふ》みつけてやる」

ラルゴンキンが、太い唇《くちびる》から憎悪《ぞうお》の塊を吐《は》きだす。

「ここの事務所のおもてなしは、なってないな」

俺が机の下から声をかけると、イーギーが不愉快そのものの顔をした。

「何、これからがラルゴンキン流のおもてなしだ」

ラルゴンキンが太い笑みを俺へと返し、積層鎧《せきそうよろい》の兜《かぶと》の面頬《めんぽお》を引き下ろす。

「とにかくこれ以上は被害《ひがい》を増やせない。もし社内からヤッらを外に出せば、我が事務所の名《めい》誉《よ》などより、市民に被害が出るという一大事につながる」

その長大な魔杖槍斧を構える。

「イーギー、ジャベイラ、狩《か》るぞ!」

鋭《するど》い号令とともにラルゴンキンが重戦車のような突撃《とつげき》を開始し、イーギーとジャベイラが続く。

机や椅子《いす》を跳《は》ねあげて突進《とっしん》していく巨漢《きょかん》に、咒式士《じゅしきし》たちが包囲網《ほういもう》を解く。三人の咒式士の頭部を大鎌の先端《せんたん》に串刺《くしざ》しにし、咒力《じゅりょく》と生体情報を舐《な》め取っていた司祭が振《ふ》り返る。

その口腔《こうこう》にはすでに紅い炎《ほのお》が吹《ふ》きこぼれており、前方のイーギーに向かって、火焔《かえん》が吐き出される。

紅蓮《ぐれん》の炎が床《ゆか》の紙片を炎上《えんじょう》させる。しかし、イーギーは火炎の奔流《ほんりゅう》のさらに上空に跳躍《ちょうやく》していた。

イーギーが背中の二振りの魔杖剣《まじょうけん》を引きぬきながら、超高速《ちょうこうそく》の斬撃《ざんげき》を振り下ろす。二条の飛燕《ひえん》の刃《やいば》を大鎌で受け止める司祭だが、衝撃《しょうげき》を滅殺しきれず背後のコンクリ柱に激突《げきとつ》。

ジャベイラが後方から〈雷霆鞭《フュル・フー》〉の追撃を放つも、回りこんだ立方体が結界で阻止《そし》。突撃していたラルゴンキンの巨大な槍斧が唸《うな》りをあげ立方体へと降り下ろされるが、司祭の大鎌が受け止める。

ラルゴンキンの魔杖槍斧《まじょうそうふ》〈剛毅なるものガドレド〉の先端に、化学鋼成呪式《かがくこうせいじゅしき》第六階位〈剛導《ビュ》電旺脅喚法《ー・レト》〉が発動。

飾《かざ》られていた御子《みこ》の像ごと、呪式《じゅしき》の刃を受け止めた大鎌が粉砕。立方体の面へと大瀑布《ばくふ》のごとき魔杖槍斧が叩《たた》きつけられ、抵抗《ていこう》などないように一気に両断っ！

立方体を二つの長方体に分断した刃先《はさき》は、そのまま床まで突《つ》き刺《さ》さり、遅《おく》れて立方体のヘモシアニンの鮮烈《せんれつ》な青色の血と内臓が零《こぼ》れる。

ラルゴンキンの〈剛導電旺脅喚法《ビュー・レト》〉は、導電性高分子による強化筋肉を生成する。その初期段階で断面積一平方センチあたりで重さ二二〇キログラムの重量をも持ち上げ、伸縮率《しんしゅく》も一五％を可能にする。強化筋肉の発展形たるこの呪式は、筋力強化系呪式《きんにくきょうかけいじゅしき》の最高峰《さいこうほう》で、ギギナの〈鋼剛鬼力脅法《バー・エルク》〉をも上回る、超筋力を生み出したのだ。

片割れの一瞬《いっしゅん》の惨殺《ざんさつ》に、司祭の髑髏《どくろ》の顔に逡巡《しゅんじゅん》の表情が閃《ひらめ》き、飛ぶように後退。拘束着《こうそく》の背中で窓硝子《まどガラス》を押し破り、エリダナの街へと逃走《とうそう》を図る。

「逃《に》がすか、この干物野郎《やろう》っ！」

ラルゴンキンの背を蹴《け》って飛ぶイーギーが、窓の縁《ふち》に着地。右手の魔杖剣の引き金を引き、その先端から緑の奔流を迸《ほとばし》らせた。

華剣士《かけんし》の〈右鳴りのラカースス〉から生み出され、捩《ね》じりあい絡《から》みあう緑の蔦《つた》は、空中に逃げていたサーベイ司祭の体に枝の牙《きば》を突き立てて摑《つか》み、拘束する。

生体生成系《せいたいせいせいけい》呪式第二階位〈蔦葛縛《タツクギヤフト》〉の縛鎖《ばくさ》の根元に、さらにイーギーが左の魔杖剣を載《の》せ、生体生成系呪式《じゅしき》第二階位〈酉兜蠲〉を多重発動。

宙吊《ちゅうづ》りの司祭に刺さった蔦《つた》の群れから毒液が迸り、骸骨《がいこつ》の口腔から苦痛の絶叫《ぜっきょう》があがる。

イーギーの呪式《じゅしき》、〈酉兜蠲〉で生み出されたアコニチンの半数致死量《ちし》の体重一キログラムあたり〇・三ミリグラムルを遥《はる》かに越《こ》える、アルカロイド系猛毒《もうどく》が司祭の神経系を致命的《ちめいてき》に浸食《しんしょく》する。

だが、痙攣《けいれん》しながらも咆哮《ほうこう》をあげた死の司祭の口腔に鬼火《おにび》が灯《とも》る。次の瞬間《しゅんかん》、吐き出された業火《ごうか》が自らを拘束する蔦を焼き、身を捩《よじ》って跳ね上がる。

機会を窺《うかが》っていたギギナが、後方から颶風《ぐふう》となって駆《か》けぬけ、イーギーの樹木の首吊り台の上を疾駆《しっく》し、足元の蔦を破砕《はさい》しながら飛翔《ひしょう》。空中でドラッケンの戦士と死の司祭が交錯《こうさく》。

大上段に掲《かか》げられた九三五ミリメルトルのガナサイト重咒合金《じゅうじゅ》の刃が、全身の体重を載せて過！

司祭の頭部の拷問檻《ごうもんおり》に降り下ろされ、表面で火花を上げる。

隆起《りゆうき》したギギナの全身の強化筋力が一点に収束、緋色《ひいろ》の火花を散らしながら高硬度《こうこうど》の檻《おり》を通

「おおるるるううっ！」

雄叫《おたけ》びをあげたギギナの猛《たけ》き刃は、そのままサーベイ司祭の頭頂へと向かい、左側頭部から頭蓋《ずがい》を縦断、その豪奢《ごうしゃ》な僧服《そうふく》の胸腔《きようこう》、右脇《わき》下へと青い血飛沫《ちしぶき》をあげながら剪断《せんだん》していく。

空中で両断されたサーベイ司祭の断面から鮮烈な青い塊《かたまり》、心臓が飛び出し、触手《しよくしゆ》を噴出《ふんしゆつ》して超回復を行おうとする。

だがしかし、その心臓にドラッケン族の左直拳《ちよつけん》がめり込み、貫通《かんつう》し疾《はし》る拳が司祭の顔面を捉《とら》え、エリダナの宙空へと吹き飛ばす。

ギギナは青い飛沫に全身を染めながらも、さらに飛翔して後を追う。落下していく右半分の司祭が、最後の力を振り絞《しぼ》って口腔を開く。

ギギナの後を追ってビルの窓から飛びだし上空から落下する俺と、サーベイ司祭の視線が垂直方向で出合う。

司祭の虚《うつ》ろな口腔の奥に業火が灯った瞬間、俺と一緒《いつしよ》に飛び下りていたジャベイラのなびく髪が見え、その呪式《じゆしき》が発動。電磁光学系呪式第四階位《でんじこうがくけいじゆしき》〈滅死射放煕煌《ヴアラツク》〉の放射線が降りそそぐ。

ヘリウムの原子核《げんしかく》から放たれたアルファ線の束は、人体の透過《とうか》能力は一センチメルトル程度しかないが、経口や吸入による内部被害《ひがい》はガンマ線の約二十倍。

同時に放射されるベータ線は高速の電子や陽電子であり、体内数センチメルトルまで進入し、大量被爆《ひばく》で皮膚《ひふ》を焼き、少量でも細胞《さいぼう》や遺伝子を破壊《はかい》し、ガンマ線は波長の短い電磁波で、生体を容易に貫通し、同じく遺伝子を破壊する。

それらの見えざる死の光線に貫《つらぬ》かれた司祭の半身は口腔から炎を零《こぼ》しながら、事務所の隣《となり》の商店街の天蓋《てんがい》に激突、さらに落下していく。

重力に従い落下する俺とジャベイラをギギナが受け止め、天蓋に開いた穴に続いて落ちていく。

ギギナが生体変化《せいたいへんか》系咒式《けいじゅしき》第二階位〈蜘蛛絲《スピネル》〉による、ポリペプチドや蛋白質《たんぱくしつ》の複合繊維《せんい》の綱《つな》の端が天蓋に掛《か》かり衝撃を吸収、そして商店街の照明の中を降下していく。

「このままどこかへ連れていって欲しいわね」

ギギナの左腕《ひだりうで》に抱《かか》えられたジャベイラが微笑《ほほえ》み、ギギナが返す。

「別に構わないが」

「あら、私が男でもそう言ってくれる人は珍《めずら》し……」そう言ったジャベイラをギギナが地面に放り出す。「冗談《じょうだん》なのに」

ギギナですら、この女を扱《あつか》うのは無理らしい。

俺の靴《くつ》裏が磨《みが》かれた御影石《みかげいし》の床《ゆか》に着地すると、そこは商店街の交差路にある広場で、噴水《ふんすい》やエリダナ市の由来となった歌乙女《おとめ》エリダナの彫像《ちょうぞう》が設《しつら》えられていた。

悲鳴を押し殺した買い物客や店員たちが、天蓋の破片が石床に散乱し、青い血溜りができた落下地点を注視していた。

青い血の海の先に、薄青色《うすあお》の脳漿《のうしょう》をブチ撒《ま》け、枯《か》れ木のような骨の右腕が折れとんだ司祭が床を這《は》っている凄惨《せいさん》な光景があった。

目の前の惨状が、今エリダナで頻発《ひんぱつ》している禍《まが》つ式事件の一つだと、やっと理解した人々が悲鳴や絶叫をあげて逃げまどう。

荷物が放り出され、商品の山が崩《くず》れて大混乱が起こる。

その騒乱《そうらん》の中を俺たちの視線は一点を見ていた。

広場の中央、床と純白の僧衣《そうい》を青い体液で染めたサーベイ司祭が頭部を上げ、零《こぼ》れた脳漿や頭蓋骨《ずがいこつ》を修復しようと咒式《じゅしき》を発動。

だが、何の回復も起こらず、その眼窩《がんか》の燐光《りんこう》が急速に消失し、持ち上げた頭部をそのまま背後の石床へと落とした。

後頭部の骨が割れる乾《かわ》いた音が、商店街に響《ひび》いた。

禍つ式は、乗り物となっている肉体の心臓や脳などの重要器官を完全破壊しないと絶命しない。

だが、致死の数百倍の猛毒のアコニチンと、体重一キログラムあたり百ジュールの放射線を浴びれば人間が即死《そくし》する放射線の、十倍以上もの量を受け、全身の生命維持《いじ》機能が完全破壊されては絶命するしかない。

俺が長い息を吐《は》くと、ギギナが屠竜刀《とりゅうとう》ネレトーの刃先《はさき》を下ろす。

ラルゴンキンやイーギーが天蓋の穴から飛び下りて無音で着地し、ヤークトーや他《ほか》の呪式士《じゅしきし》たちが商店街の入口から突入《とつにゅう》してくるのが見えた。

ラルゴンキンが俺の顔を見て、太い笑《え》みを浮《う》かべる。

ラルゴンキン事務所の呪式士を舐《な》めていたわけではないが、ここまで強力だとは思わなかった。

エリダナ一の剛力《ごうりき》を誇《ほこ》る重機槍士《じゅうきそうし》のラルゴンキンに、分析《ぶんせき》に優《すぐ》れた千眼士《せんがんし》のヤークトー。生体生成系で植物を操る華剣士《かけんし》のイーギーに、光を駆使《くし》する光幻士のジャベイラ。こいつらと次に戦う時は、俺とギギナといえど死闘《しとう》を覚悟《かくご》せねばなるまい。

「まあまあやるじゃないの、ラルゴンキン保育園も」

「やらないのはおまえだけだ、口だけ眼鏡《めがね》」

イーギーが軽蔑《けいべつ》したように笑う。

前衛の呪式剣士《じゅしきけんし》たちの高速近接戦闘《せんとう》に、後衛役の俺がついていけるわけはないのだが、分かってて言うなよな。

「そうだな。貴様は要《い》らないな」

ギギナまで俺をバカにした目で見ているのは納得《なっとく》がいかない。

「おまえはこっち側だろ」

「敵か味方か、それは私にも未知数だ」

「ギギナ、頼むから少し考えて喋《しゃべ》れ、さらに考えて、そして黙《だま》れ」

落ちこんでいる俺とラルゴンキンたちの間の御影石の床上《ゆかうえ》で、数分だけ司祭になれたサーベイ助祭の死骸《しがい》の輪郭《りんかく》が曖昧《あいまい》に崩れていくのが目に止まった。分子を結合させていた禍《まが》つ式の力が消失し、灰のように崩壊《ほうかい》していくのを全員で眺《なが》めていた。

俺の耳に乾いた音が届く。

鳴《な》り止《や》まない場違《ばち》がいな拍手《はくしゅ》の音の出所に、全員が振《ふ》りむく。

拍手は商店街の広場の奥から発せられていた。天蓋の穴からの陽光が、見上げるような歌乙女エリダナの彫像を照らし、その上と前の二つの人影《ひとかげ》から拍手が鳴《な》り響いていたのだ。

「やあやあお見事、さすがはエリダナの咒式士諸君《じゆしきし》だ。私たちの夜会を邪魔《じやま》をするだけのことはある」

歌乙女の左肩《かた》に腰《こし》かけている貴族めいた顔の道化《どうけ》が、熱意のない拍手をしていた。青銀の格子柄《こうしがら》で塗《ぬ》り分けられた華美《かび》な装いは、毒々しい地獄《じごく》の道化にも見えた。そして青白い顔に、口腔《こうこう》で踊《おど》る赤い舌が映《は》えている。

「夜会の挨拶《あいさつ》ついでに、倒《たお》しておこうと思ったのだがな。これでは汝《なんじ》らを盤面に招待すべきだな」

錆《さ》びた声で後を続けたのは、見上げるような彫像の前に同様の大きさで立つ、鎧《よろい》に全身を包んだ巨漢《きよかん》の騎士《きし》。

甲虫《こうちゆう》の外骨格のような深緑色の鎧には、異国の文字のような禍々《まがまが》しい黄色い斑《まだら》模様が散っていた。その無機質な容貌《ようぼう》に納まる赫《あか》い双眸《そうぼう》は、業火《ごうか》と燃えさかっていた。

天蓋《てんがい》からの陽光が二体の異形の姿だけを照らし、神話劇の舞台《ぶたい》のような光景を演出していた。

俺はどこかで奇《き》怪《かい》なこいつらを見たことがある。

城の模型の上で並んでいた人形だと気づいた時、全員に閃光《せんこう》のような敵愾心《てきがいしん》が疾《はし》る。

俺は咒式《じゅしき》を紡《つむ》ぎ高速展開。化学練成系咒式《かがくれんせいけいじゅしき》第三階位〈爆炸吼《アイニ》〉の、秒速約二千から六千メルトルの爆裂《ばくれつ》の刃《やいば》が、エリダナの彫像ごと二人の人影を吹《ふ》きとばす。

爆発の寸前に影が飛翔《ひしょう》したのを、ギギナとイーギーほどの咒式剣士《じゅしきけんし》たちが見逃《みのが》すはずもなく、着地地点へと疾駆《しっく》していた。

騎士が石床に舞《ま》い降りようとした瞬間《しゅんかん》。俺の頭上を遥《はる》かに飛び越《こ》えたギギナが振り下ろす屠《と》竜刀《りゅうとう》と、突進するラルゴンキンの横薙《よこな》ぎの魔杖槍斧《まじょうそうふ》との、垂直と水平の雷刃《らいじん》が放たれ、さらにイーギーの直線の電光のごとき双剣《そうけん》が続いていた。

あまりの速さに、軌《き》道《どう》上の路上看板と駐車《ちゅうしゃ》禁止標識を粉微塵《こなみじん》にした後でしか、超剣士《ちょうけんし》たちの刃の軌跡が見えなかった。

四つの同時斬撃《ざんげき》をいかにして弾《はじ》いたのか、金属と木片の粉塵《ふんじん》を騎士が突《つ》きぬけ、滑《すべ》るように水平疾走する。

颶《ぐ》風《ふう》となって回りこんだギギナの巨大な刃と、イーギーの双剣が騎士へと撃《う》ちこまれる。

騎士は左腕《うで》の手甲《しゅこう》でイーギーの右剣の刺《し》突《とつ》を弾き、連動する左剣の水平の一撃を肘《ひじ》で打ち落とす。

同時にギギナの屠竜刀を右掌《みぎて》で受け止めていた騎士は、体勢の崩《くず》れたイーギーの胸板を蹴《け》りとばし、握《にぎ》っていたギギナの刃を引きよせる。

ギギナは自身の長い柄《つか》の横で半回転し、甲殻鎧《こうかくよろい》で包まれた右踵《かかと》で岩をも粉砕《ふんさい》する回し蹴りを騎士の側頭部へと走らせる。

騎士は左手でその踵を摑《つか》むが、ギギナが発動した生体強化咒式《せいたいきょうかじゅしき》第一階位〈尖角《リベト》〉によるキチン質の槍《やり》が踵から飛びだし、騎士の掌を貫通《かんつう》し固定。

ギギナが屠竜刀を手放して長軀を捻《ひね》り、右足を摑まれたまま小台風のような左足の回し蹴りを放つ。

首を引いて騎士が雷速《らいそく》の蹴りを回避《かいひ》。固定された左手を大型単車なみの体重のギギナごと振って、石床へと叩《たた》きつける。

空中に舞う御影石《みかげいし》の破片を突き破るように、落雷《らくらい》のごとき騎士の垂直踵《かかと》落しが襲《おそ》う。

ギギナが寸前まで存在していた石床を穿孔《せんこう》する騎士の靴《くつ》。後転でそれを躱《かわ》し、落ちてきた屠竜刀を摑みながら反動で後方飛翔するギギナに入れ代わり、俺とジャベイラが咒式《じゅしき》を放射する。

巨軀《きょく》を誇《ほこ》る騎士とその背後に着地する道化へと向かって、走りこんでいた俺とジャベイラが展開した、二条の〈雷霆鞭《フュル・フー》〉が襲いかかる。

絡《から》み合う二条の雷の蛇《へび》は、二人の寸前でそれぞれに分裂《ぶんれつ》。二重咒式の正体を現し、正面を迂《う》回《かい》して、左右上下の四方向から高電圧の毒牙《どくが》で襲撃《しゅうげき》する。

だが、雷は騎士の手前の空間で、鋭利《えいり》な刃で断たれたように完全消失。消失地点から俺とジャベイラの魔杖剣《まじょうけん》の先端《せんたん》へとつながる、電流の蛇まで一気に消失させた。

刹那《せつな》の間を置かず、連動させていた化学練成呪式《かがくれんせいじゅしき》第四階位〈曝轟蹂躪舞《アミ・イー》〉を発動。トリメチレントリニトロアミンが騎士の結界の寸前で炸裂《さくれつ》。

爆風《ばくふう》と焔《ほのお》が商店街の広場一面を消失させ、超破壊力の範囲《はんい》から漏《も》れた烈風《れっぷう》が、俺や呪式士《じゅしきし》たちの顔に吹きつける。

渦巻く爆風が晴れていく中、広場の奥には元が何を扱《あつか》っていたのか不明なほど破壊《はかい》された店先の惨状《さんじょう》が覗《のぞ》く。

突然、逆回転する映像のように爆煙《ばくえん》が急速に消失した。

俺たちの驚愕《きょうがく》の目線の収束地点、その爆心地に虹色《にじいろ》に輝《かがや》く球形が現れた。

黒煙も焔も、その半球を避《さ》けるように吹き流され、見る間に消失していく。

「いやいや、ヤナン・ガランの結界は相変わらず見事だね」

「弓弩《きゅうど》のような呪《まじな》いはつまらぬ。先程の剣士《けんし》たちとの干戈《かんか》の交わりの方が風流だ」

虹色の半球の中、道化の愉快《ゆかい》そうな声に騎士が退屈《たいくつ》そうな返答をしていた。

あまりの光景に、俺が続けようとした呪式《じゅしき》の組成式が弾けて消える。そして呪式士全員が、紡いでいた呪式を発動させられなかった。

呪式の減殺や阻止《そし》なら分かるが、電撃《でんげき》呪式を魔杖剣の根元まで逆流して消失させ、さらに第四階位という高位呪式を完全無効化する呪式干渉《かんしょう》結界。

ここまで強力な呪式干渉結界を俺は知らない。長命竜《アルター》と同等か、それ以上。前代未聞の呪力《じゅりょく》としか言いようがない。

「貴様ら、ただの禍《まが》つ式ではないな」

歴戦の咒式士たるラルゴンキンが、枯《か》れた声を絞《しぼ》り出した。頼《たの》む、その続きを言わないでくれ。

「大禍つ式《アイオーン》か!?」

ラルゴンキンの声は苦鳴になっていた。その言葉に対し、過剰《かじょう》な装飾《そうしょく》の服を翻《ひるがえ》し、手甲を胸の前に掲《かか》げて、二人組がそれぞれに名乗りを上げる。

「その通り。私は墓の上に這《は》う者、秩序《ちつじょ》の第四九八式、アムプーラ」

「私は戦《いくさ》の紡ぎ手、混沌《こんとん》の第五〇二式、ヤナン・ガラン」

その言葉の意味することに、咒式士《じゅしきし》たちが彫像《ちょうぞう》のように凍《こお》りついた。

十三階梯《かいてい》のエリダナ最強の咒式士ラルゴンキンが、その副官ヤークトーが、怖《こわ》いものなしのイーギーとジャベイラが、揃《そろ》って動けなかった。

俺の傍《かたわ》らに立つあのギギナですら、声もなかった。

最悪だった。形式番号持ちの〈大禍つ式《アイオーン》〉とは、最強の禍つ式の中でも、特に上位階級であることを示す。

その咒力《じゅりょく》と戦闘《せんとう》力は地上最強の生命体たる長命竜《アルター》にも匹敵《ひってき》すると言われる、最悪の異貌《いぼう》のものども。

「四九八式に五〇二式、子爵《ししゃく》級と男爵級の大禍つ式ということですか……」

ヤークトーが茫然《ぼうぜん》とつぶやいた。

禍《まが》つ式の研究の大家たるヴォイド教授の説によると、禍つ式が名乗る番号は、生まれた順番で、その数が少ないほど強大であるという。教授は、便宜《べんぎ》的に四〇〇番台を子爵級、五〇〇番台を男爵級と分類した。

それが俺たちの眼前に、二体も揃《そろ》っていやがるのだ。

「確か汝《なんじ》ら人類は、悪魔や魔神とかいう、遥《はる》か古代の想像上のものの分類に倣《なら》って、我らを呼ぶそうだな」

ヤナン・ガランが憮然《ぶぜん》とした表情で分析《ぶんせき》しはじめる。

「では私がアムプーラ子爵、ヤナン・ガランが男爵というわけか。別に領土も領民もいないが、ここは人の流儀《りゅうぎ》に従おう。それでいいかね、ヤナン・ガラン男爵？」

アムプーラの道化の笑みに対し、ヤナン・ガランが特に興味もなさそうにうなずく。

「ラルゴンキン、どうする退くか？」

震《ふる》えを抑《おさ》える俺の声に、巨漢《きょかん》の重機槍士《じゅうきそうし》は苦渋《くじゅう》の表情を浮《う》かべ、奥歯を噛《か》みしめる音がくぐもった響《ひび》きをあげる。

「こいつらを、地獄《じごく》の化け物どもを私の愛するエリダナに放つわけにはいかん。今ここで我らでやるしかない」

所長の決断に、咒式士《じゅしきし》たちは悲壮《ひそう》な決意を決めた顔で魔杖剣を掲げ、隊伍《たいご》を組む。

「全員で動きを止める。その瞬間《しゅんかん》、我々ごとガユスの最大攻性咒式《こうせいじゅしき》で吹《ふ》きとばせ」

ラルゴンキンの指令に、咒式士たちが積層兜《せきそうかぶと》の面頬《めんぼお》を下ろし、魔杖剣の引き金に指をかける。

「まあまあ、そんなに本気にならないでよ。今日は挨拶《あいさつ》だけなんだから」

アムプーラ子爵と名乗った禍つ式が嗤《わら》っていた。

俺の顔のすぐ横で。

俺やラルゴンキンたちは禍つ式から目を離《はな》してなどいない。だが奴《やつ》は、墓土の臭《にお》いのする冷たい息を俺の首筋に吹きかけ、二股《ふたまた》に分かれた舌先を閃《ひらめ》かせて嗤っていやがる。

「夜会に上がる者として諸君らは選ばれたんだ。光栄に思いたまえ」

全員が動けない。いきなり俺たちの作戦が崩壊《ほうかい》させられたのだ。

一体、何の咒式《じゆしき》が駆使《くし》されたのか、それすら推測できない。

「アムプーラ、その咒式士《じゆしき》の右手を見ろ」

「相変わらず面白味がないなヤナン・ガラン男爵。私のことは、アムプーラ子爵と呼んでくれな……」

ヤナン・ガランの鋭《するど》い声に笑みを返したアムプーラの氷点下の視線が、俺の右手へと降下し、そして大きく見開かれる。

「何と、こんな馬鹿《ばか》なっ⁉」

禍つ式の支配者の声に、小さくない驚嘆《きようたん》が混じる。

「我らと竜どもがその行方《ゆくえ》を追っている〈宙界の瞳〉を、なぜ汝のような微小《びしよう》な存在がその手に持っているっ⁉」

アムプーラが俺にだけ聞こえる小さな声で独白し、青白い犬歯を鳴らす。畏怖《いふ》と恐怖《きようふ》に俺の背筋に冷や汗が流れ、体温が急速低下していく。

その怨嗟《えんさ》にも似た囁《ささや》きが、やがて禍つ式の喉《のど》の奥で泥《どろ》の煮《に》えるような笑声に変わっていく。

「面白《おもしろ》い、面白いぞ。大して面白くもない夜会が、俄然《がぜん》面白くなってきた」

猫《ねこ》よりも密《ひそ》やかに動いていたギギナの高速抜刀《ばっとう》された刃《やいば》が、俺の首の後ろを疾《はし》っていくが目標を見失い、急停止する。

「ヤナン・ガラン男爵、夜会の規則の第二条補足第三項《こう》を変更《へんこう》したい」

アムプーラはすでにヤナン・ガランの横へと立っていた。

「私もそう思っていたところだ。強制された夜会の勝利条件の一つに、呪式士《じゅしきし》どもの首とあれを賭《か》けようではないか」

ヤナン・ガラン男爵が錆《さ》びた声で笑い、アムプーラ子爵が手を叩《たた》いて飛び跳《は》ねる。

全身から冷たい汗《あせ》が吹き出るのを止められない。

ヤナン・ガランへのギギナとラルゴンキンとイーギーの攻撃《こうげき》は四つ、二本の腕《うで》でどうやって止めたのか、理解不能だ。

アムプーラの移動にいたっては、立った状態から、瞬間的に二〇メルトルほども移動していた。

〈大禍つ式《アイオーン》〉二人組は、凍りついたままの俺たちへと振《ふ》り返り、宣言した。

「それでは皆様《みなさま》、名残惜《なごりお》しいが、今はここまで。また夜会の盤面《ばんめん》のいずこかで会おうぞ」

墓の上に這う者が笑い、戦の紡《つむ》ぎ手が続ける。

「ただし、夜会の幕切れは近づいているのを忠告しておこう。終幕は三日後の昼三時。それを越《こ》えると盤面が崩壊する」

そして二人の超生物は、正面を向いたまま重力がないように後方へと跳躍。
呪縛《じゅばく》から解き放たれたラルゴンキン社の咒式士《じゅしきし》たちが、急いで咒式《じゅしき》を展開。照明の支柱に着地した二体へと雷《いかずち》や熱線や爆裂《ばくれつ》の咒式を放つが、騎士《きし》の手の一振《ひとふ》りで効果が掻《か》き消される。

そして支柱を蹴《け》って飛翔、俺たちの上空を魔鳥《まちょう》のように飛んでいく。俺たちが見上げながら放つ咒式が追いつかず天蓋《てんがい》を破壊《はかい》していくだけだった。

禍つ式たちは商店の二階の壁《かべ》に着地、撞球《どうきゅう》のように反射して天蓋の穴まで上昇《じょうしょう》し、二人組が天蓋の上へと飛び去っていく。

「追え、ヤツらを逃《のが》すなっ！」

天蓋の破片と瓦礫《がれき》の雨が降りそそぐなか、ラルゴンキンの怒号《どごう》が放たれ、イーギーとジャベイラが走りだす。咒式士たちもすぐに部隊長の後に続いて次々と天蓋へと飛翔し、商店街の大通りの奥へと疾走《しっそう》していく。

俺とギギナは商店街の広場に二人で取り残され、ただ立ちつくしていた。

これで俺が逃《に》げ出すことが不可能になった。

あのモルディーン枢機卿長《すうきけいちょう》の置き土産が、俺を禍《まが》つ式の標的にさせやがったのだ。

6 くちびるに唄と嘘

かつてツェベルン龍皇国が太陽の帝国《ていこく》と呼ばれて繁栄《はんえい》していた理由は一つだけだ。

暗闇《くらやみ》でのツェベルン国人の行動を信じることは、神にすら不可能だったからだ。

ジグムント・ヴァーレンハイト
ラペトデス七都市同盟での会見 同盟暦《れき》九二年

砂塵《さじん》を巻きあげて、咒式《じゅしき》の嵐《あらし》が放射される。

悪名高きドーチェッタの治安制圧警察軍の出張所が、咒式の攻撃で炎と爆煙《ばくえん》を噴《ふ》きあげる。窓や出入口から、濃緑色《のうりょくしょく》の制服の兵士が飛び出てくる。

「応射しつつ全部隊撤収《てっしゅう》!」

レメディウスの号令で、続く咒式が展開。追いすがる治安制圧警察が、爆発《ばくはつ》や雷の前に血と肉を散らして倒《たお》れていく。

砂岩の建物の峡谷《きょうこく》を曙光《しょこう》の戦線の党員たちが撤退《てったい》していき、隠《かく》れ家《が》へと集結していく。

「今日も成功したな。レメディウスの指揮は大したもんだ」

「いやいや、あの細い坊《ぼっ》ちゃんが、今じゃ、曙光の戦線の実践《じっせん》指揮官だからな」

地下室で凱歌《がいか》をあげる浅黒い肌《はだ》の戦士たちの視線の先には、ウルムンの民族衣装《いしょう》をまとったツェベルン国人、いまだ檄《げき》を飛ばすレメディウスが立っていた。

「負傷者は十二号の道で本部へ運んでください。三番隊と五番隊で、軍の動きを引きつづき監《かん》視《し》のこと」

その傍《かたわ》らのナジクとナバロが伝令に指示を伝えるべく階段へと向かう。

指示を出しおえたレメディウスが、疲労《ひろう》しきった顔で木箱に腰《こし》を下ろすと、すぐにナリシアが駆《か》けよって、水とパンを渡《わた》す。

智略《ちりゃく》を駆使《くし》する指揮官の顔から、普通《ふつう》の青年の顔に戻《もど》ったレメディウスが少女に無言で微笑《ほほえ》み、ナリシアの顔にも微笑みが咲《さ》きこぼれる。

「そっちは上手《うま》くいったようだな。君の作戦だから当然だが」

「ゼムン党首、御無事《ごぶじ》で！」

立ち上がろうとする青年と少女を手で制し、ゼムンは二人の前に木箱を引きよせ腰を下ろす。

ナリシアが他の党員に呼ばれ、党首に頭を下げて去っていく。

少女の後ろ姿を見届けてから、ゼムンが口を開く。

「しかし、咒式《じゅしき》技術者以外に戦術指揮官としての才能が君にあるとはね」

「いえ、そんな……」

レメディウスが恐縮《きょうしゅく》したように頭を下げる。

「ただ、僕が好きだったチェルス将棋《しょうぎ》が役に立っただけです。相手の心理を読み、何十手もの先を読んでみただけです。ドーチェッタが軍人に指揮官教育を怠ってくれたおかげで、相手にろくな人材がいないことも僕たちを有利にしてくれていますしね」

レメディウスの輝く緑の瞳《ひとみ》に反比例し、ゼムンが疲《つか》れたような表情を返す。

「今さら聞くことではないが、君はなぜこの闘《たたか》いに参加する？　ツェベルンに帰ってもいいのだよ？」

「それはあなたも同じです」

レメディウスのツェベルン語に対し、ゼムンの浅黒い顔に感情の波が疾《はし》る。

「いつか君にも言おうと思っていたのだが、先に当てられるとはね」そこでゼムンもツェベルン語で語りだす。「確かに私の父はツェベルンの軍人で、私自身も龍皇国《りゅうおうこく》にいたこともあるが、どうして分かった？」

「ウルムン語が綺麗《きれい》すぎるんです。言語調律を現地用に少し崩《くず》した方がいいですよ」

二人は静かな視線を交《か》わし、長い沈黙《ちんもく》が落ちた。

「私は、この国で青年時代をすごした。それで十分だ」

そして嘆息《たんそく》とも述懐《じゅっかい》ともとれる言葉がゼムンの唇《くちびる》から零《こぼ》れ落ち、レメディウスの方へと目を向けると、呪式博士《じゆしき》は静かに首を左右に振《ふ》った。

「僕はラズエルの禁止武器を輸出した罪滅《つみほろ》ぼしのために参加したのではありません。確かに、最初は新しい世界の観察のつもりで参加していました。叔母《おば》への反発もこめて」

レメディウスの目に寂《さび》しい翳《かげ》りが射《さ》す。

「僕の考案した呪式具《じゆしきぐ》が悪用されることに、どこか他人事《ひとごと》でした。武器が悪いのではなく、使う人間が悪いのだと。だが、それは違《ちが》った。

町角の喧嘩《けんか》も、昔は殴《なぐ》りあいで済んでいたことが、現在では呪式のために殺しあいになってる。そして、ここウルムン共和国では圧政と虐殺《ぎやくさつ》の道具に」

レメディウスの双眸《そうぼう》は、緑の焔《ほのお》のごとく燃えあがっていた。

「人間の個人の可能性を広げるべき呪式が、人間の圧政に使われている現実に、僕は激しい怒《いか》りを覚えました。僕はそれを許せない」

瞳の焔は自らをも灼《や》きつくすように、激しく揺《ゆ》らめく。

「呪文《じゆもん》で魔法《まほう》が起こらないように、平和だ愛だの口先で唱えるだけでは何も起こらない。だから、僕は自分の理論で不正義を正す。それに……」

「それに？」

ゼムンの問いにレメディウスの答えはなく、遠くを眺《なが》めているだけだった。ゼムンがその方向を追うと、負傷者の介護《かいご》に当たるナリシアの姿があった。

「僕は彼女を、いやこの国に未来を取りかえしてあげたいのです。ドーチェッタに盗《ぬす》まれた人生と可能性を戻してあげたいのです」

僕のようにならないために、という言葉をレメディウスは飲みこむ。

ゼムンの顔に疲労がにじみ、言葉を吐《は》き出す。

「我らの活動も所詮《しょせん》は武力だ」

「ええ。ですが正しい目的に使っている。他《ほか》に道はありません。そうでしょう？」

呪式《じゅしき》博士の真剣《しんけん》な言葉に、ゼムンはなぜか背筋を疾る悪寒《おかん》を覚えた。

「父よ、私はあなたの御手《みて》にみずからを委《ゆだ》ねます。いかようにも御心のままになさってください。どのようになされても、あなたに感謝いたします。全《すべ》てを覚悟《かくご》し、受け入れます。あなたの御心が、私と、あなたが造りたまいし全ての生き物の中で行われんことを。私の願いはこれに尽《つ》きます」

その昔、教会の僧侶《そうりょ》だったというヤークトーの、祈禱《きとう》の声が墓地に響《ひび》き渡る。

昨日の禍《まが》つ式による襲撃《しゅうげき》事件で死亡した五人の呪式士《じゅしきし》の葬儀《そうぎ》が、エリダナ共同墓地で行われていた。

祈禱をあげるヤークトーの前には、ラルゴンキンと事務所の呪式士の全員と事務員の半数が喪服《もふく》や喪章姿で整列し、そして俺とギギナの二人も参列していた。

「主よ、我らが魂《たましい》を、そしてダハル・グスクル、バルムス・ザリ・ナッド、ヒーリエ・エイン、カイウス・ブラム、アルク・ウントの五人の魂を、あなたの御手に委ねます」

屈強《くっきょう》の咒式士《じゅしきし》たちのあちこちから、嗚咽《おえつ》と啜《すす》り泣きを堪《こら》える声が漏《も》れる。

俺は葬儀というものが苦手だ。死者に対して、何をもしてやれなかった自己を、その無力さを確認《かくにん》させられているような気がするのだ。

だからこそ、初春に行なわれた友人のヘロデルの国葬《こくそう》にも、俺は参列しなかったのだ。ラルゴンキンが、昨日の現場に立ち合った者の義務だと参加を強制しなければ、朝からロルカ屋に寄っていた俺が自主的にここにくることは無かっただろう。

悲しみに暮れた参列者が、それぞれの昏《くら》い墓穴の底の五つの柩《ひつぎ》の上に、赤や白の花を投げ入れていく。

俺も葬列に続いて、顔も知らない咒式士たちに花を手向《たむ》け祝印を切り、簡単な冥福《めいふく》の祈《いの》りを捧《ささ》げる。

（いつかそっちに行った時は、よろしくな）と胸中でつぶやいた俺が振り返ると、参列者の最後のギギナが、居心地悪そうに立っていた。

「どうした、花を投げて祈るだけだぞ？」

俺の小声の囁《ささや》きに、ギギナが困惑《こんわく》しきった表情を返した。

「おまえら異教の祭礼の仕方など、まったく知らないし、従えば故郷を裏切ることになる」

「皆《みな》が不審がっているだろうが。じゃあ、ドラッケン族式でいいからやれ。ただし、非礼にならないように、正式だかのやつで」

ギギナが心底、嫌《いや》そうな顔をした。しかし、墓穴の前で言い争っている余所者《よそもの》に周囲の咒式士たちが怪訝《けげん》な顔をしはじめた。
ギギナもそれに気づき、諦《あきら》めたかのように長い溜《た》め息《いき》を吐《つ》く。ドラッケンの戦士が長柄を引きぬき、背中の刃に連結。長大な矛《ほこ》のような屠竜刀《とりゅうとう》ネレトーを天に掲《かか》げる。その突然《とつぜん》の奇行《きこう》に参列者たちがたじろぐ。
憤怒《ふんど》の声が上がる前に、ギギナは刃を墓穴の前に突《つ》き立て、中腰の姿勢からドラッケン族式の礼拝〈クドゥー〉を行い、そして片膝《かたひざ》を立てて朗々と歌いはじめる。
「おまえは夥《おびただ》しい夢の軀《むくろ》を集めて
月明かりと星屑《ほしくず》の緇衣《しえ》を編むだろう」
滑《すべ》るように静かな声。
「そこでは無為《むい》も無常も消え去り
蒼《あお》ざめた御使《みつか》いたちも、獰猛《どうもう》さを競うことを忘れる」
ドラッケンの唇《くちびる》から、旋律《せんりつ》と音階が紡《つむ》がれていく。
「時々、世界は美しすぎて寂《さび》しくなる
歓喜《かんき》の日々もどこか寂しい
子供のころの夢が叶《かな》えられても、それだけでは寂しい」
氷雪のように焰《ほのお》のように、その唄は墓地の大気を渡《わた》っていく。
「意味も言葉もなく、ただ想いだけを
そんな愛を信じている、幼さは傷跡」

鋼の髪《かみ》が歌声にそよぎ、白い美神の横顔を露《あら》わにし、右目を跨《また》ぐ竜《りゅう》と炎《ほのお》の刺青《いれずみ》が蒼《あお》く燃えあがる。

「不滅《ふめつ》から刹那へと痛みが転がる、あの束の間の永遠

密やかに去ったおまえの微笑《ほほえ》みだけが、今も心臓で唄《うた》っている」

唄い終えたギギナは、屠竜刀を水平に掲《かか》げるドラッケン式の瞑目《めいもく》を捧げ、納刀する。

それはドラッケン族の素朴《そぼく》な鎮魂《ちんこん》の唄ではなかった。

意味も論理もない詞《ことば》だったが、声に込められた哀《かな》しみだけは伝わってきた。

俺の視線に気づいたのか、ギギナが立ち上がった。

「夜語りにプルメレナが唄ったくだらない唄だ。この女々《めめ》しい場には〈クドゥー〉より相応《ふさわ》しいだろう」

ヤツなりに自ら殺《あや》めた女に想うところがあったらしい。

ギギナの内面の一端《いったん》が垣間見《かいまみ》えたような気がした。

そして、墓地の全員が麻痺《まひ》したように一切の動きを止めていた。

そのあまりに凄《すさ》まじい美声と、眼前の美丈夫《びじょうふ》が祈る神話の一節のような光景に、甘い痺《しび》れを後頭部に感じていたのだ。

ギギナ自身は、歌うことを軟弱《なんじゃく》な趣味《しゅみ》だとして嫌《きら》っているのだが、まさに歌の神の声であり、死と破壊《はかい》の申し子たる咒式士《じゅしきし》どもの鋼の心すら摑《つか》んでしまっていた。

たまに聞く俺としても、本気で歌うギギナの声に不覚にも魂を揺《ゆ》さぶられてしまっていたの

だ。

ただし、天上の歌声も場合によりけりだろう。

ギギナの激しく優しい唄で、死者への哀惜《あいせき》と思い出を掻《か》きたてられたラルゴンキン事務所の面々は、涙《なみだ》を流し、激しい嗚咽をあげ、地面に突《つ》っ伏《ぷ》す者までいた。

感傷的な気分を深呼吸とともに追い出し、俺は喉の奥に溜まっていた侮蔑の塊を吐《は》き捨てる。

「これがあの無神経だけが取り柄のラルゴンキン事務所の咒式士《じゆしきし》か？」

俺の言葉に、泣き暮れた咒式士たちがうなだれた顔を上げる。

「同僚《どうりよう》の死にも、ただ安っぽい涙を流して悲しむだけしかできないのか」

冷たい言葉に、全員の目に憤怒の焔《ほのお》が宿る。

「てめえ、言っていいことと悪いことの区別がつかない、本当の激バカらしいな」

赤い目をしたイーギーが、双剣《そうけん》の柄頭《つかがしら》に両手をかけ、一歩を踏《ふ》み出す。

「あんた、殺すよ？」

ジャベイラが唇《くちびる》を噛《か》みしめながら、押し殺した声を出し、イーギーの横に並ぶ。

他《ほか》の咒式士たちが急速に散開、魔杖剣《まじようけん》を抜刀《ばつとう》して俺とギギナを囲む。

傍《かたわ》らのギギナに助けを求めると、なぜか感情の煮《に》えたぎる目をしていた。

「よかろう。誰《だれ》が真の敵かも忘れた愚《おろ》か者どもは、先に行った死者の元に送ってやるのが親切というものだ」

自分の長身をも超《こ》える屠竜刀《とりゆうとう》ネレトーを、ギギナが掲げる。

柄《つか》の先のガナサイト重呪合金製《じゆうじゆ》の九三五ミリメルトルの刃身が、陽光を裏切るような禍々《まがまが》しい光を宿していた。

なんだか分からないが、ギギナがいつも以上に好戦的かつ感情的になっている。

怒《いか》れる瞳《ひとみ》に荒《あら》い呼吸を吐く呪式士《じゆしきし》たちの包囲網《ほういもう》は刻一刻と狭《せば》まり、魔杖剣の先端《せんたん》に必殺の呪《じゆ》印《いん》組成式の光芒《こうぼう》を描《えが》きはじめていた。

お互《たが》いの間合いがついに臨界点に達する寸前、静かな笑い声が響《ひび》く。

全員の顔が振《ふ》り向くと、包囲網を掻き分けて進む、巨漢《きよかん》と痩身《そうしん》の姿があった。

無精髭《ぶしようひげ》を撫《な》でる所長のラルゴンキンと、目を知覚増幅面《ネーメンマスケ》で覆《おお》った副所長のヤークトー。二人の呪式士が殺気に満ち満ちた包囲網を抜《ぬ》けて進み、俺たちの前で立ち止まる。

何かを言おうとしたイーギーを、ラルゴンキンの巨大な掌《てのひら》が制止した。

王侯《おうこう》のように周囲を睥睨《へいげい》し、そして口を開いた。

「馬鹿《ばか》者どもがっ！」

大気と鼓膜《こまく》を震わす大音声に、呪式士たちが首を竦《すく》める。

ラルゴンキンが静かな声に戻《もど》って言葉を続ける。

「ガユスの言う通りだ。我らが同僚、ダハル、バルムス、ヒーリエ、カイウス、アルクを殺したのは誰だ？　ガユスか？　ギギナか？」

包囲網の顔に、戸惑《とまど》いと困惑《こんわく》の表情が広がっていく。

「敵はクソ禍《まが》つ式、それを操っている腐《くさ》れヤナン・ガランとアムプーラの二体。違《ちが》うかね？」

呪式士《じゅしきし》の面々が不承不承にうなずく。

ラルゴンキンは巨軀《きょく》を返して、俺の方へと向きなおる。

「それにしてもガユス、よく言ってくれた。これで事務所の士気が低下したままになるのが防げた」

「別に。どうせ俺が言わなかったら、おまえが言うだけだろう」

俺は魔杖剣の柄頭に掛《か》けていた汗《あせ》ばんだ掌を離《はな》す。

「所長のおまえは言いにくいだろうし、外部の俺が憎《にく》まれ役になった方が効果的だろうと思っただけだ。事態収拾の言葉をなかなか言ってくれないから、自分で言うところだったよ」

俺の答えに、周囲の呪式士たちの顔に戸惑いの表情が広がり、憤怒《ふんど》の色が消え、次々に魔杖剣を降ろしていく。

その様子を見ていたラルゴンキンが、太い唇に笑《え》みを浮《う》かべる。

「ガユスの言葉を継《つ》いで、ギギナが煽《あお》ったのも見事だ」

俺は横目でギギナをうかがうが、屠竜刀《とりゅうとう》を大地に突《つ》き立てたその顔は、獲物《えもの》を逃《のが》した肉食《にくしょく》獣《じゅう》のように残念そうだった。

多分、戦えれば相手も何も、ギギナは選ばないだけなのだろう。

ラルゴンキンの太い笑みと俺の皮肉めいた笑みが交差する。

「よし、では泣くのは終わりだ」

ラルゴンキンは漢《おとこ》の顔から所長の顔に戻り、腹腔《ふくこう》からの声を出す。

「ヤツらをブチ殺し、同僚の無念を晴らすのは誰だ、神か、郡警察かっ⁉」

「ふざけるな、復讐《ふくしゅう》するのは我らだ！　ラルゴンキンの咒式士《じゅしきし》だっ！」

ラルゴンキンと事務所の生き残った二十三名の咒式士全員が魔杖剣を、さらに事務員たちが拳《こぶし》を振り上げる。

轟々《ごうごう》という叫びが、踏み鳴らされる足が、墓地の静謐《せいひつ》を粉微塵《こなみじん》に破壊した。驚《おどろ》いた鴉《からす》たちが、大音声に吹《ふ》き散らされるように逃《に》げていった。

「ではおまえらは、ここで何をしている？　街へ行け、クソ禍《まが》つ式を駆《か》り立てろ！　そして地《じ》獄《ごく》へブチこみ返してやれっ！」

「応っ！」

咒式士たちが魔杖剣を掲《かか》げ、そして先を争うように走り出す。

化学鋼成系咒式士《かがくこうせいけいじゅしきし》は兜《かぶと》の面頬《めんぼお》を引き下げ、生体強化系咒式士《せいたいきょうかけいじゅしきし》は全身から甲殻鎧《こうかくよろい》を生成する。

事務員は輸送車の背後から咒弾倉《じゅだんそう》を取り出し、駆けぬける咒式士たちに投げ渡《わた》していく。

戦闘《せんとう》準備の終わったものから装甲車《そうこうしゃ》に乗りこみ、けたたましい音を立てて発進していく。

俺とギギナの横を駆けぬけていく咒式士たちが、「ケツを蹴《け》ってくれてありがとよ」「悪くない唄《うた》だった」と言いながら、肩《かた》やら背中やらを拳で叩《たた》いていった。

長身のギギナは憮然《ぶぜん》とした顔で立っていたが、華奢《きゃしゃ》な俺は叩かれる度《たび》に身体《からだ》が前後に揺《ゆ》れる。

「俺はおまえらを認めない」とイーギーだけは言い捨て、去っていった。

ラルゴンキンが、いつの間にか俺の横に立って笑っていた。

「ガユス、まったくおまえは嘘《うそ》つきだ。時代が時代なら煽動者《せんどうしゃ》になっていただろうよ」

「まだまだラルゴンキンほど芝居《しばい》がかった煽りはできないよ」

巨漢は太い笑みを浮かべただけだった。

「言うまでもないだろうが、俺とあんたが煽って奮起はしたが、頭に血が昇《のぼ》っているだけだからな。咒式士《じゅしきし》どもをきっちり制御《せいぎょ》しておけよ」

ラルゴンキンの栗色《くりいろ》の瞳と、隣《となり》のヤークトーの機械の目が身長差の斜《なな》めの線で結ばれ、そして笑みを零《こぼ》す。

「な？　ガユスはこれくらい言うと言っただろ？　賭《か》けは私の勝ちだ。おまえの秘蔵のシャミールの初期型宝珠《ほうじゅ》は私のものだ」

「このヤークトー、外見通り人を見る目がないようですな」

二人の咒式士の態度で、俺は気づいた。ラルゴンキンが、俺とギギナにわざわざ葬儀《そうぎ》への参列を強制したのは、その力量を試すためだったのだ。

「何のために試した？」

「場合によっては、許さぬが」

俺とギギナの体重が軸足《じくあし》に掛かり、戦闘体勢に入る。

俺の言葉にもラルゴンキンは無精髭《ぶしょうひげ》を撫《な》でるだけだった。そしてようやく言葉を紡《つむ》ぎだす。

「例の禍《まが》つ式事件のことだ」

巨漢の顔に、真剣《しんけん》で重厚な成分が混じる。

「私の長年の咒式士《じゅしきし》経験から言うと、禍つ式はまだしも、形式番号つきの〈大禍つ式《アイオーン》〉なんてとびきりの異貌《いぼう》のものどもまでが相手とは、未曾有《みぞう》の事態だ。おまえたちと共同戦線を張ることになったが、今までのようにいがみあう関係ではこの事件に対処できない。そこでだ」

ラルゴンキンが真正面から俺とギギナの顔を覗《のぞ》きこむ。

「ガユスとギギナ、私の事務所に入らないか？」

予想もしない話の流れに、俺とギギナが絶句する。

「哀れだなラルゴンキン、ついにそこまで老人性痴呆症《ちほうしょう》が進行していたとは」

「家族も介護《かいご》が大変だな。デカいし重いし」

俺とギギナの二重奏の嫌味《いやみ》に、しかしラルゴンキンはまったく動じていない。

「私は本気だよ」

ラルゴンキンの理知的な栗色の瞳《ひとみ》が、静かな意志を湛《たた》えていた。

「高位攻性咒式《こうせいじゅしき》の使い手であるガユスと、エリダナ一の咒式剣士たるギギナの近接戦闘力を私は買っている。いやそれ以上におまえの判断力と戦術能力、ギギナの決断力と非情さが欲しい。おまえたちが来てくれれば、我が事務所はエリダナどころか、七都市同盟や龍皇国でも最高の咒式事務所の一つになる」

沈黙《ちんもく》の中、ラルゴンキンが続ける。

「いくら咒式士の肉体年齢《ねんれい》が常人より若いとはいえ、私も四十を越《こ》えた。最前線に立てるのも、あと五年を越えても十年は下るまい。おまえたちがラルゴンキン事務所に入ってくれれば、私も安心して後衛か経営に下がれる」

俺は少しだけ面映《おもは》ゆかった。誰《だれ》も評価しない俺たちを、あのラルゴンキンが評価していてくれたことを。

そして、かつてこんな感じを常に与《あた》えてくれた者たちのことを思い出していた。

だが、それゆえに答えは決まっていた。

「残念だがラルゴンキン、俺たちは一人と一匹《ぴき》が気楽でね」

「一匹の方の意見に私も同意する」

俺とギギナの返答に、ラルゴンキンは遠いどこかを思うような表情を浮《う》かべた。

「私ではジオルグの代わりにはならんか」

「ラルゴンキンっ！」

俺とギギナが弾《はじ》かれたよう怒声《どせい》に近い叫《さけ》びを上げる。その声に戦闘準備をしていた咒式士《じゆしきし》たちが驚《おどろ》いたように振《ふ》りむく。

ラルゴンキンが手を振り、俺も視線で何でもないという合図を送る。

「悪かった、私の失言だ」

ラルゴンキンは謝罪し、遠くに見えるエリダナへと視線を向けた。

咒式士の長は瞑目《めいもく》して首を振り、「ではまた」とだけ言い残し、そして部下たちへと合流すべく墓地を下っていった。

その途中《とちゅう》、巨漢《きょかん》の呪式士《じゅしきし》はさらに意外な言葉を吐《は》いた。

「ガユス、知り合いの呪式士が、エリダナの近くでクエロを見かけたと言っていた」

その言葉の意味することに、俺の心臓に刃物を突きたてられるような痛みが疾る。

去っていく巨軀《きょく》の背を見つめながら、俺はその痛みに必死で耐《た》えていた。

「あの人は、ラルゴンキンは、あなた方を気に入っているのですよ。自分の息子《むすこ》のようにね」

俺の横にいつの間にかヤークトーが立っていた。油断のならない老人に、俺は内心の動揺《どうよう》を隠《かく》すように吐き捨てる。

「知るか。あんなランドックのような巨人と遺伝的関係が一切ないことだけが俺の取り柄だよ」

「これは言おうかどうか迷ったのですが、実はラルゴンキンの命は、不治の病《やまい》でもう残り少ないのです」

衝撃《しょうげき》の事実に、しかし俺とギギナは無言だった。俺は言ってやる。

「ラルゴンキンの肌艶《はだつや》が死ぬほど健康そうだったが？　到達者《とうたつ》級の重機槍士が治らないって、そんな強力な病気があると思うか？」

不信に満ちた半眼の視線にヤークトーが機械に覆《おお》われた目を逸《そ》らし、やがて溜《た》め息《いき》を吐《つ》く。

「ラルゴンキン、私に嘘《うそ》は無理です」

「やはり駄目《だめ》か」

どうやって巨軀を隠していたのか、墓石の影《かげ》から、ラルゴンキンが顔を出す。

「泣ける話なら、おまえを引きこめると思ったのだが」

俺は〈雷霆鞭《フュル・フー》〉の百万ボルトルの蛇を放つが、ラルゴンキンは再び墓石に身を隠して、そのまま逃《に》げていった。

「すみませんね」

ヤークトーが苦笑いして俺とギギナを見上げ、そして巨漢の咒式士《じゅしきし》の後ろ姿を追って、傾斜《けいしゃ》を下っていった。

何を言うことなく、俺は眼下の光景に見入っていた。

咒式士たちが武装を整え、罵《ののし》りあいながら車輛《しゃりょう》に乗りこんでいく、騒《さわ》がしい光景を。

目を逸らすと、隣《となり》のギギナも、目を細めてその活気溢れる様子を見下ろしていた。

俺が見ていることに気づき、相棒が視線だけをこちらへ向けた。

そして急に真面目《まじめ》な顔になった。

「あの騒がしさが懐《なつ》かしいか？」

俺はジオルグ事務所のことを思い出し、それを振りはらうように首を振る。

「おまえの子守だけで十分だ」

俺はそのまま反対側へと歩きだした。

郡警察エリダナ東署の四階、禍《まが》つ式連続発生殺人捜査《そうさ》本部にベイリックを訪ねた。

「ラルゴンキンにも伝えたが、葬儀《そうぎ》にいけなくてすまないな」

疲労《ひろう》し憔悴《しょうすい》しきった顔で答えるベイリックの周囲では、電話の音が次々と鳴り響《ひび》き、走り回る刑事《けいじ》たちの怒号《どごう》が飛び交《か》っていた。

「別に俺の葬式じゃないしな。俺もギギナも単につきあいだ」

「冷たいね」

外に出てるらしい捜査官の粗末《そまつ》なスチール椅子《いす》を引っ張って、俺はベイリックの向かいに腰《こし》を下ろす。

ギギナは周囲を見渡《みわた》して、自分の体重に耐えられそうな椅子を探していたが、やがて諦《あきら》めたかのように近くの資料棚《だな》に背を預けた。ギギナの大型単車なみの体重で頑丈《がんじょう》な金属の棚が軋《きし》む。

「いつかは敵として向かいあう相手だ。必要以外は慣れあわない方が賢明《けんめい》だ」

俺の口から吐き捨てるような言葉が放たれ、ギギナが紫《むらさき》がかった鋼《はがね》の双眸《そうぼう》を向けてくる。

ラルゴンキンのヤツが余計な過去を思い出させるから、互いに神経がささくれだっている。

「怖《こわ》いね。俺は警察士でよかったよ」

ベイリックが俺たちの奇妙《きみょう》な空気を理解できずに、感想だけを漏《も》らした。間が持たないらしく、資料で埋《う》もれた机から陶杯《とうはい》を引き出し、冷めきっている珈琲《コーヒー》を口へと運んだ。

犯罪者が、口を揃《そろ》えて「人類の飲み物じゃない」と言う警察の、しかも冷めきった珈琲を好むベイリックの味覚が分からない。

おまえも欲しいのかとベイリックが杯を差し出すが、俺は無視する。

「で、何か進展があったのか？」

苦い顔のベイリックが吐《は》き捨てる。

「まったく無しだ。禍《まが》つ式の〈夜会〉だとかは調べているが、イカれた曙光《しょこう》の鉄槌《てっつい》に、武器商人のパルムウェイが入ってきているらしい情報が本当らしくてな、エリダナ中の警察が殺人的な忙《いそが》しさだ」

曙光の鉄槌については、三日前に愉《ゆ》快《かい》にはほど遠い出会いをしたが、ラズエル社のカルプルニアとの契約《けいやく》で口外できないという思考を隠す。

「そう言えばガユスにギギナ。おまえら、最近、ラズエル総合咒式《じゅしき》社に出入りしているそうだが？」

俺の内心を見透《みす》かすような言葉をベイリックが投げつけてきた。さらに珈琲を勧《すす》めてこようとするが、俺の方は鼓動《こどう》が跳《は》ね上がるのを必死で抑《おさ》えていた。

ベイリックが、外見通りのちょっと愚鈍《ぐどん》そうな中年警察士だと思って相手をしたら、その犯罪者は、一生を監獄《かんごく》の中で後悔《こうかい》する。

「はあ？　なぜそんなことを聞く？」

「曙光の鉄槌の捜査を停止するような圧力が、上から掛かってきている。ラズエルと曙光の鉄槌といえば、ちょっとした因縁があるからな。俺の考えすぎかもしれないが」

ベイリックの目に射抜くような眼光が宿る。

陰謀《いんぼう》と策略と咒式《じゅしき》が、これでもかこれでもかと渦巻《うずま》くこのエリダナで、若くして警部補にまでなった男を舐《な》めてはいけない。

「まあな、ちょっとした副業を頼《たの》まれてな。身辺調査なんだが、これが……」

「馬鹿《ばか》かガユス。貴様は、また余計な仕事を抱《かか》えこんでいるのか」

ギギナが俺へと厳しい銀の瞳《ひとみ》をむけるが、俺も負けずに言い返す。

「余計な仕事だと？　ギギナが無駄遣《むだづか》いをするから、必死に仕事を取っているのだろうが」

「そこを何とかするのが眼鏡の役目だろうが。第一、咒式士《じゆしきし》とは闘争《とうそう》の中にのみ生きるべきだ」

「何世紀前の世界観だ？　そんな骨董品《こっとう》みたいなヤツ、おまえ以外にいるか！」

「よく言った、たかが眼鏡の付属品ごときが！」

お互《たが》いに叫《さけ》んで、魔杖剣《まじようけん》に手をかける。

「喧嘩《けんか》なら外でやれ！」

ベイリックが叫び、俺とギギナはお互いの碧《あお》と銀の瞳を睨《にら》みつけ、そして罵倒《ばとう》を再開させながら捜査本部を出る。

階段を下りながら言いあい、正面玄関《げんかん》を出て、駐車場《ちゆうしやじよう》の事務所のヴァンの前まで到着《とうちやく》した時、二人同時に口を閉じる。

「誤魔化《ごまか》せたと思うか？」

ギギナの言葉に、俺は上方を見上げた。

「そんなに甘くはないみたいだ」

エリダナ東署の無愛想《ぶあいそ》な壁面《へきめん》がそびえ立ち、その四階の窓から苦々しげに俺たちを見下ろすベイリックの目があった。

俺とベイリックの視線は互いの不実をなじるように交錯《こうさく》した。やがて、皮肉な笑みを浮《う》かべてから、ベイリックは奥へと引っこんでいった。

「ベイリックを敵に回すと、後が少々面倒《めんどう》になるな」

「何について隠《かく》しているかが分からない限り、何とでもなる」

「それで収穫《しゅうかく》はあったのか？」

ギギナが俺へと瞳を向ける。

「これで分かった。ベイリックが探りを入れてくるということは、レメディウス博士の交換《こうかん》の時に襲撃《しゅうげき》してきたヤツらは、エリダナ郡警とは関係ない」

俺は続く言葉を飲みこんだ。複雑な方程式の中の膨大《ぼうだい》な変数のうち、いくつかが定数になった。何かが現れてきそうだった。

「ガユス、通りの向こうだ」

相棒の鋭《するど》い声に左を向く。

「どこだ？」

「灰色のビルの下」

車の行き交《か》う通り、その向こう岸の人の波に、見知った後ろ姿を発見した。

飴色《あめいろ》の髪《かみ》に急ぎ足の男が灰色のビルの陰《かげ》へと曲がる一瞬《いっしゅん》、その横顔が見えた。

「あれは、ラズエルに傭《やと》われて生死不明のはずのエグルド！」

思考が閃《ひらめ》くのと同時に、俺は通りへと走り出す。悲鳴をあげて急停止した車の上で半回転、車窓からあがる怒声《どせい》を浴びながら、車の向こうのアスファルトへ着地。

中央分離帯《ぶんりたい》の標識に跳躍《ちょうやく》してきたギギナが鉄管を曲げて足を乗せ、さらに飛翔《ひしょう》していった。先に通りの向こうへと着陸し、人波を掻《か》き分けて進むギギナの背に、追いついた俺が続く。

勢いのまま、灰色のビルの壁《かべ》を左手で掴《つか》みながら曲がり、魔杖剣ヨルガを引きぬきつつ路地裏へと飛びこむ。

高いビルとビルの峡谷《きょうこく》の底。ゴミや空《あ》き瓶《びん》が転がる濡《ぬ》れたアスファルトを踏《ふ》みつけて、飛ぶように疾駆《しっく》するギギナの後を追う。

何度か曲がり、路地裏を抜《ぬ》けて相棒の横に並び、魔杖剣を掲《かか》げる。

路地裏の終点は、四方にビル裏の壁がそびえる空き地だった。

周囲の住人の不法投棄《とうき》場になっているのか、どうやって乗り入れたのか説明不能な廃車《はいしゃ》や、腐《くさ》りかけの建築木材の山が無秩序《むちつじょ》に置かれていた。

空き地の向こうに、俺たちを待っていたかのように、皮肉げな笑みを浮かべたエグルドが立っていた。

「私に気づいてくれないかと心配したよ」

「それで、このわざとらしい誘《さそ》いは何のためだ？」

俺が返答するのと同時に、全身に帯状の衝撃《しょうげき》がまとわりつく。

俺の全身を拘束《こうそく》したのは、化学鋼成系《かがくこうせいけい》第一階位〈剛鎖《バイン》〉で生み出されたチタン合金の縛鎖《ばくさ》。その鎖《くさり》の逆端《ぎゃくたん》は、廃車や廃材の陰《かげ》から姿を現した野戦服たちの手に握《にぎ》られた、軍用魔杖剣〈猟犬〉系の剣先《けんさき》に続いていた。

相棒がいるはずの横手では、耳障《みみざわ》りな激突音《げきとつ》をあげて鎖が絡《から》まりあい、その上空に飛翔していたギギナが俺を見下ろしていた。

生体変化系《せいたいへんか》呪式《けいじゅしき》第三階位〈空輪亀《ゲメイラ》〉により、肩《かた》と背中から生成した噴射口《ふんしゃ》から圧縮空気を吐《は》き出して、空中のギギナはエグルドへと急降下攻撃《こうげき》を開始する。

だが、その動きが何かに衝突《しょうとつ》したように急停止。重力に従ってギギナが俺の傍《かたわ》らへと着地する。

ドラッケンの戦士の両手首と両肘《ひじ》に巻きついた縛鎖は、四方のビルの非常階段や裏窓の野戦服たちの魔杖剣から下がり、ギギナの動きを戒《いまし》めていた。

「我々とて、十三階梯《かいてい》に達する剣舞士《けんまいし》を相手に、油断はしない。これでやっと話ができそうだな」

エグルドの笑声に、ギギナの嘲笑《ちょうしょう》が被《かぶ》さる。

「これで私の動きを封《ふう》じたつもりか、軍人の冗談《じょうだん》は笑えぬな」

ギギナの剝《む》き出しの肩の皮膚《ひふ》の下の三角筋と、上腕《じょうわん》二頭筋、三頭筋肉、腕橈骨筋《わんとうこつ》などが隆起《りゅうき》し、無造作に振《ふ》りぬかれる。

鎖とつながっていた野戦服たちが、非常階段や窓から空中へと引きずり出される。

ギギナの手首が翻《ひるがえ》り、一人が廃材の山へと落下し、木の破片を派手に撒《ま》きちらす。もう一人が廃車の屋根に叩《たた》きつけられ苦鳴を漏《も》らし、続く野戦服が前面硝子《ガラス》を突《つ》き破《やぶ》って車内へとブチ込まれる。

放物線を描《えが》いた分だけ遅《おく》れた最後の一人が、反対側のビルのモルタル壁《へき》に激突させられ、赤黒い血痕《けっこん》を引きながら地面へと落ちていく。

エグルドと野戦服の集団の顔が、驚愕《きょうがく》に凍《こお》りつく。

やつらはギギナが筋力強化咒式《じゅしき》を使えば、反応して筋力強化咒式を発動させるつもりだったのだろうが、それこそ甘すぎた。

生体強化系咒式士《せいたいきょうかけいじゅしきし》の強化筋肉による剛力《ごうりき》は言うに及《およ》ばないが、ギギナのそれは群を抜いている。

例えば、細胞《さいぼう》のミトコンドリアは、呼吸の酸素と食物の水素を反応させて熱量を作るものだが、鳥類のそれの効率は人類よりも高い。

普通《ふつう》の人類の赤血球内のヘモグロビンは、一度に一つの酸素しか運べないが、鰐《わに》のそれは酸素を三つ運べ、持久力は二倍、速度は一・三倍になる。

そんなさまざまな生物の筋力、上昇《じょうしょう》機能以上のものが、咒式を発動させなくてもギギナの体内で恒常的《こうじょうてき》に働いている。

そして怒れるギギナが屠竜刀《とりゅうとう》を掲げ、本格的に咒式を展開しはじめる。

「化学呪式士《じゅしきし》の方を制圧しろっ！」

悲鳴のようなエグルドの指令で、野戦服たちが、電磁雷撃系呪式第二階位《でんじらいげきけいじゅしき》〈雷霆鞭《フュル・フー》〉を発動。

俺を束縛《そくばく》する鎖へと百万ボルトの雷《いかずち》を放つ。

感電したものの、俺が気絶することはなかった。

鎖に捕《と》らわれるのと同時に、密《ひそ》かに化学鋼成系呪式第一階位《かがくこうせいけいじゅしき》〈鋼衣《エフィ》〉を発動しておいたのだ。

それによって生成された単なる鉄の皮膜《ひまく》が全身を覆《おお》い、高電圧を大地へと放電させていたのだ。

長外套《コート》の耐《たい》電層で十分以上に防げるだろうが、保険が多いに越《こ》したことはない。

鉄の皮膜ごと縛鎖を叩き斬《き》り、俺はギギナの横に並ぶ。

野戦服の集団は瞬時《しゅんじ》に体勢を立てなおし、魔杖剣《まじょうけん》の刃先《はさき》を並べて包囲《ほうい》網《もう》を作る。

「今日はよく囲まれる日だな」

「俺の隠《かく》れた魅力《みりょく》に世間が気づきはじめたのだろうさ」

「神を気づく方がまだ楽だな」

背中越《ご》しのギギナと軽口を交《か》わすが、形勢は非常に悪い。

「エグルド、最初に攻性呪式《こうせいじゅしき》を使ってこなかったということは、俺たちを殺す命令は受けていないんだろ!?」

俺たちを囲む魔杖剣の銀の光が、さらに狭《せば》まる。

呪式士の集団の力を俺は甘く見ない。軍属の呪式士のこいつらが一斉《いっせい》に呪式を放てば、重戦車と人間の不倫によって生まれたと、俺が噂を広めている頑健《がんけん》なギギナはともかく、深窓の姫君とすれ違った人と出会うかもしれないほど繊細《せんさい》な俺は、肉片が残るかどうかも心配だ。

「だからどうした。こちらはおまえらの手足が全部なくなっても、会話が可能なら構わないのだ！」

エグルドが叫《さけ》び、さらに俺も叫び返す。

「民間呪式士《じゅしきし》を舐《な》めるなよっ。そうなる前に、ありったけの呪式《じゅしき》をブチ撒《ま》けて、冥土《めいど》の道連れにしてやるっ！」

「軍人を見くびるなっ。部隊の半数が死のうと、任務を遂行《すいこう》するだけだっ！」

「半数？　全員の間違《まちが》いだろ？」

お互《たが》いどっちがより狂気《きょうき》に踏《ふ》み出せるかの危うい駆《か》け引きだ。だが、ここにはギギナがいた。痺《しび》れを切らした狂剣士が、一歩を踏み出し、いともたやすく均衡《きんこう》を破った。

全員の呪式が発動し破壊《はかい》の嵐《あらし》が吹《ふ》き荒《あ》れる寸前、無粋《ぶすい》な電子音が鳴り響《ひび》き、間を逃《のが》す。

「総員停止、待て！」

エグルドの号令で、野戦服の包囲網が半歩だけ後退。俺たちと襲撃者《しゅうげきしゃ》の魔杖剣が油断なく向きあう中、エグルドの独り言のようなつぶやきだけが続く。

体内通信で、どこかからの指令が入ったのだろうが、マヌケな光景だ。

やがて、エグルドが苦々しげな顔を上げた。

「狂気の比べっこは、おまえらの勝ちだ。上層部が会うとさ。ついてこい」

エグルドが顎《あご》で指示すると、野戦服たちが道を開ける。

「ついてきてください、だろ？」

俺の返事に、エグルドの渋い顔がさらに苦みを増した。

エグルドと野戦服たちに挟《はさ》まれながら、路地裏とも言えないビルとビルの狭間《はざま》を進み、俺とギギナのアシュレイ・ブフ&ソレル事務所よりも、一層ショボい建物の裏口へと案内される。

エグルドの背に先導され、地下への錆《さ》びた階段を二度曲がって降り、合金製の軽い扉《とびら》を抜けると、その音が反響《はんきょう》するような広い空間に出る。

高い天井に並ぶ蛍光灯《けいこうとう》の下には、水面《みなも》をたたえるどころか、水の一滴《ひとしずく》すら存在しないプールの底が広がっていた。

プールの縁《ふち》を歩きながら見下ろすと、そこには無数の電脳端末《たんまつ》と画面が青白い光を発し、その情報の溢《あふ》れる画面端末の前に座り、頭に直結した知覚線で操作している野戦服が並んでいた。

そして青色に塗《ぬ》られた耐水《たいすい》コンクリのプールの床《ゆか》の中央に、後ろ手に腕《うで》を組んだ軍服姿の偉《い》丈夫《じょうふ》が立ち、俺たちを見上げていた。

その軍人の鷹《たか》のような目にうながされ、金属の手摺《てす》りを伝って底へと下りるエグルドに俺が続き、ギギナは縁から飛び下りる。

エグルドが上官らしき軍人の左横に下がり、俺たちと対峙《たいじ》する形になる。

「ようこそ咒式士《じゆしきし》の諸君。君たちを案内してきた横の者はエグルド少尉《しょうい》、何だか偉《えら》そうな態度の私はゴッヘル中佐《ちゆうさ》。皇宮破壊活動対策部隊〈竜の顎《あぎと》〉の指揮官だ」

俺とギギナの呼吸が一瞬《いっしゅん》、止まる。

皇宮破壊活動対策部隊〈竜の顎〉。

選皇親王家の一つ、楯《たて》のイルム家のゼノビア女王の肝入《きもい》りで創設された、龍皇国《りゅうおうこく》の特殊《とくしゅ》諜報部隊である。

その任務は、龍皇国に仇《あだ》なす破壊活動を調査し、殲滅《せんめつ》するというもので、皇暦四九一年のガチェ作戦や四九四年のナダン大使館事件において突入《とつにゅう》し、破壊活動組織を殲滅したとされるが、実物を見るのはさすがにはじめてだ。

「どこぞの軍関係者だとは思っていたが、まさか〈竜の顎〉とはね。それでラズエル社に接近して、レメディウス博士の身代金《みのしろきん》で曙光《しょこう》の鉄槌《てっつい》を誘《さそ》い出し、殲滅するつもりだったというわけか」

「まあそんなところだ」ゴッヘルが笑《え》みを浮《う》かべながら答え、続ける。「部隊の中で、もっとも軍人臭《くさ》くないエグルドを使ったのだが、よく分かったたな」

ゴッヘルの疑問にギギナが退屈《たいくつ》そうに答える。

「煙草《たばこ》を箱の尻《しり》から出して使うなんて、野戦経験のある軍人だけだ」

その昔、従軍経験のあるギギナに聞いた話だが、戦場では尻を拭《ふ》く紙も、手を洗う水にも事欠くため、煙草は火を点《つ》ける方から取り出すのが当たり前だということを、もっと早くに思い出しておくべきだった。

「それで諸君らを招待したのは他でもない。ラズエル社と曙光の鉄槌に関わるのを止《や》めてほしいのだ。その問題は我々の仕事で、素人《しろうと》にうろうろされると非常に迷惑《めいわく》なのだよ」

ゴッヘル中佐の重々しい言葉に、しかし俺は動じなかった。

「おかしいね。曙光の鉄槌は、ウルムン共和国の独裁者ドーチェッタを打倒《だとう》する組織だ。ドーチェッタは、龍皇国にとっても迷惑な世界の導火線だ。龍皇国が曙光の鉄槌を応援《おうえん》しても、倒《たお》そうとする理由はないはずだ」

ゴッヘル中佐は黙《だま》りこんでしまった。

大きく息を吸いこみ、俺は言葉の刃《やいば》をぶつける。

「その理由は一つ。人質のはずのレメディウス博士が、曙光の鉄槌についてしまった」

ゴッヘルの片眉《まゆ》が跳《は》ね上がり、エグルドやプールの縁に立つ野戦服たちが魔杖剣《まじょうけん》の柄《つか》に手を掛《か》ける。

「危険です。こいつらは始末するか監禁《かんきん》すべきですな」

ゴッヘルが片手を挙げて、隊員やエグルドたちの動揺《どうよう》と敵意を制する。

「それができるなら苦労はしない。郡警察やラルゴンキンとつながってる上に、この二人自身が厄介《やっかい》な力を持つ」

ゴッヘルが俺の方へとゆっくりと向きなおる。

「しかし、どうしてそれが分かった？」

軍人は単純だなと思いながら、俺は余裕《よゆう》の態度で返す。

「簡単な推測だよ。人質交換《こうかん》の時に、そこのエグルドが渡《わた》した個人識別機を使われたレメディウス博士が死んだ。突入は図ったようにその直後に起こった。

つまり、おまえたちの目的は、レメディウス博士の殺害が第一で曙光の鉄槌の殲滅はその次だった。そこから考えると、龍皇国の名士たるレメディウス博士が、曙光の鉄槌の関係者になっているなんて醜聞《しゅうぶん》を消すために、竜の顎《あぎと》が動くのも理解できる」

「我々が動いたのが裏目に出たわけか」

それっきり思考に沈《しず》みこむようにゴッヘルは沈黙《ちんもく》し、ようやく口を開く。

「曙光の鉄槌の前身、〈ウルムン曙光の戦線〉が、ウルムンの独裁者ドーチェッタに兵器を売っているラズエル社を恨《うら》み、レメディウス博士を誘拐《ゆうかい》したのは事実だ」

俺たちへと話すのを迷うかのように、さらに間を置き、ゴッヘルが続ける。

「しかし、一年半もの間、ドーチェッタの独裁政治の過酷《かこく》な惨状《さんじょう》を目の当《ま》たりにしてしまったレメディウス博士は、持ち前の強い正義感と義憤《ぎふん》にかられ、曙光の戦線の民衆救済の戦いに共鳴してしまったのだ。ここまではおまえが推測した通りだ。だが、我々にとって、さらなる最悪の事態が起こったのだ」

エグルドが上官を制止するような動きを見せるが、ゴッヘルが手を振《ふ》って拒否《きょひ》し、続ける。

「曙光の戦線の党首ゼムンが、温和路線に転換《てんかん》しようとしたのを知った博士は激怒《げきど》した。そして砂礫《されき》の人喰《く》い竜ことズオ・ルーという男と手を組んでゼムンを殺し、曙光の戦線の党首となってしまったのだ」

不可視の衝撃《しょうげき》に打たれたように俺は動けなかった。ゴッヘルはさらに続ける。

「以降、抜群《ばつぐん》の頭脳と咒式力《じゅしきりょく》を持つレメディウス博士と鋼鉄の意志のズオ・ルーの指揮により、〈ウルムン曙光の戦線〉と同様の反ドーチェッタ組織〈解放への鉄槌〉を吸収、より咒式《じゅしき》武装化し、より過激に先鋭化《せんえいか》した〈曙光の鉄槌〉へと変貌《へんぼう》してしまったのだ」

予測を遥《はる》かに越《こ》える事実に、俺は言葉を失う。いくら正義感が強くても、破壊《はかい》組織の長《おさ》を殺して乗っ取るなどというムチャクチャな展開を、誰《だれ》が予測できるというのだろう。

だからこそ、彼ら〈竜の顎〉の方針も混乱しきっているのだろう。

「レメディウスと曙光の鉄槌が、エリダナに潜入《せんにゅう》したという極秘《ごくひ》情報を入手した我々は、レメディウスが人質だとラズエルに思わせ、取り引きの場へと誘導して暗殺計画を行った。だが、後はおまえたちが見たとおりレメディウスは倒せたが、ズオ・ルーと残党が逃《に》げてしまっている状態だ」

確かに、レメディウスの代わりに党首を演じていた、あの恐《おそ》るべき咒式士《じゅしきし》が生きている限り安心はできない。

ゴッヘルの猛禽《もうきん》の瞳《ひとみ》が、俺とギギナを見据《みす》える。

「我々は、エリダナに潜伏《せんぷく》する曙光の鉄槌の残党を狩《か》りつくす。それまでこの情報を他《ほか》に漏《も》らして欲しくない。すでに市長を通じて郡警察に圧力をかけ、捜査《そうさ》は停止させられるだろう。諸君らは、郡警察とともに禍《まが》つ式事件に専念していればよい。これは要請《ようせい》ではない、命令だ」

俺とギギナは横目を合わせて相談。ギギナが鷹揚《おうよう》にうなずいて、返事は俺に一任された。まあ、いつものことだが。

「従う理由がないし、ラズエル社のカルプルニアと曙光《しょこう》の鉄槌《てっつい》を追う契約《けいやく》がある」

俺の答えにゴッヘルが沈黙し、そして笑みを浮《う》かべた。

「あの御婦人をあまり信用しない方がいい。我らと同じ程度には、な」

そこで厳粛な軍人の顔に戻り、宣告を続ける。

「情報が漏れた場合は、レメディウス暗殺に突入《とつにゅう》した我が部隊の隊員を殺害した事実を持ち出させてもらう。特別公務執行妨害《しっこうぼうがい》と、国家反逆罪を受けてもらうよ。もちろん軍事法廷《ほうてい》でな」

今度は俺が沈黙する番だった。

非公開の軍事法廷なんて、最初から有罪と死刑《しけい》が決定している宗教裁判と何ら変わらない。

「お互《たが》いに手を引く。そういう取り引きだと思っていいんだな」

ゴッヘルがゆっくりとうなずく。

そして俺とギギナは外へ出て、路地を通り、通りを渡って、警察署の駐車場《ちゅうしゃじょう》に停めてある自分たちのヴァンまで戻《もど》る。

「ゴッヘル中佐《ちゅうさ》とやらは、自分の意思で会話をしていなかったな」

ヴァンに乗りこみながら、ギギナがつぶやいた。

「ああ。会話のあちこちに微妙《びみょう》な間があった。あれはエグルドと同じだ。体内通信で誰かの指示を受けて、そのまま喋《しゃべ》っていたんだろうな」

扉《とびら》を閉め、俺はヴァンを起動させながら答える。

皇宮破壊活動対策部隊〈竜の顎〉の、部隊長の上と言えば、イルム家のゼノビアしかいない。国会中継《ちゅうけい》で見た、冬の海のような紺碧《こんぺき》の双眸《そうぼう》に、獅子《しし》のような黄金の髪《かみ》をなびかせた女傑《じょけつ》の顔を俺は思い出していた。

モルディーン枢機卿長《すうきけいちょう》にゼノビア女王。この龍の皇国の指導者層に善人はいないようだ。上手《うま》く立ち回らないと、再び死と破滅《はめつ》が全速力で走ってくる。

そう思った時、ラルゴンキンから、ノーディト動物園で象、カーシー倉庫で巨大な鳥の禍《まが》つ式が発生したとの連絡《れんらく》が入った。

車を回して通りに出るが、アムプーラとヤナン・ガランの二体が出現していないようなので、俺たちが到着《とうちゃく》する前に、復讐《ふくしゅう》に燃えるラルゴンキン事務所の咒式士《じゅしきし》に八つ裂《ざ》きの上に灰にされるだろう。

エリダナ西市街のラズリー建材。

広大な敷地《しきち》に並ぶ貯蔵筒のいくつかが破裂《はれつ》した虚《うつ》ろな内部を晒《さら》し、炎《ほのお》に舐《な》められたのか黒く焦《こ》げた表面を見せていた。

巨大《きょだい》な本工場につながった棟《むね》工場は、まるで重力が狂《くる》ったかのように、その半ばで崩壊《ほうかい》し、擂鉢《すりばち》状の大穴が穿《うが》たれていた。

夕陽《ゆうひ》を背にそびえる遠い鉄塔《てっとう》もその形を大きく歪《ゆが》ませ、巨大な竜のような影《かげ》を形作っていた。噂《うわさ》では、初春にどこぞの咒式士《じゅしきし》が禁忌《きんき》の咒式《じゅしき》の実験を行ったとされるが、真偽《しんぎ》は分からない。

誰も近よらないラズリー建材の本工場の中部に、複数の人影が蠢《うごめ》いていた。

重機が金属や木製の箱を運び、屈強《くっきょう》な男たちが箱を開封《かいふう》し、その中の荷物を工場の中央部に積みあげていく。

鈍《にぶ》い光を宿した武器が商品説明会のように並べられ、積み上げられていくのを、その凶器《きょうき》の山の前に立つ男が眺《なが》めていた。

上等な背広を着こみ髪を後ろへとなでつけた商人は、酷薄《こくはく》な笑みを口許《くちもと》に浮かべていた。

革靴《かわぐつ》がコンクリ床《ゆか》を叩《たた》く音に、商人が振《ふ》り返る。

工場の搬入口《はんにゅう》から差しこむ夕陽を背に、逆光の影となって立つ男たちがいた。

砂色の髪に遮光眼鏡《しゃこうめがね》、厳しい将軍のような風貌《ふうぼう》の男を先頭に、浅黒い肌《はだ》の〈曙光の鉄槌〉の戦士たちが続く。

「この度《たび》は、我がパルムウェイ商会を御《ご》利用いただき、誠にありがとうございます」

商人の挨拶《あいさつ》を一顧《いっこ》だにせず男と一団は進み、山積みにされた武器の前で立ち止まる。

曙光の鉄槌の党首代理、〈砂礫の人喰い竜〉ことズオ・ルーが商人へと顔を向ける。それだけで、死の商人パルムウェイの背に冷たい汗《あせ》が噴《ふ》き出た。

ズオ・ルーとは初めて会うが、その威圧感《いあつかん》に顔を合わせられない。噂ではその異名の通り、本当に人間を喰ったことがあるそうだが、それが噂だけとは思えない。

内心の怯懦《きょうだ》を隠《かく》すように、死の商人が商品説明の口上をあげる。

「それでは、商品の内訳を御説明させていただきます。

ラズエル社製突撃魔杖剣《とつげきまじようけん》〈平穏の担い手バロレック〉系九四式が二五〇振り、狙撃用魔杖弓《そげきようまじようきゅう》〈射手なるアルザッロ〉系が五五振り、魔杖短剣〈爪持つ者ギャリコ〉三〇〇振り、九口径と十二口径の呪弾《じゅだん》が合計四万発、封呪弾筒《ふうじゅだんとう》〈焔の吐息Ⅳ型〉が五五〇個、耐呪式積層鎧《たいじゅしきせきそうよろい》が一〇〇揃《そろ》い。呪式装甲車《じゅしきそうこうしゃ》〈グッツー改〉が十台。

「しめて一〇億二三四二万とんで五四三イェンのお買い上げ、ありがとうございます」

パルムウェイの前では、曙光の鉄槌の面々が玩具《おもちゃ》を渡《わた》された子供のような表情で凶器《きょうき》の山脈に見入っていた。

「よくもこれだけの玩具を隠している。さすがに元ラズエル社員から武器商人になった男だ」

ズオ・ルーの皮肉な物言いにパルムウェイは首を竦《すく》める。その言葉に何か不自然なものを感じたが、より大きな疑念が口をついていた。

「私は代金が支払われれば何の文句もありませんが、これらをどうする気で？」

パルムウェイは疑問のままに続ける。

「私が横領していた武器をこの街に隠しておくことはできます。ですが、これだけの大荷物を街の外に出そうとしても、皇国や同盟との境で発見されてしまうだけですよ？」

「それは私の仕事、おまえには関係無い」

ズオ・ルーの感情のない言葉に、パルムウェイは怯《おび》えた小動物のような笑《え》みを浮《う》かべて誤魔《ごま》化《か》すだけだった。

砂礫の竜が、遮光眼鏡を外し、翠《みどり》の瞳《ひとみ》を外気に晒《さら》す。

「それで、パルムウェイ。もう一つのものはどうなる?」

視線を武器の山に据《す》えたまま、砂色の戦士が言葉を放ち、パルムウェイの体がびくりと震《ふる》える。

「それでしたら、あちらの方に」

パルムウェイが示した方向に、荷物を下ろした重機が去っていく。

その陰から、巨大な金属の立方体が姿を現す。

厳重な封印《ふういん》が施《ほどこ》された、咒化合金《じゅか》の箱。箱の四方に取り付けられた冷却装置《れいきゃく》からは、禍々《まがまが》しい冷気が工場の闇《やみ》の中に立ちのぼる。

「本当に、こいつらを、この中のものをお買い上げになるおつもりで? あまりに危険なこいつの研究禁止のために、ジェルネ条約に追加項ができたくらいの代物《しろもの》ですよ?」

箱に視線を合わせないように、死の商人が取り引き相手に問いつづける。

「私が言うのもなんですが、こいつは効果範囲の特定も制御もできず、軍とラズエルですら、ついには自殺用にしか使えないと打ち捨てた未完成品なんですよ?」

「構わない」

砂漠の老将は冷たく言い放った。厳しい戦士の横顔に笑みが浮かび、そして振り返った。

パルムウェイは、自分に向けられたその翠の双眸《そうぼう》を、正面から見てしまった。

この男を恐《おそ》れた理由を、パルムウェイは突然理解した。

死の商人パルムウェイは、世界中に武器と咒式具《じゅしきぐ》を売りつけてきた。

「人の命は何よりも重い」と、中絶医を殺す、論理破綻《はたん》したイージェス教の狂信者。工業廃液を垂れ流す工場を爆破して、より一層の自然破壊を起こす自然保護団体。民衆の幸せのための完全平等経済をめざして国家と対立しながら、民衆を搾取《さくしゅ》し強制徴兵《ちょうへい》する反政府組織。

そんな最悪の集団と、その指導者と渡りあってきたパルムウェイだが、この曙光の鉄槌の指導者ズオ・ルーが恐ろしかった。

浅慮《せんりょ》と無知のすえ、破壊しか思いつけないようないつもの相手と、〈砂礫の人喰い竜〉は違っていた。

ズオ・ルーのその立ち振る舞《ま》いや会話からは深い知性と教養がうかがえ、高雅《こうが》な品位すら感じさせる。

しかし、その瞳は、砂漠を潤《うるお》す優《やさ》しい緑ではなかった。

地獄《じごく》の底で燃える緑の業火、魂《たましい》を灼《や》きつくす鬼火《おにび》の色だった。

その知性ゆえに静かに狂《くる》っている。いや、恣《し》意《い》的に狂気《きょうき》を選択しているのだ。

パルムウェイは、この砂漠の将軍と取り引きしたことを後悔《こうかい》していた。

人喰い竜ズオ・ルーとこの咒式《じゅしき》兵器が組み合わされば、恐ろしい死と破壊を撒《ま》きちらすだろうとしか思えなかったのだ。

商品の引き渡しが完全に済む明日までは、パルムウェイも生きていられるだろう。

だが、その後を考えると何らかの手を講じる必要があることを確信していた。

7　緩やかな昼と寂しい夜

この世に正義と悪の戦いなど存在しない。すべての戦いは愛と愛、正義と正義が戦うのだ。

だとしたら、より強い愛、より正しい正義が勝つのだろうか？　そして負けた愛や正義はどこに行くのだろう？

レメディウス・レヴィ・ラズエル「紅蓮《ぐれん》の言葉」皇暦《こうれき》四九六年

レメディウスとナリシアは金属の手錠《てじょう》に捕《と》らわれ、兵士の手によってウルムン宮殿《きゅうでん》の冷たい大理石の床《ゆか》に跪《ひざまず》かされていた。

二重三重の安全策がなされた完璧《かんぺき》な退却《たいきゃく》中にタイヤの軋《きし》む音が聞こえた。振り向くと、国軍の車が二人を囲み、捕らえられた。

そして二人は兵士に連れ去られ、宮殿へと連行されたのだ。

どうして計画が見破られたのか分からない。

いや、可能性はある。だが、そんな馬鹿《ばか》な理由が現実にあるわけがない。

レメディウスの思考を、ドーチェッタの苦々しげな声が割りこむ。

「こいつらが、我が軍に逆らう〈曙光《しょこう》の戦線〉の指揮官と情婦。学者みたいな外国人の小僧《こぞう》に小娘《こむすめ》。笑える話だ」

地を這《は》う憤怒《ふんぬ》の視線の先には階段が続き、その上には黄金に宝玉が象嵌《ぞうがん》された悪趣味《あくしゅみ》な玉座があった。

その玉座の上に、独裁者ドーチェッタの軍服に包まれた肥満体が鎮座《ちんざ》していた。

「まったく、次から次へと反乱者が出てくる。今度は外国人まで参加してくる。顔を上げさせろ」

長いレメディウスの髪《かみ》が兵士に掴《つか》まれ、強制的に顔を上げさせられる。

浅黒い球体の顔の中の眠《ねむ》そうな目と、レメディウスの翠《みどり》の双眸が衝突《しょうとつ》する。

独裁者の眠たげな目に感情の閃光《せんこう》が疾《はし》り、大きく見開かれる。

「金の髪に緑の目の異国人、貴様、まさかレメディウス・ラズエルか!?」

「それがどうした!」

レメディウスの激烈《げきれつ》な応答にもドーチェッタは答えず、自分の考えに沈《しず》みこんでいるようだった。

「そうか、そういうことか。親切な顔をして、面倒《めんどう》なことを私に押しつけようということか」

ドーチェッタのつぶやきに割りこむようにナリシアが叫《さけ》ぶ。

「この人殺し!」

ナリシアが細い体を震《ふる》わせ、ドーチェッタを睨《にら》む。独裁者は退屈《たいくつ》そうに少女へと視線を移す。

「おまえらはもしかして、私のことを民衆を圧政で支配するだけの、強欲で愚《おろ》かな独裁者だとでも思っているのかね」

ナリシアの瞳《ひとみ》は激しい怒《いか》りを宿して、独裁者を睨みつけていた。ドーチェッタが王侯のような態度で少女を見下ろし、続けた。

「私には私なりの確固とした政策があってやっているのだ」

ドーチェッタが夢見るように語りはじめる。

「この砂漠《さばく》の国は疲弊《ひへい》しきっている。私が元首となる前、ウルムンの人民の頭は非効率的な習慣と宗教で中世で止まっていた。

女性の学業と就業を認めず、くだらない教義の違《ちが》いや古臭《ふるくさ》い部族の誇《ほこ》りで簡単に殺しあう。技術者も教師も医師も咒式士《じゅしきし》も認めず法律もなく、すべては宗教裁判で決められている社会だった。

産業はなく、資源を掘《ほ》り出して売るしかないが、その資源は外国資本に搾取《さくしゅ》される。工場の廃液《はいえき》を垂れ流し、悪いことはすべて外国の所為《せい》で、神に天罰《てんばつ》を祈《いの》ることしかしない。こんな人民と国家以前の集団に未来があると思うかね？」

ドーチェッタが、かつては優《すぐ》れた数法咒式《じゅしき》技師であったことを、レメディウスは思い出していた。

「何言ってるのよ！　あなたがあたしの両親と兄と弟と妹を殺したのよ！　それに何の理由が

あるのよ！」

独裁者は沈鬱《ちんうつ》な表情を浮《う》かべる。それはレメディウスが、ナリシアが見たこともない独裁者の顔だった。

「このウルムンを再生させるには無駄《むだ》を排除《はいじょ》するしかない。生産性の低い人間は消滅《しょうめつ》させて、ウルムン全体を存続させるしかないのだ」

「そんな身勝手な、おまえの基準で殺される人間が納得《なっとく》するとでも思うのか！」

レメディウスが叫んでいた。

「人の命は平等ではない。それはおまえが証明している」

ドーチェッタの眼差《まなざ》しが厳しくなり、芋虫《いもむし》のような五指が玉座の肘掛《ひじか》けを強く握《にぎ》りしめる。

「そこの小娘とおまえの命は同等か？　おまえのことは知っているぞ、レメディウス。かつての大陸一のチェルス将棋《しょうぎ》の指し手にして、その歳《とし》で十三階梯《かいてい》の到達《とうたつ》者級を遥かに超える数法咒式師《じゅしきし》。天才咒式《じゅしき》技術者と呼ばれ、咒式技術の権威《けんい》として世界の明日を双肩《そうけん》に背負う。そのレメディウスと何の力も知性もない、その小娘が同等だと？　曙光の戦線にとって、いや、世界にとってそうではあるまい」

独裁者の言葉の残酷さにナリシアの顔が蒼白になり震える。

「私の基準が気に入らない、それは結構。では人口問題はどうやって解決する？　増える人口に対して資源と食料と就職先が不足している現状は？　悪化する治安は、致命的《ちめいてき》な環境汚染《かんきょうおせん》はどうする？　人口抑制《よくせい》政策を守らず、国家を疲弊させるだけの存在をどうしたらいい？」

ドーチェッタの言葉は、レメディウスを容赦《ようしゃ》なく責める。

「おまえの圧政など誰《だれ》も認めない！」

レメディウスの叫びをドーチェッタが嗤《わら》う。

「では民主主義でも持ってくるか？　ほとんどが文字も読めず、数も数えられない国民が選ぶ、ただの人気者が、沈没《ちんぼつ》寸前のウルムン共和国の元首になってどうする？」

ドーチェッタが玉座に深く身を沈める。そして宮殿《きゆうでん》の天井《てんじよう》を見上げて零《こぼ》す。

「強力な体制でなければ、ウルムンなど今ごろツェベルン龍皇国の傀儡《かいらい》政権か、ラペトデス七都市同盟の企業《きぎよう》植民地、バッハルバ大光国の領土にでもなっていただろう。そしてその脅威はいまだに消えたわけでもない」

独裁者の昏《くら》い目が動き、反乱者に注がれる。

「おまえは害悪だ。その理想は気高いが、ただの革命遊びだ。そしてその死が望まれている。おまえはこの世で最悪の苦しみを味わって死ぬのが似合いだ」

独裁者が嗤う。それは泣き笑いにも似た複雑な表情だった。

新聞を見た俺は、口から抜《ぬ》け出た魂《たましい》の、その口から第二の魂が飛び出る気分になっていた。

事務所の経営好転を懸《か》けて、堅実《けんじつ》な希少金属採掘《さいくつ》会社の株を買っていたのだが、軒並《のきな》み下がっている。安全策に皇国と同盟系に分けてまで買ったのに。

事務所の経営を本気で考えなおす時期だな。

経費削減《さくげん》の一環《いっかん》として、ギギナ暗殺計画を行う時期が来たようだ。

第三五六號《ごう》の土下座からの核爆発咒式《かくばくはつじゅしき》か、第二三五號の椅子《いす》を餌《えさ》に籠《かご》で捕《つか》まえて暗殺という方法を行っても、裁判が陪審員《ばいしん》制度ならば、無罪を勝ち取れる絶対の自信がある。

だが、どちらの方法でもギギナを確実に殺せるとはいえないのが、非常に残念だ。

「ガユス、居るー？」

先行投資としての暗殺を真剣に考えていた時、裏口から女神の声が聞こえた。迎《むか》えに席を立つと、合鍵《あいかぎ》で入ってきたジヴーニャと階段前の裏口で出会う。

「早いな。約束は午後からだろ？　それに祝日に出勤か？」

会社の制服のままのジヴの頬《ほお》に軽い口づけをしながら俺が尋《たず》ねる。俺の体から離《はな》れながらジヴが書類の束を突《つ》きつける。

「明日から上司と一緒《いっしょ》にラズエル社に出向するから、準備のためにちょっとだけ出社なのよ」

「ああ、あの島ね」

「行ったことあるの？」

俺は答えずに、カルプルニアと会見した孤島《ことう》を思い出していた。

あの婆《ばあ》さんが死ぬ前に、何とかレメディウスの死体でも探してやりたかったが、もう会うこともないだろう。

探求心が行きすぎて、たんに引き時を見失っているのかもしれない。

俺は「辛気臭《しんきくさ》い、棺桶《かんおけ》みたいな所だよ」とだけ言っておく。

「そうなの？　企業の秘密情報でも盗《ぬす》もうかなって楽しみにしていたのに」

ジヴが残念がったが、何にしろ朝から美人の顔を見られて嬉《うれ》しくないわけがない。

「じゃ、午後からセピティア公園でね」と言いつつ帰ろうとしたジヴは、私室に座るギギナの姿に気づいた。

「ギギナさんね、どうもお久しぶり。いつも私のガユスがお世話になっています」

慇懃《いんぎん》無礼なジヴと悠然と座るギギナの視線が出合う。ジヴの瞳は、深い翠《みどり》の奥に静かな憤怒《ふんぬ》を宿していた。

「弱者なりに私の役には立っている」

休むことなく屠竜刀《とりゅうとう》の整備を続けるギギナの傍若無人《ぼうじゃくぶじん》な物言いが、ジヴの怒りを沸点《ふってん》まで急上昇《じょうしょう》させた。

「ギギナさん、ちょっと言わせてもらってよろしいかしら⁉」

「やめとけってジヴ」

「いいから黙《だま》っていなさいガユス。あなたが優《やさ》しいからこいつが調子に乗っているのよ！」

ジヴの一喝《いっかつ》に俺は黙ってしまう。

「ギギナさん、あなたの態度は無礼よ、いいえ生き方そのものが間違《まち》がっているわ。あなたがドラッケン族式の無理をやらせるから、ガユスはいつも怪我《けが》しているのよ！　そもそもあなたがろくでもない攻性咒式士《こうせいじゅしきし》の道にガユスを引きこんだと言うじゃない。そこのところをどう思っているの⁉」

流れ出るジヴの叱責《しっせき》と非難。ギギナは椅子《いす》に座ったまま口を開く。

「別に」

「別にって何よ！　それじゃ反抗期《はんこうき》のバカな子供の返事でしょ！」

ギギナが言葉を失う。異貌《いぼう》のものどもや竜《りゅう》を狩《か》る最強の咒式剣士《じゅしきけんし》たるギギナが、ジヴの剣幕《けんまく》に圧倒《あっとう》されている。細い体のどこにそんな胆力《たんりょく》が隠《かく》されていたのか今まで知らなかった。

普段《ふだん》、俺がギギナに言えないことを、ジヴが言ってくれるのは気持ちいいので応援《おうえん》する。行けジヴ、正義のために！

「ガユス、あなたもシャッキリしなさい。ドラッケンの頭が足りない分はガユスがしっかりしないといけないのよ？　それを私に言わせるのもどうかと思うけど！」

ジヴの鋭利な言葉はギギナに切りつけながら、返す刀で俺を切りすてる。

「この機会だから言っておくわ。私が言わないと誰も言わないしね。いいからそこに座れ、絶頂バカ二人！」

俺とギギナは視線を合わせる。逆らうなという合図を送ると、ギギナが嫌《いや》そうな顔をする。

しかしジヴの瞳《ひとみ》の圧力が、俺とドラッケン族を立たせる。

「床《ゆか》に正座」

床に東方式の正座をさせられた。そして俺たちの前でジヴが腕《うで》を組んで叱責を行う。

「いいこと、バカはバカなりの生き方しかできないけど、もう少し考えて生きなさい。

まずは経理をしっかりすること。帳簿《ちょうぼ》をみたけど無駄遣《むだづか》いと、収入予定の立て方の甘さが目立つわ。まるで子供の小遣《こづか》い帳状態よ。次に二人ともいい歳《とし》の大人なんだから、仕事の間くらいは仲の良い演技くらいしなさい。職場の雰囲気《ふんいき》を良くする努力もね！」

不満の声が俺とギギナの口から同時に漏《も》れる。

ジヴは立ったままである。角度的に短い下裾《すそ》から下着が見えそうだから、このままでもいいかなと思ったが、言ったらさらに怒《おこ》りそうなのでやめた。

「あなたたちには、心と心が通じるとかないの？」

「なあジヴ、ギギナの成分表示に魂とか心とかが書いてあると本気で思ってる？」

俺の反論にジヴが返答を詰《つ》まらせる。

「ほ、本人に探させましょう」

ギギナが不満そうな顔をした。

「貴様ら、協力して私を馬鹿《ばか》にしたいだけなのでは？」

「はい、とにかく仲直り！」

ギギナの抗議《こうぎ》を無視してジヴが続ける。

俺は視線でギギナと妥協《だきょう》の意思を確認すると、お互《たが》いに左手の人指し指を出して、ちょこんと突《つ》きあわせる。

「ちゃんと！」

苦渋《くじゅう》の顔のギギナを見ることはなかなかない。俺も似たような顔だろうが。

「これがドラッケン式の握手《あくしゅ》だ」

「そうそう、ギギナってたまにいいこと言う」

「そんな時だけ仲良くするなっ！」

ジヴの眼に殺意に近いものが浮《う》かんできているのを発見。俺はギギナに真剣《しんけん》に命の危機を訴《うった》えると、相棒が重々しくうなずく。

「しばし待て。今、私の中の自分という存在を徹底《てってい》的に殺しているところだ」

「俺はガユスじゃなーい、人間じゃなーい。残忍《ざんにん》で冷酷《れいこく》非情、女子供も笑って殺せる握手機械だ。よーし、自己催眠《さいみん》が効いてきた」

「早くっ！」

激しいジヴの催促《さいそく》で、しかたなく二人で握手をする。うえ、気持ち悪い。

ジヴはまだ不満げな表情だったが、事務所の時計を見て「もうこんな時間」と声を上げる。

急いで奥の裏口へと向かうが、扉《とびら》の前で振《ふ》り返りジヴは意外な提案をする。

「午後からの外出に私とガユス、そしてギギナさんも来るように」

「その組みあわせは化学反応で有毒ガスと放射線が出ると思うけど……」

「もう少し私生活でも仲良くするきっかけ作りよ。文句ある？」

大いにあると言う前に、ジヴは嵐《あらし》のように去っていった。前に伸《の》ばした俺の手が所在なげに空を彷徨《さまよ》う。

「貴様も苦労しているな」

背後のギギナがつぶやいた。俺は自分の椅子に戻《もど》りながらも返答できなかった。

約束の時間の前に、俺とギギナはロルカ屋を訪《たず》ねた。

店先を覗《のぞ》くと、魔杖剣《まじょうけん》や咒弾《じゅだん》や封咒弾筒《ふうじゅだんとう》が鈍色《にびいろ》の肌《はだ》を晒《さら》し、その横の陳列棚《ちんれつだな》には色とりどりの煌《きら》めきを宿した宝珠《ほうじゅ》が鎮座《ちんざ》していた。

棚《たな》と棚の間には禍々《まがまが》しい形状をした積層鎧《せきそうよろい》や楯《たて》や兜《かぶと》が並ぶという、相変わらず咒式具《じゅしき》に席巻された店内へ足を踏《ふ》み入れる。

ギギナが物欲しそうに手を延ばそうとしたので、魔杖剣の鞘《さや》で押さえる。

「見るだけならいいだろうが」

「○が五個以上ついているような咒式具は、俺やおまえの幻覚《げんかく》だ。○が六個以上は異世界の品だ。見るだけで毒で死ぬぞ」

俺の言葉にギギナが手を引く。さらにドラッケンが何か言いたそうにしたが、俺の目は真剣《しんけん》そのものだったろう。

ジヴに言われて気づいた。俺が何とかしないと事務所は沈没《ちんぼつ》して、地殻を貫通し、人類が見たこともない借金地獄へ行くことになる。

だが、俺の目がギギナの傍《かたわ》らに飾《かざ》られていた咒式具に引きよせられる。

硝子匣《ガラスばこ》の中に鎮座するものに、俺は絶句する。

ラズエル社製の制御機関、レメトゲンⅣ型！

俺の手が震《ふる》えた。事務所の収支を無視しても欲しいのだ。そのままロルカの元へと運びたくなるが、ギギナの手前、それもできない。

「ダメったらダメっ！」

激しい言葉に俺の右手が匣を取り落としそうになり、大慌《おおあわ》てで左手で受け取る。

心臓の鼓動《こどう》が跳《は》ね上がり、吐《は》きそうになる。叱責の声は棚の裏から聞こえてきた。

「そうだ。実戦に必要ないし、経費でそれは落ちない」「無駄《むだ》なお買い物はダメですわ」

変わるがわるに女の声が響《ひび》くが、全部同じ声である。

どこかで聞いた声の感じがして、棚に沿って移動して裏へと顔を出すと、どこかで見たような二人の咒式士《じゆしきし》がいた。

「ガユスさんにギギナさんではございませんか。この奇遇《きぐう》な出会いに、呪《のろ》われろ、この豚野郎《ぶたやろう》っ！」

「ジャベイラ、おまえ一つの台詞《せりふ》の前半と後半で人格設定が違《ちが》ってきてるぞ」

嫌そうな顔をしているアルリアン人の青年イーギーと、その指摘《してき》に平然としている痩身《そうしん》の女性のジャベイラ。

「細かいわねイーギーは。どっちにしても儂《わし》の経験から言って、その咒式具《じゆしき》の購入《こうにゆう》は却下《きやつか》じゃわい」

ジャベイラが存在しない髭《ひげ》を撫《な》で、イーギーが手の中に抱《かか》える箱を掲《かか》げる。

「もう人格の原型が分からないが、俺のやる気が上がるってだけで事務所の戦闘力《せんとう》が上がるだろがって、逃《に》げるなそこの銀髪と赤毛、混ざってクズ色！」

俺はそのまま顔を棚裏に引っこめようとしていたのだが、イーギーに突《つ》っこまれてしまい、しかたなくラルゴンキンの咒式士の方へ移動する。

エリダナに咒式《じゅしき》具屋は多いといえど、高位攻性咒式士《こうせいじゅしきし》相手の専門店は少ないため、こんな風に顔を合わせてしまう可能性もあるわけだ。

特にラルゴンキン事務所と俺たちは、現在、同じ禍《まが》つ式相手の仕事をしているため、咒弾《じゅだん》や咒式《じゅしき》具の補給と修理の時期が重なるのも可能性の範囲内だろう。

「おまえらこそなぜここにいる？　同盟側ならコンクロン商会があるだろうが」

「なぜって、俺たちもここの常連だ。ロルカ屋の方が禁止咒式《じゅしき》具の品揃《しなぞろ》えがいい」

イーギーが思い出したように手の中の箱を掲げる。

「それはそうとジャベイラ、この鍔飾《つばかざ》りを経費で落としてくれよ」

「その鍔飾り、家具職人のトールダムが造った〈朽葉《くちは》飾り〉の一つ！」

ギギナの銀の目が輝《かがや》き、イーギーへと問《つ》合いを詰める。

「粗暴《そぼう》なドラッケンの癖《くせ》に詳《くわ》しいな。そう、こいつはトールダムの家具職人の美的感覚が鍔飾りに発揮された逸品《いっぴん》だが、どの時期のものか分かるか？」

「軟弱《なんじゃく》なアルリアンに説明してやるのも勿体《もったい》ないが、この品は混沌《こんとん》派の画家イェム・アダーと天才トールダムが共同制作していた時、つまり中期のもの。しかも原画がトールダムで、制作がイェム・アダーと作業を逆転させた珍《めずら》しい作品の一つだ」

お互《たが》いの目利《めき》きに何か通じるものがあったようで、ギギナが屠竜刀《とりゅうとう》ネレトーを抜《ぬ》いて、「見ろこの宝珠、本物のフレグン作だ」と言えば、「俺の魔杖剣〈左利きのレグルスス〉の刀身はドレクル派の最後の一本だ」とイーギーが自慢《じまん》しだす。

蒐集《しゅうしゅう》家二人の咒式具談義《じゅしき》の姿を見ていると、俺はバカらしくなってまだ持っていたレメトゲンⅣ型を棚に戻す。

基本的に女の会話は共感だが、男の会話は勝負である。常に相手より自分が上だと証明しようとしたがるのだ。

昔の悪事や傷など、どうでもいいことまで競う男という生物は、いつまで経っても愚《おろ》かな子供のままだ。

蒐集家というものはその最たるものかもしれない。

「お互い苦労しますニョロ」

ジャベイラが話しかけてくるが、こいつもよく分からん。

「前から誰《だれ》かに聞こうと思っていたんだが……」

俺は思わず言ってしまったが、続きを失った。ジャベイラが怪訝《けげん》そうな目を向けてくる。

「何？　私の話し方がこうなった原因を聞きたいの？　しかたないわね。第一部、胸キュン魔《ま》王《おう》編。それは嵐《あらし》の夜の惨劇《さんげき》だったわ。株価不正操作をつかさどる精霊《せいれい》と、二等辺三角形の姿をした子豚《こぶた》が私を弄《もてあそ》び……」

「ごめんなさい。その先を聞くと、人生は生きるに値するって信じられなくなりそうなので遠《えん》慮《りょ》しときます」

「じゃあ第二部、鬼嫁《おによめ》と鬼姑《おにしゅうと》、魔界《まかい》決戦編」

「本当に、本当に勘弁《かんべん》してください。俺はまだ明日が来るって信じたいから」

残念そうなジャベイラが俺へと問い掛けを向けてくる。

「じゃ、何が聞きたいの？」

「いや、何かおまえらは楽しそうだなと思ってな」

「あなたは楽しくないの？」

俺は答えられなかった。

「そうね、うちは春秋には運動会もやってるし、社員旅行もあって結構楽しいわよ」

ジャベイラは長い髪《かみ》を指先で弄びながら、答えを探していた。

「ねえイーギー、社員旅行とか楽しいわよね？」

「そうか？　どちらかと言うと、今度の運動会でジャベイラと、二人三脚借り物棒高跳《ににんさんきゃくかりものぼうたかと》びで頑《がん》張《ば》りたい」

「ごめんなさい。イーギーの考えたその競技、今年はしたくないわ」

ギギナと咒式具談義《じゅしきぐ》をしていたイーギーが振《ふ》り返り、青ざめたジャベイラを睨《にら》む。

「いや、だって、去年はその競技で私と他に三人が入院したのよ？」

「じゃ、二人三脚借り物棒高跳び騎馬《きば》玉転がし競争になるな。今日にでも委員のヤークトーに申請《しんせい》しとくか」

楽しそうなイーギーと反比例してジャベイラの横顔が土気色になってきている。俺の視線に気づいて無理やりに微笑《ほほえ》む。

「ね？」

「いや、何か急に楽しそうな気がしなくなった」

「いいからうちに入りやがピョン。イーギーと組んであげてケロ。（私の代わりに）」

「私の代わりにって声に出てるし、人格の原形が分からなくなってるぞ」

「あなたやギギナさんがラルゴンキン事務所に入ってくれたら嬉《うれ》しいわ。ねえイーギー？」

俺を説得するより掩護《えんご》を求める方に切《き》り換《か》えやがった。

「俺はおまえらが入ることに反対」

イーギーが床《ゆか》に咒式具《じゅしきぐ》を広げながら返答した。

「おまえらは誰とも合わない。俺やジャベイラはラルゴンキン親父が好きで集まっている。おまえらはその関係を確実に壊《こわ》す」

「そうなのか？」

ジャベイラの顔に少し考えるような表情が掠《かす》める。

「そうね、私はラルゴンキン事務所以外に道がなかったわね。あいつにしてもね。そうでしょイーギー？」

「ああ？　まあそうだ」

ギギナと咒式具《じゅしきぐ》談義をしながらイーギーが返してくる。

「俺はイージェスの出で親も親戚《しんせき》もいねえ。ラルゴンキンの親父に教わって咒式士《じゅしきし》になれた。他の道なんて知らない。たとえるなら断崖絶壁《だんがいぜっぺき》一本道」

さらっと言うが、神聖イージェス教国は人間以外の種族を激烈《げきれつ》に迫害《はくがい》している。人間以上の歴史を持つアルリアンは、イージェス教以前の知的存在として教義を揺《ゆ》るがすため、特に強制収容所までが造られた。

イーギーは親族のすべてを無くした過酷《かこく》な人生をラルゴンキンに救われ、子供が父親へ向けるような慕情《ぼじょう》を捧《ささ》げているのだろう。

だからこそ俺やギギナを敵視する。

「変なことを聞いてすまない」

「気にすることはないよ。うちの事務所は皆《みな》イーギーみたいなヤツが多い。私にしても、夫と離婚《りこん》し光学咒式《じゅしき》技師をクビになって困っていたのを拾われた口だし」

ジャベイラも笑って付け加えた。

俺はギギナの方へと視線を向ける。

「ギギナ、おまえはどうしたい？」

「私はそういうベタベタした事務所は好かない。気楽な個人事務所の方がいい」

「だから俺らとは合わないんだよ。あ、ギギナこの咒弾《じゅだん》六つとその端子《たんし》を交換《こうかん》してくれ」

「この端子なら、そっちの弾倉《だんそう》がいい」

あのギギナと会話が成立するだけで、ちょっとイーギーが尊敬できる。

「まあ、無理には誘《さそ》わないわ。人それぞれだものね。ああ、イーギーその交換は損よ。呪弾《じゆだん》を三つほど付けてもらいなさい」

ジャベイラは棚《たな》に寄りかかって、ギギナとイーギーの交換談義に適当に参加しだした。

何だかこんな雰囲気《ふんいき》がとても懐《なつ》かしい。

鼻の奥が熱くなってきたので、上を向く。

呪式士《じゆしきし》であることを俺は嫌《きら》っていたが、そうでもないのかもしれない。

その時、前方から怒声《どせい》があがる。

「アルリアン人の俺に言わせれば、てめぇの集め方は審美的にすぎて美学がない」

「アルリアン人風情《ふぜい》に勇猛《ゆうもう》なドラッケン族の〝美もまた獰猛《どうもう》なる力〟という深淵な言葉の真意は分かるまい」

「ドラッケン族に言葉なんて上等なものがあったのかよ!」

「アルリアン人というやつは、どいつもこいつも朝から昼から私の癇《かん》に触る」

ギギナの瞳孔《どうこう》が殺意に細まり腰《こし》の屠竜刀の柄《つか》を抜き背の刀身へとつなげ、イーギーが左右の腰に差した魔杖剣《まじようけん》の鯉口《こいぐち》を切る。

「さっきまでアホ同士で、仲良くしてただろうが」

俺は重い嘆息《たんそく》を吐いた。蒐集家や趣味《しゆみ》人が集まれば、最後はこんなものだ。

たかが娯楽《ごらく》なんだから、それぞれの好みを放っておけばいいのに。

イーギーは自然と調和を重んじ、人類より古い歴史を持つアルリアン人のはずだが、どうに

も ギギナなみに粗暴で激情的だ。

だが、よく考えるとアルリアンの血を引くジヴもこの傾向《けいこう》があるような。つくづく民族的な平均とは無意味だと思う。

墓地での再現が始まりそうで、俺はこの場を収める言葉を考える。

諸々の条件を考慮し計算した結論。何かの間違いでギギナが死んだらいいな、いいな、いいのにな♪

「俺の店先で暴れる気かね」

胴間声《どうまごえ》とともに、見慣れた樽《たる》体型のロルカ爺《じじい》が奥から出てきた。

「出入り禁止になりたいのなら、いくらでもやれよ。ただ、俺の損害請求《せいきゅう》は一桁《ひとけた》ほど上乗せするがね」

さすがに出入り禁止とロルカの強欲には勝てず、双方《そうほう》が刃を退く。

「俺とジャベイラはてめえらに関わっているヒマはない。行くぞ」

「こっちこそ俺たちはおまえらに関わっているヒマはない。これからセビティァで楽しい一時が待っているんだからな」

イーギーとジャベイラが去っていき、俺とギギナが向き直る。

「おまえら咒式士《じゅしきし》はもう少し仲良くできないのかね」

「無理言うなよ」

俺が皮肉げに笑うと、ロルカが苦笑した。

「それにしても、天罰《てんばつ》か、それともロルカすぎて死んだかと思っていたよ」

「まだ死んでおらん。おまえとギギナの咒式《じゅしき》具代金を払《はら》わせきるまではな。いや死んでも追いかけるから、俺を殺しても無駄だぞ」

「会ってそうそう金のことを思い出させるなよ」

俺は手近にあった木箱に腰を下ろす。それでようやく小柄《こがら》なノルグム人のロルカと目線が合う。

「これが用だろ？」

ロルカが片手に下げていた包みを投げてくるのを受け取って包みを開けると、俺の魔杖短剣、全長四九八ミリメルトルの破壊者、〈贖罪者マグナス〉の凶悪な姿が現れる。

「まあ、修理はできてるようだな」

「当たり前だ。金が払われる限り、ロルカ屋はおまえの味方だ」

「それ以外の時は？」

「道で会っても話しかけんでくれ。孫に見られたら恥ずかしい」

咒式具屋の鏡だ。

「頼《たの》んでおいた改良の方は？」

柄の回転弾倉《だんそう》を回し、そして戻《もど》す。一振《ひとふ》りしてみて刃身の確認《かくにん》、さらに刃身の峰《みね》に手を滑《すべ》らせ、鍔元《つばもと》へと戻す。

「鍔《つば》の機関部を、総ラズエル製に交換してあるのか」

「制御《せいぎょ》系ならラズエル社が一番だからな。そのレメトゲンⅣ型機関の負荷は計算上、一六・五六％ほど下がっている」

呪式《じゅしき》の階位が上がるのに比例して、刀身や宝珠《ほうじゅ》にも負荷がかかる。

俺の〈断罪者ヨルガ〉と〈贖罪者マグナス〉は最大業物級《さいおおわざものきゅう》の魔杖剣《まじょうけん》だが、これは第六階位までの呪式《じゅしき》発動しか想定していない。

春先に第七階位のしかも禁忌《きんき》の呪式《じゅしき》を使った超過負荷のため、刀身が融解《ゆうかい》したマグナスはロルカ屋に長期修理に出していたのだ。

「一六・五六％も負荷が減れば、第七階位の呪式《じゅしき》でいちいち死にかけることもないな」

レメディウス呪式《じゅしき》博士が亡き今、これだけの制御起動機関を設計できる人物もいまい。

「気にいらないのか？」

鑑賞《かんしょう》に浸《ひた》る俺を、ロルカが怪訝《けげん》そうに見ていたのに気づいた。

「いや十分以上だ。それにしても、この特殊《とくしゅ》な形式のマグナスとよくつなげられるものだな」

「それが俺の呪式《じゅしき》具屋としての腕《うで》の見せ所だ。ヨルガの方がもっと簡単に入れ換えられるが？」

「いや、それはそうしたいが……」

俺はまだ左手に握《にぎ》っていたレメトゲンⅣ型に目を下ろし、暗い表情を浮《う》かべることにした。

「残念だが、なぜだか俺にはこれを払える金がない」

俺が顔を向けると、ギギナが音速で顔を逸《そ》らした。年々芸が細かくなっていやがる。

俺は自分でも信じていない思考を言葉にしてみる。

「もしかして、ロルカの奢《おご》り？」

「神が直々に俺にそれを命令しても、俺は神を殴り殺してでも拒否するな」

ロルカの目が真剣《しんけん》な光を帯び、俺の手から魔杖剣ヨルガを奪い、取りつけ作業に入る。

「今回の禍《まが》つ式事件におまえとギギナが噛《か》んでいると聞いてな、まあ一時貸与《たいよ》だ」

神妙《しんみょう》な風を装《よそお》っているが、ラルゴンキンと組んでいるなら俺とギギナの収入はかなりのものだと踏《ふ》んだのだろう。

この分だと入ってきた収入のすべてが、光速でロルカ屋に流れる運命が決定しているようだ。

あっという間に装着が終了しロルカが魔杖剣を投げてくる。右手で受け取った俺はヨルガを左腰《こし》に、マグナスを腰の後ろへと差す。

「では私も……」

腕《うで》の中の咒式具《じゅしき》の山を購入《こうにゅう》しようとしていたギギナを視線で殺す。

「おまえはダメ。春先のフレグンの宝珠の月賦《げっぷ》が終わるまでおあずけ」

ギギナが哀《かな》しげな顔になる。女ならば、この美剣士《けんし》の憂《うれ》いを晴らすためなら何でもするだろうが、俺にとっては気分がよい。

「あと七階位の禁忌系対応の咒弾《じゅだん》が二つある。これでしばらくは入ってこないからな、大切に使えよ」

俺はロルカが乱暴に投げた咒弾《じゅだん》を受け取り、その鈍色《にびいろ》の輝《かがや》きを確かめる。

「春先の時も思ったが、どうやって禁忌系対応の咒弾《じゅだん》が入ってきているんだ？」

「今までは腐《くさ》れ武器商人のパルムウェイが流していたんだがな。そいつが今朝、エリダナ港沖《おき》で死体で発見された。首筋に毒を打ちこむという、どっかの国の裏切り者への処刑《しょけい》方法でな」

俺は肩《かた》をすくめた。

「ロルカのおっさんも、そうならないように気をつけろよ」

「何、俺を殺すと発動する爆裂咒式《ばくれつじゅしき》で、そいつも地獄《じごく》の道連れになるようにしてある」

俺とギギナが小柄《こがら》なロルカから一歩離《はな》れる。

「冗談《じょうだん》だよ」

ロルカが笑うが、こいつならやりかねない。

俺はそこで一番の問題に踏《ふ》み入る。

「それでロルカ、本題の鑑定《かんてい》の方は済んだのか？」

「ああ、あれか、あれは大変なものだぞ、ガユス」

ロルカが真剣な顔に戻った。そして急ぎ足で奥に引っこみ、頑丈《がんじょう》そうな匣《はこ》を下げて戻ってくる。

大迎な匣を開け、その中身をチタン製の小鉗子《かんし》でつまんで、俺とギギナの傍《かたわ》らの商品棚《だな》の上に載《の》せる。

それは精緻《せいち》な螺鈿《らでん》彫りを施《ほどこ》された銀の環の上に、煌《かがや》く紅珠が鎮座《ちんざ》しているという、値段のつけようもなさそうな指輪だった。

「おまえがなるべく内緒《ないしょ》に鑑定してくれと言うから、情報屋のヴィネルを避《さ》けて、ゾーンタークの古馴染《ふるなじみ》まで頼《たよ》ったが、こいつはとんでもない代物《しろもの》だ。ガュス、おまえ一体、どこでこいつを手に入れた？」

ロルカの目が沈んでいる。この世の兇式具《じゅしき》のほとんどを見てきたロルカが、ここまで怯《おび》える指輪。俺は不安になってきた。

「別に盗《ぬす》んだわけじゃない。俺が世界一嫌《きら》いなヤツが置いていった腐《くさ》れ土産《みやげ》だ。そいつの所為《せい》で厄介《やっかい》なことになっているしな。それで、こいつの正体は何なんだ？」

「まったく分からん」

俺は言葉を失う。

「おまえな……」

「俺が聞きたいよ。ただ、いくつか分かったことがある。まずはここの螺鈿彫りだ」

ロルカが小鉗子の先で指輪をつまみ、俺の目の前に掲《かか》げる。

「螺鈿彫りってのは、鸚鵡《おうむ》貝や夜光貝、鮑《あわび》貝や蝶《ちょう》貝の真珠《しんじゅ》色の薄片《はくへん》を、物に嵌《は》めこんで彫《ほ》りあげるのだが、こいつに使われているのは別ものだ。

驚《おどろ》くなよ、炭素十四測定法で一万年以上前のものや、ごく最近のものなどいろんな年代のものがあり、そのすべてが五体の個体のものだ」

「動物や植物の体内には炭素十四という炭素の同位体が微量《びりょう》に取りこまれている。

生物が死ぬと炭素十四は摂取《せっしゅ》されなくなり、ベータ線を放射し、約五七三〇年で半減していくのを利用した、約六万年前から現代までの範囲《はんい》で最も信頼《しんらい》できる年代測定法である。

「その螺鈿彫りの材料の正体は竜の鱗《りゅううろこ》だ。いや、万年を越《こ》えているから龍と呼ぶべきだな」

ロルカが厳しい表情で言い、俺とギギナの呼吸が途絶《とぜつ》する。

千年を生きる竜は長命竜《アルター》となり、強大な咒力《じゅりょく》と巨軀《きょく》を誇《ほこ》る地上最強の生物となる。では万年を越えた竜は何になるか？〈龍〉になるのである。

〈龍〉は神と呼ぶに相応《ふさわ》しい絶対的な力を持つとされ、この星の誕生以来世界を見つめつづけていたが、現代ではすでに五頭しか存在していないとされる。

かつては世界を相手に戦い、ついには初代龍皇ツエベルによって皇宮ギネクンコンの奥に神剣イシカで封印《ふういん》されているという、黄金龍ガ・フーイ。

人類と竜の闘争を回避する竜族主流たる賢龍派《ヴァイゼン》を束ね、太古からの叡智を司るという、白銀龍ギ・ナランハ。

天空と気候を支配し、広大な世界のすべてを見下ろしているという、天龍グ・ルケシュ。

後の二頭は、火山の底の炎龍、南極に眠《ねむ》る氷龍、冥府《めいふ》に蠢《うごめ》く黒龍、砂漠《さばく》の山の中の砂龍と地方によって違《ちが》う。

その五頭の龍の鱗が、この指輪の単なる飾《かざ》りに使われているのだ。

「では、本体の紅珠は、一体何なのだ？」

ロルカの丸顔に、さらに陰鬱《いんうつ》なものが浮《う》かぶ。

「電子顕微鏡《けんびきょう》、高性能赤外線走査、強化型X線走査、核磁気《かくじき》共鳴走査、陽電子走査、中性子放

射線照射分析《ぶんせき》、ガスクロマトフィー分析、質量分析、呪式《じゅしき》波動測定、その他《ほか》すべての機器と呪《じゅ》式《しき》が、こいつには効《き》かない」

ロルカが匣の中から調査結果の報告書を次々と出す。

X線を光線状に細かくして照射し、通過量を計測し画像化するCT。

照射された高周波に反応した水素の共鳴が終わる時間から、構成物質を割り出す核磁気共鳴探査。

すべての分析結果が、指輪の紅の宝玉について完全に沈黙させられていた。かろうじて調査結果が示すことは、宝玉の内部に、脈動する何かがいるということだ。そしてそいつが恒常的に途方もない無効果呪式を発動しているのだ。

「ガユスにギギナ、言い方を変えれば、こいつは生きているんだ」

俺の背筋に悪寒が疾《はし》る。巨大な不可解さが物理的なまでに重くのしかかってくるような気がしてきた。

指輪を見つめるギギナとロルカの顔も血色を失っている。

「ロルカ、一体何なんだこれは？」

俺の奥歯が鳴り、あまりの恐怖《きょうふ》に視界が暗く翳《かげ》ってきた。

倒《たお》れそうになる俺をロルカが支える。そのロルカの顔もあまり血色が良くない。

「春先の事件といい、最近のおまえの持ちこむものは、とんでもなく厄介なものばかりだな」

そして真剣な顔で続ける。

「悪いことは言わない。そいつは一個人には危険すぎる。その指輪は誰《だれ》にも見つけられない所へ捨てろ」

俺は無理に笑顔《えがお》を作る。

「そうもいかない。こいつを物騒《ぶっそう》なヤッらが狙《ねら》っていてな。拾われる可能性がある」

「では、渡《わた》してきた相手に返せ。そいつなら何とかできるんだろう？」

ロルカの真剣《しんけん》な顔に、俺もギギナも返事ができなかった。

その指輪を俺にもたらした相手には、もう二度と会いたくなかったのだ。

オリエラル大河に面した板張りの護岸の上を、俺とジヴーニャが並んで歩いていた。

その後ろにギギナがついてきているのが余計で余分だ。

エリダナ中心部より南に下がったセビティア記念公園の連休初日の昼下がり。

海鷗《かもめ》の遠い鳴き声と不格好な時計台を背景に、食べ物の屋台が並んでおり、家族連れや恋人《こいびと》たちがそぞろ歩きをしていた。

俺とジヴもそんな人々に混じって歩いており、日曜画家が描《えが》きそうな平和で平凡《へいぼん》な風景の一要素になっていた。

「ジヴ、何か怒ってない？」

「別に私は怒ってるわけじゃないわ」

言葉とは裏腹にとにかく今日のジヴは機嫌《きげん》が悪い。

そこで俺は足を止める。ジヴの言葉の続きを待っていたのだが、同じく足を止めたジヴは、川の方を眺《なが》めているだけだった。

俺が再び問おうとすると、ジヴが何かを振《ふ》りはらうように明るい声を上げる。

「あそこよガュス、今日行こうと思っていた氷菓子屋《アイスクリーム》」

ジヴの手に引かれて、俺は氷菓子の屋台の前に立つ。ジヴが何がいいかなと選んでいるのを見て、俺は一番甘くないやつとだけ注文する。

「ギギナさんは？」

振《ふ》り返るジヴを見もしないギギナがいた。

「不要」

さらに何か言おうとしたジヴの肩を摑《つか》み、俺は教えてやる。

「ギギナと人類が仲良くするのは無理だって。ここにギギナが来ただけでも軽い天変地異だよ」

「あなたたち、本当になぜ二人で組んでいるの？」

俺の口からは答えも出ず、食べおわった包み紙を屑籠《くずかご》に投げ捨てる。

ギギナとの会話が弾《はず》むこともなく時間が過ぎ、俺とジヴは川辺の板張りに面した大階段に座り、オリエラル大河を見下ろしていた。

ギギナは気《き》を利かせたのか少し離《はな》れて座っていた。

俺たちの眼前では、子供たちが嬌声《きょうせい》を上げながら走りまわり、家族らしき母親と若い娘《むすめ》たちが笑いさざめきながら歩いていた。

「平和ね」

「ああ」

ジヴが何かを言おうとした時、背後から巨大《きょだい》な影《かげ》と声が覆いかぶさってくる。

「ガユスか、奇遇《きぐう》だな」

溜め息を吐《つ》きつつ振り返ると、陽光を背景にした巨漢《きょかん》、ラルゴンキンが立っていた。

「ラルゴンキンか、俺たちをどこからかつけていやがった、いやイーギーとジャベイラから聞いたのか？」

「ラルゴンキン？　あの有名なラルゴンキン・バスカークさん？」

俺の疑念を掻《か》き消すように、ジヴの声が高くなり立ち上がる。

「こんなに大きなおじさんはあまりいないからね。美しいお嬢《じょう》さんにも私の名が知られていて光栄だよ」

「いえ、こちらこそお会いできて光栄です。私はジヴーニャ・ロレッツオ。こっちのロクデナシな咒式士《じゅしきし》とつきあっている者です」

ラルゴンキンの厚い手がジヴの細い手と握手《あくしゅ》を交《か》わし、恋人にロクデナシな咒式士と呼ばれた俺とギギナへと視線を下ろす。

「禍《まが》つ式事件では、あなたのガユスさんと女性皆《みな》さんのギギナさんをお借りしています」

「いえ、こんなので良かったら、いくらでも使ってやってください」

そう言いながらジヴが俺の方を凄《すご》い目で睨《にら》んできた。

俺が仕事のことを話さなかったのを責める目だ。

「黙《だま》っていても怒《おこ》るが、危険な仕事だと言ってもジヴは怒る。隠《かく》すしかないだろう」

「まあいいわガユス。今回は許すわ」

ラルゴンキンが怪訝そうな顔を切《き》り換《か》え、ふたたび俺へと顔を向ける。

「先程のおまえの言葉だが、残念ながらおまえたちはそんなに人気者ではないよ。イーギーとジャベイラがどうかしたのか？」

「いや、さっきロルカ屋で会っただけだ」

俺が口ごもるのをラルゴンキンは不思議そうに眺めていた。

そして俺の頭越《ご》しに何かに気づいたラルゴンキンが、手に持っていた氷菓子の山を前方に向かい掲《かか》げる。すると川辺の道を歩いていた母娘連れが手を振り、こちらへとやってきた。

「紹介《しょうかい》するよ、私の妻と娘たちだ」

ラルゴンキンの横に並んだのは、巨漢とは正反対の小柄《こがら》な女性と、高等学院から中等学院くらいの歳の三人の娘たちで、揃《そろ》って会釈《えしゃく》をしてきた。

ジヴも会釈を返し、俺も立ち上がってそれに倣《なら》う。ギギナは興味もなさそうに遠くを眺めていただけだった。

石段のギギナの横に腰《こし》を下ろすと、その間にラルゴンキンが巨大な腰を下ろしてきやがる。

するとジヴが席を立つ。

「例のお仕事のお話ね。私がいたら邪魔《じゃま》しちゃうわね」

「じゃあ、私たちと一緒《いっしょ》に」

そう言ったラルゴンキンの妻と娘たちがジヴの手を取り、護岸の方へと向かっていった。

女たちはすぐに打ち解けあったのか、氷菓子を嘗《な》めながら何かを喋《しゃべ》り、笑いあっていた。

その背後の大河の川面《かわも》に午後の陽光が降りそそぎ、黄金色の流れとなっていた。

どこか郷愁《きょうしゅう》を誘《さそ》い、胸を掻きむしるような光景だった。

俺が欲しくて、ついには手に入れられない風景。俺がその中に入ると失われてしまう世界だった。

「家族はいい。攻性呪式士《こうせいじゅしきし》の激務も報われる」

俺の胸の内を透視《とうし》したかのような言葉をラルゴンキンがつぶやく。

「私がおまえらくらいの歳《とし》には結婚《けっこん》し、子供もいたものだが。確かそこの恋人はジヴーニャさんといったかな？　いい娘さんだ。そろそろ彼女と家庭を持とうとは思わないのか？」

「俺の私生活は放っておけ。おまえには来世でも関係ない」

商売敵《がたき》だが、ラルゴンキンはいい男だ。呪式士《じゅしきし》としても十三階梯《かいてい》に達し、孤児のイーギーを呪式士へと教育し、ジャベイラにも新しい道を示した凄いヤツだ。

だからこそエリダナ最大の呪式士事務所の長《おさ》であり、街の名士として数えられるのだ。

だが、俺はラルゴンキンを嫌《きら》っている自分に気づいた。

「何ならうちの娘どものどれかを貰《もら》ってくれてもいいぞ。一番上は来年には高等学院を卒業するから、かなり若い嫁《よめ》になるが」

　俺が黙《だま》っていると、巨漢の咒式士《じゅしきし》はギギナに矛先《ほこさき》を向ける。

「ギギナはどうだ？」

「女を抱《だ》く度《たび》におまえの太い顔の造作を思い出すのは願い下げだ」

「それはそうだな」

　その笑い声がラルゴンキンの余裕《よゆう》に感じ、俺の癇《かん》にさわり、思わず漏《も》らしてしまう。

「おまえみたいに、巨大事務所を経営するような成功した咒式士と、その他大勢の俺たちは違《ちが》う。後ろ暗い、いつ死ぬか分からない仕事で地面に這《は》いつくばって生きているだけだ。幸福な人生など遠い異世界の話だ」

「若すぎるな」

　ラルゴンキンが重い息を吐《は》く。

「いいかげん、大人ぶった忠告ごっこはやめろ。偶然《ぐうぜん》を装《よそお》ってここに来たのも、何か用があるからだろ？」

　俺の言葉にラルゴンキンが間を置く。そしてようやく言葉を紡《つむ》ぐ。

「いいかげん、クエロのことは忘れろ」

「ラルゴンキンっ！」

　俺とギギナが叫《さけ》び、立ち上がっていた。俺たちの激情の目線を受けても、ラルゴンキンは静かな目を逸《そ》らしはしなかった。

何事かとラルゴンキンの妻と娘《むすめ》たちが不安そうな目を向けたが、父親は巨《おお》きな手を振《ふ》って何でもないと言うように返す。

大したことはないと、俺も視線でジヴに伝える。意を汲《く》んだジヴはすぐに母娘の注意を川を行く船に戻《もど》させる。

悠然《ゆうぜん》と俺を見つめるラルゴンキンに対し、吐き捨てる。

「ジオルグは死んだし、ストラトスは行方《ゆくえ》不明、そしてクエロは俺たちを捨てて去っていった。今は俺とギギナの二人が事務所を継《つ》いだ。それだけだ」

「悪かった、私の失言だ」

ラルゴンキンは謝罪し、視線を遠くに見えるエリダナへと向けた。そして言葉を続けた。

「だが、それでも言わせてくれ。何も話してくれないが、一年半前のジオルグ咒式《じゅしき》事務所に一体何が起こったのだ？」

俺とギギナは言葉を失ったかのように立ちつくしていた。その場所だけ陽光が翳《かげ》り、重苦しい沈黙《ちんもく》が下りていた。

俺は、それでも何とか言葉らしきものを絞《しぼ》り出した。

「中年臭《くさ》い詮索《せんさく》はそこまでにしろよ。クエロとの別れは音楽の方向性の違い、それだけだ」

だが、ラルゴンキンはさらに踏《ふ》みこんでくる。

「ガユス、まるでおまえはエリダナの街を憎《にく》んでいるみたいだな」

俺の胸中に冷たい感情が広がる。

「憎んでいるさ」

絶対零度近くでも流動するヘリウムのように、俺の凍《こご》えた激情が吹《ふ》きこぼれる。

「この街は俺からすべてを奪《うば》い、腐《くさ》らせた。クエロ、モルディーン、ヘロデル、そしてギギナ。何もかもが気に入らない」

言葉にして、俺は初めて自分の中の憎悪《ぞうお》に気づいた。

「最後の人名をガユスに変換すれば、私もまったくの同意見だ」

ギギナも俺と同じ過去、同じ憎悪を吐き捨てた。

「いつまでそうやって子供のように拗《す》ねているつもりだ?」

ラルゴンキンの言葉は俺の一番痛い場所へと突《つ》き刺《さ》さる。

その時、ラルゴンキンの咒信機《じゆしんき》が鳴る。体内通信で会話していた咒式士《じゆしきし》の長は、しばらくうなずいて立ち上がった。

「禍《まが》つ式が出た。この話はまた今度、そう明日にでも」

「俺たちはいかなくていいのか?」

皮肉げな俺の言葉に、巨漢《きよかん》は冷たい目を返した。

「今のおまえたちは役に立たないよ」

ラルゴンキンはそう言い捨てて去っていき、妻子に別れを告げて戦場へと駆《か》けだしていった。

俺とギギナは打ちのめされ、ただ立ちつくしているだけだった。

エリダナの街に夜と月光が降りそそいでいた。

台所で妙《みよう》な鼻唄《はなうた》で皿を洗うジヴの傍《かたわ》らの椅子《いす》に座って、俺はどうでもいい受像機の番組を見ていた。

するとどこからか、奇妙《きみよう》な声が聞こえたような気がした。

その出所を探していると、今度は明確に聞こえたような気がする。

『ここだよガユス』

振《ふ》り向くと、ジヴの揺《ゆ》れる尻《しり》から、その声は発せられていた気がした。

『そうだ、私だ。私はお尻魔王《しりまおう》、遥《はる》か太古の昔に人類に滅《ほろ》ぼされた私は、このジヴーニャという女の尻に転生したのだ』

「な、何いっ？」

『ふはははは、私の暗黒のお尻の力で、この世をすべてお尻にしてやるのだ！』

「そ、そうはさせないぞ。正義っぽい咒式士《じゆしきし》の俺が、許さないらしいとのもっぱらの噂《うわさ》だっ！」

「人のお尻で、奇《き》っ怪《かい》な腹話術をするなっ！」

向こうを向いたままのジヴの踵《かかと》が、俺の鼻筋に命中。あまりの痛さに椅子ごと仰《の》け反《ぞ》るが、それでも言っておく。

「お尻の数だけ、人は真の勇気を持てる。ジグムント・ヴァーレンハイトの名言より」

「そんな名言ありません！」

ジヴをさらに怒《おこ》らせることしか脳裏《のうり》に浮《う》かばない自分の思考が嫌《いや》になる。

「ごめん、何か不機嫌になってるみたいだ」

「いいわよ別に」

そこでジヴは苦笑し座っている俺の肩《かた》に腕《うで》を回しながら、自らの口唇《こうしん》を俺の唇に合わせる。

しばらく口づけを味わっていると、鼻孔《びこう》をくすぐる甘い香気《こうき》に気づいた。

「アルガモン社の〈欲望の九番〉か」

思わず俺はつぶやき、顔を離《はな》したジヴが驚《おどろ》いた声を出した。

「男のくせに香水に詳《くわ》しいのね。そう、この香水は〈欲望の九番〉よ。高いけど、控《ひか》えめでいい匂《にお》いでしょ？」

ジヴの顔に得意気な表情が浮かび、すぐに不信感へと変換されていく。

「香水に詳しい男って信用ならないわ。それって女たらしの知識よ」

「優しい男の条件だよ」

「そういうことにしておいてあげる」

ジヴは俺の髪を撫《な》でて柔らかに笑う。

「じゃ、お酒を入れてくるから先に寝室《しんしつ》で待っててね」

曖昧《あいまい》にうなずく俺を放りだし、ジヴは踊《おど》るような足取りで歩み去る。

俺は自分の胸にこだまするジヴへの嘘を後悔しながら寝室へと歩きだす。

ジヴの残《のこ》り香《が》、〈欲望の九番〉は、俺の最も信頼《しんらい》した咒式士《じゆしきし》にして最も愛した女、クエロ・

ラディーンが好んで付けた香水だったのだ。

歩きながらも、クエロがいた時代、ジオルグ・ダラハイド咒式《じゅしき》事務所の時代、あの黄金の時代を俺は思い出してしまった。

いざ戦闘《せんとう》となれば、ジオルグに指揮されたギギナが巨刃《きょじん》を振るい、クエロが雷《いかずち》を放つ。後衛の俺が化学咒式を展開させ、ストラトスが確率を捩《ね》じ曲げ掩護《えんご》をする。

大事務所のラルゴンキンやパンハイマといえど、ジオルグ咒式事務所にはほとんど勝てずに悔《くや》しがっていたものだ。

俺たちは笑いあい衝突《しょうとつ》しあい、それでも咒式士である以上に、人間としての至福の黄金時代を生きていた。

そして今、それは遠く失われた。

とうに忘却《ぼうきゃく》したはずの、失ったもののあまりの大きさに、その痛みに、俺の心が悲鳴を上げはじめている。

あの選択《せんたく》は正しかったのか。

ラルゴンキンによって思い出させられた俺と同じく、ギギナも今頃《いまごろ》、あの日々を、あの選択を思い出しているのだろうか。

そして、ギギナならば、この喪失感《そうしつ》にも耐《た》えていられるのだろうか。

問うことはできない。それだけはできなかった。

そうこうしていると、ジヴが寝室の扉《とびら》に姿を現した。邪魔《じゃま》な髪《かみ》を結《ゆ》い上げているため、アルリアン族の血統を示す少し尖《とが》った耳がよく見える。

寝室の入口で立ちつくしている俺の姿を見て、怪訝《けげん》そうな顔をしたジヴが寄ってきた。

「どうしたのガュス？」

葡萄酒《ぶどうしゅ》と二つの硝子杯《ガラスはい》を抱《かか》えたジヴに声をかけられ、俺は現実に引きもどされた。何とか平静を装《よそお》うことに成功してから声を出す。

「何でもない。今夜のジヴはどんな可愛《かわい》い声で鳴くのかなと想像していただけさ」

怒《おこ》ったジヴが、裸足《はだし》で俺の尻《しり》を蹴《け》る。俺を無視して寝台に腰《こし》を下ろしながら酒瓶《びん》を机に置いて、そのまま手酌《てじやく》で一杯目を呑《の》みはじめる。

「あのさ、別に言いたくないならいいけどさ」言ってる間にもジヴの杯《さかずき》が空く。

「本当に何でもないよ」

俺は机を挟《はさ》んでジヴの正面の椅子《いす》に座りながらそう言った。

「ガュスがや－らしい冗談《じようだん》を言うのはいつもだけど、前後がつながっていない時は、何か他《ほか》のことを考えている時なのよね」

俺の鼓動《こどう》が一瞬《いつしゆん》停止する。

男が女に隠《かく》しごとをするのは不可能だというが、ジヴの観察力と直観力にはときどき驚かされる。

「まあいいわ」

すでに二杯目を空けた酒杯を置くジヴ。

「お姉さんが慰《なぐさ》めてあげるから、ちょっとこっちにおいでなさい」

ジヴが寝台の上に脚《あし》を投げ出し、俺を手招きする。

「ジヴの方が一つ年下じゃなかったか？」

言いながらも俺はジヴの方へ腰を移動させた。

夜着の裾《すそ》から覗《のぞ》く脚の魅力《みりょく》に吸いよせられたというのが本当のところだ。

しかし、途中《とちゅう》でジヴの足裏が俺の額に載《の》せられ、それ以上の接近を許さない。

「ガユス、「愛しているよ、ジヴ」って言いなさい」

「愛しているよ、ジヴ」

俺の素直《すなお》な返答に、ジヴの緑の双眸《そうぼう》が暗く翳《かげ》った。

「本当に愛している」

そのままジヴを包む夜着を剝《は》ぎ、寝台に押し倒《たお》した。白磁のような色と滑《なめ》らかさの喉《のど》から豊かな乳房《ちぶさ》へと、鼻先と唇で貪《むさぼ》るような愛撫《あいぶ》を続け、目を逸《そ》らしたジヴを強く抱《だ》きよせる。

ジヴの焰《ほのお》の肌を貪《むさぼ》る俺の脳裏に蜂蜜色の肌の影が横切り、混ぜあわさっていき、白く弾《はじ》けた。

女の心音を遠くに聞きながら、俺の思考は眠りに落ちていった。

ゴーゼス地区の娼《しょう》館。その一室の窓辺に寄り掛《か》かるギギナの姿があった。

冷たい視線の先には寝台《しんだい》や長椅子《ながいす》に横たわる、白や褐色《かっしょく》の肉色の塊《かたまり》、まどろむ女たちの裸体《らたい》があった。

「ギギナ、何を考えているの？」

足元に侍《はべ》っていた娼婦《しょうふ》の一人が身を起こし声を掛けるも、答えはなかった。

窓からの夜風に揺《ゆ》れる白銀の髪《かみ》の流れと、大理石の彫像《ちょうぞう》の横顔に女は見とれていた。

思わず指先を伸ばして触《ふ》れようとし、女は手を止めた。

この男は女を抱《だ》いても、女から触れてくることを絶対に許さない。

まるで人のすべてを拒絶《きょぜつ》するように。

そして、女の目の前でドラッケンの目に感情の波紋《はもん》が掠《かす》めた。

「昔のことを思い出していた」

それが自分の問いへの答えなのか、独り言なのか女には分からなかった。

「この私にも楽しいと思える時代があり、仲間と呼べるものがいた時代があったということを、今日まで忘れていた」

女にはこの男が急に愛しくなった。軍神から人へと戻《もど》ったように思えたのだ。

秀麗《しゅうれい》な横顔に思わず伸ばした女の手が、それ以上に美しい手に摑まれ引き寄せられた。

「いや、忘れたがっていたのだろうな」

女はドラッケンの貌《かお》を正面から見てしまった。その背後の夜空に掲《かか》げられた月よりも美しく、さらに無慈悲《むじひ》な狩猟《しゅりょう》者の貌を。

「誰《だれ》ならあなたに触れてもいいの？」

女の夜着が裂《さ》かれるように剝《は》ぎ取られていく。

「許嫁《いいなずけ》？　昔の女？　それとも……」

大理石の手が、肉食獣《にくしょくじゅう》が肉を貪《むさぼ》るような動きで、女の肌《はだ》を這《は》い回る。

「どうしてあなたはこうなったの？」

ギギナの膝《ひざ》の上で女が叫《さけ》び、蹂躪《じゅうりん》されていく。

「餌《えさ》に答える気はない」

熱く甘い女の悲鳴があがるが、その肩口《かたぐち》から覗《のぞ》く美貌《びぼう》は雪のように冷たく静かだった。

ギギナの唇《くちびる》が苦痛に耐《た》えているかのように歪《ゆが》み、小さな言葉を呻《うめ》いた。


「クエロ、我等は何処で間違《まちが》ったのだ？」


腰《こし》の奥、尾骨《びこつ》が引きぬかれるような落下感。

俺は混乱しながらも、瞬時《しゅんじ》に戦闘《せんとう》思考に変換《へんかん》。裸《はだか》のまま寝台から転げ落ち、絨毯《じゅうたん》の上に転がった自分の状態を確認した。

「な、何？」

寝台を見上げると、抱《かか》えた膝まで掛布《かけ》をたくし上げたジヴの白い横顔があった。

「何？　ジヴの寝相《ねぞう》か？」

答えることを拒否したジヴの横顔は、蒼白《あおじろ》い頬《ほお》をしていた。

彼女の緑の双眸《そうぼう》が闇《やみ》の中の二つの深淵《しんえん》となって前を見据《みす》えていた。

「今日の昼、ラルゴンキンさんに何を言われたの？」

「別に、昔のくだらない話」

起き上がりながらの俺の言葉に、ジヴの目が翳《かげ》る。

「私が口出しすることじゃないことは分かっている。でも言うわ」

ジヴは言葉を続けられず、細い肩《かた》で何度か呼吸をしてようやく言い放った。

「ガユス、転職しない？」

ジヴの押し殺した声の意味することに、俺は耳を疑う。

「ラルゴンキンさんみたいにとは言わないけど、もっと別の形があるはずよ。たとえば、私のツァマト社で新規事業の警備部門が立ち上がるんだけど、そこの責任者に話をしたの。そうしたらガユスほどの高位咒式士《じゅしきし》なら、主任に歓迎《かんげい》したいって……」

「どうしたんだジヴ、君らしくもない。その話はもう解決しただろ？」

「ガユス、寝言《ねごと》でクエロって呼んでいた」

俺は後悔《こうかい》していた。

ジヴを抱きながら、一瞬《いっしゅん》だけクエロの面影《おもかげ》を重ねてしまったことを。それを夢にまで見てしまったことを。

「どんな人だったの？」

ジヴが俺を正面から見据える。

危険な徴候《ちょうこう》だ。いつの間にか、一歩でも踏《ふ》み間違うと破綻《はたん》する、男女の駆《か》け引《ひ》きが始まっている。

「どんなって、女だよ。普通《ふつう》の呪式士《じゅしきし》の女」

ジヴの顔に刺々《とげとげ》しいものが浮《う》かび上がり、俺は失敗を悟《さと》る。何が原因なんだ？　演算と推測が俺の脳で疾走《しっそう》する。

「私とどっちが好き？」

「もちろんジヴだ」

小さな小さなジヴの声に、俺は慎重《しんちょう》に言葉を選んで紡《つむ》ぐ。

「じゃあ私の前で言って証明して。クエロなんかもう忘れた、大嫌《だいきら》いだと」

俺は咄嗟《とっさ》に返せなかった。

クエロがどんなに酷《ひど》い女だろうと、この場ですべてを否定することはできなかった。

無言の俺の前で、ジヴの白い顔には悲痛な影《かげ》が射していた。

「ごめんなさいガユス、今夜はもう帰って……」

「ジヴ……」

ジヴは俺を見ようともしなかった。

緑の瞳《ひとみ》は前だけを見据え、預言の巫女《みこ》の瞳のように闇を貫《つらぬ》いていた。

「賢《かしこ》い女のフリして気づかないようにしていたけど、あなたは私なんか見ていない。いつだって呪式士《じゅしきし》の世界だけを見ている。そこに私も入ろうとしたけど、ダメだった」

ジヴが握《にぎ》りしめた掛布が捩《ねじ》れる。彼女の瞳は何かに耐えていたが、感情が爆発《ばくはつ》する。

「ギギナも嫌《きら》い、クエロも嫌い。その二人の、呪式《じゆしき》のことしか考えないガユスも大嫌い！　子供っぽい嫉妬《しっと》だと自分でも分かってる、でもダメなの！」

彼女は髪《かみ》を振《ふ》って顔を逸《そ》らした。その裸の肩は俺を拒絶《きょぜつ》していた。

「くだらないよ、ジヴ」

反射的な言葉が俺の口を突《つ》いて出て、ジヴの肩がさらに青白く見えた。

胃の底に凍《い》てつくような不快感を覚え、それがそのまま口から出てしまい、止められなかった。

「おまえなんかたかが遊びの女だ。俺の過去にまで干渉《かんしょう》するな、気色悪いんだよ」

「自分で分かってる。今夜は帰って。お願い……」

服と魔杖剣《まじょうけん》を拾って、俺はジヴの部屋を出る。扉《とびら》の前で俺は一度だけ振り返った。

「すまない、言いすぎた」

ジヴの返事は部屋のどこにも落ちてなかった。

マンション前に停めてある自分の単車へと向かいながら、俺の思考は乱れていた。

カッコいい、世界一カッコいいよガユス君。ちょっと心の傷に触《ふ》れられたくらいで、女の可《か》愛《わい》いくらいの嫉妬心をいなすこともできないとはね。

カッコ良すぎて、いっそ死んでしまえ。

自分のあまりの余裕《よゆう》のなさに、吐《は》き気《け》すらしてくる。

分かっていても俺の心は千々に乱れ、何一つとしてまとまりはしない。

あまりに弱く、そして捩じくれた心。

俺の傷口から生い茂《しげ》る荊《いばら》の刺《とげ》は、俺と、俺を抱《だ》きしめようとする彼女をも傷つけてしまっていた。

ジヴにクエロと決別するように言われた時、優しい残酷《ざんこく》さをもって俺は従うべきだったのだ。

確かに、俺はジヴを通して何かを見ているだけなのかもしれない。

アレシエルとクエロ、死んだ妹と過ぎ去った元恋人《こいびと》への哀惜《あいせき》と憎悪《ぞうお》を。

おまえの選択《せんたく》は、愛は、すべて間違《まちが》っているという二人の女の呪《まじな》いと嘲笑《ちようしょう》が、俺の心を蝕《むしば》みつづけている。

そこから逃《に》げるために、論理ですべてが片づく咒式《じゆしき》に、ギギナとの修羅《しゆら》の世界に没頭《ぼっとう》しているのかもしれない。

俺の心中とは無関係に、エリダナの街は夜の闇《やみ》の沈黙《ちんもく》に沈《しず》み、無表情な灯が星明りを演じていた。

単車に跨《また》がり操縦桿《ハンドル》を握りしめると、微細《びさい》な痛みが疾《はし》る。

自らの手の内を見ると、内側に移動していた紅い指輪が、悪竜の瞳となって俺を睨《にら》みかえしていた。

8 悪意の啓示

人と、人の形をした豚《ぶた》との見分け方を教えてやろう。

人の形をした豚は泣き叫《さけ》ぶだけだが、人は行動する。

レメディウス・レヴィ・ラズエル「革命の日々」 皇暦《こうれき》四九六年

ウルムン宮殿の地下拷問室《ごうもんしつ》。悲鳴と絶叫《ぜっきょう》が反響《はんきょう》する、その石壁《いしかべ》の奥。

無表情な兵士に抑《おさ》えつけられ石床に這《は》うレメディウスの眼前で、ドーチェッタが嗤《わら》っていた。

ナリシアを背後から犯《おか》しながら。

少年のようなナリシアの尻に、肥満した独裁者の腰が叩きつけられる。

その度《たび》に少女の悲鳴があがり、純潔が失われた血の雫《しずく》が石床に跳《は》ねる。

レメディウスの猛獣《もうじゅう》のような怒号《どごう》があがるが、その度に背後の屈強《くっきょう》の兵士に顔面を床に叩きつけられ、折れた歯と血反吐《ちへど》を吐《は》く。

それでもレメディウスは少女を救おうと激しく抗《あらが》い、顔面を朱《しゅ》に染めていく。

「レメディウス、おまえの可愛い女の味はなかなかだよ」

ドーチェッタがレメディウスを見下ろしながら嗤う。

「それとも羨《うらや》ましいのか？　私に先を越《こ》されて？　よし、じゃあこうしてあげよう」

ドーチェッタが、少女の両太股《ふともも》に太い手をかけ、持ち上げる。

「やめて、それだけはやめて！」

ナリシアが絶叫し、半狂乱となって暴れるが、両腕《うで》を縛《しば》られて身動きができない。

ドーチェッタは身体《からだ》を回転させ、レメディウスの顔の前で、少女の細い両足をむりやり開かせる。

「よく見ろレメディウス、愛《いと》しい彼女が大人になったところだ」

「見ないでレメディウス！」

ナリシアの絶叫があがり、少女とドーチェッタの血塗《ちまみ》れの結合部分がレメディウスに晒《さら》される。独裁者の杭《くい》はその間も背後から抱《かか》えた少女の中へと打ちこまれ、そしてドーチェッタが痙《けい》攣《れん》する。

白い汚液《おえき》が少女の股間《こかん》から滴《したた》り、床の上の破瓜《はか》の赤に混じる。

ナリシアの双眸《そうぼう》から涙《なみだ》が枯《か》れ、そして瞳からは光が消えた。

「殺して……」

レメディウスの口から血と、煮《に》えたぎる汚泥《おでい》のような呪いの言葉が零《こぼ》れた。

「殺してやるドーチェッタっ！　貴様だけは絶対に殺してやるっ！」

凄《すさ》まじい咆哮《ほうこう》をレメディウスがあげ、ドーチェッタに襲《おそ》いかかろうとするが、兵士たちに抑えられ、石床に血飛沫《ちしぶき》を散らす。

「そう、その顔が見たかった、その声が聞きたかった」

おびただしい血を流しながら、それでもレメディウスが激しくもがく。その様子をドーチェッタが愉快《ゆかい》そうに眺《なが》める。

「だが、おまえを銃殺《じゅうさつ》にしたりはしない。私の国を、理論を破壊《はかい》しようとするおまえは、そんな楽な殺し方では許されない」

ドーチェッタは悪意に満ちた表情を顔面に溢《あふ》れさせた。

「おまえたちは最悪の死に方をしてもらう。おまえがおまえ自身を裏切る死に方でな」

「似ている毒植物として、フキノトウと茄子《なす》科のハシリドコロがあり、後者を食べるとアルカロイド毒で錯乱《さくらん》や幻覚《げんかく》を引きおこす。

セリと毒セリも似ているが、毒セリの方は半数致死《ちし》量約五〇ミリグラムのシクトキシンを含《ふく》んでいるので注意。

ニラと水仙《すいせん》の場合は、水仙の葉を食べると胃腸炎《えん》や吐き気《け》を催《もよお》す。食事の選択《せんたく》が自由だからといってそこらのものを食べると、この世からも自由になるので注意。というわけで授業終わり」

俺のやる気のない声で午前の授業が終了《しゅうりょう》する。鐘《かね》の電子音はその後から響《ひび》いた。

毒物呪式《じゅしき》の説明から、なぜだか家庭の医学に近いような説明になってしまった。俺の予備校る。

の副業もだんだんと自由に、別名適当になってきている気がする。

ラルゴンキンとの会食まで時間があるのを時計を見て確認《かくにん》してしまい、俺は教壇《きょうだん》で欠伸《あくび》をする。

合板の机の上に頬杖《ほおづえ》を突いていると、セイリーンとフルフラムの相変わらずの議論が耳に入ってきた。

「だからさ、この事件には壮大《そうだい》な陰謀《いんぼう》があるのよ」

セイリーンが指先で起動式を描《えが》くと、空中に画面が現れる。それはどうやら何かの番組の録画らしい。そろそろ帰る準備をするべく、俺は長外套《コート》の袖《そで》に手を通す。

「ということはホラレムさん、このエリダナの禍《まが》つ式連続事件には法則があると？」

不愉快な名前に振《ふ》り返ると、どっかで見たことのある顔がセイリーンの前の画面に映っていた。

「ええ、人狼《じんろう》事件を解決した私に言わせると明々白々です。これは彼ら禍つ式からの意思表示なのですよ」

探偵兼郷土史家《たんていけん》という、肩書《かたがき》が以前とは逆転している男が、相変わらずの賢《さか》しげな顔で煙草《たばこ》を片手に語っている。

人狼事件での辛《つら》い思い出が蘇《よみがえ》るが、録画されたホラレムは平気な顔で続ける。

「禍つ式の発生した地点を、順に線で結んでいくと、このように古代イブカ文明の文字の一つ、〈真理〉を表す文字になります」

画面に表示されたのは、とうに忘れられた文明の、絵だか模様だか分からない文字だった。

「真理、つまり彼らは、空虚《くうきょ》な現代咒式文明《じゅしき》への痛烈《つうれつ》な批判をしているのですよ」

バカ臭《くさ》くなって俺は視線を前に戻《もど》した。

「何かよく分からない論理だな」

ずれぎみな眼鏡《めがね》の位置を直しながら、フルフラムが疑問の声をあげる。

「だから私たちでこの事件を解決しない？　名探偵《たんてい》ホラレムの言う通り、すべてが論理で解決できるのよ」

「そうかなぁ？」

フルフラムの疑念の方に俺は賛成する。すべてが論理で解決できるなんて、子供と偏執狂《へんしつきょう》の思想だ。

量子観測の例に限らず、森羅万象《しんらばんしょう》すべてのものごとを知ることは不可能であり、そこから導き出される結論も不完全である。

俺たちは自らの選択が正しいのかと絶対的な確信が持てず、迷う間にも次の選択が、さらに次の選択が、波頭のように絶え間なく押しよせてくる。

一つの過《あやま》ちが次の過ちを呼び、選択の幅《はば》が狭《せば》まっていく。誰《だれ》にも逃《のが》れられない盤面《ばんめん》の掟《おきて》。

禍《まが》つ式が人類批判をしたいのなら、もう少しまともな手段で訴《うった》えるだろうし、そんな人間的な義憤や怒りなんてありえない。その結論を飲みこんで、俺は教室を出た。

廊下《ろうか》に出ると、女生徒の一人、テュラスが頭を下げて挨拶《あいさつ》をし俺の前を横切る。

「元気なさそうだな」

珍《めずら》しいことに、俺が講師っぽいことをしている。

「え、はあ、そんなことないですよ。センセこそ元気ないですよ」

振り返ったテュラスが気弱げに笑い、俺の口は勝手に動いていた。

「俺のほうは彼女と上手《うま》くいってないだけだ。まあ、俺なんかに言ってもしかたないだろうが、聞くだけなら聞いてやるが？」

「恋人さんの話の後につなげて相談に乗るって、ガュッちセンセ、私を口説こうとしているの？」

「俺の嗜好《しこう》の許容範囲《はんい》はそこまで広くないつもりだが。先に痛い所を晒《さら》すのが道理だと思っただけなんだけどね。そんなに信用ならないか？」

少女が哀《かな》しげに微笑《ほほえ》む。

「ズルいわ。信用できないって言えない」

「じゃ、どうぞ。俺はここで聞いているだけ。俺は寂《さび》しい壁《かべ》のお花さん」

俺は予備校の廊下に凭《もた》れて瞑目《めいもく》しながら、自分の行動に吐《は》き気がしていた。

ラルゴンキンのように責任を取ることもできない癖《くせ》に、自分の問題をまぎらわせるために親切面《づら》して他人の内面に踏《ふ》みこもうとしている。俺の言動はあまりに下劣《げれつ》だ。

そんな俺の思惑《おもわく》を余所《よそ》に、戸惑《とまど》うようにテュラスは黙《だま》りこむ。そして独り言のように語りだす。

「セイリーンたちが言っていた禍つ式事件で、従兄弟《いとこ》が死んだんです。仲の良かったお兄さんのような人だったんで、あの話に少し耐《た》えられなくなって、それだけです……」

少女の言葉に俺は打ちのめされていた。

俺は今の今まで、被害者《ひがいしゃ》を数字でしか捉《とら》えていなかった。

だが、四十九人もの人が死ねば、関係者が近くにいてもおかしくなかったのだ。

被害者の一人一人に家族や友人、愛するものがいて、その死を悼《いた》んでいるという当たり前の現実に思いがいたっていなかった。

「センセ、攻性咒式士《こうせいじゅしきし》なら噂《うわさ》でも知りませんか？　従兄弟は楽に死ねたのでしょうか？　ジノレイ消防署で死んだそうですが、いったいどんな死に方をしたんですか？」

テュラスの真剣《しんけん》な眼差《まなざ》しに、俺は静かに答えた。

「消防士は全員、勇敢《ゆうかん》に戦って死んだと聞いている。従兄弟さんもそうだろう」

そう言ってテュラスの頭を撫《な》でるのがやっとだった。

禍《まが》つ式に取りこまれた人面の一つになって生きながら人間を喰《く》って増殖《ぞうしょく》し、ついには原形が残らないほど無惨《むざん》に俺が殺したなんて言えなかった。

自分を納得《なっとく》させるようにテュラスがうなずいた。

「聞いていただいてありがとう。センセって腐《くさ》ってもセンセだったんですね。たぶん恋人さんとも仲直りできますよ」

頭を勢いよく下げ、そして去っていく少女の後ろ姿に、俺の胸が痛む。

鋭敏《えいびん》な少女が俺の下手な嘘《うそ》に気づかないわけがない。だからこそ少女の感謝と励《はげ》ましが俺の胸に痛みをもたらした。

セビティア記念公園で、ジヴが俺の闘争を支持した意味がようやく分かった。愛する人が理不尽《りふじん》に失われること。禍つ式との戦いは咒式士《じゅしきし》の力を試すための遊戯《ゆうぎ》ではない。愛する人が理不尽に失われることに、一生苦しむ人がいる現実なのだ。

次にはジヴが殺されるかもしれないし、俺が死ぬかもしれない。それは確率論の数字ではない。

剣《けん》を振《ふ》るい物理現象を操《あやつ》る咒式士であろうと、その哀しみを癒《いや》すことは不可能だ。咒式《じゅしき》はあまりに無意味だ。だが、俺にできることもあるはずだ。

アルム通りのレストラン「海鳥亭《てい》」の屋外。

オリエラル大河の東岸に面した、開放型の席からは、青い空を写しとった大海のような眺望《ちょうぼう》が見下ろせていた。

木製の手摺《てす》り、板張りの床《ゆか》、そして目の醒《さ》めるように清冽《せいれつ》な眩《まぶ》しい白い布で覆《おお》われた食卓《しょくたく》へと視線を戻す。

蒸し大海老《えび》のラージャ風、子豚《こぶた》の丸ごと石窯《いしがま》焼き、小羊《こひつじ》の背肉のシュンデソース和《あ》え、鱸《すずき》のスープ、シャンカ蟹《がに》の餡《あん》かけ、ムルル貝と蛸《たこ》と新野菜の海鮮《かいせん》盛りあわせや、もうよく知らない料理の山が並ぶ。

その豪勢《ごうせい》な昼食の向こうにラルゴンキンの太い造りの顔があった
俺とギギナは、ラルゴンキンに呼ばれて、ヤッと副官のヤークトーとの会食に呼ばれていた。

そんな理由でもないと、エリダナでも高くて有名なこの店に来るわけがない。

可哀相《かわいそう》に、イーギーとジャベイラは事務所で待機態勢だそうだ。

俺としてはラルゴンキンの奢《おご》りなので遠慮《えんりょ》なく食べているが、これが美味《うま》い。

食いしん坊《ぼう》のジヴに「海鳥亭」で食べたと知られたら、かなり恨《うら》まれるだろう。

ジヴの横顔が脳裏をよぎり、手が止まってしまう。

気分を変えるべく右隣《どなり》のギギナを見ると、空き皿の山を両脇に作り、手で掴《つか》んだ子豚の腿肉《もも》を犬歯で齧《かじ》り、大海老を殻《から》ごと噛《か》み割り飲みこんでいるところだ。

ギギナの食事は食べるというより、肉食獣《にくしょくじゅう》が獲物《えもの》を喰うと言った方がいい光景だ。

しかし、美貌《びぼう》のギギナがやると、他《ほか》の客の食事作法の方がむしろ気取った猿《さる》のような気がしてくるから不思議だ。

あまりのギギナの勢いに、謹厳《きんげん》実直なヤークトーの肉叉《フォーク》が、完全静止している。

「よくそれだけ入るものですな。先月の北方の飢饉《ききん》の原因はあなたが原因なのでは？」

「咒式士《じゅしきし》は、これくらい食べられて一人前だ」

ギギナが子供の頭くらいのパンを齧《かじ》りながら言うように、咒式士は体内に常に咒式《じゅしき》が発動しているようなもののため、揃《そろ》って大食漢《たいしょくかん》だ。

化学練成系咒式士《かがくれんせいけいじゅしきし》の俺でも二人前は食べるが、これはむしろ小食の部類に入る。

笑っているラルゴンキンにしても、五人前は食ってるし、生体咒式士《せいたいじゅしきし》のギギナにいたっては、十人前は軽く食べる。事務所の経費に食費が入ってなくて助かった。

「それで、進展はあったのか？」

シャンカ蟹の剝《む》き身を肉叉でつついている俺の問いに、ラルゴンキンが皿一つ分のパスタを飲みこみつつ答える。

「雑魚を掃討《そうとう》しているだけだ。問題は、あの二体の大禍つ式《アイオーン》だ」

ラルゴンキンの言葉に、口許《くちもと》を布で拭《ぬぐ》いながらのヤークトーが続ける。

「彼らがこの事件の黒幕である以上、いつかやりあうことは確実です。だとすると、何らかの対策が必要です」

「確かに問題だ。あいつらの使っている咒式《じゅしき》の見当すらつかない状態だ」

実際に大問題である。

俺とギギナの戦闘《せんとう》経験で一番の強敵を上げるなら、その筆頭は間違《まちが》いなく初春に出会った、魔女《まじょ》ニドヴォルクだ。

二体の禍つ式がどれほどの力を隠《かく》しているのかは知らないが、それぞれの力はニドヴォルクほど圧倒《あっとう》的なものではなかった。

だが、ニドヴォルクの戦闘能力は、とんでもない体力と格闘《かくとう》力、そして強大無比な咒式と、ある意味分かりやすいものだった。あの〈大禍つ式《アイオーン》〉は、その咒式を眼前にしても正体が分からない。しかもそれが二体もいやがるのだ。

禍つ式との戦闘が厄介《やっかい》なのは、不死身に近い肉体や強力な咒式能力以上に、その特性や能力がそれぞれに特有なところなのだ。

「それでは思考の材料として、私なりの推測を一つ」

ヤークトーが口を開き、全員の注意が集まる。

「まず、事務所の戦闘でかなり詳細《しょうさい》に観測できたので分かったのですが、禍つ式が行動する度《たび》、手足を動かすだけでも、咒式《じゅしき》反応がありました」

あの死闘の中でよく観測なんてできたと、感心するより呆《あき》れてしまう。

千眼士は情報と分析《ぶんせき》の専門家だというが、ここまで徹底《てってい》しているヤツも珍《めずら》しいだろう。

俺の疑問をギギナが先に言葉にした。

「つまり、どういうことだ？」

「咒式の原理を皆《みな》さんに講義《こうぎ》するのはいまさらなのですが、我々は作用量子定数を局所的に操作し、熱量の不確定性、つまり物質の大きさを変化させています。

我々人類は短時間しか干渉《かんしょう》できませんが、どうもヴォイド教授の説がかなり正しいようで、彼らの体は常に咒式で作られているのです」

全員が重苦しい沈黙《ちんもく》に沈《しず》む。

存在している間、絶え間なく咒式を発動しつづけているとは、人類の常識どころか、異貌《ぼう》のものどもの規格をすら越《こ》えている。

「その事実から、彼ら禍《まが》つ式は、咒式《じゅしき》の根源原理たる高位次元、位相空間のどこかから来訪している推測されます。

特にあの立方体の禍つ式が、説明にちょうどよいですね」

ヤークトーの肉叉が骰子《さいころ》状の肉を皿上で転がす。

「N次元の空間は、N＋一次元の空間を切断すると表現できます。三次元の立方体を二次元で切断すると、その断面は正方形に、また、切り口によっては長方形や三角形になります。同様に三次元空間で四次元立方体を切断すると、断面には立方体や長方体が現れます」

ヤークトーの肉叉の先で、肉の立方体を七つの肉片が囲む。

「四次元立方体を三次元的に表現すると、八つの立方体で構成できます。十六の頂点、三十二の辺、二十四の面から成りたち、次元が増えると頂点の数は二倍になります。

立方体の体積は辺の三乗ですが、四次元立方体の体積は四乗になり、ここから彼らの多次元生物として特質が類推できます」

ヤークトーの肉叉が肉塊《にっかい》の山を押しつぶす。

「その一、体積に対する表面積の割合が多くなるので、呼吸など解糖系の酸素変換《へんかん》率が向上します。血管や呼吸器、消化器官が体表面近くに集中し、脳や心臓は体内深くに位置することになります。

その二、筋肉の容積も増大するので、筋力もとんでもないものになります。

その三、遺伝子が蛋白質《たんぱくしつ》を作るためには一次元の螺旋《らせん》状の紐《ひも》が用いられるのと同様に、四次元の蛋白質を作るためには二次元の膜状《まくじょう》の遺伝子が用いられます。そのため組み合わせが飛躍《ひやく》的に増えるので、遺伝情報が多様化して、姿も多彩《たさい》になります。

その四、脳組織や神経網《もう》が増加して発達し、非常に高度な知性を有すると類推できます。ええと、皆《みな》さんついてきていますか？」

ラルゴンキンが渋《しぶ》い顔でうなずき、ギギナにいたってはオリエラル大河の流れを見ていた。

短気なイーギーや人の話を聞かないジャベイラが呼ばれなかった理由が、俺には何となく分かった。

講義を聞いてくれる聴衆《ちょうしゅう》に気を良くしたらしいヤークトーが、肉叉の先端《せんたん》の赤いソースで皿上に平行線を引く。

「しかし、高次元存在のままにこの世界に顕現《けんげん》することはかなりの無理があり、自意識などの情報も保ちにくい。そのため、常時、三次元物質へと肉体のある程度を翻訳《ほんやく》することが必要なようです」

そして黄色の木の実を俺の方へと転がして、赤い線の上を越《こ》えさせる。

「回転する水車を考えていただければ分かりやすいですね。水面の下が本来の高次元での姿。咒式《じゅしき》で三次元に無理に変換している部分が、我々が認識可能な姿。彼らはどちらか一方だけも選べず、回転している水車です。それはあまりに不安定な存在です。

それでもこの世界に順応するため、三次元の物質や生物の情報を取りこみ、何とか質量と形態の安定化を図っているようですね」

黄色い木の実は、赤いソースに塗《まみ》れて斑《まだら》模様になっていた。

長話を終えたヤークトーが俺の方へと同志を求める視線を向ける。

だから、俺を仲間にしようとするな。

「つまり、あの二体の大禍つ式も、何かの物体や生物の化身《けしん》と言うことか」

一皿分のパスタを一息に飲み終えたギギナが、会話に戻《もど》ってくる。

「顕現時にこちらの世界に影響されるなら、精神も影響されてくれてもいいものだが」

「影響を受けたから、あの性格なのかもしれないがな」

給仕に運ばれてきた食後の珈琲《コーヒー》を俺が飲もうとした時、隣《となり》の席から見知った声が届いた。

「せっかく料理を失敬したのに、本当に君は食べないのかね？」

「私には不要だ」

その場の咒式士《じゆしきし》全員が席から飛びのき、魔杖剣《まじようけん》を抜刀《ばっとう》していた。一拍遅《おく》れて酒杯《しゆはい》や皿が落下し、板張りの床《ゆか》に色とりどりの中身をブチ撒《ま》ける。

陽光に煌《きら》めく川面《かわも》を背景に、二体の禍《まが》つ式、〈戦の紡ぎ手〉ヤナン・ガラン男爵《だんしやく》と、〈墓の上に這う者〉アムプーラ子爵が、川縁《かわべり》の食卓《しよくたく》に座っていたのだ。

「ヤナン・ガラン男爵、人間の作ったこの料理という物体はなかなか興味深いよ」

アムプーラが肉叉《フォーク》の先の挽《ひ》き肉のパイ包みを不思議そうに眺《なが》め、そして赤い口腔《こうこう》の中へと放りこんだ。

「私には鉄でも石でも一緒《いっしょ》だ」

ヤナン・ガランの方は、のどかな風景に合わない鎧《よろい》の上に憮然《ぶぜん》とした表情を乗せ、高価そうな皿をその歯で齧《かじ》っていた。

「水・炭素・アンモニア・石灰・燐《りん》・塩分類・硝石《しょうせき》・硫黄《いおう》・弗素《ふっそ》・鉄・珪素《けいそ》、他小量の十五の元素などで構成される生物の死骸《しがい》を、加工・加熱してできたもので、舌や口腔内の味蕾《みらい》神経に代表される味覚を刺激《しげき》する。

人間の言葉では『美味《うま》い』と言うのかな？　とにかく不思議な感覚だ。ヤナン・ガランも味覚器官を作るべきだね」

化学者の計測のように口内の物体を咀嚼《そしゃく》し批評するアムプーラの言葉にも、ヤナン・ガランは興味なさそうな表情を変えない。

「位相空間に存在するのもいいが、確かに物質化の情報量は格別だ。もっと楽にこちらへ来れるとよいのだが」

「禍つ式、特に我ら〈形式番号つき〉は、情報量が多すぎて越境が困難だからね」

アムプーラが残念とでもいった表情を浮《う》かべ、言葉を続けた。

「そして諸君ら人間は、もう少し静かに食卓を囲めないのかね？」

気だるげなアムプーラの視線と、魔杖剣の先端で咒式《じゅしき》を紡ぎはじめる俺たちに、周囲の客が騒然《そうぜん》としはじめる。

「落ち着いて座りたまえ、我々はここで君たちと争いにきたのではない」

アムプーラが鷹揚《おうよう》に嗤《わら》う。

「どうしてもと言うのなら、ここにいる全員を巻きこむ戦《いくさ》を起こしても、一向に構わないのだ

がな」

巨漢《きょかん》のヤナン・ガランの言葉に応じようとするギギナ。その前方に俺は静かに体を移動し、相棒の暴発を防ぐ。

「ヤナン・ガランの非礼は無視してくれ。我々が一旦《いったん》〈夜会〉を始めたからには、その規則を破ることは絶対にない。特に今回の夜会はね」

食卓の向こうのラルゴンキンたちへと視線を送ると、老千眼士のヤークトーがうなずく。

「情報体の彼らにとって、規則は絶対です。我々人類と違って、その言葉は確実かと。それに今の状態での我らの勝利確率は七%を下回るという私の演算を具申しておきます」

あっさりとヤークトーは言いやがった。

「もう少し言葉を飾《かざ》れ」

「四捨五入すれば、なんと一〇%もの勝率です！　これでよろしいですか？」

俺は無表情なヤークトーを呪いながらも座り直し、用心のため魔杖剣を抜《ぬ》いたまま、ラルゴンキンとヤークトーも元の席に着席する。

ギギナも相棒を斬《き》って突進《とっしん》する程度には愚《おろ》かではなかったようで、俺に続いて静かに腰《こし》を下ろす。

「君たちの会話は聞かせてもらったよ。どうやら我々のことに興味があるようだね」

アムプーラの凍《こご》える瞳《ひとみ》に焔《ほのお》が灯《とも》る。

「禍つ式といっても、ヤナン・ガラン男爵と私ことアムプーラ子爵は別の派閥《はばつ》だ。彼は〈混沌《ケイオ》派《ス》〉で、こんな人類の真似事《まねごと》は嫌《きら》いらしいが」

紅茶の杯《はい》を鼻先に掲《かか》げ、芳醇《ほうじゅん》な香《かお》りを楽しむアムプーラに対し、ヤナン・ガランは苦々しげに眉《まゆ》をしかめる。

「私は〈混沌派《ケイオス》〉の主義を曲げるつもりはない。闘争《とうそう》を以《もっ》て、この地上を原始の混沌に帰すという崇高《すうこう》な主義をな。所詮《しょせん》、情報生命体たる我らと炭素生命体の人類の間の決着は、どちらかの死滅《しめつ》しかありえない」

ギギナの親戚《しんせき》のような地獄《じごく》の意見だ。

「常識ある〈秩序派《オルドネン》〉たる私は、人類との絶対的敵対など望んではいない」

アムプーラは紅茶を机に置いて、俺たちへと向きなおる。

「人類はこの世界を管理するにはまだまだ未熟だ。だが、その社会構造のすべてを破壊《はかい》するのも、先住民たる君たちに失礼だと思っている程度には我らは謙虚《けんきょ》だ。

だからこそ、我らのような平和的な禍つ式が君たちの指導をし、戦争も憎《にく》しみも無い完全な世界をともに造り、共存共栄を果していきたい。それが秩序派の主張だ」

静寂《せいじゃく》。二体の禍つ式の主張に、誰《だれ》もが言葉を失っていた。

確かに、人類がいない混沌の世界こそが、この世のもともとの姿かもしれないし、禍つ式の管理があれば、人類の愚かな争いは消滅《しょうめつ》するかもしれない。

だが、そんなものを我ら人類自身が望むかと問われれば、断じて否と言うしかない。

「おもしろいほど勝手なことを抜かすな。ここは我ら人類の世界だ、観客は観客らしく黙《だま》って見ていろ」

ラルゴンキンの重厚な声に、アムプーラたちの顔に悲痛な影が射《さ》す。

「我らの世界は熱的崩壊の危機に瀕《ひん》している。だからといって、同情した諸君ら人類が、我らを救い歓迎してくれるのかい？」

俺たちは何も返せなかった。絶対的な断絶。人類はついに異種族と手をとりあったことはない。

「歓迎して欲しい者が殺人を行っている。誠意なきものに私や人類は同情しない」

ラルゴンキンが魔杖槍斧《まじようそうふ》を伸長させ、柄尻が板床に突きたつ。

「貴様らの目的は何だ？　私の愛するエリダナで殺人を行って、一体、何をしようと言うのだ？」

巨獣《きよじゆう》が威嚇《いかく》するような声の詰問《きつもん》に、二体の禍つ式は顔を見合わせて笑う。

「まず、この夜会の目的は、〈混沌派〉と〈秩序派〉のどちらが、この世界の主導権を取るかの遊戯《ゆうぎ》だ」

ヤナン・ガランが答え、アムプーラが引き継《つ》いだ。

「もう一つは、夜会自体が呪《まじな》いだということだ。そして我らを、夜会を止めたければ、我らの呼び手を倒《たお》したまえ」

呼び手、それが俺の引っかかっていたことの一つだ。

ヤナン・ガランとアムプーラのような強力な〈大禍つ式《アイオーン》〉は、その情報量も桁外《けたはず》れに膨大《ぼうだい》だ。

この世界に顕現《けんげん》し実体化するには、越境《えっきょう》しやすい下級眷属《けんぞく》を派遣《はけん》して、異常に手間のかかる準備をさせるか、超《ちょう》高位の数法呪式士《すうほうじゅしきし》、つまり呼び手の召喚《しょうかん》が絶対に不可欠なのだ。

俺は異邦人《いほうじん》たちの真意を尋《たず》ねる。

「なぜ、そんな情報をわざわざ俺たちに告げる？　そして召喚者は誰なんだ？」

「我らとて、我らの運命の主人ではないのだ」

「夜会の法則を見破ること、それがすべての道だ。君たちのすべての敗北と解答は、そこで仲良く手を取りあっている」

戦の紡《つむ》ぎ手が、不愉快《ふゆかい》そうに口の端《はし》を歪《ゆが》める。

アムプーラが微笑《ほほえ》む。

〈大禍つ式《アイオーン》〉の謎《なぞ》めいた微笑《びしょう》の意味を図りかね、俺は困惑《こんわく》している。

「そうそう、宙界の瞳を大事にしたまえ」

アムプーラが粘着質《ねんちゃくしつ》の眼差《まなざ》しを投げかけ、そして二体の禍つ式は食卓《しょくたく》を辞して去っていった。

体内の咒信機《じゅしんき》で、イーギーやジャベイラに招集をかけながら、ラルゴンキンとヤークトーがその後を追うが、追いつくことは不可能だろう。

それでも先回りをしようと駆《か》けだした時、俺の胸元の携帯《けいたい》が無機質な電子音を奏《かな》でやがった。

無視して走るが、いっこうに鳴りやまない。それどころか勝手に通話が起動。

俺の眼前に、携帯の画面からの立体映像の白い顔の仮面が浮《う》かびあがり、店の外の大通りで急停止。

すでにラルゴンキンの車は、通りの向こうの角へと消えていくところだった。

しかたなく俺は、立体映像の情報屋のヴィネルへと注意を戻《もど》す。

「ヴィネル、今は忙《いそが》しい。後でな」

「緊急《きんきゅう》情報だ。いくらで買う？」

「だから、忙しいと言って……」

「曙光《しょこう》の鉄槌《てっつい》の隠《かく》れ家《が》が判明したとしても？」

俺とギギナが息を飲む。

曙光の鉄槌の追跡《ついせき》は、ラズエルのカルプルニアの依頼《いらい》だが、竜《りゅう》の顎《あぎと》のゴッヘル中佐《ちゅうさ》とその背後の圧力で追うことを禁じられている。

「情報の信憑性《しんぴょうせい》は？」

「郡警察の東署にタレ込みがあって、ベイリックが部隊を集結させている無線を傍受《ぼうじゅ》した」

「前から思っていたんだが、郡警の量子通信をどうやって傍受しているんだ？」

呪式《じゅしき》で量子的に伝達される呪信は、暗号解読は不可能。途中《とちゅう》で盗聴《とうちょう》すれば、その痕跡《こんせき》が通信に明確に現れるという、絶対に安全なもののはずである。

「それを言ったら商売あがったり」

ヴィネルが言ったが、何となく察しがついてきた。そして続ける。

「共同捜査《そうさ》といっても、どうせ同盟側の中央署に連絡《れんらく》する気はないから、隠密《おんみつ》行動で動きは鈍《にぶ》い。さらに、あんたらの方が距離《きょり》が近いから、確実に先手を取れるよ」

隣《となり》のギギナに目で問うと、ドラッケンは不敵な笑《え》みを浮かべた。

その通り、国家や軍隊の都合なんて知ったことか。

納得《なっとく》がいくまで走りつづけ、俺にできることをすればいい。

「言い値でいい」

直後に地図に表示された場所へ向かうべく、俺とギギナはヴァンに飛び乗り、タイヤに悲鳴をあげさせながら走りだす。

オリエラル大河にかかる龍皇国《りゅうおうこく》のオルテナ橋、その反対の同盟側からかかるエイゴン橋を渡《わた》り、悠久《ゆうきゅう》の流れに浮かぶゴーゼス経済特別区に入る。

酒場に娼館《しょうかん》、見せ物屋に賭博場《とばくじょう》が延々と並ぶ、快楽の園《その》たるゴーゼスは、黒社会の三大組織が支配する島であり、司法も警察もほとんど力が及《およ》ばない。今回はそのお蔭《かげ》で警察を出しぬける。

夜の化粧《けしょう》が剝《は》がれた虚飾《きょしょく》の街。その昼間の顔は気だるげで、控室の娼婦のように平凡《へいぼん》だった。

開店準備しはじめる店の前をハズレ馬券や紙屑《かみくず》を巻きあげ、ヴァンが疾走《しっそう》する。

ナズカン通りを横切り、ランカム街の外れに到着《とうちゃく》。

「では恒例《こうれい》の問題、あったら嫌《いや》なもので勝負」

そう言いながら俺は静かに停車させ、廃《はい》ビル街へと歩きだす。

「けっして自分に嘘《うそ》をついてはいけないと説教してくる、自分自身は人工毛の親父《おやじ》」

「幸運の四葉を越《こ》える五葉のクローバーを発見。ただし原子炉の跡地《あとち》で」

あまり面白《おもしろ》くもない冗句《ジョーク》を言いながら、俺とギギナが一棟《むね》のビルの前で立ち止まると、入口に看板が落ちていた。

付近の住民の足拭《あしふ》き代わりになっているのか、泥《どろ》の足跡《そくせき》で埋《う》めつくされている。

ウンガロ興業に続く電話番号は判別できないし、この星の誰《だれ》にとってもどうでもいいのだろう。俺も先人に倣《なら》って靴裏を拭《ふ》いてみる。

「で、どうだ？」

俺が無駄《むだ》な時間をつぶしている間に、ギギナが咒式《じゅしき》を発動させていた。

生体強化系咒式《せいたいきょうかけいじゅしき》第一階位〈狗耳《ダクス》〉の咒式で得た犬の聴覚《ちょうかく》は、秒間振動《しんどう》十五回の低音から、六万回の高周波まで拾う。

ヴィネルの情報にあった、曙光の鉄槌の隠れている廃ビルまで、通りを二つ挟《はさ》んでいる。いきなり飛びこむわけにもいかず、探査咒式を発動させているのだ。

「駄目《だめ》だな、雑音が多すぎる。特にガユスの心音がな」

「ギギナの軽量薄型《うすがた》脳が頭蓋骨《ずがいこつ》に当たる音こそ止めた方がいいだろう。じゃ、俺の咒式《じゅしき》で行こう」

魔杖剣《まじょうけん》ヨルガを掲《かか》げ、俺は電磁《でんじ》光学系咒式《こうがくけいじゅしき》第二階位〈光波聴《タピス》〉を展開。

これは搬送波《はんそうは》を加えたレーザー線を放射し、その反射を復調、音の変調波形に戻すという盗聴用の咒式だ。

二五〇メルトル程度の距離があっても、窓硝子《ガラス》の振動から室内の物音を拾え、現場に発信器を設置する必要もない優《すぐ》れものだ。

郡警察の通信の傍受が不可能でも、警官が話しているのは止められない。それをこの咒式でヴィネルが盗聴しているのだろう。

俺は不可視のレーザー線をビルの側面の窓硝子に照射し、耳を澄《す》ませて物音の反響《はんきょう》を待つ。だが何も聞こえない。次の窓も、そして次の窓も。

「貴様、光学系咒式がなかなか上手《うま》いな」

咒式に集中している俺の横でギギナがつぶやく。もちろん、半笑いのギギナの表情から分かるように、本気で褒《ほ》めているわけではない。

電磁系もそうだが、特に光学系のすべては、俺の昔の恋人《こいびと》のクエロに習った咒式だ。一刻を争うこんな時にまで嫌がらせを忘れないギギナは、今年の最優秀嫌《さいゆうしゅういや》なヤツ賞を取りそうだ。

そんな賞を作るヤツの神経も嫌だが。

「一応、こちらに向いている窓のすべてを走査したが物音なし。ハズレ情報か……」

「すでに引きはらったか。どちらにしろ直接行くしかないな」

ギギナの提案に従《そ》いたくはないが、それしかないだろう。

ビルからの狙撃《げき》の射線上に立たないように大きく回って進み、隣のビルに昇《のぼ》る。そして屋上からギギナに抱《かか》えられて跳躍《ちょうやく》し、耐水《たいすい》スレートが張られた屋上に無音で着地。

静かに屋上出入口へと向かい、探知咒式を発動させようとする俺の右手の甲《こう》を、屠竜刀《とりゅうとう》の冷たい刀身でギギナが抑《おさ》える。

「罠はない」

屠竜刀ネレトーの回転式咒弾倉《じゅだんそう》を手で押さえ、ギギナが無音で咒式発動させていた生体強化《せいたいきょうか》系《けい》第一階位〈狗鼻《アガーネ》〉は、犬の嗅覚《きゅうかく》を体現する。

人間の嗅粘膜《しゅうねんまく》は親指程度の広さで、嗅細胞《さいぼう》数は五〇〇万個。対して犬の嗅粘膜は小さな机程度の広さがあり、嗅細胞は二億個もあるという。

「犬の嗅覚でも完全密封爆弾などは分からないはずだが？」

空気を通さないプラスチック素材で何重にも包まれ、殺菌《さっきん》状態の箱に詰《つ》められている、無臭《むしゅう》の爆弾の場所を見破ることは不可能だ。

イオン易動性分光測定で分子クラスターを探知し、爆発物の揮発性ガスを察知するか、中性子後方散乱装置や水素爆発物探知機を併用《へいよう》しても困難なはずだ。

「この扉の奥からはまったく人間の臭いがしない。それで十分だ」

発想の転換《てんかん》に感心した。確かに仕掛ける人間の臭いは隠せない。ギギナをバカ力でバカ刃《やいば》を振《ふ》り回すだけのバカと思っているものは俺を含めて人類のほとんどだ。

だが、そんな力自慢《じまん》が、十三階梯《かいてい》にも達する剣舞士《けんまいし》になれるわけもないのだ。

「早く来いガユス。ドラッケンの諺《ことわざ》では〝遅いものの尻から竜に喰われる〟と言うからな」

「夏も近いし、そのくらいの勢いで許嫁《いいなづけ》に会いにいけばいいのに」

そう言った瞬間《しゅんかん》、俺の顔面へとギギナの横薙《よこな》ぎの屠竜刀が放たれる。滑《すべ》りこんで躱《かわ》す俺の眼前で刃が戻り、下段斬《き》りに変化。飛びこみ前転で、何とか躱す。

ギギナの死の突《つ》っこみも、少しずつ学習と変化をしていやがる。

いつか俺は冗談《じょうだん》で死ぬな。

「さあ先を急ぐぞ」

俺はギギナの方を見ないようにして先に進む。

窓から差しこむわずかな陽光を頼《たよ》りに、薄暗《うすぐら》い回廊《かいろう》を進み、階段を下りる。

途中《とちゅう》、用心しながら何度か部屋を覗《のぞ》いたが、どこにも人の気配はなく、急いで出発したように食べかけの食事や、打ち捨てられた寝具《しんぐ》が散乱していただけだった。

突き当たりの大広間の入口、その左右の壁《かべ》に俺とギギナが張りつく。

知覚眼鏡に連結した魔杖剣《まじょうけん》ヨルガの刃先を少しだけ出して、暗い内部をうかがう。

壁際《かべぎわ》の動きを感知して、俺とギギナが目線で合図、一気に飛びこむ。

相手も瞬時《しゅんじ》に反応し、打ち合わされた魔杖剣《まじょうけん》が闇《やみ》に火花を散らす。

「エグルド？」

「ガユス、に、ギギナ？」

飴色《あめいろ》の髪《かみ》の男が火花の先に浮《う》かぶのと同時に、気配が俺たちの周囲に展開していく。

暗闇《くらやみ》に沈《しず》む〈竜の顎《あぎと》〉の野戦服たちが構えた黒く塗《ぬ》られた魔杖剣の群れ。その暗視眼鏡《めがね》の昏《くら》く無表情な目が並んでいた。

「おまえたちがここで何をしている？」

鷹《たか》の瞳《ひとみ》の男、ゴッヘル中佐《ちゅうさ》がその包囲網《ほういもう》に並んでいた。

俺とエグルドが戸惑《とまど》うように魔杖剣を退《しりぞ》いて、互《たが》いに不信の目を向けあう。

あまりに出来すぎている出会い。

照明が点灯し、暗視眼鏡の奥の目を灼《や》き、兵士たちの悲鳴と苦鳴があがる。

明順応していくと、室内は、他の部屋と同じように乱雑に倒《たお》れていた。

俺の視線がたどっていき、壁《かべ》にぶつかる。

奥の壁一面を、膨大《ぼうだい》な赤黒い文字と数と記号が埋《う》めつくしていた。

それは、俺程度の咒式士《じゅしきし》の頭では理解できない、信じられないほど巨大《きょだい》な咒式《じゅしき》の起動式の一部分のようだった。

不吉《ふきつ》な啓示《けいじ》の壁の中央、起動式の最後の締《し》めくくりが書かれた地点に、自らも式の一部となったような死体が足を投げ出していた。

極限の憎悪《ぞうお》のままに見開かれた緑の瞳に、痩《や》せた険しい顔。死体は四日前に見たレメディウスのままだった。

「〈竜の顎〉の諸君、この前は熱烈《ねつれつ》な歓迎《かんげい》をありがとう」

死体の傍《かたわ》らの椅子《いす》に、〈砂礫の人喰い竜〉ズオ・ルーが悠然《ゆうぜん》と腰掛《こしか》け、臣下を睥睨《へいげい》するような不遜《ふそん》な笑みを浮かべていた。

その笑顔へと一斉《いっせい》放射される、咒式《じゅしき》の雷《いかずち》と鋼。

壁が砕《くだ》け、穴が穿《うが》たれるが、ズオ・ルーの輪郭《りんかく》は揺《ゆ》らめくだけで、寸分変わぬ笑みを湛《たた》えていた。

「私も多忙《たぼう》であるため、遠隔《えんかく》映像での挨拶《あいさつ》になることを許せ。二人の咒式士《じゅしきし》の訪問は意外だが、客人として歓迎しよう」

「情報は貴様自身が流したようだな」

眉間《みけん》に深い皺《しわ》を刻んだゴッヘルが、咒式《じゅしき》を放射し蒸気をまとった魔杖剣を下げ、竜の顎の隊員たちも指揮官に倣《なら》う。

咒弾薬莢《じゅだんやくきょう》がコンクリ床《ゆか》に転がる音が虚《むな》しかった。

立体映像のズオ・ルーは、傍らのレメディウスの死体へと目を落としていた。

「哀《あわ》れだなレメディウス。私に最も近しい者よ」

物言わぬ朋友《ほうゆう》に語りかける老将の緑の目に、痛切な色が浮かぶ。

「おまえがかつて信じる方法でウルムンに平和を呼べればよいのだろう。だが、おまえと私は変わってしまう。あの出会いの日から、それは決まっているのだろう」

その横顔には鬼気迫《ききせま》るものがあった。

前にも感じたが、ズオ・ルーの会話には何か違和感《いわかん》がある。文法のおかしい俺が言う資格はないのだが、どこか根源的なものが欠落している感じを受ける。

「一体、我らに何の用だ？」

ゴッヘルの押し殺した問いに、人喰い竜は振《ふ》り返った。

「レメディウスの死は必然であった。それはなぜであろうか？」

「ズオ・ルー、その先を言うな！」

ゴッヘルの厳しい制止の声、だが、ズオ・ルーの唇《くちびる》には笑みすら浮かんでいた。

「言うなだと？〈曙光の鉄槌〉の元となる〈曙光の戦線〉という組織は、龍皇国《りゅうおうこく》がドーチェッタの独裁を転覆《てんぷく》するため、現地住民を煽動《せんどう》して作った組織であるという事実をか？」

俺とギギナはゴッヘルとズオ・ルーの両者に疑問の目を向ける。

「元々はおまえら皇国がやらせていたのか。本当は醜聞《しゅうぶん》なんかより、ウルムンへの内政干渉隠《ないせいかんしょうかく》しに必死になっていたのか」

厳しい顔をするだけで、ゴッヘルは肯定《こうてい》も拒否《きょひ》した。つまり真実。

「同様に〈解放への鉄槌〉は、七都市同盟の出先機関であり、その二つを私とレメディウスが統合してしまい彼らは大慌《おおあわ》てする。さてどうしてだろうな？」

続くズオ・ルーの笑みに、俺の頭は混乱してくる。事態の論理が曖昧《あいまい》だ。

「前から思っていたのだが、レメディウスとズオ・ルーが乗っ取った〈曙光の鉄槌〉なら、龍皇国の臭《にお》いも消える。統制は効かないかもしれないが、前以上の勢いでドーチェッタ体制に反《はん》抗《こう》してくれる都合のいい組織だ。なぜそうまでして殲滅《せんめつ》までしようとする？」

俺の言葉にゴッヘルは沈黙《ちんもく》を守り、ズオ・ルーは自嘲《じちょう》めいた笑みを浮かべるだけだった。

「逆に、どうして死せるレメディウスは皇国を憎《にく》むのだろうな？　竜の顎には言えまい」

さらに答えはなかった。関心をなくしたようにズオ・ルーは立ち上がり、猛々《たけだけ》しい声で宣告する。

「博士によって我々は行動を開始する。真の祖国を開放するために〈曙光の鉄槌〉はあらゆる手段を取る」

ズオ・ルーの言葉に、ゴッヘルやエグルドの顔に動揺《どうよう》が広がっていく。

「哀れなあの死体をよく調べるといい。〈竜の顎〉ならこの意味は分かるな。雌獅子《めすしし》に伝えろ。これは警告であると」

ゴッヘルとエグルドは無音の衝撃《しようげき》を受けたように目を見開き、レメディウスの死体を凝視《ぎようし》していた。

「そんな、そんなことのためにあんな茶番を！」

事態が理解できないのは俺とギギナだけらしい。

遮光眼鏡《しやこうめがね》を貫《つらぬ》くようなズオ・ルーの眼差しが俺たちへと向けられる。

「レメディウスからの叫《さけ》びを聞け。おまえたちもその憎悪の一端《いったん》を知るがいい」

ズオ・ルーの威厳《いげん》に満ちた宣告とともに、レメディウスの死骸《しがい》の上に立体映像が展開しはじめ、俺たちは魅入《みい》られたように注視する。

画像が荒《あら》い粒子《りゆうし》で乱れ、やがて立体映像の砂漠《さばく》が広がり、その前で何かを訴《うった》えるように語りかける男が見える。

痩せた長身に、ウルムンの素朴《そぼく》な民族衣装《いしよう》をまとい、色褪《あ》せた黄金の髪《かみ》が渇《かわ》いた風になびいいた。


　生前のレメディウス咒式《じゅしき》博士だったが、しかし、別人のようにその緑の瞳が昏《くら》く燃えていた。

　曙光の鉄槌の闘士《とうし》の目に。

　俺とギギナが見入っていると、その陰々とした声が室内へと響《ひび》きだす。

　死せるレメディウスの瞳は真《ま》っ直《す》ぐに俺とギギナ、竜の顎とその背後の何かへと向けられている。

「この記録を君たちが見ている時には、すでに僕は死んでいるのかもしれない。

　暗殺の可能性が分かっていてもいかねばならなかったからだ。そう、あの咒式弾頭《じゅしきだんとう》を手に入れるためなら僕の死すら捧《ささ》げよう」

　咒式《じゅしき》博士の顔に苦悩《くのう》の表情が混じる。

「あの咒式弾頭は、最悪の咒式研究から誕生したが、誰《だれ》も起動させることができぬままラズエルと皇国が封印《ふういん》した〈六道厄忌疫鬼狂宴《アヴァ・ドーン》〉の咒式だ。

　僕はその発動条件を突き止め起動咒式を組みあげた。それは数十人の意識と咒式力《じゅしきりょく》、そして竜《りゅう》の巨大《きょだい》な演算能力と熱量を媒介《ばいかい》にし、この世に地獄《じごく》を作る咒式爆弾だ」

　レメディウスの声に、憎悪《ぞうお》が混じる。

「僕はこの世の最悪の裏切り、最低の背信を知り、それを憎《にく》む。

　ツェベルン龍皇国とラペトデス七都市同盟、そして何よりもドーチェッタに武器を売るラズエル社を憎む」

　そこで、滴《したた》り落ちるような憎しみをこめてレメディウスが嗤《わら》う。

「最悪の咒式弾頭は二発、その爆発時刻は、五月二十六日の午後三時、標的はラズエル島だ」

　その落雷《らくらい》のような言葉に、俺とギギナが打たれる。

「これは警告だ。ツァマト咒式化学社も、オルドレイク技術連合社も、ラズエルのようになりたくなかったら、咒式兵器の輸出を即刻《そっこく》停止せよ、龍皇国と七都市同盟はウルムンへの干渉《かんしょう》を停止せよ！」

　レメディウスの声だけが室内に響き渡《わた》る。

「この犯行声明は爆発一時間前に市と皇国に届く。当然おまえらはあるゆる手段を講じて助けようとするだろう。だが、ラズエル島から誰か一人でも逃げてみろ、その瞬間《しゅんかん》にラズエル島で咒式弾頭《じゅしきだんとう》を破裂《はれつ》させる」

　貴公子の顔が醜悪に歪む。

「そう、どちらにしろ、ラズエルは死ぬ。おまえらにできることは、その島の中で恐怖《きょうふ》に震《ふる》えていることだけだ」

　繊細《せんさい》で優《やさ》しげなレメディウスの面影《おもかげ》など、消し飛んでいた。

　そこにあったのは、すでにこの世にはいない、亡霊《ぼうれい》の呪いの叫《さけ》びだった。

「ラズエル社に、僕は宣告する」

　レメディウスの緑の双眸《そうぼう》から、狂気《きょうき》よりも狂《くる》い、憎悪よりも憎む焔《ほのお》が吹《ふ》きこぼれ、唇《くちびる》からは竜の死の吐息《といき》が吐《は》きだされる。

「死ね！　ナリシアの絶望

それだけが僕の望みだ。僕がズオ・ルーに託した地獄をゆっくりと味わえ！

と苦痛をおまえたちが、ラズエル全体が受けとるのだ！」

レメディウスの絶叫は、哄笑とも悲鳴とも判別しがたい声へと変わっていった。

そして映像は荒い砂の粒子へと戻っていた。

俺とギギナは、言葉すら失って立ちつくしていた。

これほどの圧倒的な憎悪と悪意を、俺は知らない。

温和で正義感に溢《あふ》れ、深い教養と才能に満ちた財閥《ざいばつ》の貴公子。遠い砂漠《さばく》の国で、祖国と家業の裏切りが彼を徹底《てってい》的に変えたのだ。

世界に対する絶対的な否定を叫ぶ、破壊《はかい》の権化《ごんげ》へと。

「出るぞ！」

畏怖《いふ》に動けない俺を、ギギナの声が現実へと引きもどす。

ギギナの横顔にも焦燥《しょうそう》が現れていた。

指揮官が急いで上司と連絡する間、動きが止まった〈竜の顎《あぎと》〉の面々を抜きさり俺とギギナが走る。侵入《しんにゅう》した道を引き返し、ギギナに抱《かか》えられて隣《となり》のビルへと飛び移り、階段を駆《か》け降りる。

ヴァンへと疾走《しっそう》し、急発進させながら咒信機《じゅしんき》を起動。呼び出し五回で、ベイリックへとつながる。

「何だガユス、今はちょっと忙《いそが》し……」

「聞けベイリック、おまえらが武装して向かっている通報の場所に、曙光の鉄槌はすでにいない」

通信の向こうでベイリックが無言になり、通信の背景に風を切っている音が聞こえる。オリエラル大河のオルテナ橋の上を、咒式特化制圧部隊を満載《まんさい》した偽装《ぎそう》警察車を連ねて渡っている最中なのだろう。

「ガユス、なぜその場所におまえがいるのか説明して欲しいな」

「それより大変だ。禍《まが》つ式事件どころじゃないんだ。曙光の鉄槌が一時間後の午後三時にラズエル社へと咒式弾頭《じゆしきだんとう》を炸裂《さくれつ》させるつもりなんだ。郡警察本部と市にも声明が届いているはずだ、すぐにつなげ！」

ヴァンが疾《はし》る微細《びさい》な振動音《しんどう》だけが、車内に響《ひび》いていた。

「これは……」

ベイリックの苦々しい声が、続く言葉を失ってしまった。

そして、天を呪《のろ》う声がようやく漏《も》れた。

「クソっ、これが本当なら、あと一時間で最悪の咒式爆弾《じゆしきばくだん》がこのエリダナで炸裂するということか！　ラズエル島の連中をすぐに避難《ひなん》させ、クソっ、それもできないのかっ！」

助手席のギギナがいつにない厳しい顔をしていた。俺も似たような顔をしているだろう。

そして、落雷《らくらい》を受けたように、あることに思いがいたった。すぐにベイリックとの通話を切り、別の番号を呼び出す。

呼びだし音を聞いている間が、こんなに長く感じたことはなかった。操縦環《ハンドル》を握《にぎ》る両手の革《かわ》手袋《てぶくろ》の先の五指が、せわしない旋律《せんりつ》で裏を叩《たた》く。

永遠とも思えた呼び出しが、六回目でつながる。

「はい、ジヴーニャです」

「ジヴか、俺だガユスだ、何でもいいから、今すぐラズエルを出ろ。とにかく遠くだ、俺を信じて……」

「ただいま電話に出られません。御用《ごよう》のガュスは、いつもの囁《ささや》きの後に、伝言を入れて下さい」

俺の番号のみに対応するジヴの登録音声が流れていた。喧嘩《けんか》する前のジヴの声に、俺の鼻腔の奥が熱くなる。

「愛してるわガュス」という囁きの後に、俺は何も言えなかった。

「ガュス、伝言は間にあわない」

ギギナの静かな声に、俺は「分かってるよ！」と怒鳴《どな》り返す。

その叫《さけ》びとともに、ヴァンが建物が乱立する谷底を抜《ぬ》けた。

俺とギギナの目前に、悠久《ゆうきゅう》のオリエラル大河が、そしてその中程に遠く浮《う》かぶ、ラズエル島の全景が霞《かす》んでいた。

9 単純な答え

優《やさ》しき天使が地を救おうと空を飛ぶ
人の手に届く高さを飛んだため
その翼《つばさ》を肉を人々は手に欲しがり
最後は一枚の羽も残らなかった
　　フルラ・ティオ・キリンスキー
「天使の公開解剖《かいぼう》所見」　同盟暦《れき》七六年

レメディウスは長い悪夢から目覚めた。途端《とたん》に、視界が真紅に染まるほどの全身の激痛に襲《おそ》われ、悲鳴をあげる。

身を折り曲げて曲げて、何とか激痛が弱まるのを待ち、呻《うめ》きながら恐る恐る全身の傷を見る。おびただしいまでの裂傷《れっしょう》、打撲《だぼく》、火傷《やけど》、捻挫《ねんざ》、骨折、内臓損傷と瀕死《ひんし》の重傷だった。

そしてようやく周囲の状況《じょうきょう》に目がいく。

自分の周囲には同じような重傷を負った人々の苦鳴が満ちていた。見知った髭面《ひげづら》が倒《たお》れているのを見つけ、レメディウスは激痛を堪《こら》えながら這《は》いずって近づく。

「ドムル、それにハタムにアトワ、それに皆《みな》がどうしてここに？」

「わ、分からない、ドーチェッタの警察軍が隠れ家《かくれが》を急襲《きゅうしゅう》してき、て」

ドムルが血泡混じりの声を吐《は》き、咳《せ》きこむ。

レメディウスが見回すと、倒れているのは曙光《しょこう》の鉄槌《てっつい》の党員のほとんど、そして協力者の人々だった。

「そうだ、ナリシア！　ナリシアはどこだ！」

レメディウスは必死に周囲の負傷者を見回し、その中に同じような重傷を負った少女、ナリシアが倒れているのを発見した。

「生きているか、ナリシア、ナリシア！」

這いずりながらナリシアに必死に声をかけると、殴打《おうだ》されて腫《は》れ上がった少女の目が細く開く。

「生き、ている、わ」

ひび割れた唇《くちびる》から、細い細い呻きが零《こぼ》れる。

「こ、こは、ど、こ……？」

レメディウスや人々が、ようやく周囲の異変に気づく。

一面に広がる暗灰色の岩肌《いわはだ》。前後左右のすべてが同色の岩の険しい斜面《しゃめん》に囲まれていたのだ。

「やあ、お目覚めのようだね」

声の位置を探すと右手の傾斜《けいしゃ》の中ほどに、小さな銀色の機械、音声再生装置が転がっていた。

「そう、ここはウルムン宮殿《きゅうでん》ではない。君たちが拷問《ごうもん》で気絶している間に、少し移動してもらった」

ドーチェッタの愉快《ゆかい》そうな笑声が、山中に響《ひび》く。

「君たちがいるのは、ウルムン最北部のデリラ山脈。標高三〇〇〇メルトル級の山々が連なるこの山脈は、山肌が火山岩で覆《おお》われており、硫黄《いおう》や一酸化炭素がところどころで噴《ふ》き出し、ほとんど木々が生えていない。当然、生物も生息せず、いるとしても毒虫くらいだろう。麓《ふもと》にすら住民はおらず、遠くから眺《なが》め、〈奈落《ならく》の山脈〉と呼んで近づきはしない。君たち曙光の戦線とその賛同者四十六名は、その山脈の奥深くで目覚めたというわけだ。まあ、私からの新婚《しんこん》旅行の贈《おく》り物《もの》だ」

自分たちが置かれた状態を理解し、レメディウスとナリシアと曙光の戦線の面々の顔に恐怖《きょうふ》と絶望が、黒い染《し》みのように広がっていく。

「そこは、このウルムンという国の縮図だ。食べ物も水もなく、やがて倒れ、そして毒虫に全身を齧《かじ》られて死んでいく。

私のように弱者と不要者を犠牲《ぎせい》にしなければ、全員が死ぬ。レメディウスよ、おまえが正しいというのなら、この縮図の中で仲間のすべてを救ってみせろ。その答えを見せてみろ！」

どこからか見ているドーチェッタの高らかな哄笑《こうしょう》が山々に響きわたっていた。

エリダナの街角、その道路の端《はし》に停車した車の中で、俺とギギナは言うべき言葉すら失っていた。

俺は操縦環《ハンドル》に額を載《の》せ、ギギナは座席に凭《もた》れて天井《てんじょう》を見上げていた。

「レメディウスが、ドーチェッタと、ドーチェッタに武器を売るラズエルを許せず、復讐《ふくしゅう》しようとすることを誰《だれ》が責められるんだ。俺だって同じ決断をするかもしれない」

俺は突《つ》っ伏《ぷ》したまま零す。

「まるで地獄《じごく》の機械だ。すべての運命の歯車が恐《おそ》ろしい精緻《せいち》さで組みあわさり、レメディウスを追いこんでいった。そこにレメディウスの自由意志などない。どうしても結論は破滅《はめつ》だ」

「ガユス、止《や》めろ」

ギギナが鋭《するど》い声で俺を制止しようとする。だが、俺の感情の奔流《ほんりゅう》はまるで反吐《へど》のように止まらない。

「ギギナ、おまえだって言っていただろうが。ドラッケン族の戦士を、今の自分を選択《せんたく》する前には、またそれを決定づけた過去と選択があったはずだ。それはおまえの意志でどうにかなったのか？」

ギギナがその美貌《びぼう》を苦しげに歪《ゆが》めた。

そして、その言葉の棘《とげ》は俺自身をも深く傷つけていた。

もっと俺が強ければ、アレシエルを傷つけずに済んだ。

もっと俺が賢明《けんめい》であれば、ヘロデルは死なずに済んだ。

ユーゴック、サイーシャ、イエッガも救えたのかもしれない。

そして、そう、ジオルグやストラトス、クエロとの別れと断絶は、俺が追いこまれてしかたなく選んだ決断の結果にすぎないのだろうか？

選んだのは俺か、それとも必然か、決断すら決断でなくなっていく。

だが、機会はすでに失われ、過去は過ぎ去った。

生まれた時にあった無限の可能性は、時が経過するほどに選択の幅《はば》が狭《せば》まっていく。

少年時代の無限の未来という幻想《げんそう》を失った我らは、残酷《ざんこく》な現実の前に呆然《ぼうぜん》と立ちつくす。

「私は貴様のように思考をたれ流すことができる方ではない」

ギギナがあまりに平坦《へいたん》な声で語る。

「ドラッケンの生き方、ラズエルの御曹司《おんぞうし》という生き方、それは過去と記憶《きおく》という名の束縛《そくばく》かもしれない。だが、過去も選択も含《ふく》めて私の血と肉だ。今になって自らをなかったことにはできない」

ドラッケンの言葉は、しかしギギナ自身が信じているようには思えなかった。

「単純な論理だな」

「だろうな」

ギギナはあっさりと肯定《こうてい》した。

「だとしたら、どうやってレメディウスの理由に対峙《たいじ》できる？　おまえには理由があるのか？　レメディウスを間違《まちが》いだとする断固とした理由が？」

俺の言葉は愚《おろ》かすぎる。だが問わずにはいられなかった。

「ラズエルが滅《ほろ》びようと私にはどうでもいい。ただ、ドラッケン流に言えば、そこに戦いがあるなら向かうだけだ。そして私流に言えば侮辱を受けた借りを返す、それだけだ」

ギギナの顔に怒《いか》りとも悲しみともつかない感情がよぎった。

「どうも貴様と話すと私の心まで乱される。自分の問題を他人にまで増幅《ぞうふく》させるとは、ラルゴンキンではないが、貴様には煽動者《せんどうしゃ》としての資質だけはあるようだ」

そして犬歯を噛《か》みしめた間から、紅蓮《ぐれん》の炎の言葉が吐《は》き出される。

「ドラッケン族の最高の諺《ことわざ》を教えてやろう。それは〝口と尻の穴から出るものはまったく同じ〟という言葉だ」

ギギナの言葉の激しさに、俺は顔を上げる。

「死せるレメディウスの呪いの言葉を認めるな。そんなものは我らには路傍に転がる犬の糞《くそ》と変わらない。そしておまえの女が死ぬことになることを、おまえが認めてはならない」

俺はギギナの横顔に見とれてしまった。そこには自らの意志と決断に誇《ほこ》りを持つもののみが持つ、崇高さがあった。

その通りだ。ラズエル島にはジヴがいるのだ。

何としても止めねばなるまい。

二人の沈黙《ちんもく》を受信音が破る。

ラルゴンキンからの連絡《れんらく》で、禍《まが》つ式事件から咒式《じゅしき》兵器事件へと重点が変更《へんこう》されたため、大至急事務所へと集合せよとのことだった。

俺は車を廻《まわ》してラルゴンキン事務所へと急行する。

「レメディウスの遺言《ゆいごん》の発見により、禍つ式事件は一旦《いったん》、打ち切る。それ以上の緊急《きんきゅう》問題に対し、我がラルゴンキン事務所と郡警察で合同対策を行う」

ラルゴンキンの仮設指揮所。ラルゴンキンの太い声に傍《かたわ》らのベイリックがうなずく。

その前に並んだ机には、ラルゴンキン事務所の咒式士《じゅしきし》たちが不安げな顔を連ねていた。

「では、まず事態の説明を私から」

暗い室内の壁《かべ》一面の画面を起動させ、説教師のような面持《おも》ちのヤークトーが立っている。

「これからお見せするのは、情報屋のヴィネル氏から緊急入手した情報。武器商人パルムウェイが曙光《しょこう》の鉄槌《てっつい》に売りはらった、咒式《じゅしき》兵器の正体です」

ヤークトーの双眸《そうぼう》を覆《おお》い隠《かく》す知覚増幅面が、壁に映像を展開させる。

「それは十六年前、ビスカヤ連邦《れんぽう》で極秘裏《ごくひり》に作られ、経済崩壊《ほうかい》で流出した最悪の咒式兵器。超定理咒式《じゅしき》〈六道厄忌疫鬼狂宴《アヴァ・ドーン》〉の実験の記録です」

それは広大な球状の実験室だった。距離《きょり》感がおかしくなりそうなほどの広さで、湾曲した強化コンクリ壁が遠くに霞《かす》んでおり、小さな島一つでも入りそうなものだった。

その内部空間に、膨大《ぼうだい》な虹色《にじいろ》の咒式が構築されていく様子が映されていた。

天を埋《う》めつくす巨大な咒式が作用し、実験室の上空に奇妙《きみょう》な穴が生じる。

「んなバカな、次元の穴の実体化だと？」

呪式士《じゅしきし》たちの間からどよめきがあがる。

「そうです。この呪式《じゅしき》は目に見えるほどの次元の穴を開けるのです」

ヤークトーの冷静な指示により、呪式の分析《ぶんせき》が表示される。

「呪式原理としては、まず、空間の円洞門《ワームホール》を広げてその開口部を支えるのですが、直径六・四三七二キロメルトルの穴を保つのに必要な力は、約六・四五一六平方センチあたり、約四五三・六に一〇の三十三乗グラムル。太陽の重量が、約二に一〇の三十乗キログラムルですから、いかに莫大《ばくだい》な仮想力かが分かります」

ヤークトーの知覚増幅面の目が冷徹《れいてつ》な光を帯びる。

「その張力は、次元の穴の構築に用いる物質の密度に比べて一〇の二一乗倍、つまり光速の二乗に由来するのですが、必要とされる物質は負の質量を持つと考えられます。

この存在がいかなる常識外れの呪式で構築されているのかは、専門の呪式物理学者にお任せするしかありません」

さらに映像が切り替《か》わり、虹色の呪式の煌《きら》めきが上空の穴を支えるのを見上げる光景になる。

それはこの世の終わり、黙示録《もくしろく》の到来《とうらい》の光景だった。

「約六キロメルトルと設定したのは、初期実験での設定で、現代呪式技術で小さくすることも可能です。

ですが、たとえばヴォックル競技場程度の大きさなら、その十万倍の一〇の三十六乗が必要となり、小さくすればするほど途方《とほう》もない力が要求されます。大きい穴だと要求される力は少なくて済みますが、逆にそれを支える負の質量の物質量が増えるので、どちらが楽な方法ともいえません」

そしてヤークトーの声が硬くなる。

「問題はここからです。この呪式《じゅしき》がどうして破棄されたか、それをお見せいたしましょう」

見上げる次元の穴から何か赤黒いものが滲《し》みだし、見る間に結界内へと拡散して、夜の訪れのごとく急激に昏《くら》く染めていく。

倍率を上げると、その正体が判明する。

それは芥子粒《けしつぶ》ほどの微小な生物だった。内臓のような表面に目も鼻も耳もない、ただ突起が並んだだけの肉の球体。

それが雲霞《うんか》となって結界内に放たれたのだ。

「これこそが、禍《まが》つ式の世界、その混沌《こんとん》の最下層から召喚《しょうかん》された、〈疫鬼〉とでも命名するしかない最悪の禍つ式です」

微細《びさい》な悪鬼《あっき》が結界内に荒《あ》れ狂《くる》い、その突起を鳴らす音に、耳を塞《ふさ》ぎたくなる。

「知性も理性も存在しない彼らは、禍つ式と呼ぶにも値しない。永遠に満たされることのない生物に対する激烈《げきれつ》な憎悪《ぞうお》が具現化しただけの破壊《はかい》呪式です。

結界内のあらゆる生物の体内に進入し、天然痘《てんねんとう》と黒出血熱に似た症状《しょうじょう》を起こし、殺戮《さつりく》する。それが彼らの喜びにして唯一《ゆいいつ》の行動なのです」

その言葉とともに、画面が実験室の底面へと向けられ拡大。

コンクリ床の上に檻《おり》が設置され、粗末な揃《そろ》いの服を着た男たちがいた。

「人間だと⁉」

俺の声とともに、獲物を見つけた黒い死神たちが檻へと殺到していく。

囚《とら》われの男たちが悲鳴と絶叫《ぜっきょう》をあげて逃《に》げまどい、撮影《さつえい》機が倒《たお》れて映像が途切《とぎ》れる。

全員が息を殺して見つめるなか、画面が白い壁の部屋に切り替わる。

「実験後、すぐさま咒式が停止、被験者《ひけんしゃ》は完全隔離《かくり》された隣《となり》の処置室へと搬出《はんしゅつ》され観察が開始されました」

防護服を着こんだ咒式医師が機械のように動きまわり、ビニル幕で完全密閉された寝台《しんだい》の上の被験者たちへと遠隔治療《えんかくちりょう》を施《ほどこ》していた。

「被験者はビスカヤ刑務所で、すでに死刑執行されたことになっている囚人五人です。つまり最悪の人体実験がここでなされたわけです」

寝台へと画面が拡大。

「疫鬼が侵入して五十八秒後、頭痛と嘔吐《おうと》が続き、放出された咒式による急速な細胞壊死《さいぼうえし》が始まります。これは異常なほどの超高速で進行します」

「六十八秒後、眼球や粘膜《ねんまく》の毛細血管が破れ、意識が混濁《こんだく》。身体中を膿疱《のうほう》が覆い、天然痘の症状が発症《はっしょう》します」

「七十六秒後、全身の毛細血管から出血する黒出血熱の症状が発現。膿疱は顔面まで埋めつくします」

画面の中では、「早く、早く俺を殺してくれ」という囚人たちの絶叫が続いていた。

「九十五秒後、膿疱は黒く変色し破裂《はれつ》、出血しはじめます。全身の免疫《めんえき》細胞を作る骨髄《こつずい》機能が破壊《はかい》され、白血球の数が極端《きょくたん》に低下。同時に血漿板《けっしょう》も破壊され、凝固《ぎょうこ》反応が起こらず出血を止めることが不可能になります」

「百十三秒後、完全に意識がなくなり、昏睡《こんすい》状態に入ります。鼻孔《びこう》、耳孔《じこう》、口腔《こうこう》、性器からも出血。破壊された赤血球で黒く染まった下痢《げり》が、とめどなく溢《あふ》れます」

「罹患《りかん》から百三十七秒後、全身の穴、破れた膿疱、腐敗《ふはい》し崩《くず》れ落ちた傷から出血。下痢と黒血に塗《まみ》れて絶命。

死後の解剖《かいぼう》により、内臓の溶解《ようかい》による多機能不全と、脳《のう》細胞の液状化まで確認《かくにん》されました」

死体は、すでに人間の形を止《とど》めていなかった。

それは赤と黒の粘液《ねんえき》の海に沈《しず》む、ただの肉塊《にっかい》にすぎなかった。

「彼ら異世界の死神に対しては、各種抗《こう》ウイルス剤《ざい》の投与《とうよ》、呪式《じゅしき》による免疫《めんえき》活性化。抗天然痘《てんねんとう》、及《およ》び抗黒出血熱血清も投与されましたが、まったく効果なし。

後の鼠《ねずみ》による動物実験でも一切の対処療法も発見されず、人間の罹患死亡率は一〇〇%。

この咒式が発生した効果範囲内では、そこら中が次元の穴となっているため、防御《ぼうぎょ》も遮蔽《しゃへい》物も無意味。つまり生物が生き残ることは事実上不可能です」

画面が暗転し、室内照明が灯《とも》るも、会議室の空気は葬儀《そうぎ》の夜のように重苦しく、暗かった。

室内の思い思いの場所に座っていた呪式士《じゅしきし》たちは、誰《だれ》一人として口を開かなかった。

この世の終焉《しゅうえん》を告げる陰鬱《いんうつ》な預言者のように、ヤークトーが続ける。

「準戦略級呪式《じゅしき》兵器として使いやすいようにした、この恐《おそ》るべき呪式の効果範囲《はんい》は、直径約六〇〇メルトル。ラズエル島上空でこれが炸裂《さくれつ》した場合……」

ヤークトーが、そこで初めて言いよどんだ。傍《かたわ》らで腕組《うでぐ》みをして座るラルゴンキンが、口を引き結んだまま先をうながす。

「ラズエル社の全従業員と訪問客、一二〇五名、ただ一人の例外もなく全滅《ぜんめつ》するでしょうな」

広い会議室のすべての呪式士に、重い沈黙《ちんもく》が下りる。

呪式士たちの家族や知人にもラズエル関係者がいるはずだ。

「ヤークトー、よく平気な顔をしてそれを言えるよな」

顔に傷のある呪式士の呆《あき》れ声にも、ヤークトーが平然としていた。

「事実を知らせるのが千眼士たる私の役目です。御《ご》注文であればもっと取り乱した風にしますが？」

「いや、いい」

歴戦の呪式士が黙《だま》りこみ、部屋の空気が沈む。

「エリダナにこれが存在するかどうかが怪しいわ。第一こんな呪式が発動できるはずがない。現に実験だって失敗している。レメディウスの遺言《ゆいごん》は脅《おど》しにすぎない」

ジャベイラが虚《うつ》ろな声で叫《さけ》ぶ。

「確かに、この時は三十三名の高位呪式士《じゅしきし》の呪力《じゅりょく》と一千歳級の長命竜《アルター》の脳を使って発動しても制御《せいぎょ》に失敗し、効果も不完全でした」

ヤークトーの無感情な声が続く。

「ですが、この呪式《じゅしき》を造ったのがそもそもラズエル社だと推測されます。ビスカヤ連邦《れんぽう》はツェベルンの実験的植民地に等しい国でしたからね。ラズエル本社に残っていたものをパルムウェイが横領してエリダナに隠していたのでしょう。

その資料をレメディウス博士が見ていたとしたら、組成式に改良を加えて使えるようにした可能性は否定しきれません」

千眼士は憎《にく》たらしいまでに冷静な声だった。

俺には、ヤークトーが取り乱すのはどんな時か想像もつかない。

「それで、ラズエル社関連施設《しせつ》や肝心《かんじん》のラズエル島からは何人が脱出《だっしゅつ》できたんだ？」

俺の問いに全員の注目が集まる。

「市内の他のラズエル関連施設の社員とその家族二〇二五人は市街へと退避《たいひ》している」

そこまで沈黙を守っていたベイリック警部補が重い口を開く。

「知っていると思うが、市長に届いた曙光《しょこう》の鉄槌《てっつい》の声明で、ラズエル島から誰か一人でも逃げたり、または接近するものがいれば、呪式弾頭弾を爆発させるとあった。

だがラズエル島の人間を、敵に気づかれずに一気に脱出させる手段はない。おまけに連絡船《れんらくせん》どころか周囲の船舶のほとんどが爆破《ばくは》されている」

全員の顔が一層暗くなり、ベイリックが苦渋《くじゅう》の表情を浮《う》かべる。

「とにかくラズエル島と連絡をとって対策を……」

呪式士《じゅしきし》たちの声があがるが、ベイリックの顔は晴れない。

「市長のヒルベリオの指示で、ラズエル島へのあらゆる通行と通信を遮断《しゃだん》。島の方にも情報を何一つ伝えていない」

ベイリックが淡々《たんたん》と喋《しゃべ》り、ラルゴンキンが、そして呪式士の面々が苦々しい表情を浮かべる。

「つまり市長はラズエルを見捨てたのだ」

俺にはヒルベリオ市長のクソったれた考えが分かった。

目的がラズエル以外に不確定に散らばるより、ラズエルを見捨てることによって、被害《ひがい》を最小限に収めようとしているのだ。

だが、レメディウスの声明はカルプルニアにも届いたはずだ。カルプルニアほどの炯眼《けいがん》の人物が、それを座して見ているのも妙な気がする。

「悔《くや》しいことに、郡警察は市長の意見に屈《くっ》した。救出活動もできずに、島の周りを遠巻きに船を浮かべているしかできない」

ベイリックの声に本物の怒《いか》りが込められる。

「とにかく、その呪式爆弾《じゅしきばくだん》が発射される前に叩《たた》けばいい、それだけじゃねえか」

重苦しい空気を吹《ふ》きはらうように、最前列の席の双剣《そうけん》のイーギーが口を開く。

「どこにあるか分かっていたら、誰《だれ》もここにいないよ」

赤い唇《くちびる》を歪めて、傍らのジャベイラが吐《は》きすて、イーギーが言葉を失う。

「巨大な咒式爆弾《じゆしきばくだん》を孤島のラズエル島に気づかれずに設置できたとは思えない。郡警察が総力を挙げて周辺を捜索《そうさく》中だが、あと一時間で見つけることができるかどうか」

ベイリックの声に苦渋が滲《にじ》む。それは悲痛なまでの敗北感だった。

「郡警察の私がここにきたのは、この状況《じようきよう》をおまえらなら、エリダナ最強の咒式士《じゆしきし》事務所なら打破できると思ったからだ。頼《たの》む、何か手段があると言ってくれ！」

ベイリックの押し殺した叫びに、室内のすべての咒式士が目を逸《そ》らした。

俺とギギナも室内の最後部の壁《かべ》に背を預けていたが、その問いに答えることはできなかった。

俺たちは神でも魔《ま》法《ほう》使いでもない。ただ単に力が強く、作用量子定数に干渉《かんしよう》できるというだけの、ただの人間にランドックに、アルリアンにノルグム、そしてドラッケン族にすぎない。

普段《ふだん》は自分たちこそ世界の支配者のような態度をとっているが、その無力さを天才レメディウスに突《つ》きつけられたのだ。

レメディウスのあの恐るべき呪《のろ》いの声が、全員の脳裏《のうり》に響《ひび》きわたっていた。

「咒式弾頭弾の設置場所が確定されない以上、動きようがないな」

あの剛毅《ごうき》なラルゴンキンの顔にも、恐ろしい重圧がかかっているのが分かる。

「各自、位置特定がなされるまで第一種装備で社内待機。解散」

重々しいラルゴンキンの号令で、咒式士たちが会議室から退出していく。

絶望に暮れる者、悲壮《ひそう》な覚悟《かくご》を顔に浮かべる者、不安げな顔を突きあわせて相談しあう者と、それぞれの思いを胸にそれぞれの配置へと散っていく。

俺とギギナも咒式士たちの後に続いて廊下《ろうか》を歩き、ベイリックも肩《かた》を落として郡警察の警官とともに去っていった。

俺とギギナは、事務所の一階へと下り、玄関《げんかん》を出て、駐車場《ちゅうしゃじょう》に向かった。

車に待機するラルゴンキン社の連中に倣《なら》い、自分たちのヴァンの前に到着《とうちゃく》。

俺はヴァンの後ろの縁石《えんせき》へと腰《こし》を下ろし、足を投げだしていた。

後方からの物音に横目を向けると、ギギナのヤツがヴァンの後部を開いている。

そして最近いつも積んでいる例のヒルルカとか名付けている椅子《いす》を引きだし、駐車場のアスファルトに下ろすところだった。しかも春先に脚を斬《き》られた部分を利用し、折りたたみ式に改造されていやがった。

「これか？　不憫《ふびん》な子ほど親は愛しくなるものだ」

「こんな時にまで、椅子を持ってくる神経がわからないね」

ギギナが皮肉な笑《え》みを俺に向け、その優雅《ゆうが》な曲線で構成される椅子に典雅《てんが》な動作で腰掛《こしか》ける。

「こんな時だからこそ、だ」

木製の手摺《てすり》を愛《いと》しそうに撫《な》でるギギナを眺《なが》め、俺は溜《た》め息《いき》を吐《つ》いた。

「ギギナが傍《かたわ》らに選んだ相手が椅子だと知ったら、おまえの女たちは何を思うだろうな」

「この椅子になりたい、だろ？」

ギギナの顔に、当然だという表情が浮かんだ。

呆《あき》れた俺は、組成式を紡《つむ》いではさらに精度を高めるのを繰り返し、待つという行為《こうい》を続けた。

駐車場の向こうには、郡警察に先導されたラズエルの関係者らしき車が、市外へと列をなして向かっているのが見えた。

「今なら国境も開放されて密輸のし放題だな」

「かもな」

捻《ひね》りのない返答にギギナが横目で見てくる。残念だが、今の俺に余裕なんてまったくない。

死刑執行《しけいしっこう》が訪れる時が分かっているのをただ待つという行為は、喉《のど》の奥から吐き気にも似た焦燥感《しょうそう》がせりあがってくる。

そう、ここから遠くに霞《かす》んで見えるラズエル島には、ジヴがいるのだ。

ギギナは非情な決断を下した。だが、俺にはそれはできない。

俺はヴィネルに用意させていた極秘咒信回線《ごくひじゅしきかいせん》を携帯《けいたい》に呼び込む。市が強力な妨害波《ぼうがい》を出しているだろうが、無理やりつなげようとする。

「専門の電磁系咒式士《でんじけいじゅしきし》が妨害しているはずだ。つながるわけがない」

冷徹《れいてつ》なギギナの声が俺を打ちのめす。だが、二人の間で軽快な呼びだし音が響く。

なぜつながったかは理解できないが、俺は慌《あわ》てて出る。

浮かび上がるジヴの立体映像に、俺の鼓動《こどう》が早くなる。

ジヴも俺も無言だった。

「ジヴ……」

彼女から返事はなく、長い睫毛《まつげ》を伏せているだけだった。

「ジヴ、今どこだ？」

「どこって、ラズエル島よ。昨日言ったでしょ？」

最悪の事実を確認《かくにん》するだけだった。

そこを逃《に》げろと告げたかったが、ギギナが視線で止めた。

事実を言っても大混乱が起こるだけ。分かっているよ、そんなことはっ！

「だけど、よくつながったわね。今、島ではすべての通信が通じない上に、連絡船《れんらく》が来なくて大変なのに」

「ジヴ……」

俺は言葉に詰《つ》まり、何とか続けた。

「ジヴ、昨夜のことはすまない。あれは俺の余裕《よゆう》の無さだった」

俺は努めて冷静な声を出した。ジヴはしばらく黙《だま》っていた。

「ううん、自分でも気づかなかったけど、私って嫉妬《しっと》深《ぶか》い女みたい」

ジヴの瞳《ひとみ》が悲《ひ》哀《あい》の色を帯びた。

浮《う》かんだ微笑《ほほえ》みは泣き顔のようだった。

「俺たちはまだやり直せるのか？」

俺の問いに、ジヴは白金の髪《かみ》と首を弱々しく振った。

「分からない。あなたにどうして欲しいのか、それとも私がどうしたいのか」

ジヴは自分の感情を整理できないようだった。

「ガユス、あなたはどうなの？」

「質問に質問を返すのは狡《ずる》いよ」

俺は自分の中の感情を解剖《かいぼう》した。

心なんて、たかが数百種の脳内物質と電気信号の集合体。恋愛《れんあい》感情も種の保存本能、性欲の延長にすぎない。

女なんて他にいくらでもいるし、遊びの女を引っかけるのに不自由したこともない。そしてジヴはもっと不自由しない。

ジヴーニャという一人の女にこだわる理由は、理論上まったく存在しない。

そして、この場を取り繕《つくろ》うためだけに、愛してると嘘《うそ》をつくのは簡単だ。

俺は何度もそうしてきたし、それで上手くいくのも分かってる。今回もそうするべきなのだろう。

「すまない、俺も分からない。やり直したいと思うが、別れてもしかたないとも思える」

「あなたって、言わなくてもいいことだけは正直に言えるのね」

諦念《ていねん》を含《ふく》んだジヴの哀《かな》しげな声に、俺はうつむいてしまう。

「ジヴ、違《ちが》うんだ……」

見上げると、背後の陽光を透《す》かして、ジヴの白金の髪《かみ》が燃えあがっていた。

「何よガユス？」

その髪を通して、恋人《こいびと》の滑《なめ》らかな頰《ほお》を撫でようとしたが、光子による立体映像をすり抜けるだけだった。

俺の無意味な行動に、ジヴはくすぐったげな顔をして笑う。

ジヴは綺麗《きれい》だった。

途端に俺の胸に激しい思いが荒《あ》れ狂《くる》う。

今すぐにでもここを飛び出して、ジヴを連れてラズエル島、そしてエリダナを脱出《だっしゅつ》したい。

だが、それはできない。

確かにジヴにそこは危険だと事情を話せば素直《すなお》についてきてくれるだろう。しかし、絶対にジヴーニャという女はラズエル島の友人や会社の同僚《どうりょう》に知らせ、一緒《いっしょ》に脱出しようと必死に走り回るだろう。

それでは間にあわない。

ジヴを気絶させて連れだすことも考えたが、生き残ったジヴは一生をかけて俺を恨《うら》むだろう。

いや、それでもいい。ジヴに恨まれようと、憎《にく》まれようと、卑怯者《ひきょうもの》と罵《ののし》られようとも、彼女が生きていてくれるなら、ただそれだけでいい。

俺には恋だか愛だかが、科学や生物学的なこと以上には分からない。

だが、俺はジヴを死なせたくないのだ。

「ジヴ、ちょっと待っててくれ」

不信の声をあげようとするジヴを残し回線を保留。立ち上がった俺は、ギギナの方へと向き直った。

ドラッケンの静かな瞳《ひとみ》が俺の顔を凝視《ぎょうし》していた。

「ギギナ、おまえの飛行咒式《じゅしき》で飛んでいってジヴを助けられないか？」

ギギナは椅子《いす》に座ったまま、ただ黙《だま》っていた。

「頼《たの》む！」

思わず俺はギギナに詰《つ》めよりながら叫《さけ》んでいた。

「本気なのか？」

眼前に立つ俺をねめつけながらギギナが、言葉を放つ。

「構わない、俺に頭を下げろというなら下げるし、何でもする。だから……」

「私の力であの女一人だけを脱出させることが可能かもしれない。だが、警告を破った直後に咒式弾頭《じゅしきだんとう》が炸裂《さくれつ》し、ラズエル島の千人の人間は全滅《ぜんめつ》する。それが分かっていて言っているのだな？」

ギギナは重い言葉を吐《は》いた。

俺はうなずいた。そして回線をジヴに戻《もど》す。

「ジヴ、落ちついて聞いてくれ、今からギギナに……」

ジヴの立体映像が頭を巡《めぐ》らせてギギナの姿を見つけ、睨《にら》みつける。

ギギナは無言だった。

俺と一緒に逃げよう。そう言おうとした俺の目は、ジヴの立体映像ごしに相棒の銀の瞳と出合った。

その表情に、一瞬《いっしゅん》だけ激しい感情が揺《ゆ》らいだが、すぐにいつもの氷点下の瞳に戻っていた。

ジヴを救うために、ラズエル社の千人を見殺しにする覚悟《かくご》があるのかと、最終確認を求める目だった。

「どうしたのガユス?」

俺は大きく息を吸い、そして結論を出した。

「いや、たぶん俺は君に直接会って謝りたいんだ」

「私があなたを許せるかは分らないわ。そして、あなたが私を許せるのかも」

「それでいい」

俺の言葉に、ジヴの応えはなかった。

「二人で、今度の日曜にでも海鳥亭《てい》に食事に行こう。あそこの蟹《かに》が美味《うま》いんだ」

一瞬の空白。

「いいけど……」そしてジヴの声が跳《は》ねあがる「美味いって、今言ったわね? ガユス、私に黙って食べにいったのねっ!」

「だから俺が奢《おご》るよ。嫌《いや》ならいいけど」

「嫌じゃな……」

そこで、ジヴの映像が弾《はじ》けて消えた。

奇跡《きせき》的につながった通話も、ついに沈黙《ちんもく》したのだ。

俺は兕信機《じゅしんき》を折り畳《たた》み、無言で懐《ふところ》へと戻した。

「いいのか？」

ギギナの声が響《ひび》く。

「ああ」

この選択《せんたく》が賢明《けんめい》なのか、俺には分からない。

そして、自分でも意外なことだが、俺はギギナの横に立っていたいのだ。

ここで逃げ出してしまえば、俺はギギナの横に立つ資格を失う。

強く激しく、そして破滅《はめつ》的なギギナ。俺が目指していた最強の兕式士《じゅしきし》の背に永久に追いつけなくなる喪失感《そうしつ》が、俺の胸中に小さな棘《とげ》となっていたのだ。

もう一つの棘の痛み。俺はレメディウスになるわけにはいかない。

天才の金剛石《こんごうせき》のような意志に、俺のごとき凡人《ぼんじん》が論理的に反論できるわけがない。

だとしたら、ラズエルを救うことで否定するしかないのだ。

決断した以上、戦いを始めなければならない。兕式士の戦いを。

「落ちつけガユス、郡警察の情報を待ってい……」

「黙っていろギギナ、俺はこの勝負に勝ってやる」

ギギナの声に答えながらも、俺は思考を調整しはじめる。

俺の武器はこの頭脳しかない。だとしたら推測を開始するのみだ。

この場合に必要とされる独創的な思考力や論理性は、俺には存在しない。

だが、嫌なことほど覚えている欠陥品《けっかんひん》の強化脳の記憶力《きおくりょく》と検索《けんさく》能力、他人へとすぐに感情移入してしまう俺の脆弱《ぜいじゃく》さと感傷過多が何かに使えるはずだ。

まず、チェルス将棋《しょうぎ》の天才、死せるレメディウスが完璧《かんぺき》に盤面《ばんめん》を作っていたなら、残念だが俺の思考能力ではどうしようもない。その思考を排除《はいじょ》。

次の思考に転移。俺がつけこめるとしたら、レメディウスにもどうしようもない不確定要素。それを一旦《いったん》保留したまま次の思考につなげる。

レメディウスのその狙《ねら》いは、カルプルニアのいるラズエル島とその関連施設《しせつ》。

使用される咒式弾頭《じゅしきだんとう》は、三十人以上の咒式士《じゅしきし》と、組成式の核《かく》となる長命竜《アルター》なみの咒力《じゅりょく》を必要とする。

いくら曙光《しょこう》の鉄槌《てっつい》といえど、そんな数の咒式士を揃《そろ》えられないし、長命竜を捕《と》らえて、しかも従属させるなんて不可能だ。

それ以前に、巨大《きょだい》な長命竜を誰《だれ》にも見つからずにエリダナに持ちこめるわけがない。

一縷《いちる》の望みをかけるなら、ありもしない咒式弾頭で脅《おど》すほどレメディウスが愚《おろ》かであること。

いや、確実に起動方法を見つけたからこそそのレメディウスの行動だ。

だが、その咒式弾頭弾の本体を手に入れたのは、ここエリダナでだ。その購入資金を手に入れるために自身の命まで犠牲《ぎせい》にしたのだ。それから咒力を注入している時間などない。弾頭は発動しない？　いや前と矛盾してくる。

いや、待てよ、そのすべてを揃えることができたものがいる。

とすると、クソっ、ふざけた事実が次から次へとつながってくる。

「分かったぞギギナ。この最低にくだらない事件の最終幕がな」

「事件の意図を説明しよう。多分、これが正解だと思う」

ラルゴンキン事務所の兵員輸送車。その後方指揮室で俺は一同を見回す。

机の上のエリダナ立体地図の四辺を、咒式士《じゅしきし》たちがそれぞれの表情で囲んでいる。

運転席への壁《かべ》を背後にラルゴンキンが座し、右横に副官のヤークトーが控《ひか》え、完全武装したイーギー、ジャベイラと続く。

机の左側にギギナが座り、ラルゴンキンの反対側に説明を開始しようとする俺が立っている。

わずかに開いた車窓からは、他の完全武装の咒式士を満載《まんさい》した装甲車《そうこうしゃ》が並走しているのが見えた。

車の背景に橋の支柱とワイヤが飛び去っていき、滔々《とうとう》と流れるオリエラル大河が広がる。

視線を車内へと戻《もど》し、俺は静かに息を吐《は》いて結論を開始する。

「まず、咒式弾頭《じゅしきだんとう》〈六道厄忌疫鬼狂宴《アヴァ・ドーン》〉は確実に発動する」

俺の言葉にイーギーが疑問を返す。

「本当か？　レメディウスがいくら天才で完全な組成式を組みあげたとしても、三十人以上の高位咒式士分の咒力《じゅりょく》と長命竜なんてものが集められるわけが、略して不可能……」

アルリアン特有の細い顔に何かが閃《ひらめ》き、耳の銀環が揺《ゆ》れた。

「そう、その条件を満たそうとしている者がいる。俺たちがずっと追っていた相手がそれに当てはまるとは思えないか？」

俺の言葉に、全員の顔に驚愕《きょうがく》と理解の表情が広がっていく。

「そうか、レメディウスが召喚者《しょうかんしゃ》ならば、アムプーラとヤナン・ガランなどという〈大禍つ式《アイオーン》〉を召喚することも可能だ。その二体が、咒式《じゅしき》兵器の発動準備のために四十二人もの咒式士《じゅしきし》を殺し、夜会と称《しょう》していたのか」

「エリダナ人口の半数以上が何らかの咒式士とはいえ、被害者《ひがいしゃ》四十九人中、四十二人が咒式士とは多すぎる。なぜそこに気づかなかったのか」

顎髭《あごひげ》を撫《な》でながらラルゴンキンが呻《うめ》き、ヤークトーがうなずく。

「そして長命竜にも等しい咒力《じゅりょく》と演算能力を持つ、大禍つ式が核となるわけか。クソったれすぎるぜ」

イーギーが吐きすてる。

「さらに推測を続ける。大禍つ式《アイオーン》たるアムプーラとヤナン・ガランは、死せるレメディウスの咒式に縛《しば》られて咒式発動のために動いてはいるが、博士のラズエル社への復讐《ふくしゅう》などどうでもいい。

ヤツらは、夜会の終幕を下ろすために俺とギギナ、そしてラルゴンキンの連中と戦いたい」

そして俺の指輪を奪《うば》って完全な決着をつけたいのだろう、という言葉を胸の中でだけつぶやき、そして推論を続ける。

「レメディウスの咒式に縛られてヤッらが核心《かくしん》を話すことはできないが、何か行動で暗示しているはずだ」

事件の発生場所と順番から、推理バカのホラレムがイブカ文明の文字だとか指摘《してき》したが、古代文明の訳《わけ》の分からない文字なんかで俺たちに示すはずもない。

もっと分かりやすい、しかも歪んだ皮肉の利《き》いた示唆《しさ》があるのだ。

アムプーラとヤナン・ガランとの会話、禍つ式事件の順番。そのすべてを頭脳で高速検索していく。そして、くだらない符号《ふごう》に俺は気づいた。

「一連の禍つ式連続殺人事件の発生箇所《かしょ》を表示してくれ」

ヤークトーが指先を振《ふ》り、エリダナの街角に青い光点が灯《とも》っていく。

「この地図は前にも見た、結局、規則性なんかねえんだよ。子供の遊びみたいに適当だ」

目を細めて、イーギーが俺の顔を睨《にら》んでくる。

「その通りだ。最初に起こったと思っていた事件、おまえたちのルアン歯科、俺たちがジノレイ消防署で対処した事件は、実はそれぞれ十七、十八件目だった」

「事件を最初の方に限定して考えると、エリダナ中心部の、東西に分散しているように思えないか？」

「それが何だというの？　徐々《じょじょ》に侵攻《しんこう》しているだけじゃない？」

ジャベイラが尖《とが》った顎《あご》に手を当てて、疑問の声をあげる。

「そこが変なんだよ。別にいきなり街の中心に出現してもいいだろ？　夜会の規則が咒式士《じゅしきし》の呪力《じゅりょく》と情報を集めるためだとしても、街の中心の方が効率的に呪式士を殺せて、意識情報と呪力を集めやすい」

俺の言葉に車内の全員が地図へと目線を下ろす。同時に車が橋を渡《わた》りおえ、急角度で左折する遠心力が加わる。

ついに西岸の龍皇国側に侵入《しんにゅう》したのだ。

俺の推理も急ぎ足になる。

「それで、ルアン歯科ではどんな禍つ式が出た？」

俺の問いに、ジャベイラの目が疑問符《ぎもんふ》を浮《う》かべていた。だが、すぐに記憶《きおく》を辿《たど》って答える。

「それなら私の三番隊の担当だったわ。巨大《きょだい》な口が浮かんでいる禍つ式で、牙《きば》が全身から生《は》えていたわ」

「そしてラルコンギン事務所に出現したサーベイ司祭、それで二日前のノーディト動物園の事件は？」

イーギーが疑いの目を上げる。

「象、ただし全身の皮膚《ひふ》が裏返り内臓が剝《む》き出しになってた。略して内臓象」

推理を補強する事実を確認《かくにん》して、立体地図の上に俺の指が踊《おど》ると、その三つの点を、地図の東西南北に対して斜《なな》め四十五度の線が描《えが》かれる。

「これが何なんだ？　早く略せよ」

イーギーの言葉を無視し、俺は地図に直接禍つ式の姿の情報を表示させて、話を進める。

「ボスホル港で出現したのは、小型の漁船の船首に人間の顔、甲板《かんぱん》にびっちりと手が生えていた気色悪い禍つ式とある」

そこから光の線を引く。

「そしてラルゴンキン事務所に出現した城の禍つ式、カーシー倉庫で小鳥が大鳥へと変化した禍つ式をつなぐ」

三つの出現地点を結ぶと、今度は直角が現れる。

「だから略せよ！」

イーギーが我慢《がまん》できなくなったように、机を叩《たた》いて立ち上がる。

「いや、待てイーギー」それまで無言だったラルゴンキンが、太い声をあげる。「そうか、私にも分かってきたぞ。これは……」

「そう、禍つ式の出現位置には厳密な法則があるんだ」

せっかく俺が理論を組み立てたのに、ラルゴンキンに結論を言わせるわけにはいかない。俺の内心を見抜《みぬ》いたらしいギギナの呆《あき》れた瞳《ひとみ》が頬《ほお》に刺《さ》さる。

「これらはすべてチェルス将棋《しょうぎ》の駒《こま》の動きだ」

ヤークトーが感嘆《かんたん》の声を漏《も》らし、ラルゴンキンが重々しくうなずく。イーギーとジャベイラは上司二人の納得《なっとく》顔の意味が分からないといった表情をしている。

「だから、おまえらだけで思考を略すなって！」

「司教に城は分かるけど、船に象のどこがチェルス将棋の駒になるのよ？」

二人の咒式士《じゅしきし》の問いに、俺が説明を加える。

「〈司教《ビショップ》〉の駒ってのは、元々の東方将棋では牙や象の駒だったんだよ。〈塔《ルーク》〉の駒は、戦車から船、大鳥、塔《とう》と変遷《へんせん》してきているんだ。補足すると、オダル退役軍人会館とジノレイ消防署の一件は〈兵士《ポーン》〉の駒の前進というわけだ」

俺はラズエル島でのカルプルニアが見ていた盤面を思い出していた。

ギギナがそんなことも分からないのか、という軽侮《けいぶ》の視線をイーギーとジャベイラへと投げかけていた。

絶対に、ギギナも忘れていたことを俺が保証する。

俺は自分のあまりの頭の悪さに絶望しそうになった。

ヤナン・ガランとアムプーラの前に、僧侶《そうりょ》と城の禍つ式が出現した時点で気づくべきだったんだ。

そして、チェルス将棋の駒の源流なんてことに詳《くわ》しく、召喚咒式《しょうかんじゅしき》を使える高位咒式士《じゅしきし》という条件だけで、レメディウス博士が関与《かんよ》しているのは明らかすぎる。

それに気づかない、俺たちの頭の方がよほどおかしい。

頭の悪い俺たちに痺《しび》れを切らした大禍つ式は、直接に出向いてきて二体の禍つ式というあまりに親切な示唆をし、さらに示しつづけたのだ。

思考に沈《しず》んだ俺が顔を上げると、睨みつけてくるイーギーの双眸《そうぼう》に出会う。

「禍つ式がチェルス将棋の駒だってのはわかったが、これがどうして咒式弾頭《じゅしきだんとう》の位置を示すんだ？　おっさんの自分探しなみに意味不明」

「おまえ、わざと分からないフリしているのか？」

俺はこの咒式士の将来が心配になってきた。確かに腕《うで》は抜群《ばつぐん》に立つが、絶望的に察しが悪い。ギギナと同じ道を忠実に追っているようだ。

「ヤツらが終幕に俺たちを呼びよせたいなら、駒の位置を使って暗示させるしかない。当然、レメディウスの手筋を使ってな」

脳裏《のうり》にはカルプルニアの病室で見た、あの盤面《ばんめん》が鮮明《せんめい》に蘇《よみがえ》っていた。

俺は不愉快《ふゆかい》な結論を吐《は》き捨てる。

「こいつは、この事件は、エリダナを盤面にした壮大《そうだい》なチェルス将棋なんだ。そして、レメディウスの有名な手筋、大陸大会で優勝した時の終盤《しゅうばん》の手筋を表しているんだ！」

車内全員の顔に、驚愕《きょうがく》と憤怒《ふんど》の感情が走る。

「ふざけやがって」

イーギーが犬歯を鳴らして呻《うめ》き、ジャベイラが唇《くちびる》を噛《か》みしめ自らの掌《てのひら》に拳《こぶし》を打ちあわせる。

「よくもこんなバカげたことを。それが分かるあなたもあなたですが」

ヤークトーの呆れたような顔に、俺は力のない苦笑いを返す。

初春に巻きこまれたモルディーン枢機卿長《すうききけいちょう》の事件で、この手のくだらない謎《なぞ》に慣れさせられたのだ。

その時に渡《わた》された指輪のために、さらに面倒《めんどう》な事態に陥《おちい》ってもいるのだが。

俺は右手の赫《あか》い指輪の輝《かがや》きに目を落とした。

「それで、そのふざけたチェルスの敗れる王の駒の位置がラズエル島。そして兵士が竜《りゅう》に変わった駒が盤面の中央に戻《もど》って王手をかけているのが、あそこというわけか」

ラルゴンキンの押し殺したつぶやきに、全員の顔が左の車窓へと向けられた。

オリエラル大河に面したセビティア記念公園の全景が見下ろせ、その先に、天高くそびえる尖塔《せんとう》が現れてきた。

それは、エリダナに刻を告げるという役目を遥《はる》かの昔に放棄《ほうき》した、時計台の威容《いよう》だった。

10 蜘蛛の断頭台

ああ、我が友よ、不滅《ふめつ》の楽土を目指してはならない
可能性の領域を飲み干し、星の溟《うみ》に漕《こ》ぎだそうと
我らは、我ら以上には決してなれないのだから

ジグムント・ヴァーレンハイト
レメディウス・レヴィ・ラズエルへの返書　皇暦《こうれき》四九六年

「しっかりしろドムル」

よろめくドムルを、横を歩くレメディウスとナリシアが支える。

乾いた黒血に塗れた青年の肩《かた》を借りたドムルは力なく笑い、その場に腰《こし》を下ろす。

「レメディウス、儂《わし》はもう無理だ。置いていってくれ」

「何を言うドムル、元気を出すんだ！」

自身も苦痛に顔を歪めたレメディウスが見回すと、周囲の放浪者《ほうろうしゃ》たちの表情も憔悴《しょうすい》しきっていた。

歩けども歩けども、レメディウスたちの前には暗灰色の岩だけが続いており、夜は気温が氷点下にまで下がって人々の体力を奪《うば》い、日中も高山の冷気が肌《はだ》を刺《さ》す。休めば毒虫が人々の身体《からだ》を齧《かじ》り、やっと見つけた泥水《でいすい》を啜《すす》れば激しい下痢《げり》にのたうちまわる。

「レメディウス、数少ない食料を分けあい、互《たが》いを支えあってきたがここが限界だ。元気な者だけで行こう」

ハタムの声にレメディウスが激昂《げっこう》する。

「駄目《だめ》だ。それじゃ僕らもドーチェッタと何にも変わらない！」

その声に全員が顔を伏《ふ》せる。

「そうやってここを生き延びて、僕らはどうするんだ⁉　独裁者と同じことをしておいてこれから胸を張って戦えるというのか⁉」

「そうよ、あたしたちはドーチェッタとは違《ちが》うはずよ！」

ナリシアが必死に叫《さけ》び、人々がうなずきあった。そして気力を振《ふ》り絞《しぼ》って立ち上がる。苦鳴を噛み殺しながらドムルも立ち上がる。

「僕は一人も見捨てない。必ず全員で生きて帰るんだ」

レメディウスとナリシアがよろめきながらも先頭になって歩きだす。すれ違った時に、ハタムが静かにつぶやいた。

「だが、だが、いつかは限界が来るんだ」

そして二日目の夜、一人目が死んだ。曙光《しょこう》の鉄槌《てっつい》に協力していた老婆《ろうば》だった。

翌朝には曙光の鉄槌の戦士でも重傷だった者が二人死んだ。

三日目の朝には女とその子供が死んだ。昼には老人が死んだ。

毎日毎日人が死に、食料と水を巡《めぐ》って争いが起こり、レメディウスが三人の男を処刑《しょけい》した。

誰が拷問に耐えられず隠れ家の場所を喋ったかで罵《ののし》りあい殴《なぐ》りあい、無意味に五人が死んだ。

三十三日目の夜、生き残った十九人が岩陰《いわかげ》で焚《た》き火《び》を囲んで休んでいた。

弱々しい炎《ほのお》に照らされているどの顔も憔悴し疲労《ひろう》しきって、まるで亡者の群れのようだった。

「レメ、レメディウス、こ、ここらで決断して、く、くれ」

ドムルが荒《あら》い呼吸とともに言葉を吐《は》き出す。その顔には死相が浮《う》かんでおり、隣《となり》のレメディウスはその顔を直視できなかった。

「おま、えやナリシアや若く元気なものだけで先へ進め。この、ままでは全滅《ぜんめつ》す、るだけだ」

そして嗄《しゃが》れたドムルの言葉が地面へ落ちる。

「おまえは、儂ら、は、正しい、のか？　いつか、幸せになれる、のか？」

レメディウスは答えられず、焚き火の中へと枯《か》れ木を投げる。

ふと気づいて顔を上げると、ドムルの顔は灰色に変わり、静かに目を閉じていた。

そのヒビ割れた口唇《こうしん》へとレメディウスが手を伸ばすと、すでに呼吸が止まっていた。

レメディウスは震《ふる》える拳《こぶし》を握《にぎ》り、地面に叩《たた》きつけた。皮膚が破れ、血が砂礫に滲《にじ》む。

その時、高い悲鳴があがり、レメディウスが夜の中へ飛び出す。

岩陰の外、夜の山に枯れ木が散らばり、ナリシアが服の裂《さ》け目から肌を晒《さら》し、その上に伸《の》しかかるハタムがいた。

「ハタム！」

振り返ったその顔へレメディウスが拳をたたき込み、そのまま二人の男は夜の岩肌《いわはだ》を転がる。

荒い呼吸と肉がぶつかる音が響《ひび》き、レメディウスがハタムの後頭部を岩へと打ちつける。

「なぜ、こんなことをするっ、ナリシアは、ナリシアはっ！」

切った唇《くちびる》から血を流しながら、レメディウスがハタムの襟元《えりもと》を締《し》め上げる。

「知るか、どうせドーチェッタに犯《や》られたのなら、俺が犯ってもいいだろうが！」

ハタムの目は昏《くら》い光を放ち、口から血泡を吹《ふ》いて笑っていた。

「もう止《や》めて、もう嫌《いや》、こんな、こんな……」

レメディウスが振り返ると、ナリシアが泣き崩《くず》れていた。

「どうせ皆《みな》死ぬんだ、おまえの理想につきあってな。だったら何してもいいだろうが！」

ハタムが言い放ち、レメディウスの胸中に灼熱《しゃくねつ》の怒《いか》りが灯《とも》る。

虐《しいた》げられた人々が理想に立ち上がったはずが、場所が変わればこんなに簡単に虐げる側に変わる。

人とは結局、こんなものなのか？　ドーチェッタもレメディウスも曙光の鉄槌も何一つ変わりはしないのだろうか。

レメディウスは哀《かな》しかった。

そしてハタムの襟元を締める手に力を込める。

「レメディウス、俺はおまえを憎《にく》む。おまえの理想じゃ誰《だれ》も救われない」

ハタムは口から哄笑《こうしょう》と血泡を吐き、さらにレメディウスの手の憎悪と憤怒の力が締めつづける。そしてハタムは目を見開いたまま絶命した。

そして生存者たちは原始の獣《けもの》となった。互いに不信の目を向けあい、食料や水を隠《かく》すようになった。

四十一日目には、明らかに内部の者の手による惨殺死体が発見された。

次の日も、その次の日も争いが起き、老人や女や子供、弱い者から奪《うば》われ殺され、派閥《はばつ》に別れて争うようになっていた。

レメディウスの統制も効かなくなって、四十八日目には曙光の鉄槌同士で殺しあいを始めた。

四十九日目には、残る人々はわずか六人になっていた。

五十四日目、衰弱《すいじゃく》したナリシアに食料を譲《ゆず》ることに反対し、襲《おそ》いかかってきた二人をレメディウスが殺した。

その日、ついにレメディウスとナリシアだけになった。

ベルモンティアヌス・ガガルモント・オセデク時計台。

オリエラル大河に突《つ》き出した半島状の土地に、それはそびえていた。

観光客どころか地元住民でも、そのやたらと長い正式名称《めいしょう》が面倒《めんどう》で、単に時計台と呼んでいる。

元々は皇暦《こうれき》一一三年にこのエリダナを支配していたオセデク伯爵《はくしゃく》のベルモンティアヌスという大貴族が、自らの威信《いしん》をかけて建造した城砦《じょうさい》だったが、皇暦二五二年の紛争《ふんそう》での咒式攻撃《じゅしきこうげき》で中央部が破壊《はかい》されてしまった。

紛争当時のベルモンティアヌスの子孫、オセデク伯爵のガガルモントが、祖先の建てた城砦の無惨《むざん》な姿に奮起し、私財を投じて修復に取りかかった。

だが、ガガルモントは先祖に対抗心《たいこうしん》を燃やしたのか、同年、崩落《ほうらく》した中央部に巨大《きょだい》な時計台を追加し、現在にいたるのである。

物見櫓《やぐら》のような不格好に太い時計台は、建築的にも大して面白《おもしろ》いものではないし、高層建築物が発達した現在では、三十階程度の高さも目立つようなものでもない。

老朽化《ろうきゅうか》のために補修工事が始まったが、咒震《じゅしん》の復興で市の予算が尽《つ》きて頓挫《とんざ》。何年も前から閉鎖《へいさ》されている。

時計台は市民がたまに遠くに目に止めて、存在を思い出すようなものである。

特徴《とくちょう》のない時計台の灰色の壁《かべ》を知覚眼鏡越《ご》しに見上げながら、俺はそんなどうでもいいことを思い出していた。

木の幹の陰《かげ》からの不自然な姿勢の監視《かんし》に、背中が痛くなり、幹を背にしたギギナの隣に腰《こし》を下ろす。

郡警察の咒式特化制圧部隊とラルゴンキン社が合同で突入《とつにゅう》すれば、総勢百二十人を越《こ》す咒式士《じゅしきし》の一大部隊になり、その中には十階梯《かいてい》を越す高位咒式士も三十人はいる。

いくら、ヤナン・ガランとアムプーラが強大な大禍つ式《アイオーン》だろうが、それだけの高位咒式士が揃《そろ》えば倒せるはずだ。

「位置が判明した時点で、俺たち人類の勝ちだ、と言えれば良かったのだがな」

俺が目を向けると、似合わない積層甲冑《せきそうかっちゅう》に身を固めたベイリックと視線が合う。

「すまないな。ラズエル島近海と沿岸に、ほとんどの郡警察とすべての咒式特化制圧部隊が集結してしまって、残り二十四分までに到着《とうちゃく》するのは不可能だ。それに……」

「分かっているよ、上が俺の推測を信じなかったんだろ？」

ベイリックが苦渋《くじゅう》の表情でうなずく。

俺だって自分の推測が絶対に正しいかどうかは確信できない。

レメディウスと禍《まが》つ式事件の関係はあまりにくだらない符合《ふごう》にすぎて、逆に俺たちを誘《さそ》うためだけに、アムプーラとヤナン・ガランが仕掛《しか》けた罠臭《わなくさ》いとも言える。

ベイリックと部下の三人が確認のために志願してきてくれてはいるが、郡警察本隊は他《ほか》の地点の捜索《そうさく》に向かっている。

市長のヒルベリオとしては、ラズエル島のみの限定被害《ひがい》とする最低限の安全策も取っておきたいのだろう。

ラズエル社員と訪問客、一二〇五人の命とエリダナ七〇万人の命を天秤《てんびん》に掛《か》ければ、その決断は正しいのだろうが、俺は絶対に納得《なっとく》しない。

そこにはジヴがいるからだ。

目線を戻《もど》すと、傍《かたわ》らのギギナが一幅《いっぷく》の絵画となって青空を見上げていた。

「空が綺麗《きれい》だな」

「おまえな、まあそうだな」

ギギナの呑気《のんき》なつぶやきに俺は賛成してしまった。どんな事態だろうが、ギギナは変わらない。

「ようやく分かった。ギギナは脳味噌《のうみそ》に穴が開いているんじゃなくて、穴の周りに脳味噌があるんだな」

「羨《うらや》ましいか？」

「んなわけあるか」

「おまえら、この状況《じょうきょう》でよくそんな、っだらねーことを言ってられるな。たとえるなら死刑台《しけいだい》で乾杯《かんぱい》」

向かいの木の陰《かげ》に潜《ひそ》んでいるイーギーが呆《あき》れたような声を出した。

傍らに並ぶ鬱蒼《うっそう》とした木々の陰には、同じような体勢で息を潜めるラルゴンキン社の咒式士《じゅしきし》の面々がいた。

時計台の周囲には隠れるような建物がないので、公園に近い林の中に本部を設置して、突入の時期をうかがっているのだ。

「怖《こわ》いのか？」

ギギナの投げかけにイーギーが沸騰《ふっとう》しそうになり、そして双剣《そうけん》を抱《かか》えて腰を戻す。

「怖いに決まってるわ。相手はあのアムプーラとヤナン・ガラン。勝てる理由が見つからないわ」

イーギーの隣《となり》のジャベイラがつぶやくように、その顔に暗い不安の影が射《さ》していた。

「咒式士《じゅしきし》の戦いに奇跡《きせき》はない。必ず実力で決まるわ」

「冷静に考えれば、勝ち目はないな」

ギギナが続ける。

「ドラッケン族ってのは恐怖《きょうふ》を感じないのか？」

イーギーの問いに、屠竜刀《とりゅうとう》に大口径咒弾《じゅだん》を込めるギギナが思案するような表情になる。

「死ぬということにそれほど恐怖はない。ただ、恐怖ごときに屈《くつ》して自分の納得できない選択《せんたく》はしたくはない」

ギギナが屠竜刀の撃鉄《げきてつ》を上げ、戦闘《せんとう》準備を終える。

「それがドラッケンの思考形式という洗脳かもしれない。だが、それを含《ふく》めて私自身のすべてだ。それらの自己が納得のいく選択をし、その果てに不条理に死ぬのも悪くない」

ギギナの右目を跨《また》ぐ竜《りゅう》と焔《ほのお》の刺青《いれずみ》が、蒼《あお》く燃えあがるように見えた。

この生ける武神といると、何とかなりそうな気がしてくるから不思議だ。

ギギナの言う通り、俺の内の恐怖も惑《まど》いも、痛みも過去も自己とするしかないのだろう。

恐《おそ》ろしく頼《たよ》りないとはいえ、俺たちの武器はそれしかないのだから。

そして生の一瞬《いっしゅん》一瞬の選択に、ギギナは嘘《うそ》もなく選択している。だからこそ、あれほどまでに強く鮮烈《せんれつ》な生き様を貫《つらぬ》けるのだろう。

安楽なだけの選択に流されれば、必ず後悔《こうかい》する。その後悔をも血と肉としつつ、次の選択をする。選択自体を選び、選ばないという選択をして。

だからこそ選択と決断は尊い。その人間が何をし、何をしなかったか、行動だけがその人間の証明であろう。

レメディウスが大きな天の言葉で呪《のろ》うのなら、俺たちは地を這《は》いずるような行動で対峙《たいじ》するしかないのだ。

魔杖剣《まじょうけん》ヨルガを抱えなおし、俺は他の咒式士《じゅしきし》に倣《なら》って突入《とつにゅう》の合図を待つ。

「さて、どうするかな。ヤツらは俺たちの接近を知って、妨害《ぼうがい》を開始しているようだ」

ラルゴンキンがヤークトーを引き連れて現れ、周囲の咒式士たちの視線が集まる。

巨漢《きょかん》の眉間《みけん》には深い皺《しわ》が刻まれていた。

「奇襲《きしゅう》が見抜《みぬ》かれているとなると、作戦が崩壊《ほうかい》するな」

ラルゴンキンが吐《は》きすてるように、俺たちが到着してすぐに、ヤナン・ガランとアムプーラの強力な咒式干渉結界《じゅしきかんしょう》が時計台に張りめぐらされているのを感知していたのだ。

特にヤナン・ガランの咒式干渉結界は最初の遭遇《そうぐう》時に証明されたように、あまりに強力すぎる。

ここにいる咒式士の数で奥の手の第七階位の咒式を使用しても破壊《はかい》効果は減殺され、この巨大な時計台ごと一瞬で咒式弾頭《じゅしきだんとう》を灼《や》きつくすのは困難だ。

飛翔呪式《ひしょうじゅしき》で取りつこうにも、上層からの呪式攻撃《こうげき》を外すほど、禍《まが》つ式の支配者たる二体がマヌケだとも思えない。

つまり、完全な手詰《てづ》まり。

「気づいているなら、なぜ呪式《じゅしき》弾頭弾を発射しない？」

ギギナの疑問に俺が答える。

「邪魔《じゃま》がいくらでもできる不確実な遠隔《えんかく》発動はしないだろう。時限発動式を採用しているはずだ」

「だといいけどね」

ジャベイラが自嘲《じちょう》ぎみに笑う。

「逆に、ヤナン・ガランとアムプーラに発動を任せている可能性もある。だが、俺たちの接近に気づいても弾頭を発射しないところを見ると、どうやら、レメディウスとズオ・ルーの目的より、あのふざけた夜会を最後までやることを徹底的《てってい》に優先したいらしい。

どっちにしろ、時間までに制圧すれば弾頭の炸裂《さくれつ》はない。向こうは最後まで遊戯《ゆうぎ》を望んでいるんだ。不愉快《ふゆかい》だが、それに乗るしかない」

俺の言葉に、呪式士《じゅしきし》たちがうなずく。そしてラルゴンキンが決断を下す。

「よし、向こうが真っ向勝負を望んでいるなら事態は簡単だ。飛翔呪式で高層階へと飛びつこうとして、撃《う》ち落とされる危険を行う必要はなくなった。ただ戦って勝利すればラズエルは救える」

す。

呪式士《じゆしきし》たちを王侯《おうこう》のごとく睥睨《へいげい》し、ラルゴンキンが巨大な魔杖槍斧《まじようそうふ》の穂先《ほさき》で時計台を指し示

「二班は副隊長のワイトスが率いて右入口から、三班は同じく副隊長のブレイグが率いて左入口から突入し、呪式弾頭《じゆしきだんとう》を捜索《そうさく》しろ」

名前を呼ばれた二人が返答し、すぐに隊員を編成しはじめる。

「ヤークトーとベイリック、警察士と九階梯《かいてい》以下の呪式士はここに残り、呪式弾頭が発射されたら、呪式《じゆしき》で迎撃《げいげき》しろ。弾頭にヤナン・ガランかアムプーラが護衛についている限り無意味だろうが、私たちが弾頭発射に間にあわない時の保険だ」

ヤークトーとベイリックが無言でうなずき、後ろへと下がっていく。

「私とイーギーとジャベイラと一班、そしてガユスとギギナの精鋭《せいえい》が正面から突入、あのクソ禍《まが》つ式どもを叩《たた》く！」

賢明《けんめい》な判断だ。ヤナン・ガランとアムプーラという最上級の異貌《いぼう》のものどもを相手にして、十階梯以下の呪式士では足手まといにしかならない。

「ヤークトー、勝利確率を計算しろ」

ラルゴンキンの声に老千眼士が演算を始める。

「そうですね、チェルス将棋の駒の残り数分の禍つ式に、アムプーラとヤナン・ガラン。こちらは十三階梯が三人に、十二階梯二人を含む十八人の呪式士が突入。勝利確率三五・五から三六・七％といったところでしょう」

「そこは嘘でも五〇%を越えておけよ。てめえ鬼より鬼か」

イーギーがげんなりと突っこむ。

「悪い賭けではない」

ギギナが不敵に笑い、屠竜刀《とりゅうとう》を肩に担ぐ。

「全員聞け」ラルゴンキンの野太い声に、咒式士《じゅしきし》たちの視線が集まる。「この一戦に、ここにいる二十四人の咒式士と四人の警官士の魔杖剣《まじょうけん》に、ラズエル社員と訪問客の一二〇五人の命運がかかっている」

その声は静かで、しかし力強かった。

「私はこの街が好きだ。我ら咒式士を手放しで受け入れる数少ない街、このエリダナがな。そしてこの街には美味《うま》い料理屋があり、我らの家族や友人がいる」

「可愛《かわい》い女どももな」

ギギナが屠竜刀ネレトーを肩《かた》に担ぎながら、付け加えると、想《おも》いを寄せる女の面影《おもかげ》を思い浮《う》かべたのか、咒式士の男たちが静かにうなずく。

「あら、可愛い男もいるわよ」

ジャベイラが俺の顔を自分の頰《ほお》へと引きよせて答え、咒式士の女たちが笑《え》みを零《こぼ》す。

煽動者《せんどうしゃ》の俺としては盛り上げておくか。

「逃《に》げても誰《だれ》も責めない。だが、ここで逃げたら後悔するうえに大損だ」

俺の言葉に全員が不審《ふしん》げな顔をする。

「この戦いに生き残れば、ラズエルからは礼金の取り放題。おまえらみたいなろくでなしでも、しばらくは人気者だ。この機会に童貞《どうてい》と処女でも捨ててこい」

俺の皮肉に全員が笑みや失笑を零す。

ラルゴンキンも太い笑みを浮かべ、そして表情を引き締《し》めた。

「だからこそ、その街に喧嘩《けんか》を吹《ふ》っかける曙光の鉄槌と禍つ式には退場を願おう。地獄《じごく》の底の底までな」

ラルゴンキンの怒声《どせい》があがる。

「残り十八分二十七秒。三十秒後に総員で突入する、散開っ！」

二十八振《ふ》りの魔杖剣が振り上げられ、風よりも速く、大地よりも静かに、咒式士たちが走りだす。

轟音《ごうおん》！

俺の放った、化学練成系咒式《かがくれんせいけいじゅしき》第三階位〈爆炸吼《アイニ》〉で合成されたトリニトロトルエン、通称《つうしょう》TNT爆薬《ばくやく》の秒速約二千から六千メルトルの衝撃波《しょうげきは》と爆炎《ばくえん》が、樫《かし》の扉《とびら》を粉砕《ふんさい》する。

粉塵《ふんじん》と木の破片を貫《つらぬ》いて、俺とラルゴンキンたちが一陣《いちじん》の突風《とっぷう》となって突入する。

時計台一階、石造りの城砦《じょうさい》の回廊《かいろう》は静かだった。

天上の窓からの陽光が塵埃《じんあい》の舞《ま》う室内を照らし、冷たい石畳《いしだたみ》や、大木のような石柱が並ぶ回廊の輪郭《りんかく》を浮かびあがらせる。

黴臭《かびくさ》い回廊を、俺たちは颶風《ぐふう》のように走りぬける。

「来るぞ！」

ラルゴンキンの叫《さけ》びとともに、回廊の前方空中に作用量子定数の変化が励起《れいき》、実体化のための複雑な咒式組成式が展開していく。

空気に水面《みなも》のような波紋《はもん》が広がり、その渦《うず》の中から、胎児《たいじ》が産まれるように禍つ式が顕現《けんげん》してくる！

「出産祝いだ、受け取って、そして懐《なつ》かしの故郷、地獄の糞海《くそうみ》に帰りな！」

叫びとともに、ジャベイラの魔杖剣《まじょうけん》、〈光を従えしサディウユ〉の先端《せんたん》に光が炸裂し、おびただしい数の光が前方へと放射される。

近赤外線を交互《こうご》に発生した磁場で増幅《ぞうふく》。発振《はっしん》させた光は、高密度の熱量を持つ光の刃《やいば》となる。

その〈光条灼弩顕《レラージエ》〉を大量に発生させる上級咒式《じゅしき》、電磁《でんじ》光学系咒式第六階位《こうがくけいじゅしき》〈煌光灼弩連顕射《レライエス》〉の熱線が、空中の波紋から生まれ落ちる禍つ式の肉体を貫通《かんつう》していく。

数十の人面で構成される〈兵士〉のその顔に光の牙《きば》が突《つ》き立ち、数十の唇《くちびる》から悲鳴をあげさせ、自らの頭部を捧《ささ》げ持つ僧服姿《そうふく》の〈司教〉の、その胸元の額に黒い穴を穿孔《せんこう》し、灼《や》きつくす。

だが、続いて実体化した立方体や三角錐《さんかくすい》の〈塔〉が、咒式干渉結界《じゅしきかんしょう》を展開させ、光の束が結界表面で散乱し弾《はじ》ける。

結界の向こうで次々と禍つ式が実体化していく。

俺の後方に続くラルゴンキン社の咒式士《じゅしきし》たちの雷撃《らいげき》や爆裂咒式《ばくれつじゅしき》も、同様に無効化されてしまう。

遠隔攻性咒式《えんかくこうせいじゅしき》は、咒式士から距離《きょり》が離《はな》れるほどに作用量子定数への干渉が弱まるため、禍つ式を相手に対しては効果が薄《うす》いっ！

咒式が荒《あ》れ狂《くる》うなか、異形の禍つ式が周囲に出現してくるのに対し、咒式士たちは円陣《えんじん》を組んで接近戦を挑《いど》んでいく。

俺の眼前の石柱の陰《かげ》、蹄《ひづめ》の音を反響《はんきょう》させて、騎馬《きば》兵姿の〈騎士〉が立っていた。

そいつは、馬の頭の代わりに装甲《そうこう》された騎士の上半身が生《は》え、騎士の頭部は再び青黒い馬の頭へと戻《もど》っているという、人か馬かはっきりしろと言いたい異形の姿をしていた。

馬頭の騎馬兵はけたたましい嘶《いなな》きをあげて俺の疑問を明らかにし、長槍を脇《わき》に抱《かか》えて猛然《もうぜん》と突進《とっしん》してくる。

長槍の穂先《ほさき》が俺の心臓めがけて突き出される。だが、俺の左胸の寸前でその刃が停止していた。

横あいから疾《はし》ったイーギーの双剣《そうけん》が、火花を散らして長槍を挟《はさ》み止めていたのだ。

異形の剛力《ごうりき》とイーギーの膂力《りょりょく》とが、俺の眼前で激しく争い、槍《やり》と双剣が金属質の悲鳴をあげる。

魔杖剣〈右鳴りのラカースス〉と〈左利きのレグルスス〉から咒式《じゅしき》と空薬莢《からやっきょう》が弾け、槍の穂先を挟み砕《くだ》くっ！

騎士の体勢が崩《くず》れ、左前脚《あし》の蹄を踏《ふ》みこんで均衡《きんこう》を取《と》り戻そうとする。

その時、すでにイーギーが間合いに踏みこみ、交差していた双剣を騎士の胸元へと突き入れる。

先程と同じ化学鋼成系咒式《かがくこうせいけいじゅしき》第二階位〈微振刃《ブーン》〉が発動。双子《ふたご》の刃身が、微細《びさい》な鋸《のこぎり》となり、秒間五万回を超《こ》える超振動《ちょうしんどう》を引きおこす。

イーギーが両手とその先の双剣を広げると、ヘモシアニンを含《ふく》んだ青い血液と内臓をブチ撒《ま》きながら、騎士と馬が綺麗《きれい》に分断される。

イーギーが馬の胸を蹴《け》りつけて俺の傍《かたわ》らに着地すると、馬の胴体《どうたい》が前脚の膝《ひざ》を折って座りこむ。

落下しながら折れた槍を投擲《とうてき》しようとしていた馬頭騎士の上半身は、俺の放った〈爆炸吼《アイニ》〉の爆風《ばくふう》の中で挽《ひ》き肉《にく》になり、俺とイーギーに青い血飛沫《ちしぶき》を浴びせた。

「やるね。俺の次の次に」

「戦闘《せんとう》中に喋《しゃべ》るな。どこまでお喋りすれば気が済むんだ？」

「おまえの方が言葉が多い、ってこの答えで俺の方が多くなるな」

イーギーに返された俺は、すぐに言い返す。

心底あきれた顔のイーギーは何を言うこともなく、包囲網《もう》を破ろうとする前線へと向かい、俺も続く。

ラルゴンキンとギギナの背に追いつくと、回廊の石畳に石柱のような太い前脚が踏み下ろされる破砕《はさい》音と、巨獣《きょじゅう》の咆哮《ほうこう》が反響する。

長い鼻を掲《かか》げる巨大な灰色の質量が、俺たちの前方を塞《ふさ》いでいた。

それは巨大な象の姿の〈司教〉だった。

そいつは通常の象の倍以上に長い鼻を、回廊の天井に届きそうに高く掲げ、次の瞬間《しゅんかん》、垂直の破城槌《つち》のごとく振《ふ》り下ろす。

巨岩の落下衝撃《しょうげき》にも等しい一撃を、魔杖槍斧《まじょうそうふ》を握《にぎ》る両拳《こぶし》の間の柄《つか》で受け止めるラルゴンキン。

あまりの衝撃に、巨漢《きょかん》の踵《かかと》が石畳を踏み砕く。

次の瞬間、巨象の鼻先が弾け、放射状の牙が飛び出す。

自分を串刺《くしざ》しにしようとする牙の殺到《さっとう》を、ラルゴンキンの左の巨拳《きょけん》が砕く。長大な魔杖槍斧を残る右手首の力のみで小枝のごとく回転させ、長い鼻を両断。

青い血霧を後にし、巨漢は肩口《かたぐち》に槍斧を背負うように構える。巨象が迎撃《げいげき》しようとするが、その姿勢が傾《かたむ》く。

地を這《は》うように跳躍《ちょうやく》していたギギナの屠竜刀《とりゅうとう》の横薙《よこな》ぎの一撃が、石柱のような巨象の右前脚を両断していたのだ。

これは集団戦だということを忘れるなよ禍《まが》つ式！

そして、ラルゴンキンが振り下ろした魔杖槍斧〈剛毅なる者ガドレド〉の巨刃《きょじん》が、恐怖《きょうふ》に目を見開く、巨象の眉間《みけん》へと叩《たた》きつけられる。

化学練成系咒式《かがくれんせいけいじゅしき》第五階位〈曝轟収斂錐波《アミ・イール》〉によって、斧《おの》の刃先《はさき》より発生したヘキソーゲンの爆裂《ばくれつ》が、擂鉢状《すりばち》の咒式《じゅしき》指示式に従って、一点に誘導《ゆうどう》される収束効果を起こし、死の錐《きり》となった衝撃波が巨象の分厚い頭蓋《ずがい》を粉砕《ふんさい》する。

爆風は巨象の体内を疾走《しっそう》し、腹部が膨張《ぼうちょう》。皮膚《ひふ》の弾力《だんりょく》破断限界を越えて破裂《はれつ》。青黒い内臓が石畳《いしだたみ》にブチ撒けられ、湯気を上げる。

ラルゴンキンの使った〈曝轟収斂錐波《アミ・イール》〉は、岩盤掘削《がんばんくっさく》にも使われるもので、この咒式《じゅしき》で収斂《しゅうれん》した爆風は、通常の炸裂《さくれつ》に数倍する貫通力を発揮するという、近接咒式の極致《きょくち》の一つである。

頭部と腹部を消失し、均衡を失った巨象が、己《おのれ》の内臓の青い血潮の海に倒《たお》れ、轟音《ごうおん》が回廊《かいろう》に響《ひび》きわたる。

巨象の前脚を切断していったギギナは、その勢いのままに、回廊のさらに奥へと駆《か》けぬけていた。

疾走するギギナの前方、その柱の陰《かげ》から鈍色《にびいろ》の立方体と三角錐《さんかくすい》、〈塔〉の禍《まが》つ式が飛びだし、襲《おそ》いかかる。

「るるるるああっっ!」

勇壮《ゆうそう》な咆哮をあげて突進するギギナ。その両手の中で全長二四五〇ミリメルトルの両手持ちの槍に伸長《しんちょう》した屠竜刀ネレトーが、白銀の円盤《えんばん》となって旋回《せんかい》。閃光《せんこう》をともなって降り下ろされる。

右の立方体に吸いこまれるように斜《なな》めの斬撃《ざんげき》が疾りぬけ、ひるがえった斬光が左の三角錐を両断。

二つの高硬度《こうこうど》の立方体が四つに分断され、ギギナが長外套《がいとう》をなびかせ駆けぬけた後、耳障《みみざわ》りな四つの落下音と青い体液を撒きちらした。

その凄絶《せいぜつ》な巨刀の軌跡《きせき》は、美神の舞踊《ぶよう》のような優雅《ゆうが》さだった。

ギギナの疾駆《しっく》は止まることなく、長槍《そう》となった屠竜刀が右手の先に伸《の》び、片翼《かたよく》の魔鳥《まちょう》となって疾り、さらに前方から湧《わ》き出てくる禍つ式へ向かう。

空間の波紋《はもん》から馬の頭部が生まれ落ちる地点へ、ギギナの屠竜刀が一閃《いっせん》。

間欠泉のように首の断面から青い血潮を吹《ふ》き上げ、顕現《けんげん》した勢いのまま、巨人は前のめりに倒れていく。

遅《おく》れて石床に逆さに落下したその禍つ式の馬頭の視界に捉《とら》えられたのは、ドラッケンの戦鬼の優美な後ろ姿だろう。

「包囲網が崩れた、ギギナに続け！」

禍つ式どもを青い血の海に沈《しず》めた咒式士《じゅしきし》たちが、ラルゴンキンの号令で一斉《いっせい》に奥へと疾駆しだす。

背後から怒号《どごう》をあげながら追いすがってくる禍つ式へと、振り向きざまに咒式《じゅしき》を放とうとした刹那《せつな》、俺を飛び越《こ》えていった雷撃《らいげき》と爆裂咒式《ばくれつじゅしき》が炸裂。

もう一度振り返ると、回廊の奥で、弾頭《だんとう》を捜索《そうさく》していた二班と三班が中央部の俺たちに合流してきていた。

「所長、左棟《とう》には弾頭はありません！」

「同じく右にも痕跡《こんせき》なし！」

ワイトスとブレイグの二人の副隊長の報告に、ラルゴンキンが厳しい顔をする。

「やはり弾頭は時計台の上か、バカと阿呆《あほう》は高いところが好きだと言うが。一班、二班、三班はここで残りを足止めしろ。ワイトスとブレイグは、このまま我々に合流して時計台に突入《とつにゅう》、散開！」

咒式士の群れは二方向に別れて走り出す。俺の背後で、さらなる爆裂音と怒号が炸裂する。ギギナの背に、ラルゴンキン、イーギー、ジャベイラ、遅れて俺とワイトスとブレイグが続く。

俺は確信していた。

二回の戦闘《せんとう》で、俺とギギナ、そしてラルゴンキンの連中の呼吸も合ってきた今、この一団の総合戦闘力を止められるものなど、地上には存在しない。

ヤナン・ガランとアムプーラが相手といえど、まったく負ける気がしない。

迫《せま》ってくる回廊《かいろう》の奥の扉《とびら》を、再度の〈爆炸吼《アイニ》〉の爆炎《ばくえん》でブチ破り、時計台内部へと突進する。


時計台の塔の内部は、広い石床が広がるだけで、予想されたような待ち伏《ぶ》せはなかった。

垂直に見上げると、内部は中空の楼閣《ろうかく》となっており、縦横に交差する支柱や梁《はり》、補修用の足場が幾何学《きかがく》的な構造を造っていた。

階ごとに設けられた窓から漏《も》れる陽光が光の帯となって差しこみ、支持構造に複雑な陰影《いんえい》を加えている。

その支柱や光の向こうの遥《はる》か上方に、時計を動かす機械の下部が見えた。

「ここから登れるぞ！」

その声に首を水平に戻《もど》すと、頑丈《がんじょう》な四方の壁《かべ》に設えられた階段で上層階へとブレイクが登りはじめていた。

だが、それ以外の全員がその通路を選ばなかった。

イーギーとその副官のワイトスが、跳躍《ちょうやく》して三階の高さの梁へと消え、ラルゴンキンとジャベイラが続いて飛翔《ひしょう》する。

ギギナに荷物でも扱《あつか》うかのように襟首《えりくび》を掴《つか》まれ、次の瞬間《しゅんかん》、俺の身体《からだ》は伽藍《がらん》の宙空に飛んでいた。

足の先に、下から俺たちを見上げるブレイグの髭面《ひげづら》が見え、悔《くや》しげな顔をして階段へと走り出していた。

ギギナの足裏が梁に着地する衝撃《しょうげき》で、俺の身体が玩具《おもちゃ》のように揺れ、さらにギギナが上方へと連続飛翔を敢行《かんこう》。

「人の呪式《じゅしき》だと楽だな」

五階部分に着地した途端、俺は脛《すね》を何か硬《かた》いものに打ちつけた痛みに叫《さけ》ぶ。

見ると、支柱に備えつけられていた古い消火器の金属筒だった。

周りを見ると、同じような消火器が梁や支柱に備えつけられているのだが、それがよりによって脛に当たるのはかなり運が悪い。

「幸先が悪すぎる。何か帰りたくなってきた」

「心配するな、緻密《ちみつ》な計算でわざとぶつけてやっただけだ」

一言で切り捨てるギギナに、俺は涙目《なみだめ》で訴《うった》える。

「あの、こんな状況《じょうきょう》で嫌《いや》がらせする意味って何？」

「私は自由とはとても大切な概念だと思う」

「自由すぎるわ！」

俺の声にギギナが不満そうな顔をする。

「とにかく、もうちょっと至宝を運ぶように優《やさ》しくしろ」

「貴様が至宝なら、私は世界に絶望する。それにこれが限界だ。急用のため、これからさらに荒《あら》くなる」

三度目の飛翔をしようとしていたギギナが膝《ひざ》をたわめた姿勢で返答し、伸《の》ばそうとした瞬間、絶叫《ぜっきょう》が楼閣に反響《はんきょう》した。

見上げた俺の顔に鮮血《せんけつ》の小雨が振《ふ》ってくる。

続いて、眼前の梁の交差部分に、魔杖剣《まじょうけん》を握《にぎ》った肘《ひじ》から先の右腕《みぎうで》が落下し、跳《は》ね落ちていく。

さらに絶叫が響《ひび》き、小腸や肝臓《かんぞう》らしき臓器の破片、捩《ね》じれた両足が降りそそぎ、黒血の軌跡《きせき》を引きながら奈落《ならく》へと落下していく。

怒声《どせい》と呪式《じゅしき》の炸裂《さくれつ》音に続き、先行していたイーギーとラルゴンキン、ジャベイラが上方から投げだされ、支柱や梁、補修用の足場に引っかかるようにして落下を防ぐ。

「ワイトスが殺《や》られた、あのクソったれ野郎《やろう》っ！」

イーギーが半面を鮮血に染めて叫ぶ。

「来るぞっ！」

ラルゴンキンの声で全員が楼閣の上方へと視線を走らせて、咒式を紡《つむ》ぐ。

上空に浮《う》かんでいたのは、巨人のような鎧《よろい》姿の魔神《まじん》。〈戦の紡ぎ手〉ことヤナン・ガラン男爵《だんしゃく》の威容《いよう》。

脳漿《のうしょう》が溢《あふ》れたワイトスの頭部の眼窩《がんか》と口腔《こうこう》に右の五指を入れて掴んでおり、左手には、胸腔《きょうこう》から下が消失し内臓をぶら下げているだけのワイトスの胴体を下げていた。

同僚《どうりょう》の無惨《むざん》な死体に、歴戦の咒式士《じゅしきし》たちの動きが止まってしまった。

「謎《なぞ》かけを解いて、ようやくこの夜会の最終手にまで辿《たど》り着いたか」

下方の支柱や梁にへばりつく俺たちを見下ろす、ヤナン・ガランの赫《あか》い双眸《そうぼう》は、あまりに無機質だった。

「だが、せっかく最高の夜会を楽しみにしていたのに、つまらぬ」

全員の怒気《どき》が膨《ふく》れ上がり、その攻性咒式《こうせいじゅしき》が発動する瞬間、ヤナン・ガランが続けた。

「ここは空気が悪い。埃《ほこり》を払《はら》うから、少し退いておけ」

「総員退避《たいひ》っ！」

ラルゴンキンの鋭《するど》い叫びに、咒式《じゅしき》を切り換《か》えながらも俺は後方へ飛びのく。

背筋を貫《つらぬ》く強烈《きょうれつ》な咒式波長に、俺たちの身体が反射的に後方へと緊急《きんきゅう》退避をさせたのだ。同時に、先行者に倣《なら》って支柱を登ってきたブレイグが到着《とうちゃく》したのが見えた。

「ブレイグっ！　逃《に》げろ！」というジャベイラの悲鳴は、その音波を伝える大気ごと消失した。

塔《とう》の下方へと迸《ほとばし》る、極大の光の柱によって。

ブレイグに降り注いだ爆光《ばくこう》は、呪式防禦《ぼうぎょ》や鎧など存在しないかのように全身を貫通《かんつう》。その超《ちょう》高熱で呪式士《じゅしきし》の身体を瞬間的に炭化、蒸発させた！

そしてその破滅《はめつ》の炎《ほのお》は、金属や木材の支柱や梁や足場も瞬時《しゅんじ》に消失させながら怒濤《どとう》のごとく荒《あ》れ狂《くる》い、時計台の下方へと疾《はし》り抜《ぬ》けていった。

轟音《ごうおん》が轟音で搔《か》き消され、熱せられた空気が刃となって吹《ふ》き荒れる。

すべての狂乱《きょうらん》が過ぎ去り、溶解《ようかい》した金属が陽炎《ようえん》をあげるなか、化学鋼成系呪式《かがくこうせいけいじゅしき》第四階位〈遮《フ》熱断障檻《オエニク》〉の、ニッケル基超合金とチタン・アルミニウム金属化合物の断熱壁《へき》の内部で、俺たちは全身を貫く恐怖《きょうふ》と悪寒《おかん》に襲《おそ》われていた。

俺とラルゴンキンが何重にも展開した、ホウ素や高融点《ゆうてん》元素のハフニウムを添加《てんか》して、竜《りゅう》の火焰《かえん》の吐息《といき》すら防ぐ積層檻の一部が融解《ゆうかい》し、外気に晒《さら》されていたのだ。

ヤナン・ガランの呪式《じゅしき》放射の寸前、尖塔《せんとう》の窓に逃げ、呪式の射線から十分以上に外れていて、この超破壊《はかい》力。

檻を解除して、窓枠《まどわく》に摑《つか》まりながら身を乗り出すと、熱風が俺の頰《ほお》を叩《たた》いた。

それでも下を見下ろすと、俺たちが登ってきた支柱や梁《はり》の中央部が円柱状に消失し、遥《はる》か下方の時計台の石床には擂鉢《すりばち》状の大穴が穿《うが》たれていた。

俺の足元から落ちた石材の破片が、奈落へと落下していき、大穴の底の融解した石材の灼熱《しゃくねつ》の溶岩《ようがん》へと吸いこまれ、高熱の泡《あわ》を弾《はじ》けさせた。

「この程度は完璧《かんぺき》に避《よ》けろ。もう少しで、宙界の瞳《ひとみ》ごと消してしまうかもしれなかったではないか」

俺たちの上空に浮遊《ふゆう》しながら、ヤナン・ガランがつぶやいた。

俺は恐怖していた。眼前の禍《まが》つ式が放ったのは、化学練成系《かがくれんせいけい》第七階位〈重霊子殻獄瞋焔覇《パー・イー・モーン》〉の咒式。

位相空間で核《かく》融合を起こし、本来のものより限定的とはいえ、その数千から数万度の超々高熱を結界空間内へと転移させる、禁断の咒式だった。

恐《おそ》ろしいのは、十三階梯《かいてい》に達する本職の化学練成系咒式士《じゅしきし》の俺でさえ、発動準備に半日かかり神経系を灼《や》き切る覚悟《かくご》がいるその咒式《じゅしき》を、ほんの数秒で展開してみせた桁違《けたちが》いに膨大《ぼうだい》な咒力《じゅりょく》と演算能力。

「来ないのか？　汝《なんじ》らは人の巣を救うために、私を倒《たお》しにきたのではないのか？」

ヤナン・ガランの鮮紅色《せんこうしょく》の瞳が、伽《が》藍《らん》の壁際《かべぎわ》にたたずむ俺たちに向けられた。

だが、誰《だれ》一人として動けなかった。

ここにいるのは、十二から十三階梯にも達する高位咒式士たちだ。

しかし、この圧倒《あっとう》的な戦力差に、誰もが俺と同じ絶対的な敗北の結論に達していたのだ。

「では、そのまま再び我が瞋恚《しんい》の焔《ほのお》を浴びるがいい」

ヤナン・ガランが咒式を紡ぎはじめると、すでに〈重霊子殻獄瞋焔覇《パー・イー・モーン》〉の、膨大な咒式組成式の半分以上が組みあげられている。

絶望の鉤爪《かぎづめ》に心臓まで摑まれていた俺の横を、ギギナが駆《か》けぬけていった。

屠竜刀《とりゅうとう》を大上段に構え、空中の禍つ式へと黒い雷《いかずち》となって飛翔《ひしょう》するギギナ。

ヤナン・ガランが息絶えたワイトスの頭部と胴体《どうたい》を投げつけ、ドラッケンの戦鬼の接近を阻《そ》止《し》しようとする。

左右に回転させた屠竜刀で、ギギナが死体の弾丸《だんがん》を両断。ヤナン・ガランは自らの間合いに入ったドラッケン族へと雷速の手刀を延ばす。

ギギナは〈空輪龜《ゲメイラ》〉の咒式で肩《かた》や足裏に生成した噴射《ふんしゃ》口から圧縮空気を放射。空中で急制動をかけ、足を中心に前方回転。ヤナン・ガランの、さらに上空からの回転斬《ぎ》りを撃《う》ち降ろす！

意表をつかれたヤナン・ガランの掲《かか》げた両腕《うで》を剪断《せんだん》し、その顔面の半ばにまで屠竜刀の冷たい刃が食いこむ！

「よくぞ来た、私は汝《なんじ》のような戦士を待っていた！」

ヘモシアニンの青い血《ち》飛沫《しぶき》をあげながら凄絶《せいぜつ》な笑《え》みを浮《う》かべるヤナン・ガランの顔面に、さらにギギナの渾身《こんしん》の刃がめりこむ。

何かの支えが消失したように、二人の戦鬼が急降下していく。

俺たちの眼下で、奈落《ならく》へと墜《お》ちていくと思われた二人は、空中で分離《ぶんり》。不可視の地面があるかのように、鐘楼《しょうろう》の空中に着地した。

鐘楼の空中に、生体変化系《せいたいへんか》咒式《けいじゅしき》第二階位〈蜘蛛絲《スピネル》〉で、巨大《きょだい》な蜘蛛《くも》の巣が生成されていたのだ。

「さあ、ここが我らの闘技場《とうぎじょう》だ。地獄の勇者たちよ、いざ参れ！」

死闘の開幕を告げるヤナン・ガランの大音声。

俺の傍《かたわ》らをラルゴンキンが、イーギーが、ジャベイラが雄叫《おたけ》びをあげながら駆けぬけ、下方の禍つ式へと跳躍《ちょうやく》、魔杖剣《まじょうけん》の刃の豪雨《ごうう》を降らせる！

その動きに連動して蜘蛛の巣の上を疾走《しっそう》するギギナの刺突が放たれる。

上下左右、合計五条の魔杖剣の殺到《さっとう》をまともに受けるヤナン・ガラン男爵《だんしゃく》。

だが、禍つ式はそのすべての雷刃を受け止めていた。

ジャベイラの細い刃を巨斧が受け止めた。続くイーギーの双剣《そうけん》を楯《たて》で、ラルゴンキンの槍斧を三叉《さ》の槍《やり》が弾《はじ》き、ギギナの巨刃を大剣で、それぞれを受け止めていた。

間を縫《ぬ》って、俺の紡《つむ》いでいた〈電乖闇葬雷珠《マーコキアズ》〉のプラズマ弾《だん》が宙を灼いて疾走するが、ヤナン・ガランの周囲に点滅《てんめつ》する結界の表面で、光と火花に変換《へんかん》された。

第五階位の咒式《じゅしき》が完全無効化だと⁉

「弓弩《きゅうど》のような咒《まじな》いは無粋《ぶすい》、そして無益」

咒式剣士《じゅしきけんし》たちの攻撃《こうげき》を受けてヤナン・ガランの足裏で撓《たわ》んでいた蜘蛛の巣が弾性《だんせい》で戻《もど》る。

その勢いを載《の》せた巨斧と大剣と三叉槍と楯が四人の咒式士《じゅしきし》たちに襲いかかり、血や鎧《よろい》の破片を散らしながら、薙《な》ぎ倒され、吹《ふ》き飛ばされる。

イーギーが鐘楼の壁《かべ》へと叩きつけられ、ラルゴンキンが残存していた支柱へと激突《げきとつ》し、ギギナが窓の縁《ふち》の石材を破砕《はさい》しながらも停止する。

そして、ジャベイラが壁に衝突《しょうとつ》するのを俺が体で受け止める。

「あら、意外と優《やさ》しい男だったのね」

俺の胸の中で微笑《ほほえ》むジャベイラだが、右腕《うで》の肘《ひじ》から胸までの裂傷《れっしょう》から、おびただしい出血をしていた。

「どっちかというと、意外に運が悪いみたい」

俺の肋骨《ろっこつ》と肋軟骨《ろくなんこつ》の四本が折れていたのが分かる。ジャベイラを受け止めた俺の脇腹《わきばら》にはまたも備えつけの消火器があったのだ。

激痛に呻《うめ》きながらも視線を戻すと、ギギナやラルゴンキン、イーギーたちはすでに戦闘《せんとう》体勢をとっていた。

だが、全員が鼻孔《びこう》や口の端《はし》から血を流し、治療呪式《ちりょうじゅしき》を次から次へと発動させている。

全員の視線が、蜘蛛の巣から梁《はり》へと悠然《ゆうぜん》と歩むヤナン・ガランへと注がれていた。そして、禍つ式はあり得ない防御《ぼうぎょ》の理由をまざまざと見せつけた。

右肩《かた》と左肩からの両腕で禍々《まがまが》しい漆黒《しっこく》の大剣を握り、左脇腹の下から延びた腕で悪鬼《あっき》の顔を模した楯を構えていた。

右脇腹の下の腕は血色の大斧の柄《え》を握《にぎ》り、左右下腹側面から生《は》えた両の第三腕が、不吉《ふきつ》なまでに長大な三叉槍を下げている。

ヤナン・ガラン男爵は、節足動物のような二つの関節を持つ六本の腕のそれぞれに、呪式《じゅしき》合成した異界の武器を掲げていた。

双眸《そうぼう》と額と頬《ほお》に赫《あか》い複眼を現し、全身の骨格が二回りほど大きい巨人となり、その異貌《いぼう》のものどもの由縁《ゆえん》の異形を現した。

戦の紡ぎ手という二つ名は、どうやら蜘蛛とかかっていたらしい。

「私に無粋な咒式は通用せぬ。禍つ式と人の闘争《とうそう》の古式に則《のっと》り、干戈《かんか》と剣戟《けんげき》のみを携《たずさ》えてかかってくるがいい！」

流れるような熟達の武人の動きで、その六本の腕の先の四つの武具を構え、禍つ式の武将が一歩を踏《ふ》みだし、装甲《そうこう》や装束《しょうぞく》が破れ血塗《ちまみ》れになった咒式士《じゅしきし》たちが散開。梁や支柱や足場を疾走し、飛翔《ひしょう》していき、俺も続く。

ヤナン・ガラン男爵が俺の指輪に遠慮《えんりょ》して遠隔攻性咒式《えんかくこうせいじゅしき》を使わないのは、一見、俺たちに有利に見える。

だが、咒式《じゅしき》を使わない時には、ニドヴォルク以上に強力な結界が鉄壁《てっぺき》の防御を果たしている。

咒式文明以前の人類が、竜《りゅう》や禍《まが》つ式といった異貌のものどもに蹂躪《じゅうりん》されるに近い苦戦をしていた理由の一つは、各種の干渉《かんしょう》結界のためである。

竜や禍つ式などの高位の異貌のものどもに対する手段は、一つにはその結界の許容量をも越《こ》える高位咒式をたたき込むこと。

しかし、ヤナン・ガラン級の咒式干渉結界には、俺やジャベイラのような後衛は無力。

つまり、咒力《じゅりょく》を宿した魔杖剣で直接攻撃をブチ込むもう一つの方法しかない。

ついに戦の紡ぎ手と、疾駆《しっく》する呪式士《じゅしきし》たちの間合いが接触《せっしょく》、究極の近接戦闘がはじまった。

ギギナの屠竜刀《とりゅうとう》とラルゴンキンの魔杖槍斧《まじょうそうふ》による雷《らい》速と破城槌の連続刺突を、高速で閃《ひらめ》いた悪鬼の楯が受け止め、大音声をあげる。

連動して閃いたヤナン・ガランの大斧と三叉槍と大剣の嵐《あらし》を、屠竜刀と魔杖槍斧が弾き、受け流す火花が散り、軌道《きどう》上の支柱や梁が微塵《みじん》にされていく！

脳の神経細胞《さいぼう》の刺激《しげき》伝達を開始させるＰＫＣ遺伝子と、心筋細胞にあるＥＮＨ蛋白質《たんぱくしつ》遺伝子を組みこんだ脳神経細胞で、刺激反応速度を常人の倍以上に上げている強化脳を持つ呪式剣士《じゅしきけんし》たちの動きに、俺の目が追いつかない。

間合に入る俺へと繰《く》り出される大剣をギギナの屠竜刀が弾き、耳元で風切り音が唸《うな》る。

大剣を弾いたギギナへと颶風《ぐふう》をまとって繰り出される三叉槍を、割りこんだラルゴンキンの槍斧が受け止める。

凄《すさ》まじい膂力《りょりょく》で逸《そ》らされた凶悪《きょうあく》な三叉の穂先《ほさき》が俺の前髪《がみ》を焦《こ》がすように掠《かす》め、金属の支柱を薄紙《うすがみ》のように貫通《かんつう》していく。

これが前衛呪式士《じゅしきし》たちの世界、刀剣《とうけん》の暴風雨が吹き荒《あ》れる刹那《せつな》の世界！

ラルゴンキンの逞《たくま》しい背を蹴《け》ってイーギーが飛翔、下方から伸《の》び上がる血色の巨斧を足を畳《たた》んで回避《かいひ》。

限界まで延びた斧の峰《みね》をさらに蹴って双剣を振《ふ》りかざし、ヤナン・ガランの兜《かぶと》を断ち割る。

だが、気にも止めない禍つ式の両第一腕の大剣が水平の瀑布《ばくふ》となって右から来襲《らいしゅう》。イーギーが咄嗟《とっさ》に双剣を右体側に動かし、その超衝撃《ちょうしょうげき》を受ける。

漆黒の大剣がイーギーの右の剣を砕《くだ》き、肘を切断、勢いをまったく減殺せずに首へと疾《はし》る！

闇《やみ》の大剣が空気分子との摩擦《まさつ》を起こしながら、イーギーの頭髪《とうはつ》を薙《な》いでいく。ラルゴンキンがイーギーの足を摑《つか》んで、死の軌道から逃《のが》れさせたのだ。

だが、一瞬の隙《すき》を見逃さなかった大斧がラルゴンキンの肩口《かたぐち》へと疾り、重積層装甲を紙のように破壊《はかい》し血飛沫《ちしぶき》をあげる。

同時に流れていたヤナン・ガランの大剣が水平の軌跡《きせき》を変化、落雷《らくらい》のような一撃を振り下ろす。しかし、ギギナが刀身に手を添《そ》えた屠竜刀が金属質の絶叫《ぜっきょう》をあげて受け止め、ラルゴンキンへの死刑執行《しけいしっこう》を阻止《そし》する。

ギギナの腹部へとヤナン・ガランの右第二腕の大斧が疾駆し、ドラッケン族は後方へと跳躍《ちょうやく》。

ひるがえった三叉槍《さやり》の追撃がその心臓を貫《つらぬ》こうとするのを、俺とジャベイラの突《つ》き出した刃《やいば》が阻止しようとするが、剛槍《ごうそう》に軽々と弾《はじ》かれる。

ギギナは生体強化系咒式第二階位《せいたいきょうかけいじゅしき》〈骨硬楯《ボート》〉で、コラーゲン繊維《せんい》骨格にアパタイトとコラーゲンを高速成長させ、硬化《こうか》した骨の楯を広げて槍の超衝撃を受け止める。

だが、ヤナン・ガランの獰猛《どうもう》な矛先《ほこさき》が捻《ひね》られ、骨の楯を破砕《はさい》、左腕《うで》の甲殻鎧《こうかくよろい》ごと貫通。

鮮血《せんけつ》と破片を散らしながらも、ギギナは自ら生み出した楯を蹴りつけて後方飛翔。

後方に下がっていた俺とジャベイラの傍《かたわ》らにまでギギナが退避《たいひ》、続いて後退した咒式剣士《じゅしきけんし》たちも並ぶ。

あの一瞬《いっしゅん》の攻防《こうぼう》で、エリダナ最強の咒式剣士たちが満身創痍《まんしんそうい》になっていた。

「双剣《そうけん》のイーギーを孤剣《こけん》のイーギーに変えないとな」

イーギーが苦痛に顔を歪《ゆが》めて笑い、駆《か》けよったジャベイラが魔杖剣《まじょうけん》に電磁雷撃系咒式《でんじらいげきけいじゅしき》第一階位〈灼剣《ソーン》〉を発動。

「あんたよく笑ってられるわね」

「強制収容所の拷問よりマシだ。俺の裸を見ると女が引くからな」

「もういい黙ってろ」

悲痛な顔のジャベイラが、イーギーの右上腕《じょうわん》の断面に灼熱《しゃくねつ》の剣を押しあてて炭化させ、吐《は》き気のする臭気《しゅうき》をあげながら出血を抑《おさ》える。

一方、三叉槍の一撃はギギナの左腕だけでは止まっておらず、胸の甲殻鎧からも黒血を流しており、ラルゴンキンの左肩口《かた》からの出血が全身の重積層鎧《せきそうよろい》を朱《しゅ》に染めていた。

禍《まが》つ式へと全員の視線が注がれていたが、ヤナン・ガラン男爵《だんしゃく》は動かなかった。

イーギーの一撃で割れた兜、そこから流れる小さな青い血潮が、自らの甲殻鎧の胸に落ちている光景を複眼で見下ろしていた。

「愉快《ゆかい》、愉快であるぞ」

ヤナン・ガランは、四つの武具を打ち鳴らして勇壮《ゆうそう》な喜悦《きえつ》の声をあげる。

「夜会の獲物《えもの》として不足なし。アムプーラには悪いが、あの咒式《じゅしき》も宙界の瞳《ひとみ》も私がいただこう」

伽藍《がらん》の空気を震《ふる》わす声の圧力に耐《た》えながら、俺は相棒に尋《たず》ねる。

「ギギナ、あいつの剣技《けんぎ》はどの程度だ？」

「どこで調律したのかは知らぬが、少し変則ぎみでも超《ちよう》一流の剣術と槍術《そうじゅつ》だ」

自らの血潮で血化粧《げしよう》を施《ほどこ》したギギナの顔が、強敵の出現への悦《よろこ》びに輝《かがや》いている。

つまり、とんでもなく危険な敵ということだ。

禍つ式たちは生物の限界など無視した圧倒《あっとう》的な力と速度で戦うことが多いが、それだけだ。

同等の身体能力を持つ熟達の咒式剣士《じゅしきけんし》の振るう、人類が培《つちか》ってきた剣技の前の敵ではない。

だがしかし、ヤナン・ガランは人類の優位を保証している剣技においても、超一流の咒式剣士たちと比べて何ら遜色《そんしょく》ない。

となると、咒式剣士以上の圧倒的な身体能力と不死身の体を持つ、大禍つ式の方が絶対的に有利だ。

この不利を覆《くつがえ》すには姑息《こそく》な策を弄《ろう》する必要がある。俺は壁際《かべぎわ》へと手を回し、奥の手を摑む。

「ギギナ、ラルゴンキン、イーギー、ジャベイラ。策があるんだが、もう一度いけるか？」

俺の言葉に全員がうなずく。

「貴様の人格は信用できないが、姑息さと卑怯《ひきよう》さは信用できる」

ギギナの言葉に再び全員がうなずく。何か納得できないのだが、俺は提案を述べる。

「作戦は一つ、息をするな」

「毒ガス系咒式《じゆしき》も無効化されるぞ？」

ラルゴンキンだけでなく、全員が怪訝《けげん》な表情を浮《う》かべる。

「迷っているヒマはない、来るぞっ！」

ヤナン・ガランが武具を掲《かか》げて突進《とっしん》しはじめており、咒式剣士たちも疾駆《しっく》しだす。

戦士たちの上空を、俺の紡《つむ》いだ化学練成系咒式《かがくれんせいけいじゅしき》第三階位〈緋竜七咆《ハボリュム》〉の七条のナパームの猛《もう》火《か》が疾《はし》り、ヤナン・ガランの結界の寸前で拡散。梁《はり》や支持材の表面で激しく炎上《えんじょう》する。

視界を塞《ふさ》がれた禍つ式が焔《ほのお》を突き破《やぶ》ってくるのに合わせ、咒式士《じゅしきし》たちの剣の群れが襲《おそ》いかかる。

大剣と大斧と三叉槍の猛攻《もうこう》に対し、身体能力の限界を越《こ》えさせる咒式《じゅしき》を連続発動して防御《ぼうぎょ》する咒式剣士たち。

楼閣《ろうかく》の中で燃えさかる炎《ほのお》が、幾何学《きかがく》的に交差する梁と支柱に陰影《いんえい》を加え、神話の一節のような死闘《しとう》を照らしだしていた。

炎に前進を阻《はば》まれた咒式剣士たちが後退するのに入れ代わり、前進していた俺が左手に隠《かく》し持っていた消火器を投擲《とうてき》、続いて〈爆炸吼《アイニ》〉を発動。

消火器が爆散《ばくさん》、内部の粉末消火剤《ざい》が撒《ま》き散らされて鐘楼《しょうろう》全体を白煙《はくえん》で満たす。

「愚《おろ》か者《もの》がっ！」

煙幕《えんまく》を貫いて、俺へと突き出される長大な三叉槍。咄嗟《とっさ》に肩口に掲《かか》げた魔杖剣ヨルガで受け流すが、衝撃《しょうげき》だけで軽い脳震盪《のうしんとう》を起こし、梁から落ちそうになる。

炎が消火されていき、消火剤を吹《ふ》き散らしながらヤナン・ガランが現れる。

「何が愚かものだ、こっちはジヴと千人の命が掛《か》かっているんだ、てめえの戦士ごっこなんか知るか！」

俺の叫びにヤナン・ガランが大きく息を吸い、その巨軀《きょく》が一層膨《ふく》れ上がる。

「ここは、貴様のような軟弱者《なんじゃくもの》がいる場所ではない！　神聖なる剣と矛《ほこ》の裁きの場なのだっ！」

禍つ式は怒濤《どとう》の勢いで梁上の突進を開始し、俺の肩《かた》を摑《つか》んで入れ代わったジャベイラが孤剣《こけん》を抱《かか》えて迎撃《げいげき》に向かう。

ヤナン・ガランの長い手の先の漆黒《しっこく》の大剣が、即座に反応。空を切り裂《さ》いて降り下ろされ、女呪式士《じゅしきし》の頭部を薙《な》ぎはらう。

その姿が揺《ゆ》らぎ、禍つ式の咒式干渉結界《じゅしきかんしょう》の範囲《はんい》に入り完全消失。電磁光学系咒式《でんじこうがくけいじゅしき》第二階位〈光幻體《イリューー》〉によるジャベイラの立体映像の詐術《さじゅつ》だった。

体勢が左へと流れたヤナン・ガランの脇《わき》へと、ラルゴンキンが突進。巨漢の全身へと三叉《さ》の穂先《ほさき》と巨斧が怒濤となって襲いかかる。

だが、二つの刃《やいば》はラルゴンキンの鎧の肩と腹部の表面で火花をあげて静止、ヤナン・ガランの複眼に驚嘆《きょうたん》の表情が閃《ひらめ》く。

化学鋼成系咒式《かがくこうせいけいじゅしき》第六階位〈重合鈞微隗甲鎧《マー・モン》〉でジルコニウム、チタン、ニッケル、銅など三種以上からなる合金の組織を一〇〇ナノメルトル以下で制御《せいぎょ》し、粒径《りゅうけい》をナノメルトルで均一に分布している状態にすると、通常よりも遥《はる》かに高い強度と靭性《じんせい》と耐食性《たいしょくせい》を示すナノ金属となる。

超金属《ちょう》の鎧を全身にまとったラルゴンキンは、まさに難攻不落《なんこうふらく》の城砦《じょうさい》となり、ヤナン・ガランの破壊《はかい》の刃すらも食い止めたのだ！

「総員突撃《とつげき》せよっ！」

ラルゴンキンの槍斧《そうふ》がヤナン・ガランの刃を上へと弾《はじ》き、ついに禍《まが》つ式の四つの武具の防壁《ぼうへき》が開く。

そこに弾丸《だんがん》となった華剣士《かけんし》イーギーが飛びこんでいた。

ひるがえる大剣、だがその返し刃は刹那《せつな》の間だけ遅《おそ》い。

イーギーが肩口《かたぐち》を切り裂かれながらも間合いを詰《つ》め、左手の魔杖剣《まじょうけん》を、流れた楯《たて》の内側の左第二腕《わん》の肘《ひじ》へと全力で突《つ》き入れる。

ヤナン・ガランが憤怒《ふんぬ》の咆哮《ほうこう》をあげて血色の斧を繰《く》りだすのを、魔杖剣を手放したイーギーが側転して回避《かいひ》。

追打ちの電光の三叉の槍《やり》が放たれるが、穂先の突進をガナサイト重咒合金の刀身が阻み、悲鳴をあげて絡《から》みあう。

屠竜刀《とりゅうとう》を槍の穂先と噛《か》みあわせたまま、ギギナが強靭な手首を返して支柱へと導き、金属の表面に食いこませる。

ヤナン・ガランの顔に苦痛の表情が閃き、動きに瞬間的な停滞《ていたい》を起こす。

一瞬の隙《すき》に、ギギナが長柄《ながえ》を支点に後方回転。円弧《えんこ》を描《えが》いた左足の爪先《つまさき》を、ヤナン・ガランが首を傾《かたむ》けて回避。

だが、左足に連動させたギギナの右爪先が、ヤナン・ガランの傾けた顎《あご》を蹴《け》り上げ、そのまま後方へ一回転。

割れ砕《くだ》けた顎から青い血飛沫《ちしぶき》をあげながら、禍つ式が横薙《よこな》ぎの巨斧を疾らせるが、地を這《は》うように低い姿勢をとっていたドラッケン族の上空を斬《き》っていくだけ。

脳震盪を起こしているのだが、肉体というものに慣れていない禍つ式には、一旦後退して体勢を整えるということを思考できなかったのだ。

回転しおえたギギナが三叉槍の柄《え》に沿ってガナサイト重咒合金の刀身を滑《すべ》らせ、柄を握《にぎ》る右第三腕の手首を切断。

槍の柄を軸足《じくあし》を踏《ふ》みこむ台として、刃はヤナン・ガランの胸鎧《むなよろい》を通り、左第一腕へと疾《はし》りぬける！

同時にラルゴンキンの槍斧の穂先が床《ゆか》を掠《かす》めて蒼《あお》い火花を散らし、一気に跳《は》ね上がり、ギギナを追おうとした斧へと激突《げきとつ》する。

ラルゴンキンの槍斧の先端《せんたん》に紡《つむ》がれていた、化学鋼成系咒式《かがくこうせいけいじゅしき》第三階位〈赫鉦哭叫《ハウレス》〉の、三千度の金属還元熱反応《テルミット》の猛火《もうか》が、禍つ式の斧と右第二腕を火炎《かえん》で灼《や》きつくす！

それを好機とし、上昇《じょうしょう》から下降へと翻ったギギナの刀身が、ヤナン・ガランの首筋へと急襲《きゅうしゅう》。

防御しようと逆手に握った大剣の柄ごと剪断《せんだん》、頸動脈《けいどうみゃく》に金属の牙《きば》を立てて、ヘモシアニンの青い鮮血《せんけつ》が噴出《ふんしゅつ》。ギギナの美貌《びぼう》と全身を蒼く染めあげる。

禍つ式の苦痛の咆哮が楼閣を揺るがす。

「み、見事なり、人の子らよ……」

大量の血を口腔《こうこう》から零《こぼ》したヤナン・ガランが、武人の笑《え》みを浮《う》かべた。

「貴様を好きにはなれないが、武人としては嫌《きら》いな方でもなかった」

ギギナの屠竜刀《とりゅうとう》ネレトーの回転式呪弾倉《じゅだんそう》が連続して火を噴き、生体強化系呪式《せいたいきょうかけいじゅしき》第五階位〈鋼剛鬼力膂法《バー・エルク》〉を発動させた。

全身の強化筋力が力点の長柄に加わり、水平の断頭台となった刃が、装甲《そうこう》されたヤナン・ガランの首の総頸動脈、左胸鎖乳頭筋、左僧帽《そうぼう》筋、そして同様、脊髄《せきずい》と大後頭神経を中心に、鏡映しになっている右の首の肉を駆《か》けぬけていった！

ヤナン・ガランの頭部が宙空へと舞《ま》い上がり、そして、青黒い血の軌跡《きせき》と複眼の赫《あか》い残光を描きながら時計台の奈落《ならく》へと落下していった。

頭部と六本の腕のすべてを失った巨人の胴体《どうたい》は、それぞれの傷の断面から青い血を吹《ふ》き上げながらも、自らにまとわりつく呪式士《じゅしきし》たちを巨軀《きょく》の一振《ひとふ》りで吹き飛ばす。

「しつこいんだよっ！」

イーギーの手の中には、魔杖剣《まじょうけん》〈左利きのレグルスス〉の柄だけが残っており、そこから延びた導線が、楯を握るヤナン・ガランの左第二腕に刺《さ》さっている刀身へと呪力《じゅりょく》を迸《ほとばし》らせるっ！

首と腕の七つの傷口から、逆巻く奔流《ほんりゅう》が生まれ、捩《ねじ》れあって七つの樹木の枝を繁《しげ》らせる。

枝の先端には幾百《いくひゃく》もの蕾《つぼみ》が連なっていた。

イーギーが呪式《じゅしき》を展開し、禍つ式の支配者の首なしの巨体が痙攣《けいれん》する。

「さあ、ここからが、生体生成系呪式第四階位《せいたいせいせいけいじゆしき》〈死屍色鬼櫻《アムプス》〉の本領発揮、たとえるなら地獄《じごく》の緑化運動！」

ヤナン・ガランの全身の体液が呪式植物の七つの枝に吸われていき、おびただしい数の蕾が一斉《いっせい》に開花した。

それは幾百幾千もの鮮烈《せんれつ》な青、碧、蒼。

ヘモシアニンの青い血を吸って、なお青い桜の花は、狂気《きょうき》と幻想《げんそう》の美を持って咲《さ》き狂《くる》っていた。

禍つ式の傷口から生えた七つの枝に、満開の青い花弁が楼閣《ろうかく》にそよぐ。

この世ならぬ幽玄《ゆうげん》の光景に、俺は立ちつくしていた。

華剣士《かけんし》イーギーの呪式《じゆしき》は、その美しさとは裏腹に、絶対的な死を呼ぶ陰惨《いんさん》なものだった。

イーギーと接近戦を行い、触《ふ》れられるだけで死が確定する。

「てめえの好きな風流な死にざまだ」

「華《はな》に嵐《あらし》が足りないねっ！」

叫《さけ》んだジャベイラの魔杖剣の先端で、電磁光学系呪式第六階位《でんじこうがくけいじゆしき》〈煌光灼弩連顕射《レライエス》〉が三重展開。光の刃《やいば》が数十条の流星となって、ヤナン・ガランの胴体へと殺到《さっとう》する。

膨大《ぼうだい》な熱量を誇《ほこ》る熱線の群れが、弱まった干渉結界《かんしょう》を薄紙《うすがみ》のごとくに貫通《かんつう》。胸板、肩《かた》、腕、腹、太股《ふともも》へと突き刺さり、縦横に荒《あ》れ狂った。

光の刃が乱舞《らんぶ》し、背後の支柱や梁《はり》ごと禍つ式の体を灼き切っていく、まさに解体の光景。

再生能力とか、不死身だとかを捩じ伏《ふ》せる圧倒《あっとう》的な破壊《はかい》。禍つ式の心臓や脳がどこにあろうと関係ない非情な殺戮《さつりく》。

炭化した断面から蒸気をあげる間もなく、何百の肉片が梁や支柱に降りそそぎ、そして青い花弁を散らしながら奈落の闇《やみ》へと落ちていった。

荒《あら》い息を吐《は》くイーギーとジャベイラの魔杖剣《まじようけん》の柄と刀身から、硝煙《しょうえん》と蒸気が上がった。

見たこともない伝導呪式《でんどうじゅしき》を使うイーギーと、第六階位という高位呪式を三重展開するジャベイラの技は神業《かみわざ》としかいいようがない。

呪式《じゅしき》の単純な破壊力では俺の方が上だろうが、呪式の独創性ではイーギーが、制御《せいぎょ》力ではジャベイラの方が一枚も二枚も上手だ。

華剣士イーギーと光幻士《こうげんし》ジャベイラ。まさに、ラルゴンキン事務所の双璧《そうへき》と呼ぶにふさわしい壮絶《そうぜつ》な呪式士《じゆしきし》だった。

全員が煙《けむり》にしみた目を擦《こす》り、止めていた呼吸を吐いた。ラルゴンキンが倒《たお》れている俺を引き上げる。

「どうやってあのヤナン・ガランの動きを止めたんだ？」

俺は全身の痛みに耐《た》えつつ説明する。

「蜘蛛《くも》類の呼吸器は、書肺という気道が発展して形勢される原始的な器官だ。単純な仕組みのために空気中の有害物質を濾過《ろか》する能力が低い」

「いつ毒ガス系の呪式を？　いや、使っていても無効化されるはず？」

ジャベイラが疑問の声をあげるので、俺は説明を続ける。

「ここの時計台にあった消火剤《ざい》を投げたんだよ。ハロゲン・四塩化炭素系の消火剤は、炎《ほのお》に分解されてホスゲンという毒ガスを発生させる。こういう大昔の消火器は換気《かんき》しないと死ぬこともあったそうだ」

「目の痛みは煙の所為《せい》じゃないのかよ！」

イーギーの怒声《どせい》に続いて、全員が治療《ちりょう》呪式を発動する。

いくら薄《うす》いとはいえ、ホスゲンは猛毒《もうどく》だ。目や粘膜《ねんまく》などの水分と加水反応して塩素を生じさせる。

呼吸を止めるように指示していたので、肺水腫《はいすいしゅ》になる可能性は少ないだろうが。

「ホスゲンの発生は梁や支柱という現実の物質の燃焼と、消火剤とを反応させた純粋《じゅんすい》な化学反応だから、ヤナン・ガランの咒式干渉《じゅしきかんしょう》結界では選別できなかったというわけだ。

いくら禍《まが》つ式といっても、呼吸する空気まで選別しているほど繊細《せんさい》とは思えなかったしな」

ラルゴンキンの肩から離《はな》れて、俺は自分の力で立ち、不敵な笑《え》みを浮《う》かべてやる。

「無口なヤナン・ガランに会話をしかけ、呼吸をさせるまでが俺の作戦というわけだ。ま、一種の戦闘《せんとう》補助だ。おまえらの剣《けん》だけでも十分に倒せたようだから、ほとんど意味はなかったけどな」

「おまえ、そんなややこしい戦闘をいつもやっているのかよ。何かの病気か？」

感心するというより、呆《あき》れたような声をイーギーが漏《も》らし、次の瞬間《しゅんかん》には膝《ひざ》をついていた。

続いて、その傍《かたわ》らのジャベイラが支柱に背を預けたまま梁に腰《こし》を下ろす。

二人の顔は蒼白《そうはく》になっていた。

イーギーは右腕《うで》を失って、さらに心臓の上に大剣を受けており、ジャベイラの方も右腕から胸を横断する傷から出血が止まらず、しかも咒式の三重発動で神経系統が破壊されている。

二人ともに、生きているのが不思議なくらいの重傷だ。

「おまえたちはここに残れ。あとは私とガユスとギギナで片づける」

「そんな、ラルゴンキンの親父《おやじ》は俺よりそいつらを信用するのかよ！」

「イーギー、状況を冷静に考えろ」

ラルゴンキンの宣告にイーギーが泣きだしそうに表情を歪める。

「嫌だ、俺はラルゴンキンの親父と最後まで一緒《いっしょ》だ。たとえるなら親が子供を見捨てても、子供は親を見捨てない」

イーギーの目は本気で、左手の魔杖剣の引き金を引き、生体生成系咒式《せいたいせいせいけいじゅしき》〈蔦葛腕《タッデ》〉で自分の右腕を蔦《つた》で作成する。笑顔を作り、五指まで揃《そろ》い自在に動く様子をラルゴンキンに見せる。

「そうか分かった」

ラルゴンキンが背を向け、次の瞬間、旋風《つむじかぜ》のように回転。魔杖槍斧《まじょうそうふ》の柄尻《えじり》でイーギーの顎《あご》を打ちぬく。

巨漢《きょかん》が素早《すば》く動いて、意識を失ったイーギーの頭を厚い掌《てのひら》で支え、ジャベイラの膝に移す。

「拾った時から世話のかかる倅《せがれ》だな」

優しい目は、本当の父親のようだった。

「ジャベイラ、イーギーを頼《たの》むぞ」

ラルゴンキンの言葉に、ジャベイラが弱々しく微笑《ほほえ》む。

「ここらが限界みたいですわね。儂《わし》はもう疲《つか》れたのぢゃわい。後はてめえら腐《くさ》れ魔羅《まら》どもに任せてやるから、頑張《がんば》ってみたりみなかったり」

いい場面なんだろうが、彼女の性格変化は、すでに一台詞《せりふ》で四回も変化する離れ業《わざ》をしはじめている。

イーギーとジャベイラはここで置いていくのが正しい。何とか最初の一撃《いちげき》は放てても、その後の戦闘で死ぬだけだ。

「行くぞ、あともう一体の化け物が上で待っている」

ドラッケンの戦士の声に、俺とラルゴンキンが振《ふ》り返る。俺の視線の先で、ギギナがその鋼《はがね》の瞳《ひとみ》で見上げていた。

時計台の最上層部を。

11　蛇の刻

心は一つの世界である。煉獄《れんごく》を楽園に変え、楽園をたやすく燃やし尽《つ》くしてしまう。

私の見ている世界と、君の見ている世界が同じ世界であることを確かめる方法は、存在しないし、してはならない。

ゼザスカ・ネグリ・リヒデッド「氷の国」　皇暦《こうれき》四二四年

月のない夜。星々の残酷な輝きが透明《とうめい》な大気を貫《つらぬ》いていた。

その降ってくるような夜の下《もと》、二人の放浪者《ほうろうしゃ》はついに動けなくなり、大岩の陰《かげ》に倒《たお》れていた。

「レ、メディウ、ス、こ、のま、までは、二人と、も、死ぬわ」

硬《かた》い地面に頬《ほお》をつけたままのナリシアが弱々しい言葉を吐《は》く。か細い息を吐きながら、さらに言葉を絞《しぼ》り出す。

「あた、しが死ん、だら、あた、しを食べて、あなた、だ、けでも生き、延び、て」

「馬鹿《ばか》な、ことを、言うな！」

身を起こしたレメディウスが激昂《げっこう》して叫《さけ》ぶが、その声にも強さはなかった。

「馬鹿、な、こと、じゃない、わ。あた、あたしは、何、もできな、い小娘《こむすめ》だけ、ど、あなたは、レメ、ディウスは、違《ちが》う」ナリシアは血痰《けったん》まじりの咳《せき》を吐き、這《は》いよろうとするレメディウスを、小さな手を上げて制止する。「あ、なたは、レメディ、ウスは、ウルムンを救え、る、偉《えら》い博士で戦士よ。だ、から死ん、じゃ、いけな、いの」

「馬鹿なことを言うな、僕はドーチェッタとは違う、人の命に、上下はない！　僕、もナリシアも同じ人間、だ！」

大声に肺を傷めて、咳《せ》きこむレメディウス。それでも何とか言葉を続ける。

「か、必ず、生きて帰るん、だ。そしてドーチエッ、タを、倒して、ウルムンを、平和にするんだ」

レメディウスは呻《うめ》きながら、残酷な冷たさで広がる夜空を見上げる。

「そして僕たちは、平凡《へいぼん》で退屈《たいくつ》で、幸せ、な人生を送るのさ」

「素、敵ね。そう、なった、ら、いいわ、ね」

ナリシアの瞳から、枯《か》れたはずの涙《なみだ》が清流となって零《こぼ》れ、血と泥《どろ》に塗《まみ》れた目尻《めじり》から耳朶《みみたぶ》へと流れる。

「必ず、そうなる。だから、死ぬ、なんて言うな」

「ねえ、レ、レメディ、ウス」

その声にレメディウスが億劫《おっくう》そうに振り返る。

地に伏《ふ》したナリシアの腫《は》れ上がった右手が、尖《とが》った岩を握《にぎ》っていたのに気づいた。

「ナリシア？」

レメディウスが怪訝《けげん》な声を出す。

「レ、メディウス、約束よ。必ず、ウルム、ンを救って。すべての女の、子が、あたし、のような目に遭《あ》わ、ない国にして」

「ナリシアっ！」

「あな、たを、愛してい、るわ、世界中の誰《だれ》より、も、あたし自身より、も！」

レメディウスが、全身の激痛を無視して少女へ這いよる距離《きょり》より、ナリシアの手の中の鋭利《えいり》な岩が、白い喉《のど》へと届く距離の方が短かった。

長い長いレメディウスの絶叫《ぜっきょう》が、山々に響《ひび》いた。

夜が飛び去り、朝を迎《むか》え、そして昼が通りすぎ、夕日が沈《しず》み、夜がまた訪れた。

レメディウスは哭《な》いていた。ナリシアの亡骸《なきがら》を前に慟哭《どうこく》しつづけるだけだった。

なぜ、彼女のような優《やさ》しい少女が、こんな悲惨《ひさん》な死を迎えなければならないのか。

なぜ、ドーチェッタのような生きるに値しない存在が生きているのか。

彼は無慈悲《むじひ》な世界へと絶叫して、問いかけつづけた。

冷気は寒気となって吹《ふ》きすさび、死者と彼との時間を凍《こご》えさせた。

涙も枯れ、叫びつづけた喉は潰《つぶ》れ、岩を掻《か》きむしった両手のすべての指先に、爪《つめ》は無かった。

優しげだったレメディウスの顔には拷問《ごうもん》の傷痕が消えずに残り、それ以上に陰惨《いんさん》な形相が浮《う》かんでいた。

そして傍《かたわ》らの少女の亡骸へと視線を落とした。

「ナリシア、僕は、いや、私は僕を葬《ほうむ》ろう。そして君との約束を必ず果たす」

レメディウスの爪のない指先が少女の身体《からだ》に伸《の》び、粗末《そまつ》な服の釦《ぼたん》を外していく。

そして、膨《ふく》らみきらない小振《こぶ》りな乳房《ちぶさ》と、平らな腹部が夜気に現れた。

レメディウスの五指が、拷問と凌辱《りようじよく》で傷だらけとなった肌《はだ》を愛《いと》しげに撫《な》でる。

そして、指先を肌に突《つ》き立てて、引き裂《さ》いていく。

黒い血が、涙のように零れた。


「時間はあと十二分か、愚《おろ》かな禍《まが》つ式の脳天に、ガナサイト重咒合金の刃《やいば》を飾《かざ》るには十分な時間だ」

ギギナは屠竜刀《とりゆうとう》ネレトーの回転式咒弾倉《じゆだんそう》を開放、金属の階段に零れ落ちた空薬莢《からやつきよう》が金管楽器の音色を奏《かな》でる。

続いて六発の二十二口径の超《ちよう》大型咒弾《じゆだん》を一括装塡《いつかつそうてん》。撃鉄《げきてつ》を引きおこす。

「正確には十二分と四十五秒、四十四秒だ。まあ、低能禍つ式を原子の塵《ちり》に返してやるにはちょうどいい時間だろう」

俺は空の咒弾倉を捨て、新しい弾倉を魔杖剣《まじようけん》ヨルガの横腹へと叩《たた》きこむ。

薬室内部の咒弾と合わせて十三発の死神が、破壊《はかい》の出番を待っている。

「おまえらの口数の多さには驚《おどろ》かされるばかりだな」

ラルゴンキンが咒式弾頭《じゆしきだんとう》を魔杖槍斧《まじようそうふ》ガドレドにブチ込み、続いて遊底を引く音が響き、それが進撃《しんげき》の合図となり、三人の咒式士《じゆしきし》が、楼閣《ろうかく》の階段を登っていく。

天井《てんじよう》の出口の前で止まり、互《たが》いに視線を合わせて無言でうなずく。そして一気に飛び出て、それぞれの魔杖剣を周囲に向ける。

時計台内部最上階。そこは時計を動かすための巨大《きよだい》な機関室だった。

「やあやあ、咒式士の諸君。夜会の終幕、レメディウスの呪《のろ》いの舞台《ぶたい》へようこそ」

どこからか、禍《まが》つ式アムプーラ子爵《ししやく》のふざけた口上が朗々と響き、轟音《ごうおん》が湧《わ》きおこった。

機関部が起動しはじめ目覚めを歌い、床《ゆか》に這う軸《じく》が軋《きし》り声をあげて生命の脈動を告げた。

人間よりも大きな歯車が、悲鳴をあげながらも遅々《ちち》とした回転をはじめ、その動きに連動した巨象よりも巨大な歯車が咆哮《ほうこう》をあげ、悠然《ゆうぜん》と回りはじめる。

大小さまざまな歯車の群れが、縦に横に回転し、金属質な声で混声合唱をはじめる。

「ヤナン・ガラン男爵は殺《や》られたみたいだね。残念無念、これでは夜会の規則、九十三条へと移行せねばなるまい」

別の方向からの声に俺たちが振《ふ》りむくと、最大の威容《いよう》を誇《ほこ》る歯車が長大な円弧《えんこ》を描《えが》いて動いており、台形の歯の上を交互《こうご》に踏《ふ》んで歩くアムプーラがいた。

「これはまるで君たちのようだね。進んでも進んでも、結局は原始のお猿《さる》さんから何ら変わっていない」

放蕩《ほうとう》貴族と道化《どうけ》を合わせ、二で割らないような衣装《いしょう》の禍《まが》つ式が、俺たちを見下ろしていた。

「ありがたい忠告だな。それで危険な玩具《おもちゃ》はどこに隠《かく》している？」

俺は油断なく魔杖剣を握りこみながら問いかける。

「それは秘密、と言いたいが、そこまでレメディウスに咒式縛鎖《じゅしきばくさ》をかけられてはいないな」

アムプーラは歌うように宣告する。

「この時計台のどこかにある。それはどこでしょう？」

「それよりこの〈宙界の瞳〉って何なんだ？　おまえら大ボケ禍つ式や竜《りゅう》が必死に求めているようだが？」

指輪を掲《かか》げて俺が問いかけると、大禍つ式の瞳孔《どうこう》が蛇《へび》のように細まる。

「君に言っても理解できないだろうが、それは世界の鍵《かぎ》だ。それがあれば……」

「じゃあやるよ」

俺は無造作に指輪を投げる。驚いたアムプーラが高く上がった指輪へと手を伸ばす瞬間《しゅんかん》、俺の〈電乖闇葬雷珠《マーコキアズ》〉のプラズマ弾が射出。

原子核《げんしかく》と電子が遊離《ゆうり》するほどの高熱の塊《かたまり》が、アムプーラに命中！

ラルゴンキンがとどめに放った〈曝轟蹂躙舞《アミ・イー》〉の爆裂《ばくれつ》が、すべてを粉微塵《こなみじん》に吹《ふ》き飛ばし、爆《ばく》煙《えん》を巻きあげる。

ヤツの瞬間移動の正体が何なのかは分からないが、光速咒式《じゅしき》で不意をつけば反応できない。

そう考え、一瞬の隙《すき》を作るため、偽物《にせもの》の指輪を投げた俺の策がみごとに決まった。本物は俺の手袋《てぶくろ》の中の、右の人指し指に嵌《は》まったままだ。

轟々《ごうごう》と渦巻《うずま》いていた爆煙が晴れていき、歯車や機械の破片が散乱する床が現れる。向こうの壁《かべ》に開いた穴から零《こぼ》れた光が、惨状《さんじょう》を鮮明《せんめい》に晒《さら》していた。

「性格の悪い詐術だな。もっとも、貴様らしいが」

「いえいえ、ギギナより紳士《しんし》的だよ」

「呪式弾頭《じゅしきだんとう》の場所を聞かなくてよかったのか？」

前方の瓦礫《がれき》の山を見据《みす》えながらのギギナの問いに俺は続ける。

「弾頭なんてものは、この上にでもあるんだろう。そういうお決まりだか格式だかが好きそうだしな」

俺がそう続けた瞬間、呪式士《じゅしきし》たちの六つの瞳に閃光《せんこう》が疾《はし》る。

「偽物の指輪か、さすがに私も焦《あせ》ってしまうものだな」

俺たちの横に並んで、アムプーラが破壊の嵐《あらし》の跡《あと》を覗《のぞ》きこんでいたのだ。

同時にギギナが無音で飛翔《ひしょう》しており、アムプーラの垂直上空から、落雷《らくらい》のような刃《やいば》を振り下ろす！

ギギナの刃は、石造りの床が本当は飴《あめ》であったように、深く突《つ》き立てられていた。

「よくこんなに壊《こわ》したものだ。自分たちの文化に対する敬意はないのかね？」

アムプーラの声が背後から聞こえた途端《とたん》、俺は振りむきざまに横薙《よこな》ぎの斬撃《ざんげき》を放つ。

デリビウム呪《じゅ》合金の刃身がアムプーラの白い右頰《ほお》に届き、そして魔杖剣は空を斬《き》っただけだった。

体勢を崩《くず》した俺の右横に、両腕《うで》を組み右手を細い顎《あご》に当てたアムプーラが立っていた。

「よろしい、楽しいお喋《しゃべ》りと夜会の舞《ま》いを同時にしたいと言う、君たちの貪欲《どんよく》な意向を尊重しよう」

音もなく間合いを詰《つ》めていたラルゴンキンとギギナの左右からの重戦車の挟撃《きょうげき》。だが、アムプーラは、腕を組んだ姿勢のまま空中に飛んで躱《かわ》す。

そして畳《たた》まれていた両足が水平の電光となって閃《ひらめ》き、右のラルゴンキンの左肩《かた》と、左のギギナの右上腕《じょうわん》の装甲《そうこう》を蹴《け》り破り、後方へと吹き飛ばすっ！

装甲に包まれた五指の爪《つめ》を床に立てて、ギギナが減速し、柱へと横向きに着地。

長駆《ちょうく》を翻《ひるがえ》したギギナが低空弾道《だんどう》で飛翔し、空を灼《や》く刺突《しとつ》を放つが、アムプーラの白い両掌《てのひら》の間で挟《はさ》まれる。

そのままギギナの剛力《ごうりき》が刃を押しこむ。しかし、両掌を中心点としたアムプーラが刀身の上で前転。開いていた左右の足が、電光の鋏《はさみ》のように閉じられ、ギギナの頭部を襲《おそ》う！

後方に頭を引いてギギナが躱そうとするが、禍つ式の爪先《つまさき》が甲殻兜《こうかくかぶと》を掠《かす》めて、弾性《だんせい》キチンと硬化《こうか》クチクラの多層装甲が粉砕《ふんさい》。ドラッケンの額に鮮血《せんけつ》を跳《は》ねさせる。

転がり逃《に》げるギギナへとアムプーラの中段蹴りが放たれるのを、ラルゴンキンの槍斧が受け止め軋《きし》み声をあげる。

ラルゴンキンの槍斧の柄尻《えじり》が閃光のようにひるがえるが、寸前に槍斧を蹴ったアムプーラが後方回転して回避《かいひ》、床《ゆか》に手をついて逆さに着地。

その両足が残像を描く速度で旋回《せんかい》し、ナノ合金装甲を軋ませ、内部のラルゴンキンの右脛《すね》を砕《くだ》く音が響《ひび》く。

槍斧を振り戻《もど》す遠心力でラルゴンキンが間合いから離《はな》れるのを、回転運動のまま足を地につけ、直進運動へと変換《へんかん》したアムプーラが追撃《ついげき》する。

両者の間に俺の〈爆炸吼《アイニ》〉の爆風《ばくふう》の奔流《ほんりゅう》が吹きぬける。だがしかし、その爆風の上空を超《ちょう》反応で見切っていたアムプーラが飛翔してくる。

亜音速《あおんそく》の右飛び蹴りを俺は頭を下げて躱す。だが、アムプーラが上半身を空で捩《ね》じった反動でその左足が降り下ろされ、俺の左上腕の筋肉が砕かれ、骨が折れるっ！

連動した右足の落雷が放たれ、俺の右鎖骨《さこつ》を掠めるだけで踏み砕いて、跳躍《ちょうやく》の足場としていった。

視界が朱《しゅ》に染まる激痛のなか、後ろも見ずに〈爆炸吼《アイニ》〉を放つが、手応《てごた》えなし。

振《ふ》り返ると、道化師が爆風の上を宙返りしながら飛翔していき、嘲笑《ちょうしょう》しながら時計台の闇《やみ》へと消えていくところだった。

中央部の水平の大歯車の上へと俺たちが集結する。

三人が背中あわせの円陣《えんじん》を組み、魔杖剣《まじょうけん》と視線を周囲へと向けると、歯車の軋みだけが伽藍《がらん》の中に響いていた。

「とんでもない体術だな、我々の剣撃《けんげき》をすべて躱しやがった」

ギギナが吐《は》き捨てるように、ヤナン・ガランが可愛《かわい》く思えてくるような、生物の限界を遥《はる》かに超越《ちょうえつ》した凄絶《せいぜつ》無比な体術だった。まさに髪《かみ》の端《はし》に触《ふ》れることすら不可能だ。

「しかも、お土産《みやげ》が強烈《きょうれつ》だ」

俺の左上腕全体が灰色の硬質《こうしつ》の物体に覆《おお》われ、それは見る間に増殖《ぞうしょく》している。

その原因、化学練成呪式《かがくれんせいじゅしき》第四階位〈石骸触腫掌《サルマク》〉は、珪藻《けいそう》の殻《から》に近い原理で人体の細胞膜《さいぼうまく》に珪酸沈着《けいさんちんちゃく》を起こさせ、全身を珪酸質に置換《ちかん》していく石化呪式《じゅしき》だ。

右隣《どなり》のラルゴンキンの苦しそうな声に視線を走らせると、左肩装甲《かたそうこう》に原理干渉《かんしょう》が行われたらしく、その下から覗《のぞ》いた肌《はだ》に俺と同様の石化が起こっていた。

呪式抵抗力《ていこうりょく》が強く、積層鎧《せきそうよろい》や呪式抵抗法珠《ていこうほうじゅ》という耐《たい》呪式装備をこれでもかとまとっている俺やラルゴンキンだからこそ、この程度で済んでいる。

厄介《やっかい》なのは、呪式を受けた者の呪力《じゅりょく》を喰《く》って石化を発動するため、施術者《せじゅつしゃ》が止《や》めない限り発《はっ》症《しょう》しつづける、別名呪式士殺《じゅしきし》しと呼ばれる呪式だ。

俺は苦鳴を発し、その場に膝《ひざ》をついた。

破れた戦闘着《せんとう》の右鎖骨から肩にかけての皮膚《ひふ》が溶解《ようかい》、赤黒い三角筋や大胸筋までが覗いており、血泡を立てて肉を破壊《はかい》していく。

その右のギギナはさらに悲惨《ひさん》な状態だった。

右腕《うで》の肘《ひじ》から上が腫《は》れあがって腐《くさ》り、上腕筋や上腕二頭筋、象牙《ぞうげ》色の骨の一部まで覗いており、俺が見ている間にも浸食《しんしょく》している。

生体強化系呪式第四階位《せいたいきょうかけいじゅしき》〈溶蠲解牙《オテイス》〉により生成された蛇《へび》の毒には、ストレプトキナーゼによって人体細胞《さいぼう》を分解する化膿連鎖球菌《かのうれんさきゅうきん》など、血管を破壊するプロテアーゼと総称《そうしょう》される蛋白《たんぱく》質《しつ》分解酵素《こうそ》が含《ふく》まれ、血管の破裂《はれつ》による酸素欠乏症《けつぼうしょう》で死にいたらしめる。

ギギナが生体強化系呪式第三階位〈抗対蛋壊《ボティス》〉を自らと俺に発動。プロテアーゼ類の分解作用を阻害《そがい》する、人体にもともとあるプロテアーゼインヒビターという物質を合成して浸食速度を緩《ゆる》める。

合わせて合成された鎮痛剤《ちんつうざい》で、失神寸前の激痛が、死にたくなる激痛にまで緩和《かんわ》された。〈石骸触腫掌《サルマク》〉の場合と同じく呪式《じゅしき》を受けた本人の呪力《じゅりょく》を喰って発動しているため、浸食が緩やかにはなるが、根本的な治療《ちりょう》にはならない。

「アムプーラの左手左足が石化、右手右足が猛毒《もうどく》の呪式を恒常的《こうじょう》に発動しているようだな」

ラルゴンキンの冷静な分析《ぶんせき》に、俺は死の到来《とうらい》を感じてしまった。

「真ん中の頭に咬《か》まれたら、意外に安産の効果があるらしいぜ」

「今度ヒマな時にでも試そう」

破れそうな心拍に喘《あえ》ぎながらも俺が返し、ギギナが荒い苦鳴とともに続ける。

「それ以前に筋力が尋常《じんじょう》ではなく、装甲《そうこう》などないかのような打撃《だげき》だ。あの瞬間《しゅんかん》移動と組みあわされると、実際、防ぎようがない」

「私のナノ金属鎧は耐《た》えられても、その中の肉体が持たないな」

頑健《がんけん》なラルゴンキンの推測も、苦しげな声になっていた。

「さあさあ君たち、時間がないよ、あと十分で小さな小さな死神たちが飛び出すよ」

「正確には、あと九分と十四秒だろうが」

俺は声の方向へ〈雷霆鞭《フル・フー》〉を放ちながら怒鳴《どな》る。

百万ボルトルの蛇が歯車の表面で弾《はじ》け、軽やかに躱《かわ》すアムプーラの足先を一瞬だけ照らす。

「接近戦は危険だ。ヤツを近づけるな!」

俺とラルゴンキンの〈爆炸吼《アイニ》〉の呪式《じゅしき》が連続炸裂《さくれつ》。トリニトロトルエン爆薬《ばくやく》の怒号《どごう》と咆哮《ほうこう》が周囲で荒《あ》れ狂《くる》い、歯車を破壊し、鉄管を引きちぎっていく。

「では行くよ」

アムプーラの嘲弄《ちょうろう》するような声に、ラルゴンキンが高速反応、上空へと魔杖槍斧《まじょうそうふ》を突《つ》き上げる。

その矛先《ほこさき》に、垂直落下攻撃《こうげき》をかけようとしようと瞬間移動していたアムプーラの顔があった。

死角のない円陣の、その上空を狙《ねら》うのは安易すぎだ。

魔杖槍斧ガドレドの穂先《ほさき》から鈍色《にびいろ》の奔流《ほんりゅう》が迸《ほとばし》り、半月の笑《え》みを浮《う》かべたアムプーラの顔面と道化《どうけ》服の胸板を貫通《かんつう》。

化学鋼成系呪式《かがくこうせいけいじゅしき》第三階位〈鏺礫監獄《ボフイ》〉によって発生したチタン合金の槍《やり》と矛《ほこ》の群れが、禍《まが》つ式を天井《てんじょう》へ叩《たた》きつけ、下向きの磔刑《たっけい》にする。

さらに槍と矛から無数の刺《とげ》と刃《やいば》が噴出《ふんしゅつ》し、金属の荆《いばら》の監獄《かんごく》にアムプーラを厳重固定!

アムプーラがいくら原理不明の高速移動をしようが、檻《おり》で捕《つか》まえて吹《ふ》き飛ばせばいいだけだ。

同時にラルゴンキンの魔杖槍斧《まじようそうふ》に俺の魔杖剣《まじようけん》を重ね、化学練成系第四階位《かがくれんせいけい》〈曝轟蹂躪舞《アミ・イー》〉を二重展開させる。

天井の中へと深くめりこんだ金属の槍の穂先で膨大《ぼうだい》な量のトリメチレントリニトロアミンが炸裂。合金の礫台ごと異界の子爵《ししやく》の体を破砕《はさい》、さらに頑丈《がんじよう》な石造りの天井を内部から吹き飛ばす!

瓦礫《がれき》と粉塵《ふんじん》が降りそそぐなか、俺たちは横転してその場を離《はな》れる。転がった俺の目は巨大《きよだい》な瓦礫の群れが落下してくるのを捕《と》らえるが、ギギナがその手で俺を抱《だ》きよせる。

その甲殻鎧《こうかくよろい》で包まれた背に人間大の瓦礫がいくつも衝突《しようとつ》した瞬間、瓦礫は何十もの破片に粉《ふん》砕《さい》され、足元に落ちた。

ギギナの背に発生した、生体変化系咒式第二階位《せいたいへんかけいじゆしき》〈尖角嶺《センガ》〉の強化クチクラと合金骨格の数十もの穂先が、岩石を砕《くだ》き直撃をそらしたのだ。

「俺の魅力《みりよく》に欲情するなよな」

「その程度しか言えんとはな。いつもの刻み殺したくなる腐れ魅力には足りないな」

ギギナが美姫《びき》のような口を歪《ゆが》め、俺を抱えていた手を離す。何とか瓦礫の上に片手をつくが起き上がれない。

負傷が酷《ひど》くて、脆弱《ぜいじやく》な俺の体力が限界に近いのだ。

「世話の焼ける軟弱《なんじやく》さだ。貴様がドラッケン族なら恥辱《ちじよく》のあまりに死ぬぞ」

ギギナの屠竜刀《とりゅうとう》が俺の右脇《わき》に差しこまれ、無理やり立ち上がらせられる。

不満をぶつけようと見上げると、ギギナの美貌《びぼう》が苦痛に歪んでいた。猛毒の咒式《じゅしき》が全身を侵《おか》しはじめているようだ。

絶対に他人に弱みを見せない誇《ほこ》り高きドラッケン族がこうなるとは、猛毒の咒式が全身を侵しはじめているようだ。

粉塵の向こうからラルゴンキンがやってきた。完全装甲されているランドック人の巨漢《きょかん》は、まったくの無傷だったが、石化が進行していて呼吸が苦しげだ。

俺自身も石化と猛毒の二重奏で意識が飛びそうで、三人揃《そろ》って一刻も早く咒式医師の治療《ちりょう》を受けないと命が危ない。

「弾頭《だんとう》ごと吹き飛んだのか？」

荒い息のラルゴンキンの言葉に周囲を見渡《みわた》すと、時計台の天井が吹き飛び、四方の壁《かべ》も支柱を残してほとんどが崩壊《ほうかい》していた。

「それを狙って天井ごと破壊したんだが、分からないな。だが探す時間はない。時計台の上層部ごと弾頭を破壊《はかい》するから退《ど》いてくれ」

粉塵で白く染まった歯車や機械の群れの向こうに、エリダナの街の遠景が見えており、自分でもよく分からない感慨《かんがい》が湧《わ》きあがった。

その上方からアムプーラの下半身だけが落下していくのが目に止まった。そして、俺たちの眼前で、いまだ奇跡《きせき》的に回転を続けていた歯車の上へと落ちていく。

俺たちは、今日何度目かの驚愕《きょうがく》に貫《つらぬ》かれた。

歯車が回転しているその上に、上半身を失ったアムプーラの下半身が綺麗《きれい》に着地し、右足が進み、そして左足が進みはじめたのだ。

「脳と心臓を瞬時に動かしやがったか」

「酷いなぁ、これじゃ美味《おい》しい料理も楽しめない」

腰《こし》から下だけのどこから声が出ているのか、アムプーラが呑気《のんき》な声で喋《しゃべ》り、右足を軸《じく》に回転、次の瞬間には、すでに上半身が完全に元に戻《もど》っていた。

「はい、新品アムプーラ。従来製品より派手さが、なんと当社比で一・四六倍！」

禍つ式の支配者が優雅に手を前に回し、道化の礼を行う。

その左半面が石に覆《おお》われ、道化服が毒々しい色に変わっている。この姿がより本来の姿に近いのだろう。

超《ちょう》再生？　いや、その再生過程などまったく確認《かくにん》できなかった。とにかくヤツの移動は超高速移動などではない。

アムプーラの瞬間移動の正体に、俺はようやく気づいた。

「クソったれが、ヤツは〈軀位相換転送移《ゴアープ》〉を連続使用してやがるんだ！」

数法量子系咒式《すうほうりょうしけいじゅしき》第七階位〈軀位相換転送移《ゴアープ》〉とは、自己の体を環状抑制《かんじょうよくせい》力場で包み、量子段階まで情報化し、非物質化する。

そして位相空間での素《そ》粒子《りゅうし》操作力場で、自己の熱量の一部を電子や陽子などの亜《あ》原子粒子《りゅうし》段階に導いて開放、分解して波動に変換《へんかん》する。

元の座標と転移先が相対的に運動しているために起こる、光や電磁波などの波動の偏移《へんい》を演算し、情報と物質波動を転送。作用量子定数に干渉《かんしょう》して統合、自己を咒式《じゅしき》で再生する瞬間移動法である。

「正気ではないな」

ギギナが美貌を歪めてつぶやくように、正気の人間がこの咒式を使うことはありえない。

電波で情報を飛ばして、向こうの受話器で再生する通信機と似たような原理の咒式なのだが、同じ理由で元の自分と転送先の自分は、完全に同一の記憶《きおく》と肉体構成なのだが、まったくの別人である。

「蛇《へび》が脱皮《だっぴ》を繰《く》り返していくように、次々と肉体を乗り換《か》えていく、つまり貴様は蛇の化身というわけか」

「正解、正解、御名答」

ギギナの皮肉に、二股《ふたまた》に割れた舌先を出してアムプーラが嗤《わら》う。

「蜘蛛《くも》に蛇、人類のほとんどはどちらかに生理的嫌悪《けんお》感を持つと言うが、両方を揃えてくるとは親切なことだね」

俺は漠然《ばくぜん》と、鎧《よろい》姿のヤナン・ガランが近接戦闘《せんとう》型で、アムプーラが高速移動型の禍《まが》つ式でより与《くみ》しやすいと推測していたが、それは大きな間違《まちが》いだった。

ヤナン・ガラン男爵《だんしゃく》の超結界の防御《ぼうぎょ》力と近接戦闘能力は確かに強力無比だが、卓越《たくえつ》した咒式《じゅしき》剣士《けんし》を揃えれば何とかなった。

だが、アムプーラ子爵は、たとえ一個軍団がいようとどうにもならない。

亜光速で移動する異界の子爵には、剣も咒式《じゅしき》も触《ふ》れることすら不可能。雷撃《らいげき》や光線咒式といえど、人類よりアムプーラの反応速度の方が圧倒《あっとう》的に速い。

しかも移動する脳と心臓ごと全身を一瞬で破壊しないと、いくらでも〈軀位相換転送移《ゴアープ》〉で再生してきやがるのだ。

「ここで問題だ、アムプーラに勝利する意外な方法とは？」

俺の問いにギギナがすぐに答える。

「赤毛か眼鏡《めがね》の人間が、ヤツに飲まれて中から破壊するしかないな」

「その条件は俺しかいないだろうが。しかも石器時代の子ども向け映画の解決方法だし」

「では貴様の答えは？」

呼吸が苦鳴に近くなりながらも俺は答える。バカでも言わないと発狂しそうだ。

「勝利という小さな言葉に囚《とら》われることなく、来世をも含《ふく》めた視点から考え、長い歴史の審判《しんぱん》で人徳的に勝っ」

「今は死ぬという点だけが大問題だな」

ギギナが返す通り、万策尽《ばんさくつ》きた俺は呼吸が苦しくなり、片膝《ひざ》をつく。そして、咳《せき》とともに血《ち》反吐《へど》を床《ゆか》に吐《は》き散らす。

石化が肺の上部に達し、猛毒《もうどく》が全身の血液細胞《さいぼう》を破壊しはじめたようだ。

俺を抱《だ》き起こそうとしたラルゴンキンの巨軀《きょく》が揺《ゆ》らぎ、床に突《つ》き立てた魔杖槍斧《まじょうそうふ》に寄りかかって倒《たお》れるのを防いだ。

隣《となり》のギギナも片膝をついて倒れるのを防ぐ。だが、苦鳴とともに完璧《かんぺき》な造形の紅唇《こうしん》から吹《ふ》きでた血反吐が、その胸元を黒血で染めた。

アムプーラの呪《のろ》いの咒式《じゅしき》が、全員の命を奪《うば》おうとしているのだ。

暗黒の絶望に押しつぶされながらも、俺は魔杖剣《まじょうけん》を禍つ式へと掲《かか》げる。だが、切っ先は揺れ意識が混濁《こんだく》してきた。

そして、激痛で真紅に明滅《めいめつ》する視界の端《はし》に、蠢《うごめ》くものが見えた。


現われたのは蜘蛛のような複眼を持つヤナン・ガランの顔だった。

異界の支配者は、その不死身の生命力を燃やして、首の断面から蜘蛛の八本の脚《あし》を生《は》やし、階下から這《は》い上がってきたのだ。

「これはこれはヤナン・ガラン男爵、凄《すご》い執念《しゅうねん》だけど大丈夫《だいじょうぶ》？」

階段の開口部に転がる瀕死《ひんし》の眷属《けんぞく》の傍《かたわ》らに、瞬間移動したアムプーラが立っていた。

ヤナン・ガランが紅の複眼で、同胞《どうほう》を見上げて口を開く。

「私、はは、もう、駄目《だめ》だ、脳機能、がが七八・四％も消失し、して再、生す、るる咒力《じゅりょく》、が、尽《つ》き、尽きた」

蜘蛛の口角からは、青い鮮血《せんけつ》と乱れた言葉が零《こぼ》れていく。

「や、夜会、き規則九十三条、補足十二項に従って、わ、私を……」

続く言葉に、隙《すき》をついて咒式《じゆしき》を浴びせようとしていた俺たちの動きが止まる。

「私、をを喰《く》って、くれ……」

「うむ。不測の事態だが、最初の取り決めに従おう」

頭部だけになった同胞を、アムプーラが右手で軽々しく持ち上げる。

そしてその赤い唇《くちびる》が大きく開かれる。続いて唇の両端《りようたん》が切れ、耳元まで裂《さ》けていく。

アムプーラの後頭部が背中に付くまで反《そ》り返り、巨大《きよだい》な洞穴《ほらあな》のような口腔《こうこう》が生まれた。そしてヤナン・ガランを頭の先から飲みこんでいく。

アムプーラの喉《のど》が同胞の頭の分だけ膨張《ぼうちよう》し、ヤナン・ガランの首が口腔へと消えていった。

満月のように膨《ふく》れた腹部が、次の瞬間には元の平坦《へいたん》なものに戻《もど》った。

俺は苦い何かが喉の奥で詰《つ》まるのを感じた。

「てめえ、仲間を喰うとは正気かっ⁉」

「君たち人類も同胞同士で殺しあっているではないか？　これは互《たが》いに喰いあっているのより酷《ひど》いのでは？」

鮮血色の長い舌を踊《おど》らせてアムプーラが笑う。

「豊かなこのツェベルン龍皇国の君の呼吸を維持するため、貧しい国、たとえばウルムン共和国の富が吸いあげられ誰《だれ》かが飢《う》えて死んでいる。それはある種の同胞殺しだ」

全員がその事実に反論できなかった。

「我ら禍《まが》つ式はそんな非効率的なことはしない。私はヤナン・ガランの情報をすべて吸収して役立てる。昨日見た君たち人間の劇でも、こう言っていた。彼は私の胸の中で生きつづける、とね。私とヤナン・ガランほど正しくできてはいないと思うが」

そこでアムプーラの蛇の目に強い光が宿る。

「滅びゆく世界から我等の眷属をこちらへと救い出すためなら、私は喜びをもってこの身を捧げよう。自己の保存よりも、情報全体の保存が優越する」

俺は、いやその場の全員が戦慄《せんりつ》していた。禍つ式はあまりに異質すぎる。

転移呪式といい、共食いによる情報伝達といい、ヤッらは自己の同一性や連続性になど、まったく拘泥《こうでい》していないのだ。

禍つ式とは多にして個、ただ一つの目的に向かって互いに補完することができる、透徹《とうてつ》した数式なのだ。

それは愚《おろ》かな人類からは遥《はる》かに遠い、究極の生物ではなかろうか。

竜《りゅう》にしろ禍つ式にしろ、人類より優《すぐ》れている気がしてならない。

苦痛で混濁する俺の思考の間に、アムプーラは少し考えるような眼差《まなざ》しを、遠いエリダナの街へと向けていた。

「そういう見地では、私はあのレメディウスを尊敬する。彼も愛する少女の肉を喰うことにより、その壮烈《そうれつ》な遺志を受け継《つ》いだ。非効率的にも思えたが、憎悪《ぞうお》と復讐《ふくしゅう》の情報量は等比級数的に拡大している」

そして俺たちへと視線を戻す。

「だが、君たちに我々が理解不能なように、我々には君たちが理解不能だ。私とヤナン・ガランの召喚《しょうかん》の媒介物《ばいかい》となった人間たち、ナジクとナバロにしてもそうだが、どうして自らの命を使ってまで、同族を殺そうとするのだ？」

その眼差しは真摯《しんし》な問いを宿していた。

「どうして、たかが民族や信条の違《ちが》いなどで同族同士で殺しあう？　どうして同族が苦しみ飢えているのを助ける前に、家畜《かちく》や動物などの権利に必死になる？　どうしてレメディウスはウルムンの人間の命を救うために、エリダナの咒式士《じゅしきし》の命を奪っているのだ？　その不等式は不可解だ。どうして？　どうして？　どうして？」

禍つ式の支配者は直線で問うてきたが、俺には答えられない。

「戯言《ざれごと》はおしまいだ」

俺は激痛を堪《こら》えながらも、笑い返してやる。

「どっちにしろ俺たちの勝ちだ。ヤナン・ガランの結界を消失させた今、内部から天井《てんじょう》ごと咒《じゅ》式弾頭《しきだんとう》を吹《ふ》き飛ばして、後はここを爆破《ばくは》して逃《に》げさせてもらうだけだ」

俺の左右のギギナとラルゴンキンが屠竜刀《とりゅうとう》と魔杖槍斧《まじょうそうふ》を掲《かか》げ、後退姿勢に入る。

蛇《へび》の眼差しでアムプーラが嗤《わら》う。

「レメディウスを甘くみすぎだ。悪意の竜の王手はまさに今からだ！」

高らかに宣告したアムプーラが両手と唇の端《はし》を大きく広げ、その指先を自分の胸の中央へと突《つ》きこむ。

硬直《こうちょく》する俺たちの眼前で、ヘモシアニンの青い血飛沫《ちしぶき》をあげながら、禍つ式は自らの大胸筋ごと肋骨《ろっこつ》を左右に開いていく。

目の醒《さ》めるような青い色の肺や心臓の間から、漆黒《しっこく》の球体が覗《のぞ》いた。

「ヤナン・ガランの同化により、咒式弾頭《じゅしきだんとう》の発動条件、咒式士《じゅしきし》たちの咒力《じゅりょく》と生体情報が揃《そろ》った」

そしてその球体が前方へと迫り出《せ》し、蒼《あお》い血に濡《ぬ》れ光る黒い全容を現していく。

「レメディウスとの約束を果たし、我が〈秩序派《オルドネン》〉の眷属が優先的に物質界へと情報を広げる」

そして、あまりに非常識な隠し場所に愕然とする俺たちの注視するなか、ついに禍々《まがまが》しい円《えん》筒《とう》型の近距離《きんきょり》咒式弾頭の全身を顕現《けんげん》させた。

「さあ、時間だ。死神たちが立ち上がり、ラズエル島を黒き翼《つばさ》で覆《おお》う」

我に返った俺とギギナとラルゴンキンが突進《とっしん》を開始するが、人間の身長ほどの弾頭は禍つ式の胸から完全に姿を現し、最後部から紅蓮《ぐれん》の炎《ほのお》を吐《は》いた。

俺たちは疾走軌道《しっそうきどう》を曲げ、時計台の歯車の間を縫《ぬ》って飛翔《ひしょう》しはじめた弾頭を追う。

疾駆《しっく》する俺の前に、アムプーラが瞬間《しゅんかん》転移。その手刀をギギナが屠竜刀で受け止める火花が弾《はじ》ける。

俺とラルゴンキンがその傍《かたわ》らを駆《か》けぬけ、咒式《じゅしき》を紡《つむ》ぎながら死の弾頭を追う。

魔杖剣《まじょうけん》ヨルガの先端《せんたん》から〈電乖闇葬雷珠《マーコキアズ》〉のプラズマ弾を射出するが、急加速した弾頭の尻《しり》を掠《かす》め、時計台の床《ゆか》を破砕《はさい》するだけだった。急ぎすぎて演算が甘かった！

弾頭は時計台を離《はな》れ、エリダナの宙空に羽ばたく。

「やらせるかっ！」

その軌跡《きせき》を追って鈍色《にびいろ》の奔流《ほんりゅう》が宙を疾《はし》り、弾頭の尻に接触《せっしょく》。金属の荊《いばら》が捕《と》らえる。

〈鎩礫監獄《ボフイ》〉による投網《とあみ》の逆端が魔杖槍斧の先端から生え、さらにラルゴンキンが直接それを右手で摑《つか》んでいた。

弾頭の凄《すさ》まじい推進力とラルゴンキンの超剛力《ちょうごうりき》が拮抗《きっこう》していた。右手の籠手《こて》が砕《くだ》け血が跳《は》ね、巨漢《きょかん》の足が石床の亀裂に深く沈《しず》む。

「このエリダナは私の好きな街だ。ただの一人として死なせるかよ！」

死神の飛翔に優《やさ》しき巨漢の背筋力が打ち勝ち、緩慢《かんまん》な速度だが確実に引きよせられていく。

俺へと振《ふ》り向いたその横顔は、神々しいまでに勇壮《ゆうそう》だった。

本当の意味での咒式士《じゅしきし》、それはラルゴンキンのことを言うのだろう。

弾頭を再度の俺のプラズマ弾で焼却《しょうきゃく》しようとした時、巨漢の太い唇から鮮血《せんけつ》が吹いた。

そのナノ金属の重積層鎧《よろい》に包まれた逞《たくま》しい背から、指先が抜《ぬ》けていた。

ゆっくりと傾《かたむ》いていくラルゴンキンの脇《わき》から、その砕けた五指に超《ちょう》高熱のプラズマの焰《ほのお》を宿したアムプーラの蛇の笑《え》みが覗いた。

「こっちも必死でね。弾頭を止められると、我が眷属《けんぞく》が死滅《しめつ》することになる」

その爬虫類の表情が驚愕《きょうがく》に変わる。心臓を貫通《かんつう》されながらもラルゴンキンは縛鎖《ばくさ》を離さなかったのだ。

「ガユス、やれ！」

ラルゴンキンの口から、血と叫《さけ》びが放たれる。

憤怒の顔のアムプーラが俺の腰《こし》の前に転移、心臓へ雷《いかずち》のような手刀が放たれる。その道化帽《どうけぼう》に左手を突いて俺は禍つ式の頭上を飛び越《こ》える。

ラルゴンキンにやったのと同じく、致命傷《ちめいしょう》を狙《ねら》う攻撃《こうげき》をしてくると読めば、俺だってこれくらいはできる。

前のめりに飛翔し、前転。俺は縛鎖を支える巨漢の左横へと滑《すべ》りこみながら、腰の後ろから魔杖剣〈贖罪者マグナス〉を引きぬき、今の今まで延々と紡いでいた、化学練成系咒式第七階《かがくれんせいけいじゅしき》位〈重霊子殻獄瞋焔覇《パー・イー・モーン》〉を放つ！

強烈《きょうれつ》な爆光が大気を貫《つらぬ》いて、炸裂《さくれつ》しはじめた弾頭に瞬時に追いつき、金属の弾殻ごと死の咒《じゅ》式《しき》に襲《おそ》いかかる。

弾頭の一切を、原子の塵にまで還《かえ》し、破壊《はかい》神の刃《やいば》がエリダナの上空を駆けぬけていく！

輻射熱《ふくしゃ》が烈風《れっぷう》となって時計台の上を吹きぬけ、神経系が焼き切れる激痛が右手から脳へと疾り、俺は片膝《ひざ》をついた射撃《しゃげき》姿勢のまま苦鳴をあげる。

刀身から蒸気をあげるマグナスを握《にぎ》ることができずに床に落とし、不愉快《ふゆかい》な音を立てる。

その落下の振動《しんどう》が俺の神経に響《ひび》き、押し殺した悲鳴を漏《も》らしてしまった。

皮肉にもレメディウス機関のおかげで気絶することはなかった。だが、石化に猛毒《もうどく》に、神経系と脳の過負荷、すでに俺の心身は限界だった。

「まああやるじゃないか、ガユス……」

「固定された目標なら外しはしな……」

俺が見上げると、ラルゴンキンの微笑《ほほえ》みがあった。

俺は腐りきった自分の父親の顔などじっくりと眺《なが》めたことはない。

だが、小さな子供だった俺が、まだ信じていた正しきことのために喧嘩《けんか》をしてうつむいていた時、その頭を撫《な》でていた父はこんな顔をしていたのだろうか。

巨漢は限りなく優しい顔のまま傾斜《けいしゃ》していき、巨塔《きょとう》が崩《くず》れるように後方へ倒《たお》れた。

「ラルっ……」

仰向《あおむ》けになったラルゴンキンの顔は、すべてをまっとうした満足そうな表情をしていた。

口先だけで何もしない人間は掃《は》いて捨てるほどいる。

だが、ラルゴンキンは必ず行動で、その大きな背中で示してきた。

自分の住む街というだけで、顔も知らない人間のために自身の命を張れる高貴な魂《たましい》。

男であり夫であり、父であり咒式士《じゅしきし》であり、すべての責任を果たす人間。

こんなに偉大《いだい》な咒式士を俺は知らない。こんなに優しい男を俺は知らない。

俺はなぜラルゴンキンに反発していたのたろう。

多分、俺とは正反対のこの男の、その典型的なまでの真当さと気高さに、子供みたいに反発していたにすぎないのだろう。

双眸《そうぼう》から零《こぼ》れ落ちそうになる熱いものを堪《こら》えて、俺は死者へと語りかけた。

「あなたの事務所は、俺が責任を持って盛り立てる。偉大なラルゴンキンの名に恥《は》じないように！」

振り返った俺は、禍《まが》つ式へと不敵に笑ってやる。

「俺たちの勝ちだ、夜会とレメディウスの復讐《ふくしゅう》は失敗だ！」

だが、歯車の上に座わり俺たちを見下ろすアムプーラが、汚泥《おでい》が煮立《にた》つように喉《のど》を鳴らし、それは嗤《わら》い声に変わっていった。

「レメディウスは私とヤナン・ガランのどちらかが夜会の勝利者になってもいいようにしている」

その蛇《へび》の目の瞳孔《どうこう》が細まる。

「ヤナン・ガランから受け継いだ咒式弾頭弾が無くなった。だとしたら、私自身の咒式弾頭はどこに行ったのでしょう？」

舌を踊らせて嘲笑《ちょうしょう》するアムプーラの背中から炎《ほのお》が噴《ふ》きあがり、漆黒《しっこく》の弾頭が反対方向、ラズエル島へと飛翔《ひしょう》していく！

もう一発だと！　レメディウスの狙いは最初からラズエル島なのだ。弾頭を止めるのに必死で、その方向を失念していた！

疾走《しっそう》していたギギナが背後から俺の体に手を回して疾駆《しっく》する。歯車と瓦礫《がれき》の間を矢のように抜けて、時計台の縁《ふち》からまったく躊躇《ちゅうちょ》することなく跳躍《ちょうやく》。

重力加速度で落下していくのと同時に、ギギナの両肩甲骨《けんこうこつ》から一対の強化骨格が噴出《ふんしゅつ》するように伸《の》び、その表面をさざ波のような黒い羽が埋《う》めつくしていく。そして空気の揚力《ようりょく》をその内に捕《と》らえる。

生体変化系咒式第二階位《せいたいへんかけいじゅしき》〈黒翼翅《アルファス》〉を発動させ、巨大《きょだい》な黒翼《こくよく》を背負ったギギナと、相棒に抱《かか》えられた俺がエリダナの空を滑空《かっくう》していた。

下方の弾頭弾が第二加速に入り、速度を上げ上昇軌道《じょうしょうきどう》に乗りはじめる。

ギギナも生体変化系咒式第二階位〈空輪龜《ゲメイラ》〉の三重展開によって背中の全面に噴射口《ふんしゃ》を生成、猛烈《もうれつ》な圧縮空気を噴き出して速度と高度を急上昇させる。

セビティア記念公園が眼下を過ぎ去っていき、オリエラル大河の上空へと出る。

神経系がブチ切れようと、脳が沸騰《ふっとう》しようと、弾頭を消してやる！

脳が灼《や》ける激痛を堪えて〈電乖闇葬雷珠《マーコキアズ》〉を放つが、弾頭の尾翼を掠《かす》めるだけ、勢いの変わらない弾頭は急降下して水面《みなも》すれすれを弾丸《だんがん》のように飛んで行く。

黒い天使となったギギナも急降下し、その後を追跡《ついせき》する。

衝撃波《しょうげきは》でオリエラル大河の水面が抉《えぐ》られ、水飛沫《みずしぶき》の紗幕《しゃまく》を後方へと巻きあげていく。

「言っておくがガユス、長くは持たない」

「分かっている」

ギギナの翼や噴射口の根元からは鮮血《せんけつ》が噴きあがり、背後の空へと真紅の尾《お》となって吹き流されていく。

強化系に特化しすぎたギギナは、変化系でもこの手のものが苦手だ。さらに本来は空中での姿勢制御《せいぎょ》のための〈空輪龜《ゲメイラ》〉の咒式《じゅしき》を飛行のために無理やり三重展開し、圧縮空気の噴射の負荷は、放熱器官のための翼を以《もっ》てしても処理しきれない。

咒式士《じゅしきし》がその肉体に恒常的《こうじょう》に発動している基礎《きそ》咒式を除いても、咒式の四重展開という前代未聞の神業《かみわざ》に対しては、ギギナの頑健《がんけん》な体と神経系といえど、いつまで持つか分からない。

俺の一撃《いちげき》で決めないと、ギギナと心中するという、史上最低の死に方をすることになる。

前方へと注意を戻《もど》した瞬間《しゅんかん》、俺とギギナの横手の空間にアムプーラが並行して飛翔し、瞬時に消失。

さらに前方に出現、再び消失。距離を稼《かせ》いで前方に姿を現し、道化《どうけ》の衣装《いしょう》をひるがえして俺たちへと向かってくる。

アムプーラと空中で交錯《こうさく》。ギギナの屠竜刀《とりゅうとう》ネレトーの刃と、禍つ式の両手の爪《つめ》が緋色《ひいろ》の火花を上げて激突《げきとつ》し離《はな》れる。

空中の追跡劇《ついせきげき》は続くが、なかなか追いつけない。前方に郡警察の船舶《せんぱく》たちと、緑の木々と白い壁面《へきめん》の塊《かたまり》が小さく見えた。

ラズエル島が近づいていたのだ。

その瞬間《しゅんかん》、前方にアムプーラが転移、体軀《たいく》を切り返して俺たちへと弾丸《だんがん》の突進《とっしん》を行う。

即座《そくざ》に反応したギギナがアムプーラの顔面へと屠竜刀《とりゅうとう》を疾《はし》らせるが、金属音とともに停止。

その衝撃《しょうげき》で俺とギギナが押《お》し戻《もど》される。

蛇《へび》の口腔《こうこう》の毒牙《どくが》が上下から挟《はさ》み、その刃《やいば》を止めていたのだ。

禍《まが》つ式の笑みとともに、両の貫手が俺の腹部へと放たれた。

肝臓《かんぞう》を撫《な》で回され、腎臓《じんぞう》を愛撫《あいぶ》される感触《かんしょく》と激痛に、俺の視界が真紅に染まる。

「乙女のように可愛《かわい》い悲鳴だね」

ギギナの刃をくわえたままでアムプーラが嗤《わら》い、俺は自分の口から悲鳴があがっているのに初めて気づいた。

石化と猛毒《もうどく》が発動し、俺の内臓が破壊《はかい》されていく。

ギギナの長い足がアムプーラの顎《あご》を蹴《け》りあげ下顎《かがく》骨を粉砕《ふんさい》する音、同時に俺の腹腔《ふくこう》から手が抜《ぬ》けていく感触に怖気《おぞけ》が疾る。

放たれるギギナの刃は、アムプーラが転移した空気を灼《や》いて疾走《しっそう》するだけだった。

「まだ生きてるかガユスっ！」

ギギナの鋼の言葉が遠く聞こえ、何とか意識を戻す。

「さ、最悪だ、強姦《ごうかん》される女の気持ちがかなり分かった」

右手で傷口を押さえているが、腹圧で桃色《ももいろ》の小腸が零《こぼ》れているのが見えてしまい、泣きそうになる。

「女の痛みが分かる希有な経験だな。だが、治療咒式《ちりょうじゅしき》を使うと落ちる。これで耐《た》えろ」

そう言ったギギナの手が俺の手の上から腹部を押さえ、内臓が溢《あふ》れるのを抑える。

「え、遠慮《えんりょ》しろ、痛す、すぎて意識が飛ぶ！」

「また来るぞ！」

叫《さけ》びと同時にギギナが空中で反回転、青空を背にアムプーラの猛禽《もうきん》のような垂直落下攻撃《こうげき》が迫《せま》っていた。

ギギナが屠竜刀を掲《かか》げて、その蹴りの超衝撃《ちょうしょうげき》を受ける。俺の内臓を抑えるギギナの五指に力が入り、激痛に発狂《はっきょう》しそうになる。

屠竜刀の上のアムプーラをギギナが力で弾《はじ》き、反動で距離《きょり》が大きく離《はな》れる。

俺の視線の上、つまりオリエラル大河の青緑色の水面へと向かって。

ギギナが黒翼を逆向きに羽ばたき、風圧で巻き上がる水飛沫が俺の顔を濡《ぬ》らした。

青緑の水面に黒翼の先端《せんたん》を掠《かす》めながら、仰向けの姿勢で前方へと飛翔していく。

水面と無理な咒式《じゅしき》の苦痛に耐《た》えるギギナの表情を上に見ながらの高速飛行で、逆さの船舶の側面の間を駆《か》けぬけていき、俺の心臓が竦《すく》みあがる。

さらに側面に転移してきたアムプーラの追撃をギギナの刃が弾き、衝撃《しょうげき》の度《たび》にギギナの翼が波頭に触《ふ》れて水飛沫をあげる。

ギギナの横薙《よこな》ぎの一撃を横に逃《に》げて躱《かわ》すアムプーラ。その背後の船上で驚《おどろ》いている郡警察の顔が飛び去っていく。

さらに五重目の咒式で噴射される圧縮空気でギギナが反転。

黒翼をはためかせて揚力を摑《つか》みさらに噴射、水面を爆発《ばくはつ》させて急上昇。陽光を受けて煌《きら》めく水と俺の腹腔から零《こぼ》れる鮮血の軌跡《きせき》を描《えが》きながら、空高く駆け上がる。

陽光を背にしたギギナが一気に両翼《よく》を広げ、水の衣を振《ふ》りはらう。

水滴《すいてき》が陽光に煌めき、ギギナ自身から放射される光にも見えるだろう。

それはまさにこの世の終末を告げる死天使の姿。

ギギナに抱えられた俺はオリエラル大河の全景を眼下に見据《みす》え、弾頭を探す。

ラズエル島の手前で上昇する黒い猛獣《もうじゅう》の姿があった。

ギギナが前方へと急発進。全力飛翔で空気を切り裂《さ》いていき、圧力で頭が下がり、俺の足先、右後方にアムプーラが追尾《ついび》してくるのが見えた。

風圧に逆らって前を向くと、ラズエル島の上空で弾頭が分裂《ぶんれつ》したのが見えた。

分裂した弾頭が咒式《じゅしき》を発動。ここから媒介たる弾頭を消すしかない！

数十の弾頭から、膨大《ぼうだい》な虹色《にじいろ》の咒式が展開し、嘲笑を残して転移逃走《とうそう》したアムプーラが姿を現わし、組成式の端を掴む。

アムプーラの超演算能力が咒式を組みあげ、次元を歪ませていく。

「これだ、この瞬間を待っていた。次元の穴が開くその時、我が眷属《けんぞく》を呼びこめる」

声とともに、四十二人の咒式士の生体情報を媒介にし、疫病を司《つかさど》る禍つ式を呼びこむ組成式が完成していく。

「レメディウス、おまえとの契約《けいやく》を果たしたからには、後は私の好きにさせてもらう」

俺とギギナの口から苦鳴が漏《も》れる。

次元の穴から召喚《しょうかん》される咒式禍つ式兵器に合わせて、その入口を利用しようというのがアムプーラの真の狙《ねら》いだったのだ。

アムプーラやヤナン・ガラン級の禍つ式が、あの次元の入口から大挙して出現してくる光景を想像し、俺の背筋に怖気《おぞけ》が走る。

四九八式の子爵《ししゃく》と五〇一式の男爵という二体でも、長命竜《アルター》なみの圧倒《あっとう》的な咒力《じゅりょく》を持っていた。

それ以上の番号の上位種、たとえば一から九九までの王侯《おうこう》級の一体でも実体化すれば、咒式発見以前の悪夢の時代、さらには戦争なみの大災害を引き起こす。

だがすでに、瞬間移動咒式の原理が判明している以上、おまえは不死身でも何でもない、ただの獲物《えもの》だ。その頭の悪い計画とともに滅《ほろ》ぶがいいいっ！

俺の左腕と右肩、腹部が激痛の絶叫をあげるなか、紡《つむ》いでいた咒式を開放。

左手の魔杖剣《まじょうけん》ヨルガの先端から迸《ほとばし》った咒式《じゅしき》が、膨大な組成式を瞬時に空間に広げていく。

その仮想力による格子は、弾頭《だんとう》と展開された咒式のすべてとアムプーラ、そしてラズエル島上空を覆《おお》うほどの、直径二五〇メルトル近い超巨大《ちょうきょだい》な球状結界を形成していた。

刹那《せつな》の間を置かず結界内部に閃光《せんこう》が疾り、突如《とつじょ》、小さな太陽のごとき橙色《だいだいいろ》の大火球が発生した。

続いて強固な咒式結界と大気を震《ふる》わす極大の重低音が轟《とどろ》き渡《わた》る。

それは、化学練成系咒式《かがくれんせいけいじゅしき》第七階位〈餓氣焔塵虐瀑旋渦《パズ・ズー》〉の産みだした、焦熱地獄《しょうねつじごく》だった。

結界内部に生成したアルミニウム粉が着火し、強力な粉塵爆発《ふんじんばくはつ》が発生。同時に、酸化エチレン、酸化プロピレン、硝酸《しょうさん》アンモニウム、ポリスチレンなどの気化していた燃料類が表面積の増大により急速燃焼する。

気化燃料爆弾の原理の咒式破壊《はかい》力は、TNT爆薬《ばくやく》のトリニトロトルエンや、RDX爆薬のトリメチレントリニトロアミンに数倍する超絶の威力《いりょく》を誇《ほこ》り、これより強力な爆裂咒式は、禁断の核爆発系咒式《かくばくはつけいじゅしき》しか存在しない。

しかも、咒式反応を構成する物質が容易に合成可能なため、効果範囲《はんい》を限定する結界に咒力《じゅりょく》を注げる。

障害物も誤爆の怖れもない、広大な空間という条件が揃い、超広範囲《こうはんい》結界を展開させる。それは最大直径五〇〇メルトルという、すべての攻性咒式《こうせいじゅしき》中でも最大規模の大破壊を引きおこすのである。

俺とギギナの前方、結界内部に荒《あ》れ狂《くる》う怒濤《どとう》の爆炎《ばくえん》の中で、疫鬼とアムプーラが灼《や》きつくされていく姿が覗《のぞ》けた。

さらに転移して自らの体を再構成しようとするが、転移した瞬間《しゅんかん》に極大の焔《ほのお》と衝撃波《しょうげきは》で肉体のすべてが瞬時に消失、咒式《じゅしき》展開が間にあわず、ついに咒力《じゅりょく》が尽《つ》きて焔の嵐《あらし》に沈《しず》んでいく。

アムプーラの瞬間転移が無敵に近くても、その転移距離は数メルトルから十数メルトル程度。

何回か転移しようと、この超巨大攻性咒式《こうせいじゅしき》の効果範囲を逃《のが》れることは不可能なのだ。

「わ、わた私、ははっ！」

渦巻《うずま》く火炎の中で、アムプーラはまだ絶命していなかった。

「私はは、まが、禍《まが》つ式っ、の支配者、我が百万の眷属を、死滅《しめつ》していく世界から、この世界に呼びよせるるためにに、ここ、こ、ここで滅びるるわけわけ、にには、いかなないいっ！」

アムプーラが咆哮《ほうこう》をあげ、凄《すさ》まじい呪式干渉結界《じゅしきかんしょう》で呪式効果を何とか減殺し、超再生能力に切り換え肉体を修復しはじめる。

「さあ、だだ第二幕だ、そ、その〈宙界の瞳〉を賭《か》けてて、わた私とと、夜会を舞《ま》うのだ！」

だが、この呪式の真の怖《おそろ》しさはここからだ。

アムプーラの咆哮が止まり、喉《のど》から血反吐《ちへど》を吐《は》いてのたうちはじめる。

気化燃料による炎《ほのお》と爆発は、結界内部の酸素をすべて喰《く》らいつくし、生物を窒息死《ちっそくし》させる。

アムプーラが絶望の双眸《そうぼう》を俺に向けた時、最後の効果が発動。

酸素の消失により、激烈《げきれつ》な気圧低下が起こり、アムプーラの眼球が破裂《はれつ》した。

〇・一気圧以下という真空の力により、破裂した内臓と体組織の出血が、眼球を失った虚《うつ》ろな眼窩《がんか》や、鼻孔《びこう》や耳孔《じこう》、口といった全身の穴から吹《ふ》きだした。

そして、墓の上を這《は》う者、最強の禍つ式たるアムプーラ子爵は、焔の中へと墜《お》ちていき、この世から永遠に消失した。

「終わったな。これでラルゴンキンの仇《かたき》は取れたかな？」

「ああ」

俺の述懐にギギナは肯定の返事をよこしてくる。

「気にするなとは言わん。だが、ラルゴンキンはああいう男だ。冥府で満足気に笑っているだろう」

ラズエル島の上空で、俺とギギナが滑空《かっくう》していた。呪式《じゅしき》による気化燃料爆発《ばくはつ》が収束していき、耳元を通りすぎる風の音が聞こえるだけになっていた。

視線を大河にかかるオリエラル大橋の方へ向けると、橋の上からこちらを見ている何人かの市民の顔が見えた。

「呑気《のんき》なものだな」

俺がつぶやいたその時、下方から響く轟音があった。

オリエラル大橋の橋脚《きょうきゃく》の上で爆煙《ばくえん》が吹きあがり、その白煙を切り裂《さ》いて上昇していくもう一つの呪式弾頭が目に入り、心臓が瞬時に凍《こご》えた。

死せるレメディウスは、己《おのれ》の召喚《しょうかん》したアムプーラすら騙《だま》し、囮《おとり》の弾頭を守らせていたのか⁉

ギギナが背中の両翼《よく》を使って急旋回《せんかい》し、俺は呪式で追撃《ついげき》しようとしたが、腕《うで》が上がらない！

すでに究極の第七階位の呪式を二回使ってしまい、俺の呪力は完全に枯渇《こかつ》していたのだ。

レメディウスのあまりの執念《しゅうねん》と周到《しゅうとう》さに、俺の心が絶望に屈《くっ》した。

「すまないな」

ギギナの声も遥《はる》か遠くに聞こえるだけだった。

オリエラル大河の上空、俺とギギナを越えていった死の弾頭から、死の呪式《じゅしき》が展開。

〈六道厄忌魂疫狂宴《アヴァ・ドーン》〉の虹色《にじいろ》の膨大な呪印組成式が疾《はし》っていく。

ラズエル島の上空に、次元の穴を開ける膨大な力と、負の質量の物質が組みあげられていき、次元干渉《かんしょう》が開始され空間が歪《ゆが》み、地獄の門が開放されようとする。

脳裏《のうり》にジヴの笑顔《えがお》がよぎり、そして粉々に砕《くだ》けていった。

俺の無力さ、頭の悪さがついに彼女を死なせることになった。

その瞬間、背後から熱風が疾りぬけた。

そして、俺の紡《つむ》いだものなんかより数倍も巨大《きょだい》な、電磁雷撃系咒式《でんじらいげきけいじゅしき》第五階位〈電乖閤葬雷珠《マーコキアズ》〉のプラズマ弾の群れが空を灼《や》いて失踪《しっそう》。

炸裂《さくれつ》した弾頭と、それが支えていた周囲の咒式を瞬時に蒸発、消失させて、ルルガナ内海の遥か南方の上空へと去っていった。

三たび背後を振り返ると、大橋の上から一人だけ去っていく人影《ひとかげ》が見えた。

遠すぎて判別できないが、灰白色の後ろ髪《がみ》だけが確認《かくにん》できた。

(ラルゴンキンのヤツ、あんなところにまで咒式士《じゅしきし》を配置していたのか）と俺は安堵《あんど》した。

「先程のは無しだ」

背後のギギナが言葉を漏《も》らした。俺が首を巡《めぐ》らせると、憮然《ぶぜん》としたギギナの表情があった。

「何が？」

「分からぬのならそれでいい」

意味不明なギギナの言動はいつものことだ。

ドラッケンを放っておいて、俺は眼下一面に広がるラズエル島、そしてエリダナの街へと目を向ける。

無機質なビル群に雑然とした下町。木々の緑と川の青。

街角のあちこちで、俺たちを見上げる豆粒《まめつぶ》のような人々の顔、その中にジヴや、俺の知りあいがいるのだろう。

大嫌《だいきら》いなこのエリダナの街を、俺は、今だけは許す気分になっていた。

「別に謝罪する気はないのだが、そろそろ限界だ」

ギギナの偉《えら》そうな宣言とともに噴射呪式《ふんしやじゆしき》が停止し、失速。ギギナと俺は急速落下していく！

耳元で空気が唸《うな》り、髪も服も後方へと引きちぎられるようにはためく。

「手近な所へ下りろ！」

俺の言葉も空気に破砕《はさい》され、あまりの速度に視野も狭《せば》まっていく。

ギギナが両翼を広げて揚力《ようりよく》を得ようとするが、空気の刃の前には無力に等しい。

足先には、陸地の木々の緑と白の建物が急激に迫《せま》ってくる。

「ガユス、私の封呪弾筒《ふうじゆだんとう》を使えっ！」

ギギナの叫びに、俺は背後の相棒の革帯《かくたい》を探《さぐ》り、ありったけの爆裂《ばくれつ》のもとを掴《つか》む。

眼下には建物の窓から俺たちを見上げている人間の顔や、広場らしい芝生《しばふ》までが見えている。

俺は振り抜きざまに封呪弾筒を下方へと向かって投擲《とうてき》する。

低位爆裂呪式《じゆしき》が芝生の前で多重炸裂、爆風と烈風《れつぷう》が大気に迸《ほとばし》り、爆風の放射に全身の骨格と零れかけた内臓が軋《きし》む。

発生した空気の力をギギナの黒翼が受け、落下が急停止。巨人の手で上方へ引っ張られるような衝撃《しょうげき》が俺を襲《おそ》い、同時にギギナの翼が消失。

流星のような落下が始まり、急速接近してくる一面の芝生に衝突《しょうとつ》。

脳震盪《のうしんとう》が起こり、視界のなかで緑や白や大地が攪拌《かくはん》されるように回転していき、何かに激突してようやく回転運動が停止する。

揺《ゆ》れる視界の焦点《しょうてん》が合ってくると、ギギナの白磁の美貌《びぼう》が眼前にあった。

ギギナがその装甲《そうこう》で庇《かば》ってくれなければ、俺は原形を留《とど》めない肉塊《にっかい》になっていただろう。

「何だ、ガユスが生きているのか。因果応報という言葉は嘘《うそ》だな」

「ギギナがいるってことは、ここは現世だな。あの世で俺とギギナが会うことはあり得ない。ギギナは地獄《じごく》行きだが、俺は天国行きだからな」

もう全身のどこが骨折し内臓破裂《はれつ》しているのか分からない激痛のなか、俺とギギナは皮肉げな笑みを交《か》わす。

「ガユスを落ちこませる言葉を思いついた。実は今日が貴様の人生で最高の運勢の日だ」

「うわ、それはキツいな」

苦笑するしかなかった。

「ここはどこだ？」

俺が顔を上げると、俺たちの回転を止めた大理石の石碑《せきひ》が目に入る。

「ラズエル島公園？」

ギギナの腕の中から身を起こし、切れた口内の血を吐《は》き捨てると、周囲は緑の芝生と木々が並ぶ公園だった。そして白衣や背広の人間が俺たちへと集まりはじめていた。

「さっきの大爆発《ばくはつ》は何？　今日はそんな実験をする報告はなかったが？」

「君たち自殺？　川はあっちだよ？」

いろいろな声をかけながら、何人かの白衣の咒式師《じゅしきし》が座りこむ俺たちへと治療咒式《ちりょうじゅしき》を発動してくれる。

左腕と右肩の傷が修復され、溢《あふ》れていた内臓が押し戻されて塞がり、応急処置がされていく。

痛みを堪《こら》えて立ち上がると、オリエラル大河の流れと、その向こう岸、そして霞《かす》むような高層建造物の間に、上層部が欠けたあの時計台が見えた。

どうやら俺とギギナは、ラズエル島に着地したようだ。

「あらガユス、ここで何してるの？」

鈴《すず》の音のような声に振《ふ》り向くと、白金の髪の女、ジヴーニャが立っていた。

その左手にはパイらしきものが載った皿を持って、右手には菓子《かし》の一片を刺《さ》した肉叉《フォーク》を持っていた。

「凄《すご》いケガじゃない！」

両手のものを放り出してジヴが俺へと駆《か》けより、胸へ飛びこんでくる。

「ジヴ、服が汚《よご》れるよ」

ジヴは俺の言葉を聞いていないのか、俺の背中へと手を廻《まわ》し、抱《だ》きしめてくる。

「バカ、服なんてどうでもいいわよ！」

顔を上げたジヴの緑の双眸《そうぼう》は、涙《なみだ》を零《こぼ》さんばかりになっていた。

「またこんな大ケガをして、一体何があったの！」

その清らかな視線に耐《た》えられず、俺は目を逸《そ》らす。

「えっと、昨夜のことを直接ジヴに謝りにわき目も振らずに飛んできた。ただそれだけ……」

「バカっ！　そんなつまらない嘘つかないでよ！」と叫《さけ》んだ後、ジヴは黙りこみ、俺も返す言葉がなかった。

その白金の髪《かみ》の向こうに、周囲の人間がそれぞれに先程の爆発《ばくはつ》について語りはじめたのが見えた。

女性社員に囲まれて不機嫌《ふきげん》な顔をしているギギナは放っておいてもいいだろう。

俺がジヴの視線をたどると、遠い時計台を見上げていたジヴが大きく息を吐《は》いた。そして俺へと向き直る。

俺はジヴへと伝えたいことを言うべきだと分かっていた。

「もう一度きちんと謝りたかったのは本当だ。すべて俺が悪い」

「違《ちが》うわガユス。あなたに比べたら、私の嫉妬《しっと》こそくだらないことだと思うわ」

ジヴと俺の目が逸《そ》らされ、離れていく。

「あなたの思い出はあなただけのもの。大事にするのもあなたの勝手。それを忘れさせることができなかった私の器量不足よ」

そこで互《たが》いに言葉を失った。

探《さぐ》りあいは止まらず、互いに譲歩《じょうほ》のフリして言い訳しているだけ。

伝えるべきことはそれじゃない。分かっているはずだ。

「ジヴ、もう一回、最初から始めよう。それが俺の正直な気持ちだ」

ジヴはさらに長い長い沈黙《ちんもく》を保った。俺は答えを待ち続けた。

「とりあえず……」

ジヴは何かを振《ふ》り切るように苦しげに微笑《ほほえ》み、言葉を吐き出した。

「とりあえず態度保留。それでいい？」

「ああ、それで十分だ」

俺は笑みを浮《う》かべ、そのままジヴの腕《うで》の中から滑《すべ》り、芝生《しばふ》へと腰《こし》が落ちた。

「ガユス、大丈夫《だいじょうぶ》？」

「いや、ちょっと力が抜けただけだ」

ジヴが何とか俺を支えようとする。

俺はジヴの顔を見上げた。ジヴの緑の目には哀《かな》しみと愛と、そのすべての感情が混ぜ合わされた色があった。

「映画みたいに、男女の口づけ一つで物事が解決したら楽なのにな」

「私もそう思うわ」

「試してみるか？」

俺を覗《のぞ》きこむジヴの顎に手をかけ、唇《くちびる》と唇を軽く重ねた。

顔を離すと、戸惑《とまど》うようなジヴの顔があった。

「特に何も解決はしないわね」

ジヴが苦笑し、俺も笑った。

確かに問題は何一つ解決していない。

俺の昏《くら》い生とジヴの真っ直ぐな生。二つの真反対の生き方の妥協《だきよう》と歩みより。そして、それを続けることの難しさ。

その果てで、俺はくだらない咒式士《じゅしきし》ごっこを止められないだろうし、ジヴは真っ当さを曲げないだろう。

俺とジヴは未来から目を逸らし、現在の気持ちだけで答えを出しただけだ。

だが、答えの続きはこれから二人で探していけばいい。

ついには、解決しないかもしれないが、今は束の間の妥協で十分だ。

「それじゃ病院に行きましょう。ラズエルにはいい咒式医《じゅしきい》がいるわ」

「美人の看護士がいるかどうか、それが重要だな」

「はいはい。脳へ直接、太ーい注射をしてもらえるように頼《たの》みましょうね」

俺はジヴに支えられて立ち上がり、そして一歩を踏《ふ》み出した。

あまりに困難な一歩。

それでも歩みは続いていった。

12 砂礫の終局図

人類が最後の三人になった。

それでも殺しあうだろう。

二人が一人を除け者《の もの》にし結束するために仕方なく。

人類が最後の二人になった。

それでも殺しあうだろう。自分一人が生き残るために仕方なく。

人類が最後の一人になった。

そして自殺するだろう。自分一人という孤独《こどく》のために、さらには自分の中の何かに耐えられず。

イェムト・アダー「混沌《こんとん》の言祝《ことほぎ》」皇暦《こうれき》四八九年

曙光《しょこう》の戦線の闘士《とうし》たち四人が、ドーチェッタに連れ去られたレメディウスとナリシアの行方《ゆくえ》を突《つ》き止め、デリラ山脈へと捜索《そうさく》をはじめて三日目。

曇天《どんてん》の空の下、ナジクとナバロは血走った目でどこまでも続く暗灰色の岩山を登っていく。

「ナジク、ナバロ、おまえらの気持ちは分かるが、この山に放置されて三ヵ月も経《た》っていては、二人とも生きていない」

闘士の一人が白い息を吐《は》きながら、声をかける。

「このままでは俺たちまで遭難《そうなん》する。引き返すべきだ」

続く一人の意見に、ナジクが激情を抑《おさ》えるような声を出す。

「分かっている。分かってはいるが、妹とレメディウスが死んだなんて認めたくないんだ。そんな……」

そして肩《かた》を落として、膝《ひざ》をつく。昼間だというのに気温は零下《れいか》に近くなっている。

「帰ろう」

ナジクが弱々しい声で呻《うめ》き、巨漢《きよかん》のナバロがその肩を抱《かか》えて立ち上がらせる。

「待て、あそこを見ろ！」

ナジクとナバロが振《ふ》り返ると、斜面《しやめん》の向こうを進む人影《ひとかげ》の背があった。足を引きずる歩みは、まるで冥府《めいふ》を彷徨《さまよ》う亡者のようだった。

「レメディウス！」

捜索隊の全員が山肌《やまはだ》を走り、同志に駆《か》けよる。亡者はその声が聞こえもしないように歩みつづけ、追いついたナジクが背後からその肩を摑《つか》み、振り返らせる。

ナジクとナバロは言葉を失ってしまった。曙光の戦線の捜索隊の全員が。

彼らの眼前の人物、無言のレメディウスの姿は、変わり果てていた。

服は原形が判別不可能なほどに破れ、その下に覗《のぞ》く拷問《ごうもん》の傷は全身に広がっているのだろう。

何よりその顔に以前の面影《おもかげ》が一切《いっさい》なかった。

柔和《にゅうわ》で繊細《せんさい》だった顔に、無惨《むざん》な裂傷《れっしょう》が縦横に走っていた。

それは、地獄《じごく》の鬼《おに》でさえ優《やさ》しげに見えるほどの狂相《きょうそう》。そして、その翠《みどり》の双眸《そうぼう》の中に、禍々《まがまが》しい光が宿っていた。

あまりの変貌《へんぼう》ぶりに、捜索隊の誰《だれ》もが言葉をかけられなかった。それでも、ナジクとナバロがレメディウスの肩を摑んで交互《こうご》に問いつめる。

「他の皆《みな》はどうした、死んだのか？」

「妹は、一緒《いっしょ》に誘拐《ゆうかい》されたナリシアはどこだ！」

レメディウスは、昏《くら》い笑《え》みを浮《う》かべていた。

「他《ほか》の全員は死んだ。そしてナリシアは私の中にいる」

「ど、ういうことだ？」

ナジクとナバロの兄弟が言葉を飲みこむ。レメディウスの顔にさらに笑みが広がっていき、そして言葉を零《こぼ》した。

「喰《く》ったよ」

その双眸に鬼火のような陰惨《いんさん》な焰《ほのお》が踊《おど》っていた。昏い笑みは哄笑《こうしょう》に近いほど大きくなっていた。

「僕を生かすためにその身を捧《ささ》げてな」

「嘘《うそ》、だろ、そんな……」

レメディウスが、その掌《てのひら》に握《にぎ》りこんでいたものを見せ、全員が硬直《こうちょく》した。

それはナリシアの、萎《しな》びた二つの緑の眼球だった。

レメディウスは、掌を目の高さに掲《かか》げ、すでに乾《かわ》ききった眼球を愛《いと》しそうに眺《なが》めた。

そしてその眼球を掌の上で滑《すべ》らせ、自らの口の中へと流しこみ、飲みこんだ。

「これでナリシアのすべては僕の中だ」

「レメディウス、貴様、正気か！」

叫《さけ》ぶ男に、レメディウスが悪鬼《あっき》の笑みを返す。

「弱く愚《おろ》かなレメディウスはすでに死んだ。ナリシアとともにな」

その業火《ごうか》の瞳《ひとみ》が全員を射ぬいた。

「僕は、いや私は、今日からドーチェッタを、ラズエルを灰燼《かいじん》に帰すためにすべてを捨てる。私の記憶の力を解放し、すべての過去を今に刻《きざ》む。そして曙光の戦線はこの私に従って戦うのだ！」

曙光の戦線の歴戦の勇士たち、その全員が恐怖《きょうふ》し、畏怖《いふ》に打たれた。

その無明の絶望と哀《かな》しみの深淵《しんえん》に。

「ナジク、ナバロ、私に力を貸してくれ。地獄の悪鬼を呼ぶために、その身を私に捧げてくれ！」

ナジクとナバロ、二人の兄弟が顔を見合せ、そしてうなずいた。

「レメディウスが望むなら、俺たちは従おう。この身はおまえの道具だと思ってくれ」

復讐《ふくしゅう》の魔神《まじん》が誕生したことを祝福するように、山々が風に叫び、天がうねっていた。

「そうだ、私こそが復讐者、私こそが悪鬼、私こそが……！」


「どうして生きているんだか、頑丈《がんじょう》なおっさんだな」

俺の見舞《みま》いの言葉に、ラルゴンキンが首を巡《めぐ》らせ、太い唇《くちびる》に不敵な笑みを浮かべた。

エリダナ中央病院の病室。特大の寝台《しんだい》に、それでも収まりきらないようなラルゴンキンの巨《きょ》体《たい》が半身を起こしており、寝台の横には副官のヤークトーが電子書類を広げていることから、会議中だったようだ。

「心臓と左肺の大部分を貫通《かんつう》し破壊《はかい》されたら、いくら丈夫な重機槍士《じゅうきそうし》でもとりあえず死んでおけよ」

俺は呆《あき》れながら言葉を放ち、ヤークトーが薦《すす》めてきた折り畳《たた》み椅子《いす》に腰《こし》を下ろす。

ラルゴンキンが不敵に笑い、解答をよこす。

「おまえらの基準と一緒にするな。一流の咒式剣士《じゅしきけんし》は心臓などの重要器官は、必ず補助器官を用意している」

「人間じゃねーなそれ」

俺は笑うしかなかった。

病室の入口に背を預《あず》けたギギナは美貌《びぼう》をラルゴンキンへと向ける。

「それでも、翌日の今日には意識が戻って、明日には退院するという、ラルゴンキンの回復力は異常ではあるな」

その言葉にラルゴンキンが口の端《はし》を歪《ゆが》めて笑う。

「おまえら若造とは鍛《きた》え方が違うよ。それより、そちらはあまり健康そうでもないな」

「まあね、おまえみたいな単細胞生物《たんさいぼう》みたいにいかないよ」

手を上げようとした振動《しんどう》で、包帯に包まれた両腕に激痛が疾《はし》る。

第七階位の禁忌呪式《きんきじゅしき》の三連発で、過負荷が掛《か》かった両腕と脳や神経系統が灼《や》き切れた。ロルカが売りつけたレメディウスの呪式機関がなければ、廃人《はいじん》決定だった。

まあ、その治療《ちりょう》には小さな家が一件建ちそうなほどの金が飛んだ。ラズエル社が治療費全額を出してくれなければ、俺の心臓が止まっていただろう。

医師にはしばらく呪式の使用は絶対禁止だと言われた。呼吸するなと注文されるようなものだ。

「で、葬式《そうしき》は、いや人生の卒業式はいつになるんだ？」

「本当に口の減らないヤツだな」

俺の言葉にラルゴンキンが笑い、そして急に遠い眼差《まなざ》しになる。

「私はそれでも生き残っているだけましだ。惜《お》しいヤッらを亡くしてしまったよ」

ラルゴンキン事務所は休業状態である。ラルゴンキンとイーギーとジャベイラが入院中のうえ、あの時計台の戦いで、事務所五番手のワイトスと六番手のブレイグという中堅呪式士《ちゅうけんじゅしきし》、一階に残ったザリスとトレモンという咒式士《じゅしきし》が死亡し、他に四人が入院している。

二十九人いた咒式士の九人が死亡、七人が入院という現実に、あの一連の禍《まが》つ式どもとの戦いの凄《すさ》まじさが窺《うかが》いしれる。

そして、郡警察や市民にも何十人と死者が出ている。

ラズエル島の社員と来訪者の一二〇五人を救うためとはいえ、あまりにも大きな犠牲《ぎせい》だ。

大量虐殺《ぎゃくさつ》を救った街の英雄《えいゆう》として、市とラズエル社による厳粛《げんしゅく》な葬儀《そうぎ》が行われたが、死んでいった人々の家族や知人たちの悲しみが癒《いや》されるわけもない。

俺はラルゴンキンの向けた視線の先をたどるが、ラズエル島も時計台も遠すぎて見えはしない。

「そういえばガユス。我がラルゴンキン事務所に入ってくれるそうだが？」

ラルゴンキンの顔が向けられ、俺は返答に詰まる。

ヤツが死んだと思った時に、確かにそういうことを口走ったような気がする。

長い沈黙の末、相棒へと視線を向けると、鋼《はがね》の瞳《ひとみ》に紫《むらさき》の色彩《しきさい》が掛かっていた。

「そんなものでよければいくらでもやる」

ギギナの言葉にも、微量《びりょう》な戸惑《とまど》いのような成分が含有《がんゆう》されていた。

俺の返事は決まっていた。

「済まないラルゴンキン」

ラルゴンキンは静かな目で受けた。

「あんたのところが大変なのは分かるから、仕事の下請《したう》けならいくらでも受ける。だが、まだあの事務所を畳むわけにはいかない」

「分かっている」

ラルゴンキンは優《やさ》しい顔をしてうなずいた。

あの古めかしい事務所には、甘美《かんび》さと痛みの思い出が詰《つ》まっている。

そして、いつか去っていった者たちが帰ってくるような気がする。その時までは閉めるわけにはいかないのだ。

再会の時にも、決して黄金の日々が帰ってくるわけではない。

あの日失われた絆《きずな》は、再会の時に激しい痛みをもたらすだろう。

愚《おろ》かな感傷かもしれないが、その決着は俺自身がつけねばならないのだ。

遠くを見据《みす》えるギギナの目も、その想《おも》いは俺と同じなのだろう。

「ま、断るだろうとは思った」ラルゴンキンの声に力が籠《こ》もる。巨漢《きょかん》の体に膨《ふく》れ上がるような圧力が満ち、急に病室が狭《せま》くなったように感じられた。「まだまだ若造には後を任せられない。おまえらやパンハイマの時代など、当分は来ないと思えよ」

咒式士《じゅしきし》の剛毅《ごうき》な笑《え》みに、俺たちは苦笑するだけだった。そしてラルゴンキンがもたれた寝台の背板が軋《きし》む音が響く。

病室の片隅《かたすみ》の受像機では、エリウス郡とツェベルンとの境で曙光《しょこう》の鉄槌《てっつい》の隠れ家《かくが》が発見、龍《りゅう》皇国《おうこく》の特殊《とくしゅ》部隊が突入《とつにゅう》し、壊滅《かいめつ》したという報道が流れていた。

エリダナ市長ヒルベリオは、龍皇国による自治権の侵害《しんがい》だとして憤慨《ふんがい》していたが、いつものように演技だろう。市がラズエル社を見捨てたことが隠れるには丁度いい事件だしな。

「それじゃ俺たちは帰る」

「ああ」

ラルゴンキンのブ厚い掌《て》が挙げられ、ヤークトーが目礼を返した。

そして俺たちは病室を辞し、廊下《ろうか》へと出た。

そこで二人の咒式士《じゅしきし》、イーギーとジャベイラに出くわした。

「何だ生きてたのか」

「ほう、拙僧《せっそう》の身を心配してくれるのかえ」

松葉杖《まつばづえ》のジャベイラが俺に擦《す》りよってくる。重傷の女を邪険《じゃけん》にするわけにもいかず、俺はされるがままにしておく。

どうでもいいけど、また人格設定が変わっている。

もう一方を見ると、包帯と治療機器に全身を包んだイーギーが、ギギナと睨《にら》みあっていた。

二人とも無言だったが、包帯まみれのイーギーは右の義手を挙げて見せた。

ギギナが静かに笑い、歩きだす。そしてイーギーはラルゴンキンの病室へ、ギギナは病院の出口へとそれぞれに去っていった。

「咒式士って意地っ張りというか子供というか」

俺の横のジャベイラが慨嘆《がいたん》の吐息《といき》を漏《も》らした。

「あたしみたいに、その場その場で適当にやればいいのに」

「前から思っていたのだがジャベイラ、性格設定を変えているのって、そういう自己防衛のためか？　それとも多重咒式《じゅしき》展開の秘訣なのか？」

ジャベイラは俺を見上げて微笑《ほほえ》んだ。

「いいえ、単に私って地味だから」

咒式士《じゅしきし》が歩き去っていく姿をしばらく眺《なが》めていた。

俺は苦笑してその場を離《はな》れ、そしてギギナの背を追って歩きだす。

病院の外へ出ると、車廻し《ロータリー》のアスファルトに僅《わず》かに残った焦《こ》げ跡《あと》に気づき、思わず俺は足を止めていた。

ヘロデルの最期《さいご》の名残《なごり》。

俺を裏切り、殺そうとした友人のことを、今は許せるような気がしていた。

過去の痛みも選択《せんたく》も、こうやって甘い郷愁《きょうしゅう》となっていくのだろう。

いつかヘロデルの墓参りにでも行ってやろうかと思う。ヤツの好きだったジェダ酒でも携《たずさ》えて。

足を進めようとすると、俺を待っていたギギナの銀の双眸《そうぼう》に出会った。

紫の輝《かがや》きを帯びた深淵《しんえん》に柔《やわ》らかな感情が宿っていたような気がしたが、俺の感傷の所為《せい》だろう。

俺はギギナを追い越《こ》して先へと進み、相棒の足音が俺の後に続いた。

その足音が唐突《とうとつ》に止まる。俺の足音も。

前方の黒塗《くろぬ》りの大型車。その扉《とびら》に凭《もた》れる暗灰色の背広姿のエグルド少尉《しょうい》。そしてその前に、同様の服装のゴッヘル中佐《ちゅうさ》が立っていたのだ。

「ラズエルを救った英雄《えいゆう》と、少しお話をしたいという方がいてね」


俺とギギナが招待された車が、エリダナを走っている。

すべての窓が、ポリカーボネイトと強化結晶《けっしょう》アクリルの多層複合構造の防弾《ぼうだん》ガラスで覆《おお》われ、さらに内側に、抗呪式《こうじゅしき》用の咒化《じゅか》結晶の不自然な煌《きら》めきが見てとれた。

エグルドとゴッヘルは運転席に向かったため、長い後部座席の最後部に俺とギギナだけが座っていた。

「何が始まるのかな？」

俺の内心の不安を糊塗《こと》するような言葉に、王侯《おうこう》のように悠然《ゆうぜん》と座るギギナが答える。

「後部座席ごと爆破《ばくは》されるのかもな。秘密を知る者は消せ。よくある展開だ」

「主人公は死なないだろ」

「では気をつけろ。貴様はどうみても脇役《わきやく》顔だ。前にも二回死んでいるしな」

ギギナに言い返せなくなっていると、運転席の背後、俺たちと向かいあわせの席から言葉が放たれる。

「もうそろそろ話をしてもよいかな？」

それは獅子《しし》の鬣《たてがみ》のような黄金の髪《かみ》、氷河の底のような碧の瞳《あおひとみ》。黒の軍服に豊満な肉体を押しこめた女の姿が、いつの間にかそこにあった。

「そう緊張《きんちょう》せずともよい。といっても、諸君らは私の親戚《しんせき》、あのモルディーンとすでに出会っているから慣れているだろうが」

女の艶《つや》やかな紅唇《こうしん》の両端《りょうたん》が上がる。

俺たちの眼前に現れたのは、イルム選皇王、ゼノビア・イルム・ジェスカ。

円卓《えんたく》評議会の一人にして、イルム選皇王軍最高司令官。

銀環勲章《ぎんかんくんしょう》を二度も受けた武人。ロンドラム公爵《こうしゃく》にしてゲイナン侯爵《こうしゃく》。龍皇国軍の内務監察《かんさつ》長官などの顔を持つが、最も重要なのが、龍皇国の暗部を司《つかさど》る諜報《ちょうほう》機関〈竜の顎《あぎと》〉の最高司令官の顔。

「そろそろお出ましの時間だと思っていましたよ、イルム選皇王陛下《へいか》」

「ゼノビアでいい。家名や称号《しょうごう》で呼びあうのは年寄りの習慣だ」

女傑《じょけつ》は艶然《えんぜん》と微笑む。モルディーンと同年代のはずだが、高位咒式士《じゅしきし》につきものの肉体老化の鈍化《どんか》に生来の美貌《びぼう》が合わさり、輝くばかりに若々しい美しさを誇《ほこ》っていた。

「それで、何の御用《ごよう》ですか？　イルム選皇王陛下」

俺の皮肉にも女王の笑《え》みは変わらなかった。

「まずは、ラズエル島を救った英雄にお祝いを述べようと思ってな」

俺は苦々しい笑みを浮《う》かべた。

「ええ、あなたのくださった情報でね」

そして続ける。

「おそらく武器商人のパルムウェイに〈曙光《しょこう》の鉄槌《てっつい》〉以上の金を積んで、ヤツらの隠《かく》れ家《が》の場所を吐《は》かせ、匿名《とくめい》の通報で郡警察を動かした。

そして用済みになったパルムウェイを、口封《くちふう》じのために曙光の鉄槌の制裁風に消した」

ゼノビアが雪色の喉《のど》を仰《の》け反《ぞ》らせて、心底から楽しそうに笑う。

「これはこれは、頭の回る若造だこと。モルディーンが気に留めるわけだ。真相は曙光の鉄槌の狂気《きょうき》に怯《おび》えた、パルムウェイ自身が密告に来た。それもレメディウスの策の内なのだがな」

俺の心が凍《こご》えていく。

「しかしなぜだ。なぜこんな回りくどいことをする」

「残念ながら、このエリダナに龍皇国が表立って介入《かいにゅう》するわけにはいかない」

ゼノビアが艶然と微笑む。

だが、疑問が残る。まったく意味不明の疑問が。

「ズオ・ルーと二度目に会った時からずっと気にかかっていた。龍皇国が、曙光の鉄槌へとレメディウスが入った醜聞《しゅうぶん》を消したいのは分かるが、それは国家、あなたと竜の顎が殲滅《せんめつ》に向かうほどのことではない。

より過激な刃《やいば》、しかも民間のレメディウスの刃がドーチェッタに突《つ》きつけられることになり、龍皇国の暗躍《あんやく》の痕跡《こんせき》も消える。何をそんなに心配している。いや、それ以上に、あのレメディウスが皇国をそこまで憎《にく》む理由がな……」

俺は気づいた。まさかそんな……！

「まさか、ドーチェッタと、あの悪魔《あくま》と、龍皇国が手を組むということか！」

俺の叫《さけ》びが車内の空気を切り裂《さ》いた。ゼノビアの微笑《ほほえ》みが消え、苦々しげな自嘲《じちょう》に変わっていた。

「半分だけの正解といったところだな」

俺の胸の前にギギナの右腕《うで》が掲《かか》げられ、激昂《げっこう》を制する。

「どういう理屈《りくつ》だ？」

ドラッケンの銀の双眸《そうぼう》が、憤怒《ふんぬ》の坩堝《るつぼ》のように燃えていた。

「諸君は、龍皇国や七都市同盟の主産業を知っているかね」

ゼノビアの声は氷点下の冷たさを帯《お》びていた。

「そう、各種咒式《じゅしき》産業だ。製造に加工、流通に情報、医療《いりょう》に教育、そして軍事。それを支えるのは最先端《さいせんたん》の咒式《じゅしき》技術と、最後にはどうしても資源となる」

女王の声には天を呪《のろ》う響《ひび》きがあった。

「産業全体を支える、各種希少金属、タンタル、ルテチウム、スカンジウム、イットリウムなどの大規模鉱脈が連続して発見された。よりにもよってあのウルムン共和国でな」

沈黙《ちんもく》。そしてゼノビアの静かな告白だけが続く。

「供給量を調整しなければ国際価格を破壊《はかい》し、大陸経済を傾《かたむ》かせることも可能だ。その調整権をドーチェッタごときに握《にぎ》らせるわけにはいかない。

ツェベルン龍皇国とラペトデス七都市同盟は緊急《きんきゅう》会談を設けた。そしてドーチェッタに武器取り引きがあったラズエル社を通して、砂漠《さばく》の独裁者に接触《せっしょく》した」

ゼノビアが続ける。

「結論はこうだ。ドーチェッタの独裁政権を龍皇国と七都市同盟は容認する。その代わり、希少金属鉱山の採掘《さいくつ》に、皇国と同盟が加わり価格調整権を握る」

俺は問い返していた。

「どうしてドーチェッタと組む。曙光の鉄槌がヤツを倒《たお》せば、皇国の権益になるだろうが」

「経済は緊急を要する。そんな不確実で楽観的な未来を待っていられない。それに、ウルムンの資源はウルムン人民のものだと掲げている曙光の鉄槌と、妥協《だきょう》する道など存在しない」

ゼノビアは艶やかな足を組み替《か》え、結論を下す。

「レメディウスは人質のままで死に、曙光の鉄槌は悪辣《あくらつ》な組織として壊滅《かいめつ》する。そうしておけば大多数の人間が満足する」

レメディウスの、あの底無しの憎悪《ぞうお》の理由の一端《いったん》が分かった。彼は家業と祖国とに裏切られていたのだ。

人質交換《こうかん》の場は、すでにラズエルと軍による処刑場《しょけいじょう》に決定されていたのだ。

「たかが国家のために、そこまで汚《きたな》い手を使うのか。ドラッケン族には理解できぬ」

吐きすてたギギナに、俺も心中で同意していた。

「それはそれは高潔だこと」

戦士の誇り高さを嘲笑《ちょうしょう》するようなゼノビア。

「だがな、我が国の経済を守り、これ以上に失業者を増やさないためなら、私は龍皇の血族としての責務を果たすべく、どんな卑劣《ひれつ》で悪辣なことでもする。

遠い砂漠の国が圧政に苦しもうと、知りはしない。自分の国の問題を自分たちで解決できない愚《おろ》か者《もの》たちに、私は何の同情も湧《わ》かない」

ゼノビアの表情には後悔《こうかい》や良心の呵責《かしゃく》など、微塵《みじん》も浮《う》かんでいなかった。

モルディーンが論理と遊戯《ゆうぎ》の竜《りゅう》なら、ゼノビアは徹底《てってい》した実利主義者。

彼女にはモルディーン流の遊びなど一切存在しない。相手を追いこみ、死の吐息《といき》で滅《ほろ》ぼしていく火竜のような女だった。

「おまえたちが、その最悪の独裁者を手助けしているのに、無関係だと！」

俺の怒《いか》りの弾劾《だんがい》に対し、ゼノビアの双眸にはそれ以上の瞋恚《しんい》の焔《ほのお》が荒《あ》れ狂《くる》う。

「君はいつまで公平な立場でものを言い、私を責める気だ？　この決断はモルディーン枢機卿《すうきけい》長《ちょう》がまとめた。

諸君らが、あの狡猾《こうかつ》な怪物《かいぶつ》を護衛した、春先の会談でな！」

落雷《らくらい》を受けたように俺とギギナは硬直《こうちょく》していた。

この俺たちこそが、最悪の陰謀《いんぼう》の片棒を担がされていた。

モルディーンの操《あやつ》り糸は、長い時を経ても、いまだ俺たちを手放してはいなかったのだ。

俺とゼノビア女王の視線が、静かな嵐《あらし》となって衝突《しょうとつ》する。

「この会見の意味は何なんだ、俺たちに真相を伝える意味は何だ⁉」

「すべてが片づこうとしている今、真相は特に秘密にするようなことではないし、もう少しすれば誰もが知ることになる。

ただ、あのモルディーンの策謀《さくぼう》に関わり、なお生きている人間を見ておこうと思って、無害な場所で泳がせてみただけだ」

ゼノビアの獰猛《どうもう》な表情が、俺とギギナに向けられる。

「まったく大したことはなかったな。少々頭は回るし可愛《かわい》い顔をしているが、ただそれだけだ」

俺とギギナは女王の宣告に必死に耐《た》えていた。

「おまえは……」

俺はようやく言葉を絞《しぼ》り出した。

「おまえはモルディーンだ、龍皇の一族はそのすべてが人喰《く》い竜なのだ」

ゼノビアは寂《さび》しげに微笑《ほほえ》んだ。

「あの男と一緒《いっしょ》にされたくはないな」

疲労したように、女王は座席に深く背を預けた。その顔は齢《とし》経た長命竜《アルター》にも見えてしまった。

「君らに対する私の興味もつきた。ここらで失礼させてもらおうか」

その姿が突然《とつぜん》に消失した。

遠距離《えんきより》映像通話を切り、椅子《いす》の肘掛《ひじか》けに頬杖《ほおづえ》をついたまま、ゼノビアはしばらく黙《だま》りこくっていた。

「最後に痛い言葉を言ってくれる。子供は遠慮《えんりょ》というものを知らない」

ゼノビアの苦笑い混じりの独り言が、長い吐息となってはきだされた。上司の表情に入口の護衛が怪訝《けげん》そうな顔を浮かべ、すぐに謹厳《きんげん》そのもののような顔に戻《もど》る。

「ゼノビア閣下、そろそろお時間です」

護衛の言葉にゼノビアが細い顎《あご》を傾《かたむ》けるようにうなずき、立ち上がる。

そして、控《ひか》え室《しつ》の外に出ると、待たせていた案内役の少年が頭を深く下げて、ゼノビアを迎《むか》える。

緊張《きんちょう》しきっている少年に先導されて、女傑《じょけつ》と護衛の一団が、真紅の絨毯《じゅうたん》の上を粛々《しゅくしゅく》と進む。

巨大《きょだい》な扉《とびら》が外へと開かれ、乾《かわ》いた風がゼノビアの黄金の髪《かみ》を燃え上がらせる。

眼前には、この国では産出されない大理石の白亜《はくあ》の宮殿《きゅうでん》と、その向こうの砂岩造りの貧相な町並み、そしてその背景のすべてを埋《う》めつくす砂漠の色が、どこまでも広がっていた。

ウルムンの現状を戯画《ぎが》にしたような光景を眺《なが》め足を止めていたゼノビアは、案内役の少年の蒼白《そうはく》な顔に気づき、先を急いだ。

ゼノビアが遅《おく》れれば、この少年が責任を取らされて、一族ごと処断されるのだろう。

ウルムン共和国、ドーチェッタの支配するここはそういう国なのだ。

ゼノビアが足を踏《ふ》み入れ、条約締結《ていけつ》の場となっている閲兵場《えっぺいじょう》は、さながら古代の闘技場《とうぎじょう》のような広大な敷地《しきち》を誇り、独裁者の権力を誇示《こじ》していた。

四方に設えられた階段状の席には、目にも鮮《あざ》やかな豪奢《ごうしゃ》な紗幕《しゃまく》がかかり、ウルムン共和国やツェベルン龍皇国、ラペトデス七都市同盟やバッハルバ大光国と、各国の政府要人たちが所《とこ》狭《ろせま》しと並ぶ。

くだらない大仰《おおぎょう》さばかりが目につく光景に一瞥《いちべつ》をくれ、ゼノビアはツェベルン龍皇国関係者に用意された席へと歩きだす。

龍皇国の黒と金の国旗の下をくぐり、自分の席に向かう。

趣味《しゅみ》の悪い黄金飾《かざ》りが縁取《ふちど》られた椅子に、その美しい曲線を軍服に包んだ腰《こし》を下ろそうとした時、隣《となり》の椅子の男が、声を発した。

「ダルキアノ、用事はおわったのかい？」

視線を前方に向けたままの男、啓示《けいじ》派教会の第一種礼装に身を包んだモルディーン枢機卿長の問い。自分の従兄弟《いとこ》と目を合わせぬようにゼノビアは腰を下ろす。

「真名のダルキアノで私を呼ぶな。もうそんな仲ではない。分かったかギュネイア」

力をこめて呼び返すゼノビアに、モルディーンが声もなく笑う。

「ゼノビアが私をギュネイアと呼んだことはない。ギュネイオンと古真音発音で呼ぶ。君は何を試したいのかね？」

「ここにいる貴様が、本物だとは限らないからな」

「その手はもう使えないんだけどね。それにしても、さすがは我が従姉妹《いとこ》どの……」

「私と同じくらい性格が捩《ね》じくれている、と続けたいなら止《や》めておけ。私はその手の冗談《じょうだん》が嫌《きら》いだ」

ゼノビアの物言いに、モルディーンが不敵な笑《え》みを浮《う》かべ、肘掛けを指で軽やかな旋律《せんりつ》で叩《たた》きながら続けた。

「私の唯一《ゆいいつ》の欠点は、冗談《ジョーク》が言えないところだよ」

従兄弟のつまらない冗句に、ゼノビアは鼻先で無感動に笑う。

「君のイルム七騎士《きし》が向かえば、曙光《しょこう》の鉄槌《てっつい》なんて一瞬《いっしゅん》で片がついただろうに面倒《めんどう》なことをするね。あ、今は四人だったかな？」

モルディーンの言葉に、ゼノビアの顔に激情が疾《はし》り、一瞬で消えた。

「四人になったのも、今回、手出しできなかったのも、貴様の十二翼将《よくしょう》が邪魔《じゃま》をしたからだろうが」

無表情なゼノビアの蒼《あお》い宝玉のような瞳《ひとみ》だけが怒《いか》りの焰《ほのお》を湛《たた》え、右へと動いた。

モルディーンの椅子の背後に控える、隻眼《せきがん》の積層鎧《せきそうよろい》の男と飛行眼鏡《めがね》を額にかけた青年へと。

「ツェベルン本国でも放送されているんだから、そんな怖《こわ》い顔をしては駄目《だめ》だよ。折角の美貌《びぼう》が台無しだよ、はい笑顔、笑顔」

美しき女王が見回すと、大陸中の報道局の撮影《さつえい》機と記者たちが目に止まった。

ゼノビアはそれを鼻先で笑った。電子の目にモルディーンが軽く片手を振《ふ》りながら言葉を紡《つむ》ぐ。

「それでも例の件は巧《うま》くいったようだね。さすがにゼノビア、楯《たて》の王だ」

「貴様の後始末など二度としない」

「もともとは君の父君の失政だ。十五年前、私はウルムンなどに手を出すなと忠告したのだがね」

ゼノビアが獰猛《どうもう》な笑みを浮かべた。

「だから、親切な娘《むすめ》の私が、父君を引退させて差しあげた」

「愛人と隠《かく》し子《ご》を全員暗殺して、廃人《はいじん》にするまで追いこまなくてもよかったのでは？」

「無能力者が責任ある地位に一秒いるごとに、一人の国民が死ぬに等しい」

「ヴァーレンハイトの言葉か。そうだった、私が君に教えたことだったな」

そして愉快《ゆかい》そうに続けた。

「寝台《ベッド》の上で、ね」

「昔の話だ。思い出すだけで虫唾《むしず》が走る」

モルディーンの揶揄《やゆ》にも女傑は揺《ゆ》るがなかった。そしてゼノビアが吐《は》きすてる。

「円卓《えんたく》評議会の決定には従うが、ドーチェッタの豚《ぶた》と手を組むなど吐き気がする」

眼前に広がる虚礼《きょれい》の光景をゼノビアが見据《みす》えていた。

「ドーチェッタ君と実際に握手《あくしゅ》するのは執政官《しっせいかん》だ。それすらも間に合わないだろうが」

「どういう意味だ？」

従姉妹の怪訝《けげん》な問い返しにもモルディーンはただ微笑《ほほえ》み、何事もないように話し続ける。

「前を向きたまえイルム王、裸《はだか》の王様の登場だ」

モルディーンの言葉を掻《か》き消すような、万雷《ばんらい》の拍手《はくしゅ》が湧《わ》き起こる。

視線を向けると遥《はる》か下方の閲兵場の四つの門から、濃緑色一色《のうりょくしょく》の軍隊の一団が見えてきた。

一糸乱れぬ統制のもと、軍靴《ぐんか》の音をひびかせた数千人もの軍隊が闘技場へと行進していく。

複雑な行進がウルムンの国旗を描《えが》き、闘技場に広がる。

一際《ひときわ》高く、管楽器が吹《ふ》き鳴らされる。その最後列から大仰な護衛に十重二十重に囲まれた典礼車が現れ、赤絨毯《じゅうたん》の上を進む。

その車上に、兵士たちへと手を振る砂漠《さばく》の独裁者の姿が現れた。

ドーチェッタは浅黒い肌《はだ》に弛緩《しかん》した笑みを浮かべ、顎髭《あごひげ》を揺らしていた。

強制した拍手に手を振って答える度《たび》に、肥満した腹を包んでいる軍服がはち切れそうになる。

その胸の金や銀の勲章《くんしょう》が鱗《うろこ》のように陽光に輝《かがや》く。

自分で自分に与《あた》える虚妄《きょもう》の勲章が。

数千人の兵士が歓呼《かんこ》と拍手の音を鳴らし、濃緑色の大海原となる。

「なぜドーチェッタのような男が最高権力者になれたと思う？」

おざなりな拍手をしながら、モルディーンがゼノビアに問いかけた。

「このウルムンの国民が、底抜《そこぬ》けの愚《おろ》か者《もの》だからだ」

「その通り。ドーチェッタは完璧《かんぺき》に民主主義的な国民投票で選ばれた、正当な国家元首だ。その後、豹変《ひょうへん》して独裁者になるのを見抜けなかったのは、耳障《みみざわ》りのいい言葉に騙《だま》された国民の責任でもある。

その国の政治家を見れば、国民の頭の程度が分かる。けだし名言だね」

モルディーンの声が、そこで少し真剣味《しんけんみ》を帯びた。

「では、砂漠の国といえど昔から地下資源に恵《めぐ》まれ、さらに新鉱山まで発見されたウルムンが、どうしてここまで貧しいのか？」

従兄弟の言葉に、セノビアは少しだけ迷い、それを口にする。

「政治の腐敗《ふはい》による貧富の差、宗教による人間の制限といったところといいたいが、私はこの国の基本的な思考がすべての原因だと考える」

モルディーンが従姉妹の言葉に耳を傾《かたむ》ける。

「人類は自分が同一の状態であると考え、価値を手に入れる手段は、それを独占《どくせん》して他人に与えないものだと考えている。だが、そんな静的、利己的な生きかたは、人類共同体を崩壊《ほうかい》させてきた。社会集団ごとの感情や価値観は驚《おどろ》くほど多様だ。だが、人類社会がうまくいく規則は実は二つしかない」

ゼノビアは無感情なまでに朗々と語る。

「それは『人類社会は贈与《ぞうよ》と返答によって常に変化していく』と『自分が欲するものは、他人から与えられるという形でしか獲得《かくとく》できない』と刷りこむことの二つだけ。

隣人愛《りんじんあい》や自己犠牲《ぎせい》は人間性の現れなどではなく、根源なのだ。これがない文明は歴史以前にすべて滅《ほろ》びてきたのだろう」

ゼノビアの分析《ぶんせき》に、モルディーンは深々とうなずいた。

「確かに現代のウルムンは、独裁者と宗教以前にその規則が崩《くず》れつつある、末期的な恐怖《きょうふ》の論理しかない社会だ。だがそれだけではない」

モルディーンの目が寂《さび》しげな色を帯びていた。

「いや、その点においては、結局はドーチェッタも私たちも同類なのだろうな。五十人を生かすために四十九人を殺す、論理の圧政者にな」

「その程度は分かっている。だが、残念ながらそれ以外の方法を、私も世界も知らないのだ」

青い目に苦悩の色を差したゼノビアに、モルディーンの自嘲《じちょう》が響《ひび》く。

「人同士の理解を阻《はば》むもの、そう、思考と言葉こそが我々の最大の味方にして敵なんだよ」

枢機卿長《すうきけいちょう》は遠い目を向けた。砂漠を越《こ》えて、遥かな世界へと。

それは赤毛に知覚眼鏡と白銀の髪に美貌の咒式士《じゅしき》たちに向けられていたのかもしれない。

「そこに思いいたるからこそ龍皇の血族の中でも、君だけが私と気が合う」

「それはどうも。しかしその栄誉《えいよ》は謹《つつし》んで辞退させてもらおう」

ゼノビアが苦いものを飲みこんだような表情を浮《う》かべると、枢機卿長が言葉を漏《も》らしていた。

「それゆえに、いつか君と私は戦うことになるだろうね。この国と星とそして人の行末をかけて」

その囁《ささや》きを聞き逃《のが》さなかったゼノビアは、思わず従兄弟《いとこ》の顔を向いてしまう。笑《え》みを浮かべた従兄弟の横顔が見え、そして積層甲冑《かっちゅう》に全身を包んだ隻眼《せきがん》と飛行眼鏡の青年の護衛が、前に動いていった。

ゼノビアがその言葉の真意を尋《たず》ねようとした時、派手な金管楽器の音楽が鳴る。

二人の皇族が視線を戻《もど》すと、絨毯の前方から用意されていたらしい、二人の少女が駆《か》けより、赤や白に咲《さ》き誇《ほこ》る花束を独裁者に捧《ささ》げる。

護衛の環《わ》が開き、ドーチェッタがその花束を受け取る。そして左右の少女の肩《かた》に馴《な》れ馴れしく手を回した。

二人の少女の細い肩の輪郭《りんかく》が歪《ゆが》み、両眼や口腔から咒印《じゅいん》組成式が溢《あふ》れだす。

轟音《ごうおん》。

閃光《せんこう》と焔《ほのお》が弾《はじ》け、少女たちとドーチェッタの体が爆散《ばくさん》した。

衝撃波《しょうげきは》が段上の貴賓《きひん》席にまで吹きつけ、ゼノビアが腕《うで》で顔を覆《おお》い、その黄金の髪《かみ》が荒波のようになびく。飛んできた破片がゼノビアの背後の紗幕《しゃまく》を破り、大理石の壁《かべ》に突《つ》き立つ。

轟音が薄《うす》れていく中、これほどの爆裂《ばくれつ》咒式に対し、自分にまったく被害《ひがい》がないことにゼノビアは気づいた。

弾かれたように視線をあげると、モルディーンの二人の護衛の背中があった。

そこには飛行眼鏡の虚法士《きょほうし》が、体の表面の波紋《はもん》から破片が零《こぼ》れるのを眺《なが》めて笑ってる姿があった。

「見て見て兄貴、亀の産卵みたいにペモペモ出てくるよ」

隻眼の機剣士《きけんし》の方は、自分の積層甲冑に突き立った破片を面白《おもしろ》くもなさそうに手で払《はら》った。

「兄貴、もしかして僕を無視した？」

「いいや、返事をしないだけだ」

兄弟の噛《か》みあわない会話に、モルディーンは笑っているだけだった。

一方、主従三人の呑気な会話を見ながら、ゼノビアは戦慄《せんりつ》に貫かれていた。

翼将の二人が、爆発《ばくはつ》前に動いていたという事実を思い出していたのだ。

そして眼下の爆発地点には大穴が穿《うが》たれており、生き残った兵士たちが、専制君主の姿を探して駆けよる。

大穴の淵《ふち》から手が覗《のぞ》き、そしてドーチェッタの顔が続いた。

高位数法咒式士《じゅしきし》たるドーチェッタの対咒式《じゅしき》装備は半端《はんぱ》なものではなく、各種の防御《ぼうぎょ》咒式が起動し、爆発の直撃を受けても独裁者の体に傷一つとしてつけることはできなかったのだ。

だが、次の瞬間《しゅんかん》、ドーチェッタを巻きこむように膨大《ぼうだい》な虹色《にじいろ》の組成式が展開。閲兵場《えっぺいじょう》の底全体に結界が張られ、連なる兵士たちの上空を波濤《はとう》のように広がっていく。

咒式がドーチェッタと兵隊たちの上空で嵐《あらし》となって展開していく。それは白夜の極光《オーロラ》にも似た幻想的な光景だった。

全員が見上げるなか結界内に圧倒《あっとう》的な力が満ち、極光を突き破って闇《やみ》が吹《ふ》き出した。

それは微細《びさい》な黒の雲霞《うんか》。疫病《えきびょう》を司《つかさど》る凄《すさ》まじい数の禍つ式の群れ。

物質世界に解放され顕現《けんげん》した禍つ式は、あらゆる有機生命体に対する憎悪《ぞうお》と憤怒《ふんぬ》を吐《は》き出す。禁忌の咒式が荒《あ》れ狂《くる》い、死の疫病が吹き荒れる。

咒式の浸食《しんしょく》によりドーチェッタの全身に見る間に膿疱《のうほう》が発生し、破裂《はれつ》、血と膿《うみ》が飛び散る。耳や鼻や口からは絶叫《ぜっきょう》とともに黒血が噴出《ふんしゅつ》し、その激痛にドーチェッタが転げ回る。同時に肛門《こうもん》から漏れだした赤黒い下痢《げり》がその制服を染めていく。

「レメ、ディ……」

叫《さけ》ぼうとした専制君主の目が白濁《はくだく》、脳細胞《のうさいぼう》と内臓が生きながら溶解《ようかい》し、全身の穴や溶《と》け崩れた皮膚《ひふ》からそれらが流れはじめる末期症状《しょうじょう》に到達《とうたつ》。

ドーチェッタは極限の苦痛に発狂《はっきょう》し、哄笑《こうしょう》をあげていた。

そして見る間に全身の組織が崩壊《ほうかい》し、血と粘液《ねんえき》に塗《まみ》れた肉塊《にっかい》となって地に崩れ落ちていった。

ドーチェッタの兵隊たちも同様の地獄《じごく》の責め苦を受け、断末魔《だんまつま》をあげながら病魔に血と肉を浸食されていった。

〈六道厄忌疫鬼狂宴《アヴァ・ドーン》〉の咒式《じゅしき》が、限度のない憎悪と憤怒《ふんど》のかぎりに、ウルムンの独裁者のすべてを蹂躙《じゅうりん》し破壊《はかい》していた。

悲鳴、絶叫。怒号《どごう》。眼下の光景に我に返り逃《に》げ出す各国要人や、事態を収拾しようとするウルムン軍人が入り乱れ、会場が大混乱に陥《おちい》った。

黒塗《くろぬ》りの車を見送り、俺とギギナはしばらく街角に立ちつくしていた。

「どうする？」

「どうにもはっきりしない幕切れだ。だが、どうしようもないな」

最寄りの駅に向かって、俺たちは歩きはじめる。

そして何の気なしに眺《なが》めたビルの壁面《へきめん》に街頭画面があった。

昼の報道番組が流れ、数日前の禍《まが》つ式事件の市長会見が始まっていた。

不愉快《ふゆかい》になって目を逸《そ》らそうとすると、緊急《きんきゅう》報道に切り換《か》わり、俺とギギナはドーチェッタ暗殺の生放送を見ることになった。

大通りの人波の何人かが、その画面を見上げて、すぐに興味をなくして歩き去っていった。

「ドーチェッタには、その所業に相応《ふさわ》しい惨《みじ》めな死が下されていく」

静かな声に振《ふ》り返ると、一人の男が画面を見上げていた。

「やはり生きていたか」

砂色の髪に遮光眼鏡《しゃこうめがね》。そして岩を削《けず》ったような歴戦の将軍の顔に、縦横に走る傷痕《きずあと》。

それは人質交換《こうかん》の時に出会った曙光《しょこう》の鉄槌《てつつい》の党首代理、〈砂礫《されき》の人喰《く》い竜〉ことズオ・ルーの姿だった。

猛禽類《もうきんるい》の表情を浮《う》かべるギギナを背中で制止し、俺は内心の動揺《どうよう》を隠《かく》しながらも問いかける。

「それで砂漠《さばく》の戦士がどうして俺たちの前にいる。咒式弾頭弾を阻止《そし》された仕返しでもする気か？」

「そんな気はない。ただ、竜の顎《あぎと》の動きを追って大物がいれば殺してやろうとしていたら、仕事件に深く係わったものの姿を見つけてな」

老将は愉快そうに唇《くちびる》を歪《ゆが》めた。

「そして、何も恨《うら》んでなどいない。あの作戦は、最初から最後までレメディウスの読み通り」

頭を殴《なぐ》られたような衝撃《しょうげき》が疾った。俺はすべてがレメディウスの策だということに、ようやく気づかされた。

「困っているものは、荆《いばら》の棘《とげ》の枝でさえ摑《つか》む。その諺《ことわざ》を実践《じっせん》し、俺たちが見事に引っかかったというわけか」

俺は唇を嚙《か》みしめ、砂礫の人喰い竜が笑う。

「ラズエルへの咒式弾頭は、最初から偽物」自嘲《じちょう》するようにズオ・ルーが続ける。「あそこで爆発させていれば、ツェベルン龍皇国とラペトデス七都市同盟という二大強国の怒《いか》りを買い、曙光の鉄槌など一瞬で消される。私は干渉《かんしょう》を阻止したいだけで、ウルムンに外国勢力を呼びこむつもりはない」

「ウルムンに手を出せば、次は本気だと思わせる心理的な脅《おど》しというわけか」

俺は小さな声で吠《ほ》えた。この人物の奇妙《きみょう》な文法が気になっていた。

「本当の狙《ねら》いは、武器商人のパルムウェイから買った大量の武器を、この街から一気に運び出すための囮《おとり》に他ならない」

ズオ・ルーの言葉に俺は戦慄《せんりつ》していた。あの禍つ式と咒式弾頭騒《さわ》ぎで、郡警察はラズエル島へと集結していた。

そしてあの騒乱《そうらん》のさなか、エリダナとエリウス郡から逃《のが》れるラズエル社の列が続き、国境の警備は事実上、開放状態だった。

その列のなかに呪式《じゅしき》武器を満載《まんさい》していた運搬車《うんぱんしゃ》が混じっていても、誰《だれ》も確かめてなどしない。

「演算装置の大禍つ式と火薬たる呪式士たちの命で完成した呪式により次元干渉はできても、最終反応を起こす呪式弾頭は一発しかない。チェルス将棋の勝利条件は女王ではなく王を倒すこと。だとしたら、ラズエルとドーチェッタのどちらに使うのかは最初から明白だ」

〈曙光の鉄槌〉の隠れ家で、俺たちと〈竜の顎《あぎと》〉が見せられたレメディウスの映像。それすらもレメディウスとズオ・ルーの心理的な誘導だったのだ。

誰もがラズエル島を狙うものだと信じこまされ、踊らされた。

あまりに壮大《そうだい》な盤面。俺はこの人喰い竜の真の意図に戦慄していた。

エリダナをチェルス将棋《しょうぎ》に見立てた智略《ちりゃく》戦を、ついにこの男が制したのだ。

「独裁者ドーチェッタがいない今、あの武器でウルムンの民衆が立ち上がる。そして新しい国が現れる」

「それは誰の理想だ？」

俺は続く言葉を叩きつける。

「砂礫の人喰い竜ズオ・ルー、いや、レメディウス博士！」

砂色の髪《かみ》の男が、初めて感情らしきものを顔に表した。

「レメディウスは、奴《やつ》は人質交換の時にはいない」

俺は笑い返していた。あまりに無力な笑《え》みを。

そして、遮光眼鏡の奥から、砂漠の戦士の視線が俺を見据《みす》えていた。

レメディウスに曙光の鉄槌、ゼノビアに竜の顎、カルプルニアとラズエル、すべての人々が嘘《うそ》をついていた。ただ二人だけが嘘をつかなかった。

それは二体の禍《まが》つ式、アムプーラとヤナン・ガランだけだ。

彼らは縛鎖《ばくさ》の範囲《はんい》の中で真実を隠すことはあっても、レメディウスのことを一度として過去形で呼ばなかった。

邪悪《じゃあく》で残忍《ざんにん》な、最悪の異貌《いぼう》のものどもたる禍つ式。だが、彼らは嘘はつかない。嘘をつき騙《だま》しあうのは弱き人類だけだ。

彼らの言葉を基準にして考えれば結論が出る。後は逆算していけばいい。

まず、人質交換の時のレメディウスは偽者《にせもの》となる。

呪式波長などで個人を特定する識別装置を使って本物だと出たが、その装置の開発者がレメディウス博士自身だとすると、手にとった時にいくらでも騙せる。

「おまえの深い翡翠《ひすい》の瞳《ひとみ》が証拠《しょうこ》の一つだ。叔母《おば》のカルプルニアと同じ色のな」

長い長い沈黙《ちんもく》の後、何かを吐き出すように男は口を開いた。

「隠す必要も特にないな」

砂礫の人喰い竜は遮光眼鏡を外し、緑の双眸《そうぼう》を俺に向ける。激しい炎《ほのお》の眼差《まなざ》しが俺とギギナを射ぬいた。

「その通りだ。かつての私はレメディウス・レヴィ・ラズエル。だが今は砂礫の人喰い竜ズオ・ルーにすぎない」

「何が人喰い竜だ。おまえは曙光の鉄槌の仲間を偽者とし楯《たて》とした。自分の命惜《お》しさでな！」

俺の弾劾《だんがい》の言葉に、だが、レメディウスは嗤《わら》った。昏い笑みを浮かべて。

「私がそんな無駄《むだ》をすると思うのは愚《おろ》かであろう。そしてあの低能のゼノビアと竜《りゅう》の顎《あぎと》が、私の裏をかけるとでも？

あれは前の曙光《しょこう》の戦線の党首、皇国に通じ、仲間をドーチェッタに売ったゼムン以外の誰でもない」

俺はレメディウスの凍《い》てついた心に恐怖《きょうふ》していた。

こいつは背信者のゼムンを、派遣《はけん》した竜の顎自身の手で殺させたのだ。

人質交換《こうかん》が失敗する危険を冒《おか》してまで。いや、そんなことなどあるわけがなかった。

超《ちょう》高位数法咒式士《じゅしきし》、十三階梯を遥《はる》かに越《こ》えた天才を、竜の顎ごときでは倒《たお》すことなど不可能だ。

だが、俺は負けるわけにはいかない。

「おまえは人質交換の時、カルプルニアを試したのだ。いくら姿が変わっても、自分のことに気づくはずだと。

そうすれば、自分が単なる便利な新製品開発装置ではなかったと証明されるとな。多分、あの時がおまえの決断の瞬間《しゅんかん》だったのだろう」

俺はレメディウスを問いつめるが、砂漠《さばく》の竜は黙《だま》ったままだった。

「しかし、結局はおまえは道具だったと証明された。龍皇国に協力してラズエルが暗殺の場を作ったからだ。その反動で、おまえの天秤《てんびん》は正義の復讐ごっこの完遂《かんすい》に傾《かたむ》いた」

カルプルニアは非情だった。

俺たちの前での甥《おい》を心配するような演技も、レメディウスごと余計なことを知りすぎる自分を消そうとした竜の顎への牽制《けんせい》に便利に使うため。

消すには面倒《めんどう》な俺たちを楔《くさび》として打ちこんで、徹底《てってい》的にラズエル家を守ろうとしたのだ。

レメディウスは指し手のつもりだろうが、自身が駒《こま》の一つだったのだ。

だからこそ、レメディウスとしての自分を葬《ほうむ》り、ズオ・ルーとなりきるための人質交換の儀《ぎ》式《しき》だったのかもしれない。

俺はレメディウスの中へとさらに切りこむ。

「あの呪式《じゅしき》兵器さえあれば、ドーチェッタ暗殺の機会などいくらでもある。武器の搬送《はんそう》だけならば、あんな騒《さわ》ぎを起こす必要などない」

だが、レメディウスの顔には何の痛痒《つうよう》も浮かばなかった。

「凡庸《ぼんよう》な推測だな。ラズエルやカルプルニアなど、最初から私の視界には入っていない。おまえや竜の顎もな。私の盤面の相手は、十五年前からただ一人だけだ」

レメディウスは俺ではなく、他の誰かに語りかけているようだった。

「もう一度聞く、どうしてこんなことをする？　どうして破壊《はかい》を求める⁉」

俺の言葉に呼応するように、レメディウスの全身から凄《すさ》まじい怒気《どき》があがる。

「どうしてだと？」

双眸からは緑の業火《ごうか》が吹《ふ》きこぼれんばかりに燃えさかっていた。

「粘《ねば》り強く話しあいをすれば、完璧《かんぺき》な正義と倫理《りんり》の前に、涙《なみだ》を流して改心した独裁者が平伏《へいふく》して権力を手放すと？　自由と平和が訪れると？」

静かな、しかし激烈《げきれつ》な叫《さけ》びに俺は気圧《けお》される。傍《かたわ》らのギギナの顔にも畏怖《いふ》に似た表情が浮《う》かんでいた。

それほどにレメディウスの圧倒《あっとう》的な感情の噴出は凄まじかった。

「エリダナの人々を殺して何が自由だ、何が平和だ！」

俺は絞《しぼ》り出すように声を出し、その圧力に抗《あらが》う。

「おまえが、おまえたちが安穏《あんのん》と生きているだけで砂漠の民衆が死んでいる。責任がないとは言わせない」

「だが、だからといって、こんな選択《せんたく》が正しいはずがない」

俺の言葉は消えそうになっていた。

「では、代案を示せ」

レメディウスの絶対零度《れいど》の声に、俺は言葉を失う。

「どんな方法ならウルムンの民《たみ》を救える？　今、この瞬間、私の目の前で体制に逆らい内臓を引き出されて殺される男を、何十人もの兵士に凌辱《りょうじょく》される女を、飢《う》えと病《やまい》で死んでいく子供を、どんな方法が、言葉が救う?」

レメディウスの双眸に深い哀《かな》しみと絶望が現れた。

それは剽悍《ひょうかん》な砂漠の将軍の顔などではなく、世界の理不尽《りふじん》に立ちつくす少年の顔だった。

俺はこの天才の恐《おそ》ろしいまでの哀しみの根源が推測できてしまった。

人間の記憶《きおく》量は、意識しているだけで一〇〇〇億ビット。無意識の部分では一兆掛《か》ける一万ビットと言われている。

俺の思考が迷いやすいのは、その記憶を忘れられないということだ。

だが、俺の記憶能力など比較《ひかく》にならないほど、天才レメディウスは記憶している。

それゆえにレメディウスの会話は、まったく過去がなく、現在だけなのだ。

彼の脳内では、過去の記憶のすべてが、今まさに眼前に起こっているのと同じ鮮明《せんめい》さで感じられるのだろう。

レメディウスの心中では、過去も現在もまったく同時に同じ価値で存在している。

記憶の忘却《ぼうきゃく》とは優《やさ》しい救いであり、時間感覚の根源なのだ。

忘却という恩寵《おんちょう》をなくしたレメディウスの緑の双眸《そうぼう》に映っているのは、ウルムンの地獄《じごく》の真《ま》っ只中《ただなか》の光景。

その鼻先には血と死臭《ししゅう》が漂《ただよ》い、耳には悲鳴と断末魔《だんまつま》が響《ひび》き、胸中の傷口からはいつまでも痛みと哀しみの鮮血《せんけつ》が溢《あふ》れている。

俺とギギナと対峙《たいじ》している、今この瞬間にも、レメディウスは記憶の業火にその身を苛《さいな》まれているのだ。

「頼《たの》む。もしそれを知るなら教えてくれ。人々を救う方法を、誰《だれ》も傷つけないで済む方法を！」

この世の果てを見てきた天才の絶叫《ぜっきょう》は、俺の胸に鋭《するど》く突《つ》き刺《さ》さった。

「こんな、こんなことをしても、結局、ウルムンの問題は何も解決していない。第二、第三のドーチェッタが産まれるだけだ」

俺の言葉は答えになっていなかった。ただの言葉の羅列《られつ》、空虚な理念を語ったにすぎない。

レメディウスが渇望《かつぼう》するのは、今、そこで苦しみ死ぬ人々を救う方法なのだ。

俺の答えに失望し、レメディウスの瞳《ひとみ》が微塵《みじん》の迷いも存在しない砂礫《されき》の人喰《く》い竜《りゅう》のものに戻《もど》った。

「その時は、私がいくらでも殺してやるだけだ。次も、その次も、そのまた次も。ただウルムンの民のために」

復讐者に対して、俺は何も言えなかった。

俺がレメディウスの立場で俺の言葉を聞いたら、やはり失望するだろう。

レメディウスは俺を哀《あわ》れむような笑《え》みを浮かべ、そして背中を向けて人波の中へと歩きだした。

だが、ここでこの男を殺さねば、その激烈な復讐《ふくしゅう》のためにさらに人が死ぬ。

「プルメレナ、テュラスの従兄弟《いとこ》、ワイトスにブレイグ、そして他《ほか》の人々のように。今度は俺ヤジヴがその葬列《そうれつ》に加わるかもしれない。

俺が魔杖剣《まじようけん》の柄《つか》に手を伸《の》ばした時、レメディウスが振《ふ》り返り、そして何事もないように歩いていった。

俺は構わず咒式《じゆしき》を放とうとしたが、作用量子定数への干渉《かんしよう》も、波動関数の変化も起こらなかった。機関部に絡《から》みつく咒式が、発動を阻害《そがい》していたのだ。

「おまえたちの魔杖剣の発動機関も起動式も私の特許。不意をつかれないかぎり、いくらでも邪魔できる」

背中を向けたままのレメディウスが語った。

「貴様は不愉快《ふゆかい》だ。ナリシアにしろウルムンにしろ、他人の遺志を自分の意志と勘違《かんちが》いしているにすぎない！」

ギギナが踏《ふ》みこみ、屠竜刀《とりゆうとう》の斬撃《ざんげき》を放とうとし、その刃《やいば》が止まった。

その手は不可視の力に阻《はば》まれたように動けなかったのだ。

ギギナに遅《おく》れて、俺は竜や禍《まが》つ式なみの強力な防禦結界《ぼうぎよ》が張られていたことに気づいた。

風圧で商店の店先の品々が吹き飛び、街路の紙屑《かみくず》が吹き荒《あ》れる。

髪や服を突風《とつぷう》に煽《あお》られた人々が、何事かと周囲を見回す。

不用心な背中を晒《さら》して立つレメディウス。だが、その周囲には何重もの防禦結界と、威嚇《いかく》するような六つもの強大な攻性咒式《こうせいじゆしき》が並行展開していた。

レメディウス・レヴィ・ラズエルこそ、大陸有数の数法咒式士《じゆしきし》であり、あの強大なアムプーラとヤナン・ガランですら、その圧倒的な組成式からは一歩も逃《のが》れられなかったのだ。

俺やギギナごときに手に負える相手ではない。

天才、その言葉の重さを俺は体感していた。

「ナリシアの遺志も含《ふく》めて私自身の意志。それを選びとった私の意志が私を動かす。それは私にも止められない」

背中越《ご》しの錆《さ》びた声がさらに語った。

「おまえたちでは私に勝てない。なぜならおまえたちには覚悟《かくご》が足りない。

賢《さか》しげに批判はできても、何もできないし何かをなそうとしない。そんな人間など恐《おそ》れるに足らない。そんな人間は存在していないに等しい」

レメディウスの鋭利《えいり》な言葉の剣《つるぎ》が、俺の心臓を微塵に砕《くだ》く。

「おまえたちは惨《みじ》めに地面を這《は》いずっていろ。そして、そこでいつまでも負け犬の遠吠《とおぼ》えでもしているがいい」

俺は徹底《てってい》的に打ちのめされ、人波に消えていくレメディウスの後ろ姿を見送るだけだった。

俺とギギナはその場にただ立ちつくしていた。

人は天才に憧《あこが》れる。だが、すべてを見通す天才は、必然的に常人の気づかない苦悩《くのう》まで見通すこととなる。

すべての痛みを鮮明に感じ、時間の感覚を失くし、記憶《きおく》の焔《ほのお》を抱《かか》えながら、人は生きていけるのだろうか。

俺には、いや、誰にも決して耐《た》えられない。

神すらも彼を救えないだろう。

その身が灰になるまで、レメディウスの心は、哀《かな》しみと憎《にく》しみ、灼熱《しゃくねつ》の感情に灼かれつづけるのだ。

呆然《ぼうぜん》と見送るしかできずに立ちつくしていると、懐《なつ》かしい香《かお》りが、微《かす》かに鼻先を掠《かす》めたことに気づいた。

「彼女との通信、あれはわたしからの贈《おく》り物《もの》よ。お蔭《かげ》であなたたちはよく動いてくれたわ」

耳元で囁《ささや》かれた声とともに、さっきの香りが欲望の九番の香水《こうすい》だと思い出した瞬間《しゅんかん》、身体《からだ》ごと振り返った。

雑踏の中に蜂蜜《はちみつ》色の肌《はだ》と灰白色の髪《かみ》を探したが、当然ながら、どこにも見つからなかった。

ギギナの問いかけにも、俺は無言のままだった。

「どうしたガユス」

そして「何でもない」とだけ言って向きなおり、歩きだした。

呪式結界《じゅしきけっかい》のなかでは疫病の群れが哄笑《こうしょう》し、ウルムンの独裁者とその先兵たちを蹂躙《じゅうりん》していく地獄《じごく》の光景が続いていた。

騒乱《そうらん》と狂乱《きょうらん》の渦中《かちゅう》にあって、モルディーン枢機卿長《すうきけいちょう》は席に座ったままだった。

結界の中の微細な死神の群れと、外の黒曜石の双眸《そうぼう》が出会う。

「レメディウス、私は君の警告を真摯《しんし》に受けとるためにここに来た。そして確かに君の盤面《ばんめん》の手筋は、十五年前以上に苛烈《かれつ》で非情なものだろう」

モルディーンの静かな声が発せられた。

「下がれモルディーン、ここは危険だ！」

ゼノビアが黄金の髪を振り乱《みだ》して叫《さけ》び席を立つが、当の従兄弟はただ自分の言葉を紡《つむ》いでいた。

「あの時、私は君を手放すべきではなかった。これでは単なる天才の手筋にすぎない。君がいくらチェルス将棋《しょうぎ》の天才であっても、世界には、その枠組《わくぐ》みには絶対に勝てないのだ」

「猊下《げいか》、御避難《ごひなん》を！　我々ではあの咒式《じゅしき》を防げません！」

「危ないよ猊下、死んじゃうよ！　お願いだから逃《に》げてよ！」

イェスパーとベルドリトの二人の翼将《よくしょう》が必死に避難《ひなん》をうながすが、それが聞こえないかのようにモルディーンの言葉だけが続く。

「チェルスと音楽と数学、この三つにだけ真に独創的な天才が現れるのは、その三つだけが言語と意味を必要としない領域だからだ」

その声は場違いなまでに平静さを保っていた。

階段を乗り越《こ》えて膨張《ぼうちょう》する死神の咒式が、逃げ後《おく》れた人々の一部を飲《の》みこみ、龍皇国の貴賓《きひん》席、モルディーンの席にまで迫《せま》ってくる。

だが、枢機卿長は動かない。自らの主君を救おうとする二人の翼将も、その至尊の体に触《ふ》れることを躊躇《ためら》い動けなかった。

「チェルスは世界の縮図などではなく、不毛な遊戯《ゆうぎ》の一形式にすぎない。その問題は深遠ではあるが退屈《たいくつ》で、その果てには何ら論理哲学《てつがく》上の意味もない。

音楽や純粋《じゅんすい》数学と同じく、自己撞着《どうちゃく》の世界の罠《わな》にはまった、知的生物の不可解な特性を示すものであろうし、それゆえにあまりに無力だ」

破滅《はめつ》の咒式は、すでにモルディーンの足元まで迫っている。

「こいつの捩《ね》じれた頭脳はそれでも龍皇国に必要だ。翼将ども、イルム王の私が許す、モルディーンを下がらせろ！」

モルディーンの前に進みでたゼノビアが、龍皇の一族を名乗るに相応《ふさわ》しい強大な咒式干渉《じゅしきかんしょう》結界を展開し、死の咒式の進行を阻《はば》む。その動きに翼将二人が硬直《こうちょく》から放たれ走る。

「猊下、非礼のほど御容赦《ようしゃ》くださいっ！」

ベルドリトがゼノビアの咒式干渉に協力して殺戮《さつりく》咒式の膨張を防ぎ、イェスパーが枢機卿の細い体を後ろから抱え上げようとするのをモルディーンは拒否して、自らの足で歩む。

逃げまどう人々のなか、悠然とした歩みで避難するモルディーンは、それでも言葉を紡ぎつづける。

「だが、世界は、人は、その最初から言語と意味に呪《のろ》われていて、たかが天才などという矮小《わいしょう》なものでは対峙《たいじ》することすらできないのだ。我が双子《ふたご》の兄がそうだったように」

惨劇へと振り返ったモルディーンの言葉は、逃げまどう人々の悲鳴をも切り裂《さ》いて、遠いどこかへと向けられる。

「君ほどの頭脳がなぜ待てなかった。白と黒ではない灰色の引き分けも立派な戦略なのだ。どうして盤面を限定してしまったのだ」

枢機卿長は目を閉じた。

「レメディウスよ、論理と正しさだけに頼《たよ》り、世界を善と悪に分けた瞬間、それゆえに君は敗北するだろう。徹底《てってい》的に、壊滅《かいめつ》的に、自分自身にすら裏切られて。だから私はその予定された死を、死産した可能性を悼《いた》む」

その顔には、寂《さび》しげな表情が浮《う》かんでいた。

13 灰と祈りと

この世の刻の果てで
私たちの血と涙が砂礫を濡らしているだろう
私たちは完全にならないだろう
私たちは楽園に立ってはいないだろう
それでも、それでも私は（以降絶筆）
レメディウス・レヴィ・ラズエル　日記の遺稿《いこう》より　皇暦《こうれき》四九六年

五月二十八日、ドーチェッタ将軍の後を継《つ》いだブルング大佐《たいさ》は、さらなる圧政を敢行《かんこう》し、反対者を粛清《しゅくせい》しはじめた。

そして五月二十九日、レメディウスこと砂礫《されき》の人喰《く》い竜《りゅう》が率いる〈新生ウルムン曙光の鉄槌〉により、ブルング大佐は暗殺される。

五月三十日、ブルング大佐の後を継いだハジス中佐と、ドーチェッタ派だったアッガラ防衛大臣が激突《げきとつ》。ウルムンは未曾有《みぞう》の内戦へ突入《とつにゅう》したとの報道が流れていた。

俺は、モルディーン枢機卿長《すうきけいちょう》の苦笑する幻聴《げんちょう》を聞いたような気がした。

俺の知るあの男なら、悪辣《あくらつ》で頭の回るドーチェッタと手を組むより、次の扱いやすい独裁者に協力して傀儡《かいらい》とした方が、鉱山の採掘権に深く切りこめると考えているに違《ちが》いない。

いや、むしろウルムンがこのまま混乱しつづけ、周辺諸国の平和とウルムンの人民のために、渋々《しぶしぶ》ながらも龍皇国《りゅうおうこく》が事態解決に動いたという態度で進駐《しんちゅう》し、ウルムンを手に入れる展開を望んでいるのだろう。

だが、俺はさらに深く考える。戦争などという無粋《ぶすい》な行為を嫌うモルディーンなら、もっと楽な手段を取るだろう。

そう、ウルムンが永遠に混乱しつづけることを、ただ放置しておくという策を。

放置されている限り、希少金属の鉱山の大規模採掘などされない。

そして各種産業製品の価格は今まで通りの価格を維持《いじ》し、ツェベルンと大陸の経済は安定しつづける。

この手段なら、一イェンも使わず、一兵卒の命も失われず、極《きわ》めて合理的である。

そして、事態が収拾するのが何十年後ならば、産業自体が現在とはまるで違うものになっているだろうし、何年後ならば、第一か第二の策に戻《もど》ればいいだけのことだ。その時はウルムンという国が弱り切っており、今よりずっと切り取り易《やす》くなっているだろう。

記憶《きおく》や演算という知能と知識の面では、モルディーンなど比べようもないくらい、天才のレメディウスの方が上だろう。

だが、レメディウスには最初から勝利の可能性はなかった。レメディウスの盤面《ばんめん》はモルディーンの、いや世界という巨大《きょだい》な盤面の中の、悲しいまでに小さな片隅でしかなかったのだ。

その程度のことは、レメディウスにも分かっていただろう。

だが、彼はやらないわけにはいかなかった。ただ見ていることはできなかったからだ。

陰惨な報道が続くばかりの番組を消した俺は窓枠《まどわく》に凭《もた》れる。

二階の窓枠を等分線にして、エリダナの景色と事務所の二階の室内が見える。

俺の足先、窓の脇《わき》に置かれた椅子《いす》に腰掛《こしか》けるギギナが目に止まった。

椅子のヒルルカに座って屠竜刀《とりゅうとう》の整備をしているギギナを見ていると、何事もなかったような気もする。

俺もギギナに倣《なら》い、時間まで魔杖剣《まじょうけん》の整備でもすることにした。

「ギギナ、俺にも拭《ふ》くものをくれ」

「言い間違《まちが》いか？　〝俺で拭くもの〟ではないのか？」

ギギナが面白《おもしろ》くもない皮肉を言いながら新聞紙を放ってきたのを受け取り、魔杖剣の上に広げる。

その新聞の片隅《かたすみ》に、〈砂礫の人喰《く》い竜〉ことズオ・ルーの死亡記事が出ていた。

民衆を前に蜂起《ほうき》を呼びかける演説の最中に、その民衆に石礫《つぶて》を投げられ逃走《とうそう》。逃亡《とうぼう》中の隠れ家の寝台《しんだい》の上で、ズオ・ルーの死体が発見されたという。

俺は新聞を畳《たた》み、魔杖剣ヨルガの刀身についた油汚《よご》れを拭き、ついでのようにギギナに伝えておく。

「レメディウスが死んだそうだ」

「らしいな」

ギギナは気のない返事をしただけだった。

俺が作業に戻ろうとすると、ギギナが屠竜刀を分解しながら無意識に唄を口ずさんでいるようだった。

眼《め》を上げると、唄《うた》を聞いたような気がした。

それは鎮魂《ちんこん》の唄だった。

「ギギナ、唄ってるのか?」

俺の問いにギギナの手が止まる。そしていつもの超然とした顔をしながら作業を再開する。

「ただの竜の鎮魂の唄、クドゥーだ。あのレメディウスも竜みたいなものだったしな」

ギギナが刀身へと目を落とす。

「くだらない感傷は私には似合わぬな」

「いや、気にせず続けてくれ」

「ふざけるな」

俺の言葉を振りはらうように、首を振り、ギギナは作業に戻っていく。俺は弾倉《だんそう》を引きぬき、中の接触端子《せっしょくたんし》を拭いてから戻し、機関部の本格的な分解にかかろうとする。

ふと、鍔元《つばもと》の機関部、レメトゲンⅣ型が目についた。

そして、それを造った天才咒式師《じゅしきし》に思いを馳《は》せる。

レメディウス・レヴィ・ラズエル咒式《じゅしき》博士。あなたは優《やさ》しすぎた。

その優しさゆえに、正義と民衆のために命を懸《か》けて戦った。

人民を圧政者から解放し、外国の干渉《かんしょう》と搾取《さくしゅ》を排除《はいじょ》する。そして、独裁者ドーチェッタを、続く模倣者《もほうしゃ》たちを倒《たお》した。

あなたのその思想に一点の間違いもない。

だが、あなたは極端すぎる行動を取り、民衆の本当の望みを叶《かな》えようとはしなかった。

民衆は、あなたの崇高《すうこう》な正義や理想、復讐《ふくしゅう》などどうでもいいのだ。

どんなに邪悪《じゃあく》で苛烈な独裁でも、日々の安寧《あんねい》が続くのなら人々は支配者が誰《だれ》だろうといいのだ。

あなたほどには誰も記憶はできない。我らはどんな汚辱《おじょく》も懊悩《おうのう》も、すべて忘却《ぼうきゃく》し、そして「世の中は変わらないさ」と弱々しげな笑みを伴った惰性《だせい》で慣れてしまえるのだ。

いつの間にかまた響《ひび》いてきたギギナの唄を聞きながら、俺は事務所の窓の外へと顔を向ける。

そこには当然のごとく、雑然とした街の日常が広がっていた。

この星のどこかで、誰かが血を流し、愛《いと》しい人の屍《しかばね》を抱《だ》き抱《かか》えて慟哭《どうこく》していても、我らは忘れてしまう。

あまりに弱く凡庸な我らには、自分以外の哀《かな》しみ、いや自分の哀しみすら満足に抱えてはいられないのだ。

今すぐ、すべてを。若者と革命家のその想《おも》いを人は笑うだろう。

無慈悲《むじひ》で無意味な世界に、それでも平伏せず抗《あらが》う人々。

そんな人々をせせら笑うことは俺にはできない。

愛だ平和だと賢《さか》しげに語るだけの者に、誰を責める資格があるのだろう。

誰も、彼ら自身もそんな虚《うつ》ろな言葉を必要とはしていない。レメディウスが欲しかったのは、
現実の方法だけだったのだ。

崇高な理想に人としての優しさ。そして天才的な演算能力を持つレメディウスを以《もっ》てしても、
この世界の悲惨《ひさん》さに対して何一つできなかった。

偉大で愚《おろ》かなレメディウス、できるならもう一度、あなたに問うてみたい。

あなたは惨《みじ》めで誇《ほこ》りすらない自らの死が分かっていて、どうして戦えたのか？

あなたの敗北は、あなたの力のいたらなさだけなのだろうか？

答えがあるはずもなく、窓からは初夏の訪れを告げる乾《かわ》いた風が吹《ふ》いていた。

それは、砂漠《さばく》の国から届くはずもない、熱い風のような気がした。

記憶《きおく》の焔《ほのお》に燃えつき、灰となった竜《りゅう》よ。

その灰がただの燃えかすだったとは、俺は思いたくない。

人々の本当の幸福を願ったその志《こころざし》は、人々の砂の心へと広がり、大地を造る灰の一つとな
り、いつか何かが芽吹《めぶ》くことを祈《いの》る。

無骨な鍔《つば》の機関部が、なぜか指先に染みた。

手の中の新聞に再び目を落とすと、レメディウスの死体には、高位の電磁雷撃系咒式《でんじらいげきけいじゅしき》の痕跡《こんせき》があったという文章があった。

俺は思い出していた。

レメディウスが去った後にすれ違《ちが》った甘い香水《こうすい》の匂《にお》いと、かつての恋人《こいびと》クエロの、背筋が総毛立つような雷撃系咒式《じゅしき》の冴《さ》えを。そしてラズエルを救ったあのプラズマ弾《だん》を。

俺はくだらない推測を振《ふ》り切るように新聞を投げすて、魔杖剣《まじょうけん》を抱えるようにして窓枠《まどわく》に凭《もた》れる。そして目を閉じた。

囁《ささや》くようなギギナの唄だけが部屋の空気に満ちていた。

もうすぐ、ジヴが迎《むか》えに来て海鳥亭《てい》へと食事にいくことになる。

それまで少し眠《ねむ》ることにした。

レメディウスには存在しない救い。

凡庸《ぼんよう》な忘却が俺の記憶と傷を、優しくさらっていくだろう。

遠い砂漠の国に、ナリシアという家名もない少女と、レメディウス・レヴィ・ラズエル咒式《じゅしき》博士とが、並んで歩いていた時があった。

「いつかウルムンから、世界から争いごとが消えて、平和に幸せになればいいのに」

「それは無理だ。どうしても人は争う」

「分かっているわ」

少女が寂《さび》しそうに言った。

「でも、最初に願わなければ、何も始まらないわ」

「そうかもしれない」

レメディウスはナリシアの素朴《そぼく》な答えに微笑《ほほえ》みを返す。

「でも、僕がまず真っ先に願うのは、君がいつまでもそうやって考えられるようにってこと」

「変なの」

「僕にとっては大事なことだよ。僕が死んで灰になっても、この願いを君に告げることはとても大事なんだ」

砂漠の町角で、二人は足を止める。

「じゃあ二人で願おう」

「うん」

レメディウスが微笑み、ナリシアが笑った。

二人とも、それが叶《かな》うはずもないと知っていた。

だが、それでも。

それでも人は願い、抗《あらが》うのだ。

言葉で、行動で、胸の内で。砂漠で、街角で、画面の前で。

二人の想《おも》いは砂漠の乾いた風に乗り、人々の胸を抜《ぬ》け、街並みを抜け、そして何処かへと飛び去っていった。

あとがき

「え？　目からトンガ人番長が？」でおなじみではない、デタラメ小説の二巻です。

これは二つの重大な真理を証明しています。

日本文化は確実に滅亡《めつぼう》していることと、小説は勢いで出るということを。

小学生の自分に「君の将来はヘッポコ小説書きだよ」と教えたら、「ウッソだー。というか、小説って何？」と失笑《しっしょう》されるでしょう。

残念。キミの希望は、キミ自身のせいで何一つ叶《かな》えられません。

今回も「やっぱり無理はムリ！」という内容です。（たぶん違《ちが》います）

騙《だま》されて出た一巻以上に、二巻は呪《のろ》われています。

四〇枚分の原稿《げんこう》データが世を儚《はかな》んで出家したり、知り合いに電話したら番号が変わっていて変なオッサンに怒《おこ》られ、怒り返したり。

最後まで完成してないのに、前半分だけ渡《わた》して編集者を騙したら騙されたり、予想を超《こ》えた長さにピンク色の可愛《かわい》いゲロを吐《は》いたり、編集部が青ざめたり。

地震《じしん》の最中《さなか》に、脱稿《だっこう》しながら考証と辻褄《つじつま》合わせのチキンレースをしていたり、藤田《ふじた》まことが近所のパチンコ屋に来ていたり。

朝の五時に編集部の床《ゆか》に五体投地しながらあとがきを書いたり、この文章が早く埋《う》まらないかと祈《いの》ったり、とか書いてたら埋まったり。

今回もたくさんの方々のご協力をいただきました。
脚本《きゃくほん》／詩句資料協力…長谷川広海・J子&Y子、化学考証協力…亜留間次郎、物理考証協力…Coreander、おバカさんを見守る会…コウ・石橋、おバカさんを想《おも》う会…弥刀・コンドリア、総指揮…若村監督《かんとく》、お告げ…ムハジャキン・トントゥク（順不同・敬称略《けいしょうりゃく》）
例によって作品中のすべての論理矛盾《むじゅん》と考証の間違《まちが》いは、私の間違いと曲解の所為《せい》です。

それではクイズです。一巻初版と二版までで、科学に関する言葉で差し替《か》えが間に合わなかった誤字がそれぞれ一文字、合計で二箇所《かしょ》あります。
科学好きを自認《じにん》する人は探してみてください。（考証ミスは別の問題で、クイズは明らかな誤字）
次巻こそは女の子まみれの萌《も》え萌え小説にしたいです。
それでは機会があれば、またどこかで。

参考資料　『白夜のチェス戦争』（ジョージ・スタイナー　晶文社）

されど罪人《つみびと》は竜《りゅう》と踊《おど》るII

灰《はい》よ、竜《りゅう》に告《つ》げよ

浅井《あさい》ラボ

角川文庫 12956

平成十五年六月一日 初版発行
平成十八年三月一日 十一版発行

発行者——井上伸一郎
発行所——株式会社角川書店
東京都千代田区富士見二—十三—三
電話 編集（〇三）三二三八—八六九四
営業（〇三）三二三八—八五二一
〒一〇二—八一七七
振替〇〇一三〇—九—一九五二〇八
印刷所——暁印刷 製本所——千曲堂
装幀者——杉浦康平

S 165-2 ISBN4-04-428902-6 C0193

角川スニーカー文庫

噂のテクノマジック・ノベル！

されど罪人は竜と踊る

浅井ラボ/著　イラスト●宮城

森羅万象を統べる究極の力、呪力《じゅりょく》。
それを自在に操る呪式士《じゅしきし》二人組。
ひねくれ者のガユスと
非常識な狂戦士ギギナは、
今日も理不尽な世界と戦う――

シリーズ第1作
スニーカー大賞奨励賞受賞
『されど罪人は竜と踊る』

シリーズ第2作
『されど罪人は竜と踊るII
灰よ、竜に告げよ』

The Sneakerで短編連載中！

掲載分「翅の残照」

「愚者の預言」

「黒衣の福音」

以下続々登場